W0359714

Günter Neuwirth

Fichtes Telefon

Krimi

Hoffmanns Fälle 2

edition buche

Die Krimitrilogie **Hoffmanns Fälle** umfasst folgende Titel aus dem Programm der **Edition Buche**:

Paulis Pub - Frühjahr 2008
Fichtes Telefon - Frühjahr 2009
Hoffmanns Erwachen - Frühjahr 2010

2. Auflage
© 2009 Edition Buche
Maria-Bernadette Ehrenhuber Buchverlag
A-8510 Stainz
Alle Rechte vorbehalten

Umschlagsfoto: Rüdiger Tangemann
Mit freundlicher Genehmigung des Fotografen.

Printed in Austria
ISBN 978-3-902651-04-4

www.editionbuche.at

FICHTES TELEFON

1.

Er blickte kurz in das rotierende Blaulicht des Rettungswagens. Wozu das Scheißding überhaupt noch eingeschaltet war? Blaulicht machte ihn immer nervös. Er schlug den Blick nieder und ging in den Hausflur. Der uniformierte Polizist grüßte salopp. Wolfgang Hoffmann nickte nur und stellte sich neben den Mann. Er griff nach seinen Zigaretten.

„Und wisst ihr schon, wer der Tote ist?“, fragte er, während er in den Taschen seines Jacketts nach dem Feuerzeug suchte. Der Uniformierte verdrehte seine Augen. Hoffmann hielt in seiner Suche inne und musterte etwas verwundert den Mann.

„Und ob.“

„Aha. Und wer ist er?“

„Der Berger. Der Toni Berger.“

Hoffmanns Gedächtnis war nicht das schlechteste, aber es klingelte nicht im Geringsten.

„Sollte ich den kennen?“

Jetzt schaute der uniformierte Polizist Hoffmann verwundert an. Oder vielleicht sogar etwas überrascht.

„Der Berger. Der Schispringer.“

Hoffmann hob die Augenbrauen. Seine Kenntnisse der Sportszene waren leider nicht optimal.

„Ist er berühmt?“

Der uniformierte Polizist zuckte mit den Schultern. Immer wieder das Gleiche mit diesen Kripoleuten, vom wirklichen Leben hatten sie keine Ahnung.

„Doppelweltmeister. Vor ein paar Jahren war er der beste Mann auf der Sprungschanze.“

Hoffmann glaubte, sich dunkel an die Bilder eines attraktiven jungen Mannes auf den Titelblättern der Zeitungen zu erinnern. Und daran, dass er dieses blitzsaubere, fotogene Gesicht nicht hatte ausstehen können und deswegen die Artikel immer überblättert hatte. Hoffmann und der Polizist blickten zum Haustor. Da kamen sie schon. Natürlich, wenn ein berühmter Mann tot aufgefunden wurde, fehlte die Presse niemals. Der Polizist trat den Journalisten entgegen und hielt sie auf. Hoffmann wandte sich um und ging die Treppe hoch. Das war nicht sein Job.

Endlich fand er das Feuerzeug und entflammte die Zigarette. Hoffmann ließ im Treppenhaus seinen Blick schweifen. Was hatte ein Doppelweltmeister im Schisprung in der Gaulachergasse in Wien Ottakring zu suchen? Noch dazu in einem vergammelten Haus, in einem Haus, wo der Putz bröckelte und sich die Müllsäcke im Flur stapelten. Im zweiten Stock standen zwei ältere türkische Männer und beobachteten neugierig das Geschehen. Hoffmann stieg noch einen Stock höher. Er grüßte den Wache schiebenden Polizisten und ging in die offenstehende Wohnung. Ein ziemliches Rattenloch. Der Arzt und sein Team packten gerade ihre Sachen, die Spurensicherung war noch an der Arbeit.

„Da schau her, Wolfgang. Haben sie dich heute geschickt?"

Gerald Windisch trat auf Hoffmann zu und reichte ihm die Hand.

„Servus, Herr Kollege."

Der Tote lag auf einem schmierigen Sofa. Hoffmann nickte den Anwesenden eine Begrüßung zu. Zumindest denen, die ihn überhaupt beachteten.

„Jetzt haben wir uns eh länger nicht gesehen. Einen Monat? Oder zwei?", sagte Windisch.

„So ungefähr."

Hoffmann inspizierte die Wohnung. Eine typische Zimmer-Küche-Kabinett-Wohnung eines Altbaues. Im Kabinett befanden sich ein durchgewühltes Bett und ein Schrank, der von einem Mann der Spurensicherung bearbeitet wurde.

„Und ist die Presse schon im Anmarsch?", fragte Windisch.

„Ja. Der Kollege im Parterre hat alle Hände voll zu tun."

„Wundert mich nicht. Das wird eine Schlagzeile. Toni Berger tot."

„Hast du ihn gekannt?"

„Na klar. Der fliegende Toni. Hab seinerzeit im Fernsehen gesehen, wie er Weltmeister wurde. Ein Spitzenspringer."

„Und jetzt ist er tot. Wie ist das abgelaufen?", fragte Hoffmann zum einen Windisch, zum anderen den Arzt, der an die beiden Männer herangetreten war.

„So wie es ausschaut, ist er an seinem Erbrochenen erstickt", sagte der Arzt. „Die Obduktion wird Genaueres liefern. Aber eines ist sicher. Er war stockbesoffen und bis in die Haarspitzen voll mit Kokain. Den Todeszeitpunkt werden wir feststellen. Wahrscheinlich vor zwölf bis sechzehn Stunden."

„Und Fremdeinwirkung?", fragte Hoffmann.

„Unwahrscheinlich", sagte Gerald Windisch lapidar. „Deswegen bist ja du da."

Der Arzt streifte die Gummihandschuhe ab, reichte den beiden Kripomännern die Hand zum Abschied und verließ die Wohnung. Hoffmann bückte sich und nahm den Couchtisch in Augenschein. Zwei halb geleerte Weinflaschen, eine fast geleerte Flasche Wodka, eine Flasche Weinbrand und Unmengen weißen Pulvers, zum Teil in Briefchen abgepackt, zum Teil wild über die Tischplatte verstreut.

„Eine Giftparty?"

„Alles ist möglich", raunte Windisch. „Pass auf, Wolfgang. Die Wohnung wird von einem gewissen Rudolf Obermeier bewohnt. Unser Toni ist seit einem Jahr ohne festen Wohnsitz. Ob er hier zuletzt logiert hat, ist noch ungewiss. Die Leute im Haus haben ihn jedenfalls noch nie gesehen. Und Rudolf Obermeier ist offenbar seit ein paar Tagen nicht mehr in seiner Wohnung gewesen. Soweit zumindest die Nachbarin weiß. Übrigens, die Nachbarin hat den Toten auch gefunden. Grete Stadlbauer heißt sie. Pensionistin. Eine im Normalfall gut informierte Nachbarin, wenn du weißt, was ich meine. Sie wollte sich heute früh bei ihrem Nachbarn beschweren, weil die ganze Nacht der Fernseher Wirbel gemacht hat. Und weil nach wiederholtem Klopfen keiner geöffnet hat, hat sie einfach die Klinke runtergedrückt. Siehe da, die Tür war nicht versperrt, der Obermeier war nicht zu Hause, dafür ist der Berger tot vor der Glotze gelegen."

Gerald Windisch räusperte sich.

„Geh, Wolfgang, gib mir eine Zigarette."

Hoffmann zückte seine Packung und hielt sie Windisch hin.

„Ich bin zwar seit drei Tagen Nichtraucher, aber eine wird man sich ja noch gönnen dürfen."

Hoffmann lächelte ein wenig. Das kannte er von sich, auch er hatte mal mit dem Rauchen aufgehört und sich dann doch noch eine gegönnt. Schon etwa hundertmal. Warum sollte es seinem Kollegen von der Fachgruppe Kapitalverbrechen anders gehen?

„Also werde ich mir den Schlamassel genauer ansehen", murmelte Hoffmann.

„Mit Handkuss und Stempel. Außer die Gerichtsmedizin entdeckt noch etwas. Aber mir wäre es lieber, sie entdeckt nichts. Hab mit dem Albanermord noch genug am Hals. Das ist eine Bande. Ich sage dir. Was ist, gehen wir noch auf einen Kaffee?"

Rudolf Obermeier hieß also der Mieter der Wohnung. Hoffmann war lange genug in der Drogenfahndung, um die meisten größeren Dealer zumindest dem Namen nach zu kennen. Aber der Name Obermeier war ihm noch nie untergekommen. War er ein Einsteiger in der Szene? Möglich. Aber hatte ein Einsteiger gleich einen so berühmten Kunden? Wohl kaum. Und hatte ein Einsteiger auch gleich Kokain im Wert von rund zehntausend Euro im Haus? Ziemlich sicher nicht. Hoffmann spürte eine Hand auf seiner Schulter. Er tauchte aus seinen Überlegungen hoch.

„Äh, hast du etwas gesagt?", fragte Hoffmann ein wenig verdattert.

Gerald Windisch lächelte Hoffmann wissend an.

„Ich habe nur gesagt, dass ich jetzt einen Kaffee trinken werde. Wenn du irgendetwas brauchst, weißt eh, rufst mich einfach an."

„Alles klar, Gerald. Tschüs."

Und was zum Teufel hatte ein Doppelweltmeister aus den Bergen in so einem Loch im tiefsten Ottakring zu suchen?

2.

Eberhard Fichte wählte den Sitzplatz mit Bedacht. Er ging auf und ab, und setzte sich schließlich auf einen Fensterplatz mitten im Großraumwaggon. Rund um ihn herum saßen einige Leute. Eine Frau mit zwei Kindern im Volksschulalter, eine recht hübsche junge Frau, wahrscheinlich eine Studentin, die eifrig in einem Skript las, ein älterer Mann mit Zeitung und ein Geschäftsmann, der sich von seinem Laptop nicht trennen konnte. Hervorragend gewählt. Fichte blickte auf seine Armbanduhr. Noch zwei Minuten, dann würde der Zug abfahren. Eberhard Fichte atmete durch, lockerte seine Krawatte und strich seine helle Flanellhose glatt. Er schmunzelte in sich hinein. Noch nicht. Ein paar Sekunden noch. Ein prima Publikum.

Jetzt.

Fichte hob seinen Aktenkoffer auf den Schoß und klappte den Deckel auf. Ein paar Aktenumschläge und Mappen befanden sich darin. Ebenso ein Apfel und ein sorgsam verpacktes Käsebrot. Und natürlich das Handy. Fichte griff nach dem Handy und stellte den Koffer wieder ab.

Fichte musterte mit gerunzelter Stirn das Display des Telefons. Er tippte sich durch die Menüs. Diese Nummer brauchte er nicht zu speichern. Fichte schaute sich um, niemand beachtete ihn. Dann hob er das Handy ans Ohr.

„Hallo Schatzi, ich bin's. Na Gott sei Dank, dass ich dich gleich erwische."

Alle Anwesenden wandten sich ihm sofort zu. Der Tonfall war gut gewählt. Fichte war zufrieden. Also gleich weiter. Der Zug fuhr los, rollte langsam schneller werdend raus aus dem Westbahnhof.

„Du ja, ich bin jetzt im Zug. Nein, das Abendessen lasse ich aus, hab das den Kollegen erklärt und mich verabschiedet. Das hat sich so ergeben, wir waren zu Mittag in einem dieser Kellerrestaurants in der Innenstadt, sehr gutes Essen, bürgerliche

Küche, gediegen, sehr schön. Danach ging's ins Museum. Die Führung war sehr informativ, man schaut sich die Exponate doch ein bisschen anders an, wenn man eine sachkundige Führung bekommt. Alles sehr schön, aber du weißt schon, natürlich, solche Sachen dauern halt immer sehr lang, also hab ich beschlossen, nach Hause zu fahren und das Abendessen und das Konzert auszulassen. Der Obermeier hat's übrigens auch so gemacht, also bin ich nicht zu sehr aus der Rolle gefallen. Und von der Innenstadt mit der U-Bahn zum Westbahnhof ist das ja nur ein Katzensprung, also sitze ich schon im Zug. Aber nein, den ganzen Abend beim Konzert und mit den ganzen Leuten, das ist schon bisschen anstrengend. Es dauert einfach alles so lange, wenn so ein Haufen Leute beisammen ist. Alles bestens. Und bei dir? Was hast du gemacht? Na fein. Sehr schön. Was Neues von der Tante Resi? Alles klar? Das ist fein. Gut, dann sehen wir uns später. Also dann, Bussi, bis später."

Fichte legte das Handy zur Seite. Er schaute grinsend zum Fenster hinaus, mit Absicht ignorierte er die Blicke der Leute. Jeder hatte unweigerlich jedes seiner Worte hören müssen. Alles nur eine Frage der Lautstärke. Der Zug fuhr durch die Wiener Vorstadt, kam schließlich an den Stadtrand. Als der Zug vor der Station Wien Hütteldorf bremste, erhob sich Fichte, fasste seinen Koffer und ging erhobenen Hauptes zur Tür, ohne noch mal auf die Leute zu achten, aber wissend, dass ihm sämtliche Blicke folgten. Ob er mit einem anderen Zug zurück zum Westbahnhof fahren sollte? Nein. Er entschied sich für die U-Bahn. Fichte trat auf den Bahnsteig. Was für ein herrliches Wetter. Ein prächtiger Septembernachmittag. Fichte war zufrieden.

3.

Wirklich ein erstklassiges Hotelzimmer. Die Dusche war tipptopp. Nun, für das Geld durfte man auch etwas erwarten. Irene trocknete sich ab, wickelte sich das Badetuch um den Körper und frottierte das Haar ein wenig. Sie pfiff dabei ein

Liedchen. Irgend so eine Melodie, die sie in den letzten Tagen im Radio aufgeschnappt hatte. Irene war gut drauf. Die letzten Wochen waren sehr erfolgreich verlaufen, Lidia und sie hatten sich aufeinander eingestellt, wussten mittlerweile, wie sie optimal miteinander kommunizieren konnten. Eine ausgezeichnete Partnerin, dieses kleine bosnische Luder. Mit begnadeten Händen.

Irene öffnete schwungvoll die Badezimmertür und trat in das geräumige Hotelzimmer. Auf dem Bett lag Lidia im Bademantel und blätterte in einer Illustrierten. Die schlanke, junge Frau hob den Blick und schaute zu Irene hinüber. Irene drehte sich vor dem Spiegel. Dabei streifte sie das Badetuch langsam ab. Lidia pfiff durch die Zähne. Irene räkelte sich ein wenig vor dem Spiegel, strich mit den Fingerspitzen über ihre Schulter, über die Brust und den Bauch. Ohne Lidia im Spiegel zu sehen, wusste Irene, dass Lidia sie nicht aus den Augen ließ.

„Nun sieh dir diesen Klassebusen an. Da ist alles dran. Nicht wahr?“

Irene drehte sich um und schaute über die Schulter in den Spiegel.

„Und erst der Arsch. Ein Zuckerarsch. Viel zu schade für die geilen Böcke. Es ist immer das Gleiche mit den Kerlen, zuerst tatschen sie auf den Arsch und dann fassen sie an den Busen. Diese Schweine.“

Lidia lachte. Sie rollte über das Bett und angelte sich eine Zigarettenschachtel.

„Jugendfrei ist die Show ja nicht gerade.“

Lidias Deutsch war fast akzentfrei. Nur in wenigen Formulierungen hörte man ihre Herkunft. Sie entflammte eine Zigarette. Irene schlüpfte in ihre Unterwäsche.

„He, rauche nicht schon wieder im Bett. Das finde ich echt widerlich“, sagte Irene schärfer als beabsichtigt.

Lidia verdrehte die Augen und zerdrückte die eben entflammte Zigarette im Aschenbecher.

„Quakquakquak. Lidia, tu dies nicht, Lidia, tu das nicht. Du redest schon wie meine Mutter.“

Für einen Augenblick starrten die beiden Frauen einander an. Dann brachen sie in Gelächter aus. Irene setzte sich auf das Bett.

„Wie viel Geld haben wir?"

Lidia holte eine Handtasche unter dem Bett hervor, kramte darin und warf eine bauchige Geldbörse auf das Bett. Sie fasste hinein und zog einen Haufen Scheine hervor. Sie ließ die Scheine auf die Decke rieseln.

„Genug", hauchte Lidia.

Wieder lachten beide.

„Merk dir eines, mein Schätzchen, Geld hat man nie genug. So, du nimmst jetzt ein paar Scheine, steigst in deine Klamotten und gehst in die nächste Buchhandlung. In München wird es ja wohl ein paar Buchhandlungen geben. Du besorgst uns einen Stadtplan, ein Französischlehrbuch mit Grammatiktafeln und ein Wörterbuch."

Lidia setzte sich neben Irene auf die Bettkante. Sie machte ein missmutiges Gesicht.

„Muss das wirklich sein?"

„Natürlich muss das sein. Schau uns an, wir sind zwei Luxusmädchen auf dem Weg nach oben. Und Fremdsprachenkenntnisse sind in unserer Branche immer von Vorteil. Also mach dich auf die Socken."

„Okay. Aber ich lerne nur französisch, wenn du kroatisch lernst."

„Dann nimm noch einen Schein dazu und kaufe auch ein Kroatischlehrbuch. Und vielleicht ein paar Kleinigkeiten zum Knabbern. Der Nachmittag wird lang."

Lidia sprang hoch und sammelte ihre Kleidung zusammen. Sie stieg in ihre Jeans.

„Soll ich auch eine Flasche Wein mitbringen, gnädige Frau?", fragte sie spöttisch lächelnd.

Irene erwog die Frage.

„Ma chérie, wenn du darauf vergisst, breche ich dir den linken Unterarm", antwortete sie melodiös.

4.

Wolfgang Hoffmann zog kräftig an der Lasche. Das Metall der Dose erwies sich als widerspenstig. Verflixte Konservenverpackungen, damit hatte Hoffmann immer wieder seine liebe Mühe. Hoffmann plagte sich ab. Zum Glück hatte er seinen Arbeitsplatz zuvor notdürftig aufgeräumt. Er fand Fettflecken auf Papieren ekelhaft und er hatte noch nie eine Dose geöffnet, ohne dass das Öl nicht ausgeronnen wäre. Auch diesmal nicht. Aber er hatte ja vorgesorgt. Seine Finger waren fettig, daher schob er den Mülleimer mit den Beinen zurecht und warf den Dosendeckel hinein. Er wischte die Finger mit einem Papiertaschentuch trocken, dann langte er nach der Gabel, spießte eine Ölsardine auf und schob sie sich in den Mund. Wie hungrig er war.

Die Tür zum Büro wurde schwungvoll aufgeworfen. Hoffmann wusste genau, wer die Tür so öffnete. Sein Kollege Gerhard Assmann trat ein, erblickte Hoffmann bei seinem Mittagsmahl, zog die Augenbrauen hoch und warf die Tür polternd hinter sich zu.

„Na, wieder mal eine Gourmetspeise zu Mittag? Was isst du da? Verfaulten Fisch aus dem vorigen Jahrhundert?“, fragte Assmann lautstark.

Hoffmann schluckte rasch.

„Nein, nein, diese Ölsardinen sind lecker. Willst du mal kosten?“

„Ich würde eher sagen, wir sollten das Büro gut lüften. Das Zeug stinkt gewaltig. Und außerdem, ich habe ja eine liebe Ehefrau, die für mich sorgt. Den Dosenfraß würde ich nicht mal der Katze meiner Oma vorsetzen.“

Gerhard Assmann warf sich lachend auf seinen Stuhl und packte seine Tasche. Hoffmann schluckte das bisschen Ärger über Assmanns Äußerung mit einem Happen Brot hinunter. Mindestens einmal pro Woche trumpfte sein Kollege Assmann mit den Kochkünsten und sonstigen Versorgungsinstinkten seiner Frau auf. Hoffmann ließ sich nicht weiter beirren, gemütlich aß er weiter. Assmann war ein brauchbarer Polizist, er arbeitete gründlich und hartnäckig, nur für das Arbeitsklima im Büro tat er herzlich wenig. Jedes Mal, wenn Hoffmann dachte, Assmann würde seine distanzierte Haltung aufgeben, würde etwas umgänglicher werden, kam ein unerklärlicher Rückfall. Hoffmann bemühte sich als der ältere und erfahrenere Polizist fast unwillkürlich darum, seinem Zimmerkollegen keinen Anlass zu Ärger zu geben. Vielleicht war ja gerade das die Ursache für die ständigen Sticheleien. Und offen über die Probleme zwischen ihnen zu reden, war Hoffmann noch nicht gelungen. Im Gegenteil. Jedes Mal, wenn Hoffmann ein Gespräch gesucht hatte, war geradezu pünktlich ein handfester Streit daraus geworden.

Assmann entnahm seiner Tasche eine Plastikschüssel. Genüsslich bereitete er sich auf sein Mittagsmahl vor.

„Da kannst dir was anschauen!", rief Assmann triumphierend. „Griechischer Bauernsalat. Sandra hat ihn heute früh ganz frisch zubereitet, während ich meine Spiegeleier gegessen habe. Das ist halt schon etwas anderes als deine verfaulten Fische."

„Pass nur auf, ab einem gewissen Alter legen sich solche Kochkünste ganz schnell an."

Assmann starrte Hoffmann streitbar an.

„Erstens, Herr Kollege, bin ich noch lange nicht so alt, um fett zu werden. Und zweitens betreibe ich im Gegensatz zu dir ja Sport. Würde dir auch nicht schaden, mal die versulzten Gelenke ein bisschen zu bewegen."

„Gerhard, rutsch mir den Buckel runter", sagte Hoffmann.

Assmann lachte lauthals auf und widmete sich seinem kalorienbewussten und zweifellos außerordentlich wohlschmeckenden Salat. Für eine Minute lag Stille im Raum.

„Kennst du eigentlich den Toni Berger?", fragte Hoffmann so nebenbei.

Assmann schaute nicht hoch, sondern zerbiss voller Hingabe eine Olive.

„Den Schispringer?"

„Ja, den Schispringer.“
„Logisch kenne ich ihn. Wer kennt ihn nicht?“
Hoffmann schluckte eben den letzten Bissen Ölsardine und griff nach dem Papiertaschentuch, um sich die Mundwinkel abzuwischen.
„Hast du noch nicht gehört, dass er heute früh tot aufgefunden wurde?“
Ein Hustenanfall schüttelte Assmann, er hatte sich an der Olive verschluckt. Fassungslos starrte Assmann zu Hoffmann hinüber. Sein Gesicht war auf einmal kreidebleich. Hoffmann war über Assmanns heftige Reaktion ein wenig überrascht.
„Kein Scheiß?“
„Leider nicht. In der Gaulachergasse ist er gefunden worden. Der Kollege Windisch hat mir den Fall übergeben. Ist eine Drogensache.“
„Bist du jetzt komplett übergeschnappt? Was heißt da Drogensache?“
„Na, der Berger hat sich mit Alkohol und Kokain so abgefüllt, dass er an seinem Erbrochenen erstickt ist.“
Gerhard Assmann rang mit seiner Fassung. Hoffmann hatte mittlerweile in Erfahrung gebracht, dass Anton Berger eine Ikone des Sportes gewesen war. Ein junger, attraktiver Mann mit charismatischer Ausstrahlung, einer, den Backfische angehimmelt und von dem sie Poster in ihren Jugendzimmern aufgehängt hatten. Erfolgreiche Schispringer waren keine massigen, kraftstrotzenden Kerle, sondern schlanke, oft sogar filigrane Männer mit außerordentlichem Mut. Von einer Neunzigmeterschanze zu springen, war ja nicht gerade etwas, was man als Durchschnittstyp in der Freizeit praktizierte. Da gehörte schon etwas dazu. Und Berger war ein von den Medien gefeierter Champion. Eine Identifikationsfigur der heimischen Sportfans. Allzu offensichtlich war auch Assmann ein Fan von Berger. Wie war der Sturz vom Liebling der Nation zum Drogentoten in Ottakring vor sich gegangen? Und wer hatte da seine dreckigen Finger im Spiel gehabt?

„Sagt dir der Name Rudolf Obermeier etwas?“

Hoffmann wartete. Aber Assmann schien die Frage gar nicht gehört zu haben, zu sehr war er damit beschäftigt, die Nachricht zu verdauen. Hoffmann räumte seinen Schreibtisch auf. Der Imbiss hatte ihn gestärkt, er konnte also versuchen, Rudolf Obermeier auf die Spur zu kommen.

Hoffmann hörte, wie aus großer Entfernung, harte, schnelle Schritte am Gang. Für manches hatte er ein ausgezeichnetes Gehör. Die Lokomotive unter Volldampf, dachte Hoffmann. Es klopfte an der Tür zum Büro und gleichzeitig flog sie auf. Hoffmann legte ruhig seine Hände auf den Schreibtisch und wartete. Major Koller, der Leiter der Fachgruppe Suchtmitteldelikte, stand im Türrahmen, ließ die Klinke nicht aus und starrte seine beiden Untergebenen an. Seiner Miene nach zu schließen, war seine Laune heute noch miserabler als sonst.

„Mahlzeit, die Herren!“, dröhnte Kollers Stimme.

„Mahlzeit, Herr Major“, antwortete Gerhard Assmann dienstbeflissen.

Koller wuchtete sich ins Büro und warf polternd die Tür hinter sich zu.

„Sagen Sie mal, was stinkt denn da? Hat da wer verfaulten Fisch im Schreibtisch versteckt?“

Assmann blickte demonstrativ zu Hoffmann hinüber, Koller folgte dem Blick. Hoffmann hielt den Blicken der beiden Männer stand. Was hätte er auch sonst machen sollen?

„Geh bitte, Herr Assmann, machen Sie doch mal das Fenster auf.“

Assmann sprang hoch und tat, wie der Chef angeordnet hatte. Koller stemmte seine Fäuste in die Hüften und marschierte im Büro auf und ab.

„Das wird eine Schlagzeile! Toni Berger ist tot! Und wir sind zuständig. Meine Herren, Sie können sich denken, dass die gesamte Presse gespannt auf unsere Arbeit schauen wird.“

Hoffmann verschränkte die Arme und wartete. Eigentlich hätte er sich ja denken können, dass Major Koller bei einem prominenten Drogentoten die Ermittlungen an sich reißen würde. Irgendwelche kleinen Junkies konnten ruhig seine Leute aus der Mülltonne holen, bei einem Doppelweltmeister sprang der Chef natürlich sofort ein.

„Herr Hoffmann, Sie waren ja am Tatort, ich möchte also Ihre ersten Eindrücke wissen."

„Ja, da waren ...", hob Hoffmann an, wurde aber durch eine harsche Handbewegung seines Vorgesetzten unterbrochen.

„Schriftlich, Herr Hoffmann. Ich will alles schriftlich. Geschichten können Sie im Kaffeehaus erzählen, ich will Berichte. Und zwar auf dem schnellsten Wege. Praktisch in Lichtgeschwindigkeit. Und warum liegt der Bericht nicht schon auf meinem Schreibtisch?"

Koller machte eine Pause. Hoffmann ging im Kopf schnell noch mal durch, was er heute Vormittag in der Gaulachergasse gesehen hatte.

„Übrigens, Berichte ..."

Kollers Tonfall ließ Hoffmann sofort aufhorchen. Er wischte die Erinnerung an das bleiche Gesicht des jungen Mannes fort. Kollers Miene verfinsterte sich, er trat an Hoffmanns Schreibtisch heran, stützte sich mit den Händen auf die Tischplatte und starrte böse seinen Ermittler an. Er flüsterte beinahe und genau deswegen klang Koller wie eine tickende Zeitbombe.

„Sagen Sie mal, sehr geehrter Herr Hoffmann, was ist eigentlich mit den Berichten vom letzten Monat? Habe ich Sie nicht mehrmals höflichst aufgefordert, mir die Berichte auf dem schnellsten Weg zukommen zu lassen? Hm?"

Hoffmann blickte Koller tief in die Augen. Warum nur jedes Mal das gleiche Spiel? Was hatte er verbrochen? War er eine Tippse in einem Bürolehrgang oder Ermittler in einem Scheißmilieu? Koller erriet treffsicher Hoffmanns Gedanken. Sein Gesicht färbte sich rot.

„Wollen Sie vielleicht sagen, Sie haben diese Berichte noch immer nicht geschrieben?", brüllte Koller Hoffmann aus nächster Nähe an.

Hoffmann machte ein saures Gesicht und steckte die Hände in die Hosentaschen. Koller stiefelte aufgebracht durch das Büro.

„Mir reicht's schön langsam mit Ihrer Art, Herr Kollege. Mir steht's bis zum Hals. Jedes Mal die gleiche Leier. Warum schaffen die anderen Kollegen es immer, die Berichte pünktlich zu liefern? Warum schaffen Sie das niemals? Es ist mir scheißegal, dass Sie der dienstälteste Ermittler im Team sind. Wenn Sie die Arbeit im Kommissariat vernachlässigen, schicke ich Sie demnächst mal zum Fensterputzen ins Innenministerium. Das schwöre ich Ihnen! Ich drehe Sie durch die Mangel."

Hoffmann legte den Kopf in den Nacken. Herr Chef, dachte er, Sie drehen mich seit fast zwei Jahren pausenlos durch die Mangel, ist Ihnen das noch gar nicht aufgefallen? Wie schaffte es Hoffmann bloß, dem Stress in Büro standzuhalten? Kein Wunder, dass er sich lieber in Szenelokalen herumtrieb, windigen Dealern hinterher schnüffelte, auf der offenen Straße unterwegs war, als sich die ewigen Streitereien im Büro anzutun. Hoffmann schnappte kurz Assmanns Blick auf. Wie zufrieden er grinste. Fast ein wenig schadenfroh. Koller und Assmann, das waren zwei wunderbare Gründe für ein Magengeschwür.

„Möchten Sie mir erklären, warum die Berichte noch nicht fertig sind?", fragte Koller demonstrativ.

Was hätte Hoffmann sagen sollen? Dass er bei jeder Kleinigkeit, die mit Drogen zu tun hatte, von den uniformierten Kollegen, sowie von den Kripomännern der anderen Fachgruppen gelöchert wurde? Dass jeder Polizist im Viertel zuerst einmal mit ihm sprechen wollte, bevor irgendeine Aussage von einem zugekifften Irren zu Protokoll genommen wurde? Dass er seit fast zehn Jahren fünfzig bis sechzig Stunden die Woche arbeitete? Dass er in eben jenen zehn Jahren insgesamt höchstens sieben Wochen Urlaub hatte konsumieren können? Dass seine Ehe gescheitert war, weil er nur mehr zum Essen und Schlafen nach

Hause gekommen war? Hoffmann schwieg einfach. Er ließ sich mit Koller auf keine Diskussionen mehr ein. Er hatte es lange genug versucht und nichts erreicht.

„Na gut, Herr Hoffmann, wenn das so ist, dann gebe ich Ihnen hiermit die dienstliche Anweisung, mir bis morgen früh sämtliche noch offenen Berichte des Vormonats fein säuberlich getippt auf den Schreibtisch zu legen. Wenn Sie diesen Termin sausen lassen, weil Sie viel lieber spazieren gehen, dann werde ich dafür sorgen, dass Sie für längere Zeit im Kaffeehaus werden sitzen bleiben dürfen."

„Herr Major, das können Sie doch nicht machen!", entrüstete sich Hoffmann.

„Doch. Sie haben keine Ahnung, was ich alles machen kann. Ich lasse Sie suspendieren, das schwöre ich Ihnen."

Das war ja wohl die Höhe. Hoffmann sprang hoch. Seine Hände waren zu Fäusten geballt.

„Na los, Herr Major. Machen Sie nur. Weil dann gehe ich zum Doktor Pokorny, melde, dass ich hier permanent gemobbt werde und verlange meinen Urlaub. Dann machen Sie den Dreck für zehn Wochen hier mal allein. Viel Vergnügen."

Koller und Hoffmann starrten einander kämpferisch an. Major Koller konnte Hoffmann nicht ausstehen, er fand diesen Mann einfach nur unsympathisch. Und war klug genug zu wissen, dass diese Abneigung auf Gegenseitigkeit beruhte. Und er war weiter klug genug zu wissen, dass er auf einen fähigen Mann wie Hoffmann nicht verzichten konnte. Vor allem nicht, wenn ein medienwirksamer Fall anstand. Koller dachte einfach an die Schlagzeilen in der Zeitung und wusste, dass er an diesem Punkt nachgeben musste. Außerdem war es niemandem unbekannt, dass Doktor Pokorny, der Leiter des Kommissariats, große Stücke auf Hoffmann hielt. Kollers angespannte Haltung lockerte sich, er richtete seine Krawatte. Seine Stimme klang mit einem Mal versöhnlich.

„Sie werden gemobbt? Sie wissen doch, dass Sie immer zu mir kommen können. Ich kann nicht dulden, dass ein Kollege unfair behandelt wird. Nicht in meiner Gruppe. Also, Herr Hoffmann, ich mache Ihnen einen Vorschlag. Ich möchte, dass der Fall Berger genau verfolgt wird. Ich will die Hintermänner, ich will Bergers Vorgeschichte, ich will praktisch alles, was man an wesentlichen Informationen zum Fall auftreiben kann. Und ich will Festnahmen. Konkrete Ergebnisse. Wir werden gemeinsam den Fall Toni Berger lösen. Und wenn Sie danach noch irgendeinen Grund zu einer Beschwerde bei Doktor Pokorny sehen, gehen wir gemeinsam zu ihm. In meinem Team muss hochprofessionelle Arbeit geleistet werden, wir können uns da keine Pannen erlauben. Wir müssen alle an einem Strang ziehen. Was halten Sie davon?"

Hoffmann setzte sich wieder. Für wie blöd hielt Koller ihn eigentlich? Hoffmann wusste genau, dass in drei, vier Tagen Kollers Temperament wieder mit ihm durchgehen würde.

„Prima Idee, Herr Major", murmelte er.

„Gut. Hätten wir das also geklärt."

Koller atmete durch. Er dachte kurz nach und hob an, weiter zu sprechen.

„Der Fall Berger ist so wichtig, dass wir keine Fehler machen dürfen. Darum werden wir jetzt wie folgt vorgehen. Herr Hoffmann, ich kann in einer Sache nicht nachgeben, und das sind die Berichte. Meine Anweisung gilt, morgen muss ich die Berichte des Vormonats auf dem Tisch haben. Sie müssen in den sauren Apfel beißen und heute Nachmittag die Schreibarbeit erledigen. Damit aber der Fall Berger nicht liegen bleibt, werden Sie, Herr Assmann, mit ihrem Kollegen zusammenarbeiten. Ich verlange Teamarbeit von Ihnen, ist das klar? Herr Assmann, Sie legen sämtliche sonstigen Arbeiten zur Seite und beginnen sofort mit den Ermittlungen. Sind die Herren mit dieser Vorgangsweise einverstanden?"

Hoffmann blickte kurz zu seinem Kollegen Assmann hinüber. Er strahlte. Ja, Assmann war Feuer und Flamme. Er bekam nicht allzu oft interessante Fälle. Er musste meist die banale Routine erledigen. Jetzt aber war er offiziell mit einem brandaktuellen Fall betraut worden. Und er hatte Hoffmann gegenüber einen Vorsprung von einem Nachmittag. Zum einen war Kollers Anordnung eine logische Folge der Situation, zum anderen eine beinharte Benachteiligung Hoffmanns. Koller spielte wieder einmal seinen Schützling Assmann in den Vordergrund. Aber es ließ sich nichts ändern, die Sache war beschlossen. Hoffmann zuckte mit den Schultern. Es gab auch eine gute Seite. Assmann würde sich in den nächsten Stunden voll reinhängen. Und seine Rechercheleistungen waren immer schon respektabel gewesen.

„Also von mir aus gibt's jetzt mal keinen Einwand", sagte Hoffmann.

„Und Sie, Herr Assmann? Was sagen Sie?", fragte Koller.

„Bin dabei, Herr Major."

„Na schön. Meine Herren, ich will Teamarbeit sehen. Morgen Vormittag ist eine Pressekonferenz anberaumt. Ich habe in der Gerichtsmedizin Dampf gemacht, damit die Ergebnisse bis dahin vorliegen. Und für Sie beide gilt, mir ihre Arbeit heute Abend in Berichten vorzulegen. Will ja nicht nackt zur Pressekonferenz gehen. Dann mal los."

Koller warf sich herum und dampfte ab. Natürlich knallte er wie üblich mit der Tür. Für eine Minute lag Stille im Raum. Im Kopf legte sich Hoffmann die Arbeiten für den Nachmittag zurecht. Zuerst würde er den ersten Bericht über den Fall Berger tippen, dann konnten die alten Berichte angegangen werden. Kalter Kaffee. Und er musste ihn aufwärmen. Hoffmanns Stimmung war im Keller.

„Werde mir mal den Berger vornehmen", raunte Assmann. „Mal seine Vergangenheit durchleuchten."

Hoffmann nickte träge.

„Mach das, Gerhard. Mach das."

Hoffmann blickte auf die Uhr. Endlose Stunden lagen vor ihm.

5.

Er stand an der Leitplanke und sah zu, wie die Autos mit hoher Geschwindigkeit an ihm vorbei zogen. Er kaute fiebrig an seinen Fingernägeln. Es war ein paar Minuten vor ein Uhr. Perfekt im Zeitplan. Das Handy steckte in der Brusttasche seiner Jeansjacke. Sobald das Telefon klingelte, würde er es am Ohr haben. Rudi Obermeier spuckte aus, ging mit federnden Schritten auf das Auto zu und setzte sich hinein. Ein paar Minuten noch, Monetti war in Sachen Pünktlichkeit fast ein wenig penibel, also würde der Anruf gleich kommen. Rudi griff zur Colaflasche, schraubte den Verschluss auf und nahm einen kräftigen Schluck. Ob er jetzt die mitgebrachten Wurstsemmeln essen sollte? Hunger hätte er ja. Er entschied sich dagegen. Erst der Anruf von Monetti. Er konnte ja während der weiteren Fahrt die Semmeln essen.

Rudi wusste, dass es jetzt nach oben ging. Steil nach oben. Endlich hatte er ein paar Leute gefunden, die wirklich etwas auf die Beine stellten, die nicht immer nur leere Versprechungen abgaben, immer nur groß daherschwafelten und nichts erreichten. Nein, die zwei Männer machten Nägel mit Köpfen. Monetti war ein Vollprofi, einer, der wusste, wie man sich in der Unterwelt durchsetzen konnte. Und Wernheim hatte Verbindungen in die High Society. Das waren zwei lässige Kerle, sie würden auch ihn nach oben bringen. Rudi Obermeier schaute noch einmal auf die Uhr am Armaturenbrett. Ein Uhr nachmittags. Er nahm das Handy zur Hand und musterte das Display. Mit der anderen griff er erneut zur Colaflasche und trank daraus.

Da schlug das Telefon an. Rudi verschluckte sich fast ein wenig. Hektisch drehte er den Verschluss zu und warf die Flasche auf den Beifahrersitz.

„Hallo."

„Hallo. Wo bist du?"

Monettis Stimme klang wie immer harsch, schroff, befehlend. Er hatte zwar italienische Eltern, war aber in Deutschland aufgewachsen, daher klang seine Sprache nach Bochum, gar nicht nach Bologna.

„Auf dem Autobahnparkplatz knapp vor München. Wie ausgemacht."

„Bist du unauffällig gefahren?"

„Logo. Erstens will ich ja nicht aufgehalten werden, zweitens muss ich ja den Wagen schonen. Wem gehört die Karre eigentlich?"

„Halt die Fresse. Keine Fragen, sonst werde ich ungemütlich."

„Okay, okay."

„Pass auf, Rudi, es gibt eine kleine Änderung."

„Was denn?"

„Das Paket steht heute nicht bereit. Morgen ist die Übergabe. Wann genau, ist jetzt noch nicht klar. Nimm dir also ein Zimmer in München und warte auf neue Anweisungen."

„Alles klar."

„Und absolut unauffällig. Hörst du? Ich will, dass du das wie ein Profi machst. Du bist doch ein Profi? Oder täusche ich mich?"

„He, Claudio, keine Sorge, ich mache das hier schon. Ich werde mir ein kleines, schickes Zimmer in irgendeinem Durchschnittshotel nehmen, mir etwas zu essen besorgen und bei einem Bierchen den Abend vor der Glotze hängen."

„Aber du besäufst dich nicht! Ist das klar!"

„Von einem Bierchen werde ich nicht besoffen. Morgen früh bin ich ausgeschlafen und topfit. Du brauchst nur anrufen und mir sagen, wo ich das Paket übernehmen soll."

„Okay, Rudi. Hört sich alles ganz gut an. Also dann, bis später. Und fahr langsam, verdammt noch mal."

Rudi Obermeier pfiff durch die Zähne und schüttelte den Kopf. Er steckte das Handy in die Brusttasche seiner Jeansjacke. Was Monetti bloß für ein Theater machte. Natürlich würde er langsam fahren, würde sich nicht besaufen, nicht in einer Stripteasebar eine Schlägerei anfangen. Er war geschäftlich unterwegs, und das Geschäft konnte Rudi sehr wohl vom Privaten trennen. Lächerlich. Tat der Kerl auf Oberlehrer. Egal. Die Kasse stimmte, das war das Wichtigste. Für die Kurierfahrt zwischen Wien und München stand eine ganze Stange Geld auf dem Spiel. Den

Brocken wollte sich Rudi natürlich auf keinen Fall entgehen lassen. Jetzt, wo er endlich Leute gefunden hatte, die Nägel mit Köpfen machten.

Rudi Obermeier legte den Sicherheitsgurt an - ja, sogar daran dachte er - und startete den Motor. Er blickte kurz auf die Wurstsemmeln. Die konnte er später im Hotel auch noch essen, er hatte ja jetzt massig Zeit. Er legte den ersten Gang ein. Mit quietschenden Reifen brauste der rotbraune Opel davon.

Claudio Monetti legte den Hörer auf. Er schaute ein wenig in die Luft, dann fasste er nach seinen Zigaretten und zündete eine an.

„Und?", fragte Kurt Wernheim.

Monetti blies eine Rauchwolke in die Luft.

„Der Junge klingt vernünftig."

„Sag ich ja. Er hat ein bisschen Zeit gebraucht, um sich an unsere Spielregeln zu gewöhnen, aber er ist brauchbar."

„Will ich hoffen. Du kennst meine Meinung", brummte Monetti.

Kurt Wernheim erhob sich vom Sofa. Er fasste nach seinen am Tisch liegenden Schlüsseln und ließ sie in der Tasche des Jacketts verschwinden.

„Ja, ja, schon klar. Rudi ist kein Weltmeister, aber solange wir ihm auf die Finger schauen, wird er seinen Job erledigen."

„Trotzdem passt es mir nicht. Diese Lieferung ist wichtig, wir brauchen die Kohle. Wir hätten Markus schicken sollen."

Kurt Wernheim drängte den Ärger über seinen Partner fort. Monetti war in manchen Dingen fast ein wenig kleinkrämerisch. Etwa in Personalfragen. Sämtliche Botenjungs hatte Monetti organisiert. Bis auf Rudi Obermeier, den hatte Wernheim ins Team geholt. Monetti hatte Rudi von Anfang an unter Druck gesetzt, so als wollte er Wernheim beweisen, dass Rudi eine absolute Flasche war. Aber Rudi hatte sich in den drei Monaten, die er für sie arbeitete, keinen gravierenden Fehler erlaubt.

„Du weißt genauso gut wie ich“, sagte Wernheim in möglichst neutralem Tonfall, „dass die Bullen Markus im Auge haben. Okay, Markus ist wirklich ein prima Junge, aber was nützt uns das, wenn er die Kripo ins Wohnzimmer schleppt? Wir haben das doch schon besprochen.“

Claudio Monetti schnippte die Asche seiner Zigarette in den Aschenbecher. Und nickte. Wernheim winkte zum Abschied und verließ die Wohnung. Er bezahlte die Miete, aber er wohnte hier sehr selten. Meist benutzte Monetti die Wohnung mit Blick auf den Wiener Westbahnhof. Sie war nur durchschnittlich groß, aber komfortabel eingerichtet. Vor allem das Büro spielte alle Stücke, ein nagelneuer Computer, zwei Telefone, Fax, Kopierer, ein gut sortierter Waffenschrank, alles, was das Herz begehrte. Von hier aus erledigten die beiden die administrativen Arbeiten. Wernheim wohnte in seinem Haus in Klosterneuburg. Im Grünen. Luxuriöser als die Wohnung in der Felberstraße, mitten im fünfzehnten Bezirk. In Klosterneuburg konnte er seine kleinen Partys abziehen. Monetti trat ans Fenster des vierten Stockwerkes und blickte hinab auf die Straße. Da parkte Wernheims schwarzer Mercedes. Ein topelegantes Sportcabrio. Und das obligate Flittchen stand daneben. Wie stolz sie ihre Zigarette rauchte. Na klar, wenn so ein Mädchen mit einem Mercedes Sportcabrio spazieren gefahren wurde, durfte sie sich schon ein bisschen wichtig fühlen. Monetti schloss das Fenster. Irre Partys, schicke Autos und leichte Mädchen, das war Wernheims Welt, dafür arbeitete er, dafür ging er Risiken ein. Monetti konnte wahrlich nicht behaupten, seinen Partner sympathisch zu finden. Aber das lag wohl auch an Monetti selbst. So schlau war er allemal, das zu wissen. Er hatte zu lange im Gefängnis gesessen, um Menschen sympathisch zu finden. Richtige Freunde hatte er vielleicht in seiner Jugend gehabt und die war lange her. Monetti machte sich nichts vor. Er ertrug Wernheim nur, weil die Kassa klingelte, weil das Geschäft, das sie beide aufgezogen hatten, einwandfrei lief.

Claudio Monetti zerdrückte die Zigarette. Jetzt holte diese Flasche Rudi das Paket aus München. Und es war nicht irgendein

Paket. Es war das Paket der Pakete. Monetti grapschte nach der Pistole und schob sie in das Schulterhalfter. Er hatte sich von Wernheim überreden lassen und deshalb machte er sich jetzt Vorwürfe. Er hätte verflucht noch mal selbst nach München fahren sollen.

6.

Langsam wurde es Zeit. Die Sonne war untergegangen, die Lokale hatten aufgesperrt, die wohlhabenden Einwohner von München hatten Lust auszugehen, ein Schlückchen zu trinken, Leute kennenzulernen. Zeit zu arbeiten.

Irene stand vor dem Spiegel im Badezimmer und färbte ihre Lippen rot. Knallig rot. Auffällig rot. Irene wusste genau, was sie tat. Sie kannte ihre Wirkung auf Männer. Es war ein Kinderspiel, die Kerle aufzureißen. Ein bisschen Lippenstift und Wimperntusche und die Männer drehten die Köpfe nach ihr. Sie war nicht so eine dürre Bohnenstange, so ein Mannequintyp, sondern, wie sie oft gehört hatte, eine Vollfrau. Nicht besonders groß, dafür mit großartigen Rundungen. In einem engen Kleid stahl sie jedem einsachtzig Supermodel ohne Probleme die Show. Auf dem Laufsteg schauten sich die Kerle ja diese dürren Mädchen gerne an, aber wenn es ans Angreifen ging, dann war ihnen eine üppige Blondine allemal lieber. Und genau mit dieser Masche machten Irene und Lidia Geld. Viel Geld.

Irene betrachtete sich kritisch im Spiegel. Perfekt. Eine schöne Frau im besten Alter. Irene war dreißig. Sie hatte lange gebraucht, um ihren Stil zu finden, jetzt aber stimmte alles. Gemeinsam mit dem Wunderkind Lidia würde sie in zwei, drei Jahren genug Geld gemacht haben, um in Ruhe die zweite Hälfte ihres Lebens auf sich zukommen zu lassen.

Irene schaltete das Licht im Bad aus und trat in das Zimmer. Lidia stieg eben in ihre Abendgarderobe. Irene musterte sie.

„Na, wie sehe ich aus?“, fragte Lidia, als sie Irenes Blick bemerkte.

Lidia war ganz in Schwarz. Ein elegantes Damenjackett, darunter eine bequeme Bluse, eine erstklassige Hose und mit Bedacht gewählte Schuhe. Lidias Arbeitskleidung war präzise zusammengestellt. Einerseits musste sie vornehm und damenhaft genug aussehen, dass sie in diese Oberschichtkneipen problemlos eingelassen wurde, andererseits brauchte sie volle Beweglichkeit, viele Taschen und Schuhe, mit denen sie im Fall des Falles auch lange Strecken laufen konnte. Irene hatte viel Mühe dafür verwendet, Lidia richtig einzukleiden.

„Perfekt."

„Du bist auch perfekt."

Irene schaute in den Spiegel. Sie war ebenfalls in Schwarz gehüllt, allerdings war ihre Arbeitskleidung eher dazu geeignet Hälse auszurenken. Ein enges Minikleid mit gewagtem, aber nicht ordinärem Ausschnitt, unauffälliger, zierlicher Schmuck, Strapse, deren Halter man mehr als ahnen konnte und hochhackige Schuhe. Ein Outfit, das die Kerle reihenweise irre machte.

„In Wahrheit sind diese Klamotten purer Kitsch", sagte Irene mit einem verschmitzten Lächeln.

„Ich find sie kess."

„Blödsinn. Du findest mich kess, nicht die Klamotten."

Lidia lachte.

„Da kannst du sogar Recht haben."

„Natürlich habe ich Recht. Ich habe sehr oft Recht, das hat schon Madame Mimi gesagt."

Lidia stieg in ihre Schuhe und verknotete die Schnürsenkel. Sie hatte in den paar Monaten, die sie mit Irene unterwegs war, immer wieder Geschichten über Madame Mimi gehört. Madame Mimi war so etwas wie eine Mutterfigur für Irene, das war Lidia schnell klar geworden.

„Madame Mimi war nicht irgendeine Marseiller Puffmutter. Sie war eine Grande Dame. Sie hat uns angefeuert. Kinder, lernt Sprachen, lernt rechnen, lernt eure Siebensachen beieinander zu halten. Die meisten Mädels haben das nicht kapiert, haben sich von ihren Zuhältern ausnutzen lassen. Nur ich nicht. Ich bin den dummen Puten schon damals überlegen gewesen. Und Madame Mimi hat mich geliebt. Sie hat immer petite Heidi zu mir gesagt."

Lidia zog die Augenbrauen hoch. Das war etwas Neues.

„Heidi? Wieso Heidi?"

„Na Heidi eben. Die Heidi aus dem Kinderbuch. Gab's ja auch eine Zeichentrickserie. Musst du doch mal gesehen haben. Mimi war es egal, dass ich keine Schweizerin wie Heidi bin. Ich bin in den Bergen aufgewachsen und dann in die Großstadt gekommen. Und deswegen war ich ihre petite Heidi."

Lidia schmunzelte. Sich Irene als kleine Heidi vorzustellen, war irgendwie witzig. Das Lächeln verflog aber rasch.

„Du hast mir aber nie erzählt, warum du Marseille damals verlassen hast."

„Oui. Weil es eine Scheißgeschichte ist. Deswegen."

Irene wandte sich ab und schlüpfte in ihre Jacke.

„Sagst du es mir?", fragte Lidia weiter.

Irene hielt in der Bewegung inne und starrte ins Leere.

„Ja. Warum nicht. Du bist alt genug für die Wahrheit. Ich war damals zwanzig. In deinem Alter also."

Lidia wartete. Irene starrte noch für einige Augenblicke ins Leere, dann zuckte sie die Schultern, fasste nach ihrer Handtasche und redete weiter, als wäre es die alltäglichste Sache der Welt.

„Ich bin von drei Zuhältern vergewaltigt worden."

Lidia taumelte zurück.

„Was?"

Irene setzte sich auf die Tischkante und schmunzelte über Lidias Reaktion.

„Die waren sauer, weil ich nicht für sie anschaffen wollte, sondern Madame Mimi mein Geld zur Verwahrung gab. Da haben sie mir ein paar Ohrfeigen verpasst, mich in einen Lieferwagen gezerrt und mich vergewaltigt. Diese Bastarde."

Lidia schnappte nach Luft.

„Und darüber kannst du so einfach reden?"

„Du hast mich doch gefragt. Was ist? Soll ich mich aufhängen? Natürlich, anfangs habe ich mit dem Gedanken schon gespielt, aber ich habe es überstanden. Das ist jetzt über zehn Jahre her. Nur, seitdem hat mich kein Mann mehr gekriegt. Ich bin zu schade für die Schweine."

„Hast du die Kerle angezeigt?", fragte Lidia.

Irene musterte Lidia von der Seite. Sie war ein Genie mit den Händen, hatte manche schwere Erlebnisse hinter sich, aber über das Leben einer jungen Prostituierten wusste Lidia absolut nichts. Da war sie fast ein wenig naiv. Und genau diese Naivität fand Irene außerordentlich anziehend.

„Nein, ma chérie, wenn du eine zwanzigjährige, ausländische Nutte in Marseille bist und drei Zuhälter wegen Vergewaltigung anzeigen willst, sperren sie dich ein. Völlige Unzurechnungsfähigkeit. Die Bullen lachen sich krumm und stopfen dir ebenfalls die eitrigen Schwänze rein. Nein. Ich habe dem Anführer von ihnen mit einem Skalpell das Gesicht zerschnitten. Da ein Schnitt, dort ein Schnitt, schön tief, dass er immer an mich denken muss. Dann habe ich mein Geld von Madame Mimi geholt und bin aus Frankreich verschwunden."

Lidia schüttelte den Kopf. Sie bewunderte Irenes Mut, so offen darüber zu sprechen, wusste aber gleichzeitig, dass Irene wahrscheinlich lange gebraucht hatte, diesen Mut zu entwickeln.

„Und seitdem findest du Frauen interessanter als Männer?", fragte Lidia.

„Oh, Frauen fand ich immer interessanter als Männer."

Irene ging auf Lidia zu und fasste sie zärtlich am Kinn.

„Und wenn ich deine Stupsnase mit so einem Rotzzinken eines Kerls vergleiche, fällt mir die Wahl wirklich nicht schwer. Was meist du, ma belle?"

Irene umarmte Lidia und drückte sie an sich, spürte ihren schlanken, biegsamen und doch überaus kräftigen Körper. Dieses kleine bosnische Luder raubte ihr fast die Sinne. Und sie hatte so wunderbar geschickte Hände. Bei der Arbeit und in der Liebe. Irene atmete Lidias Duft tief ein, drückte behutsam Wange an Wange. Dann verpasste sie Lidia plötzlich einen schwungvollen Klaps auf den Hintern.

„Jetzt aber los! An die Arbeit! Sonst kommen wir gar nicht mehr aus den Federn raus. Ist der Rucksack vollständig gepackt?"

„Ich habe ihn zweimal kontrolliert."

„Dann geht's los."

Wenige Minuten später stiegen sie in ein Taxi. Sie hatten viel vor, denn Irene verfügte in München über ein paar gute Kontakte. Die mussten genutzt werden. Die Lichter der Großstadt flogen an ihnen vorbei.

7.

Eberhard Fichte flanierte durch die Straßen in Wien Josefstadt. Blieb da und dort vor einer Auslage stehen, ging weiter, spazierte ohne Ziel umher. Was sollte er auch sonst tun? Zu Hause an die Wand starren? Kreuzworträtsel lösen? Mit sich selbst Schach spielen? Der Abend war lau, die Luft war klar, optimal also für einen Spaziergang.

Langsam näherte er sich dem Gürtel. Da hielt er vor einem von außen sehr schick wirkenden Lokal. Verstohlen blickte er hinein. Ein grimmiges Lächeln umspielte seine Lippen. Das war ja wieder etwas. Ganz nach seinem Geschmack. Der schicke Eindruck von außen täuschte nicht, das Lokal war zwar nur klein, hielt aber, was die Fassade versprach. Es war ein Tagescafé, in einer halben Stunde würde es schließen, aber noch befanden sich gar nicht wenige Gäste darin. Männer in Anzügen und mit um diese Uhrzeit gelockerten Krawatten, Frauen in tadellosen Businesskostümen. Kaum jemand war älter als fünfunddreißig, und wer älter war, tat alles in der Welt, um auszusehen als wäre er oder sie es nicht. Fichte räusperte sich, blickte an sich herab. Seine Krawatte saß perfekt, sein Jackett war gut gebürstet und die Hose gebügelt. Er ging stets gut gekleidet außer Haus, ganz wie es seine Mutter immer von ihm verlangt hatte. Dass sein Jackett allerdings von der Stange war, während die erfolgreichen Manager im Lokal sich auf Maßanzüge versteiften, fiel Fichte nicht auf. Das waren so kleine Unterschiede, die er nie richtig zu differenzieren gelernt hatte. Fichte griff in die Tasche seines Jacketts. Das Telefon war wie immer bereit.

Er war nervös, er spürte ein Kribbeln im Bauch, er hatte ein wenig Lampenfieber. Das war gut so, das brachte erst den richtigen Impuls, den richtigen Spaß an der Sache. Eberhard Fichte stemmte sich gegen die Tür, trat in das Lokal und wählte einen Platz beim Fenster. Die drei Männer am Nebentisch musterten ihn kurz mit scheelen Blicken, wandten sich aber dann ihrem Gespräch wieder zu. Die Kellnerin nahm seine Bestellung auf. Pfefferminztee. Im Kopf ging Fichte alles durch. Er lächelte still vor sich hin. Kaum kam die Kellnerin, setzte Fichte eine ernste, harte Miene auf. Er griff nach seinem Telefon.

„Hallo Obermeier! Ja, hier ist Fichte!"

Die Lautstärke machte es, nur die Lautstärke. Eberhard Fichte starrte gebannt zum Fenster hinaus.

„Hören Sie, Obermeier, ich habe mir die Sache noch einmal durch den Kopf gehen lassen. Sie müssen jetzt handeln. Ja, jetzt. Wir haben keine Zeit mehr für Versteckspiele und schon recht keinen Grund für Zurückhaltung. Was glauben Sie, was mit uns geschieht, wenn Müller und seine Bande ihr Spiel durchziehen? Wir sind platt. Erledigt. Vernichtet. Aber das wird ihnen nicht gelingen, weil wir das Heft in der Hand halten. Obermeier, bleiben Sie ruhig."

Fichte machte eine bedeutungsvolle Pause. Atmete ruhig und gleichmäßig. Enrico Caruso hätte es nicht besser machen können. Es war ein großes Kunstwerk. Formvollendet. Fichte wusste genau, dass niemand im Lokal auch nur an etwas anderes denken konnte, als an sein Telefonat. Seines.

„Ruhig bleiben. Ich stehe hinter Ihnen. Sie machen jetzt Folgendes. Rufen Sie alle Leute an, die auf der Liste stehen. Die Liste, die ich Ihnen gestern gegeben habe. Dann suchen Sie gefälligst danach! Rufen Sie an und sagen Sie nur, Fichte steht dahinter. Das ist alles. Und die Sache läuft. Bleiben Sie ruhig. Wie alt sind Sie eigentlich? Fünfzehn? So benehmen Sie sich aber. Irgendwann macht sich jeder die Hände schmutzig. Oder wollen

Sie am Arbeitsamt mit Bauarbeitern und Ausländern Schlange stehen? Also, tun Sie alles, wie ich es Ihnen gesagt habe und wir werden als strahlende Sieger hervorgehen. Und nicht vergessen, Fichte steht dahinter. Also los."

Er nahm das Telefon vom Ohr, starrte noch einige Augenblicke auf das Display und ließ es dann in der Jacketttasche verschwinden. Fichte kämpfte gegen das Lächeln an, aber er verlor den Kampf, es drang an die Oberfläche. Dabei starrte er selbstbewusst zum Fenster hinaus. Er vermutete, dass gerade dieses kühne Lächeln ihn noch geheimnisvoller erscheinen lassen musste. Was für ein wunderbarer Abend.

8.

Er kannte zwar den Film schon, aber das störte Rudi Obermeier nicht im Geringsten. Es war ein Klassefilm, ein Film, bei dem es so richtig krachte und qualmte. Darin waren die Amerikaner ja unübertrefflich, Actionfilme aus Hollywood konnte man ein Dutzend Mal sehen, sie waren immer wieder spannend.

Er lag in Unterhose und T-Shirt auf dem Bett und schaute gebannt dem Spektakel zu. Neben ihm auf dem Bett lag seine Waffe. Sie musste immer griffbereit sein. Das gab ihm ein Gefühl der Sicherheit. Wernheim hatte ihm genug Geld mitgegeben, er würde noch ein paar Tage in diesem Hotel ausharren können. Warum auch nicht? Bezahlter Urlaub. Was konnte er dafür, dass das Paket noch nicht abholbereit war?

Rudi kippte eben den Rest der Bierdose in sich hinein, als ein Werbeblock begann. Er erhob sich und ging auf die Toilette. Der Höhepunkt des Filmes kam erst und er saß schon auf dem Trockenen. Chips und ein Schinkensandwich waren noch da, bloß das Bier war aus. Er hatte nur drei Dosen gekauft, noch Monettis Stimme im Ohr, sich ja nicht volllaufen zu lassen. Rudis Blick fiel unwillkürlich auf den kleinen Kühlschrank im Hotelzimmer. Er öffnete ihn. Rudi lächelte. Der Kühlschrank war gefüllt. Ein paar Miniflaschen Schnaps, zwei Viertelliter Flaschen

Wein und zwei Dosen Bier. Perfekt. Gut, dass er sich nicht in so einem Billigschuppen eingemietet hatte, sondern in einem besseren Hotel.

Er schnappte sich eine Bierdose, hielt kurz inne, überlegte und nahm dann auch noch ein Fläschchen Whiskey. Na klar, damit der Film gut rüber kam, war das genau das Richtige. Monetti würde schon nichts davon erfahren. Überhaupt, das war ja lächerlich, Rudi war ja kein kleines Kind. So ein Idiot. Rudi Obermeier warf sich auf das Bett, nahm einen Schluck Whiskey und warf eine Handvoll Chips ein. Gerade richtig, denn die Werbeeinschaltung endete eben. Gleich darauf ballerte es wieder im TV-Apparat.

9.

Irene strich über die Holzvertäfelung des Armaturenbretts. Respekt, das Auto war echt ein Schmuckstück. Der Mann neben ihr lehnte lässig im Schalensitz, wippte mit dem Kopf im Rhythmus der Musik und drückte das Gas mächtig durch. Der Wagen hatte eine Alarmanlage, aber die bereitete Irene keinerlei Kopfzerbrechen. Irene ließ den Blick nach außen schweifen, sie fuhren da durch eine erstklassige Wohngegend. Villen, tadellos herausgeputzte Jugendstilhäuser, einige moderne Architektenhäuser. Das war die Liga, in der sie spielte. Vorbei waren die abgetakelten Buden, die schmierigen Penner, die Angst, am nächsten Tag kein Dach mehr über dem Kopf zu haben. Irene hatte ihren Stil gefunden.

Der Mann bremste seinen roten Porsche scharf und hielt in einer geräumigen Parklücke. In diesem Viertel von München gab es wohl nie Parkplatzprobleme.

„Da sind wir", sagte der Mann und ließ dabei seine Stimme tief, männlich und verwegen klingen. Irene funkelte ihn an. Der Mann stieg aus. Irene griff schnell in ihre Handtasche, zog ihr Handy heraus und rief Lidia an. Es klingelte nur einmal, dann nahm Lidia den Anruf schon entgegen. Irene sagte leise und ohne auf eine

Bestätigung zu warten die Adresse durch. Und steckte das Handy wieder ein. Der Mann machte auf Kavalier und öffnete Irene die Autotür.

„Na, noch telefoniert, mein Täubchen?“

„Oui, eine lästige Freundin. Ich habe ihr gesagt, dass ich heute Abend nicht mehr gestört werden will.“

Irene spielte ihr Spiel und sie tat es gut. Erst ein Bein, dann noch ein Bein, ganz langsam. Dann hielt sie ihm ihre Hand hin. Er fasste danach und zog sie aus dem Auto heraus. Dabei beugte sie sich nach vorne über und gewährte ihm einen tiefen Einblick in ihr Dekolletee. Sie roch förmlich seine Geilheit, trotz seines aufdringlichen Aftershaves. Oder gerade deshalb.

„Das ist gut“, sagte er, „denn eine Störung brauchen wir heute nicht.“

Er versperrte den Wagen, gemeinsam gingen sie auf ein neues, todschickes Haus zu. Irene beobachtete genau. Ein Mehrfamilienhaus, also besaß er eine Wohnung. Sie musste mit neugierigen Nachbarn rechnen. Zwar ein Nachteil, aber kein wirkliches Problem. Er öffnete die Haustür und ließ sie voraus die Treppe hoch gehen. Irene wusste genau, wohin er starrte. Er sollte für sein Geld auch etwas kriegen, vor allem konnte man in diesen Scheißschuhen ohnedies nicht normal Treppen steigen, man musste unwillkürlich mit dem Hintern wackeln. Sie machte halt ein wenig Show daraus.

Seine Wohnung lag im ersten Stock, war außerordentlich groß und luxuriös. Sie musterte den Mann noch einmal. Er war Mitte vierzig, hatte blondiertes, schulterlanges Haar, braungebrannte Haut und einen durchtrainierten Körper. Und er trug Schmuck, protzigen Schmuck. Ein Neureicher, wie er im Bilderbuch stand. Er wirkte wie ein Bademeister, der im Lotto einen Jackpot geknackt hatte. Aber Irene wusste es besser, denn schon nach zehn Sekunden ihrer Bekanntschaft hatte der Mann von seinen Geschäftserfolgen in der Sonnenstudiobranche erzählt. Er war praktisch der reichste Sonnenstudiobetreiber in München. Zumindest hatte er das behauptet. Und wenn sie seinen Wagen und seine Wohnung so ansah, hatte er vielleicht gar nicht mal besonders übertrieben.

„Oh, là, là, Monsieur, diese Wohnung ist superbe."

Der Mann warf den Wohnungsschlüssel fort, packte Irene, zog sie an sich und fasste ihr an den Hintern. Irene strahlte ihn an. Was für ein beschissenes Rasierwasser. Sie würde danach eine Stunde duschen müssen. Sie hatte seinen Namen vergessen. Das war ein Fehler. Irene dachte kurz nach. Ach ja, Lothar.

„Nicht nur die Wohnung ist superbe. Willst du etwas trinken?"

Er drückte sein Becken an das ihre. Irene entschlüpfte seiner Umarmung und tänzelte durch das geräumige Wohnzimmer. Ihr Blick kreiste präzise.

„Champagner! Du hast doch bestimmt Champagner!"

Er ging in die Küche und öffnete den Kühlschrank. Sie war ihm gefolgt und stand in der Küchentür. Sie posierte. So etwas liebten die Kerle.

„Champagner habe ich nicht da. Aber eine Flasche Sekt. Oder willst du Wein? Cognac? Koks?"

Irene schleuderte die Schuhe von sich. Sie war froh, die Scheißdinger los zu sein, ein ganzer Abend in den Stöckelschuhen war Gift für die Füße. Natürlich ließ sie es ein wenig nach Striptease aussehen.

„Oh, am liebsten Sekt. Das ist fast Champagner. Wo hast du Gläser?"

Sie hatte lange genug in Frankreich gelebt, um ihrem Deutsch einen perfekten französischen Akzent zu geben. Er musste unwillkürlich glauben, sie wäre eine leichtfertige Französin. Dieser Trick hatte bei unzähligen deutschen Männern gewirkt. Es war fast schon ein wenig ulkig, mit welcher Leichtigkeit sie die Kerle an der Nase herumführte. Natürlich war es auch ein Risiko, so nahe an den Feind heranzugehen. Wenn sie zur Arbeit außer Haus ging, war die kleine Beretta Bobcat in ihrer Handtasche immer geladen.

Der Mann nahm aus einem Schrank zwei Gläser und entkorkte die Sektflasche. Irene griff nach beiden Gläsern und hielt sie ihm hin. Er füllte die Gläser und achtete nicht darauf, dass sie überschäumten und ziemlich viel Sekt auf den Boden tropfte. Sie lachten.

„Und jetzt möchte ich Musik. Romantische Musik“, flötete Irene.

„Du weißt aber genau, was du willst“, gab er scherzend zurück.

„Ich bin eben ein kluges Mädchen.“

Er ging an ihr vorbei ins Wohnzimmer. Irene wartete einen Augenblick, bis er außer Sichtweite war. Jetzt aber flott. Ihre Miene war hart und konzentriert. Irene stellte die Gläser ab, entnahm ihrer Handtasche eine Ampulle, öffnete sie und kippte den Inhalt in ein Sektglas. Hatte er etwas gesehen? Nein, alles klar. Irene atmete durch, konzentrierte sich noch einmal und setzte wieder dieses dümmliche und frivole Lächeln auf. Aus dem Wohnzimmer hörte sie langsame Countrymusik. Was der sich unter romantischer Musik vorstellte, geisterte es ihr durch den Kopf. Egal. Sie fasste die Sektgläser und folgte ihm.

Da stand er. Mit nacktem Oberkörper, tiefbrauner Haut, hochtrainierten und wahrscheinlich auch mit der einen oder andren Dosis Anabolika aufgeblähten Muskeln. Wie geil er war. Irene rang für einen Moment mit dem Erbrechen. Sie tänzelte auf ihn zu.

„Oh, Monsieur, was machen Sie da? Trinken wir.“

„Du wirst diese Nacht nicht vergessen“, brummte er.

„Du auch nicht, schöner Mann. Ex und hopp!“

Sie ließen die Gläser klingeln, setzten an und leerten sie in einem Zug. Der Mann verzog das Gesicht. Er musterte das Glas.

„Schmeckt irgendwie komisch.“

Irene verzog ebenso ihr Gesicht.

„Du hast Recht. Hat einen bitteren Geschmack. Wir werden doch lieber Wein trinken.“

Irene nahm ihm das Glas aus der Hand und stellte beide Gläser auf den Couchtisch. Da war er plötzlich hinter ihr. Sie erschrak. Er packte sie hart an den Hüften und warf sie mit Schwung auf das Sofa.

„Na, Mädchen, stehst du auch auf die harte Tour?"

Irene rang mit ihrer Fassung. Die Attacke war so plötzlich und kräftig gekommen. Damit hatte sie nicht gerechnet. Sie fasste ihn ins Auge, lauernd, gefährlich, jederzeit bereit, ihn anzuspringen und die Augen auszukratzen.

„Nur, wenn ich gewinne, du Kretin", fauchte sie drohend.

Er trat einen Schritt auf sie zu. Irene bemerkte es sofort. Die Bewegung war ein klein wenig unkoordiniert. Sie atmete erleichtert durch.

„Schätzchen, du kannst nicht gewinnen. Der Sieger bin immer ich."

Er kämpfte gegen die Betäubung, wankte schon ein wenig. Ja, er war stark, keine Frage, andere Kerle wären schon längst umgekippt. Aber die Dosis des Betäubungsmittels war hoch genug, darauf hatte Irene schon achtgegeben. Irene erhob sich, trat an seine Seite und schubste nun ihn auf das Sofa.

„Ach, meinst du? Da hast du aber heute mal Pech gehabt."

Er bewegte sich noch ein wenig, lallte, dann war er bewusstlos. Irene zwickte ihn zur Sicherheit in den Oberarm. Keine Reaktion. Eine Sekunde lang zitterte sie am ganzen Leib. Dann hatte sie sich wieder gefasst. Es lief alles nach Plan. Sie holte ihre Handtasche und rief Lidia an.

„Wo bist du?", fragte Irene ansatzlos.

„Schon vor dem Haus. Ich bin euch ja ein Stück weit hinterher gefahren."

„Okay, dann komm rein. Erster Stock, die Tür rechts."

Irene entnahm ihrer Handtasche ein paar Handschuhe. Sie öffnete die Wohnungstür einen Spalt, dann lief sie von Zimmer zu Zimmer und zog die Vorhänge zu. Der Kerl mag ja seinen Spaß daran gehabt haben, den Nachbarn sein Intimleben in beleuchteten Zimmern vorzuführen, für die weitere Gestaltung des Abends wollte Irene nicht unbedingt in der Auslage stehen.

Irene erschrak. Wie aus dem Nichts stand Lidia mitten im Wohnzimmer. Sie bewegte sich so gut. Leise, schnell und präzise.

Lidia hatte das Zeug zu einer Meisterin. Ich werde aus ihr eine machen, dachte Irene.

„Alles klar?“, fragte Lidia.

„Naturellement. Der Kerl träumt still und leise von der harten Tour.“

„Ist er brutal geworden?“, fragte Lidia erschrocken.

„Viel hätte nicht gefehlt.“

Lidia sprang auf das Sofa zu.

„Ich schneide ihm die Eier ab!“

„Vergiss ihn. Wir haben zu arbeiten. Gib mir das weiße Tuch.“

Lidia stellte den Rucksack ab, öffnete ihn und angelte ein weiches Staubtuch heraus. Irene schnappte es und begann methodisch alle Gegenstände abzuwischen, die sie angegriffen hatte.

„Legst du die Ersatzkleider raus? Dieser Fummel ist nervtötend. Ich kann mich nicht richtig bewegen.“

Lidia nickte und entnahm dem Rucksack ein paar Sportschuhe, Socken, Jeans, ein T-Shirt und eine Jacke.

„Findest du richtig, was wir hier tun?“, fragte Lidia in den Raum.

„Unbedingt. Der Kerl hat das verdient. In seinen Sonnenstudios knöpft er dummen Sekretärinnen und blöden Fleischergesellen für ein wenig Arbeit an einem Hautkarzinom Unmengen Geld ab, um sich ein Lotterleben zu finanzieren. Auf Brutalosex steht er auch. Und nebenbei, das hat er mir ganz stolz erzählt, kriegen auserwählte Stammgäste bei ihm auch das nötige Kokain, um sich die Birne zu Matsch zu schnüffeln. Was wir hier machen, ist absolut richtig.“

„Das habe ich nicht gemeint. Er kennt dein Gesicht. Es ist gefährlich. Warum haben wir nicht die übliche Masche abgezogen? Du keilst die Typen an, ich ziehe die Brieftasche. Das hat doch bisher hervorragend geklappt.“

Irene hielt inne. Sie nahm sich die Zeit und überlegte noch einmal ihre Situation. Obwohl sie längst alles doppelt und dreifach durchdacht hatte. Egal, lieber einmal zu oft nachdenken, als einmal zu wenig.

„Du hast natürlich Recht, es ist gefährlich. Gefährlicher als gezielter Taschendiebstahl, so wie wir ihn bisher praktiziert haben. Aber schau uns an, wir sind ein prima Team, die Kommunikation läuft mittlerweile wie von alleine. Wir können mehr wagen, wir können höher pokern, jetzt geht das. Vor einem Monat wäre es noch glatter Selbstmord gewesen. Und vielleicht ist es das in einem Monat auch schon wieder. Aber jetzt läuft die Sache. Ich habe dir von Oleg noch nichts erzählt."

„Du hast nur den Namen genannt."

„Es ist egal, wer er ist. Er legt Wert darauf, dass ihn nur ganz wenige Leute kennen und das respektiere ich. Er hat sich in der letzten Zeit auf Luxusautos spezialisiert. Und er arbeitet in München. Also nutzen wir diese Verbindung zu einem einmaligen Geschäft. Wir machen dieses Ding hier nur, weil wir gerade zum richtigen Zeitpunkt am richtigen Ort sind. Schon morgen ändern wir unsere Strategie. Wir sind unabhängig und total flexibel, wir sind heute hier und morgen dort. Wenn der Scheißkerl aus der Betäubung erwacht, sind wir schon längst in einer anderen Stadt."

„Trotzdem kennt er dein Gesicht."

„Er hat selbst Dreck am Stecken, also wird er der Polizei nicht alles erzählen. Bist du mit dieser Erklärung einverstanden?"

Lidia wiegte ein wenig den Kopf, dann lächelte sie breit.

„Okay, nehmen wir den Sack bis auf das letzte Unterhemd aus."

Auch Irene lächelte, während sie ihre Kleidung wechselte.

„Mach dich auf die Suche nach einer grauen Schatulle. Er hat da ein paar Andeutungen gemacht. Wahrscheinlich lagert da das Koks."

„Willst du das Koks nehmen?", fragte Lidia ein wenig überrascht. Irene hatte zu Drogen eine sehr klare Meinung.

„Nein, aber wo Koks lagert, liegt vielleicht auch Geld."

Lidia ließ den Blick kreisen, dann entschied sie sich für das Schlafzimmer. Mit katzenhafter Behändigkeit eilte sie los und machte sich über die Schränke her. Irene verstaute ihre Abendkleidung im Rucksack. Sie langte nach dem Jackett des Mannes und zog die Brieftasche heraus. Die Geldscheine verschwanden in ihrer Hosentasche. Dann nahm sie seinen Führerschein und die Autopapiere an sich. Die Kreditkarten ließ sie unangetastet. Wo der Autoschlüssel lag, wusste sie ja. Irene schnappte danach. Ein breites Grinsen legte sich in ihr Gesicht. In drei Stunden würde sie sich mit Oleg treffen, bis dahin hatten sie noch ausreichend Zeit, die wirklich brauchbaren Dinge dieser Wohnung aufzuspüren. Schade, dass er direkte Nachbarn hatte, sonst hätte sie den Mietwagen mit ein paar luxuriösen Elektrogeräten anfüllen können. Egal, Bargeld, kleine Kostbarkeiten und ein roter Porsche mit Holzvertäfelung taten es auch. Oleg würde für den Wagen schon etwas springen lassen müssen.

Irenes Blick fiel auf den Mann. Sie musterte ihn nüchtern.

„Na Lothar, das hättest du dir nicht gedacht."

Sie entnahm dem Rucksack ein Klebeband und fesselte Arme und Beine. Danach verklebte sie den Mund. Spätestens wenn die Putzfrau kam, denn so ein toller Hecht sorgte garantiert nicht selbst dafür, dass seine Toilette nach Duftsteinen roch, würde er gefunden werden. Und wenn es ihm gelingen sollte, sich selbst zu befreien, würde er in jedem Fall ziemlich lange dafür brauchen.

„Schau mal, was ich da habe. Eine graue Blechschatulle. Sie ist ziemlich schwer."

Irene riss den Kopf hoch. Lidia stellte das Ding auf den Couchtisch.

„Das ist keine simple Handkassa", sagte sie. „Das Schloss kriege ich nicht so leicht auf. Ich brauche Werkzeug."

Irene zog aus ihrer Hosentasche seinen großen Schlüsselbund.

„Entweder Werkzeug oder, etwas bequemer, einen Schlüssel."

Lidia nahm den Bund und probierte einen in Frage kommenden Schlüssel. Die Schatulle klappte auf.

„Leck mich doch. Jetzt sieh dir mal das an", staunte Lidia.

Irene pfiff durch die Zähne. Die Schatulle war randvoll mit Briefchen und Bargeld.

„Was ist das für Zeug?", fragte Lidia.

Irene kippte den Inhalt der Schatulle auf den Tisch.

„In erster Linie Kokain. Was in diesen Ampullen drinnen ist, weiß ich nicht. Vielleicht irgendein Superanabolikazeug. Drogenscheiße in jedem Fall."

Ein teuflisches Grinsen umspielte Irenes Lippen.

„Was hältst du davon, wenn wir ihm eine Anzeige ein klein wenig vermiesen?"

Irene nahm ein Briefchen in die Hand und schüttelte es bedeutungsvoll. Lidia runzelte die Stirn.

„Was meinst du?"

„Wenn er die Polizei ruft, kommt garantiert auch die Spurensicherung anmarschiert. Was glaubst du? Macht es ein gutes Image, wenn die Spurensicherung in der ganzen Wohnung, auf jedem Teppich, auf jedem Fauteuil, überall verteilt Kokainspuren findet?"

Lidia lächelte nun ebenso, sie zog aus dem Rucksack ein Springmesser, klappte es auf und zerschnitt ein Briefchen.

„Sicher ein Scheißimage", sagte sie und ließ das weiße Pulver über den Mann rieseln.

Irene ließ Lidia den Spaß, während sie, ohne zu zählen, das Geld einsteckte. Durchwegs große Scheine. Und weiter. Uhren und Schmuck, sie staubte ab, was sie finden konnte. Nach zehn Minuten hatten sie die Wohnung durchsucht und alles Brauchbare gesammelt. Sie verstauten ihre Beute im Rucksack.

„Fetter Fisch, das muss man sagen", murmelte Irene. „Hoffe, Oleg macht mir einen anständigen Preis für den Porsche. Wenn das gut geht, hat sich unser Kurzbesuch in München voll rentiert."

Irene packte ihre Handtasche und entnahm die Beretta. Sie prüfte das Magazin.

„Hoffe nur, Oleg weiß sich einer Lady gegenüber zu benehmen. So gut kenne ich ihn auch wieder nicht. Na ja, wird schon klappen. Hast du deine Waffe dabei?"

Lidia deutete auf ihre am Boden liegende Jacke.

„Gut. Sicher ist sicher, du kennst meine Devise. Also, ich fahre jetzt mit dem Porsche los, du verlässt die Wohnung fünf Minuten später. Vergiss nicht, das Licht auszuschalten. Und schließ die Tür nicht ab, lass sie einfach zufallen. Unser Geschäftsfreund wird ungefähr in vier, fünf Stunden aus der Betäubung erwachen. Wir haben also keinen Grund, irgendwie hektisch zu werden. Alles klar?"

Lidia nickte. Irene räusperte sich noch einmal, konzentrierte sich und wandte sich zum Gehen.

„He, Irene", sagte Lidia.

„Was?"

„Du bist eine starke Frau."

Irene lächelte.

„Und du bist sexy."

Leise schloss Irene die Tür hinter sich. Lidia stellte ihre Sachen im Vorzimmer bereit, dann trat sie ans Fenster und schaute durch einen kleinen Spalt im Vorhang zur Straße hinaus. Irene huschte unauffällig zum Porsche, setzte sich hinein und verschwand. Lidia trat vom Fenster weg. Sie schlüpfte in ihre Jacke. Das schwere Metall ihrer Pistole schlug ihr ein wenig auf die Rippen. Lidia trat an den liegenden Mann heran, zog die Pistole und strich mit der Waffe über seinen nackten Oberkörper.

„Und du? Weißt du, wie man sich einer Lady gegenüber benimmt? Was ich so höre, hast du ja schlechte Manieren."

Lidia hockte sich hin, setzte die Pistolenmündung auf sein Geschlecht.

„Ob ich das dulden soll?"

Lidia schnupperte an dem Mann. Sie verzog ihr Gesicht. Er stank nach Schweiß und aufdringlichem Rasierwasser. Sie sprang hoch, steckte die Waffe ein und schulterte den Rucksack.

„Wenn du ihr etwas getan hättest, wärst du jetzt tot."

Sie knipste das Licht aus und verschwand auf leisen Sohlen. Die Nachbarn hätten Lidia nicht einmal gesehen, wenn sie über sie gestolpert wären.

10.

Eberhard Fichte starrte in das Nichts seiner leeren Existenz. Seine Handflächen ruhten auf dem dunklen Holz des Esstisches, sein Rücken war kerzengerade, so wie er gelernt hatte zu sitzen, immer gerade, immer aufrecht. Er ruhte still in sich, wie er es ein Leben lang gemacht hatte. Der Eberhard ist ein so braves Kind, hatte seine Mutter stets gesagt und dabei zufrieden seinen Kopf gestreichelt. Wie lange war das her? Warum hatte sich alles so ergeben? Beklemmende Wände schoben sich auf ihn zu. Diese Wände waren geschmückt mit klassizistischen Ölschinken in goldenen Rahmen. Warum nur diese Einsamkeit? Was hatte er falsch gemacht?

Fichte griff nach der Tasse und hob sie. Der Tee war längst kalt. Er schmeckte bitter. Es war spät. Egal. Seit er arbeitslos war, kümmerte es niemanden, ob er um halb sieben aufwachte oder erst um halb neun. Es war egal. Diese Sinnlosigkeit, diese bodenlose Nutzlosigkeit, sie drückte ihn nieder. Sechzehn Jahre hatte er für die Firma gearbeitet, war nie unpünktlich gewesen, hatte seine Arbeit immer gewissenhaft erledigt, war nie mit überzogenen Gehaltswünschen unangenehm aufgefallen, war selten krank gewesen. Wie hatte man es ihm gedankt? Es war eine Frechheit, ihn einfach so vor die Tür zu setzen. Eine brutale Gemeinheit. Eine Intrige.

Natürlich waren alle Vorschriften beachtet worden. Der gesetzlich vorgeschriebene Kündigungstermin war eingehalten worden, er hatte eine Abfertigung erhalten, der neue Marketingchef hatte seiner Sekretärin sogar einen sehr freundlichen Abschiedsbrief diktiert. Und dennoch, man hatte ihn nach sechzehn Jahren einfach auf die Straße geworfen. Aus unerklärlichen Gründen. Oder besser, aus gar keinen Gründen. Der alte Besitzer war in Ruhestand getreten und hatte die Firma an ein Konsortium verkauft. An Finanzhaie, an Geldmänner in dunklen Anzügen, denen der fleißige und pünktliche Buchhalter aus irgendwelchen Gründen nicht in den Kram gepasst hatte. Es war eine infame Verschwörung gewesen, nur, weil Fichte nicht mehr dreißig war, weil er keinen flotten Sportwagen fuhr, weil er nicht ins Fitnessstudio pilgerte, sondern bei seiner Mutter lebte und finanziell für sie sorgte. Diese Aasgeier. Immer noch spürte Fichte diesen Zorn in sich, immer noch schmerzte diese Demütigung, obwohl die Kündigung mittlerweile schon sechs Monate her war.

Er war zuvor niemals arbeitslos gewesen, nicht einen Tag. Und nun musste er monatlich auf das Arbeitsamt gehen und sich dort einem entwürdigenden Prozedere unterwerfen. Der Sachbearbeiter fragte jedes Mal mit diesem abstoßenden Dackelblick, ob Fichte denn schon eine neue Stelle in Aussicht habe. Dabei war seine Anteilnahme nicht einmal schlecht geheuchelt. Und Fichte legte dann die sorgsam angelegten Kopien seiner Bewerbungsbriefe vor. Ganz am Anfang hatte der Sachbearbeiter die Kopien genau angesehen und gefragt, ob da nicht die eine oder andere Formulierung etwas zeitgemäßer gemacht werden könnte. Außerdem riet er zur Anschaffung eines Computers, weil mit Schreibmaschine doch heutzutage niemand mehr schrieb. Selbstverständlich hatte Fichte dieser fragwürdigen Amtsperson eine Standpauke über guten Stil halten müssen und sie über seine perfekte Technik mit einer Schreibmaschine unterrichtet. Nie wieder hatte der Sachbearbeiter die äußere Form der Bewerbungsbriefe kritisiert.

Fichte war nicht so dumm oder verkorkst, um nicht genau zu verstehen, was die neuen Chefs seiner ehemaligen Firma oder dieser Sachbearbeiter auf dem Arbeitsamt sagen wollten. Oder warum er sich so schwer tat, als erfahrener Buchhalter eine neue Anstellung zu finden, obwohl jede Woche mehrere entsprechende Inserate in den Zeitungen zu finden waren und Fichte sich pflichtbewusst um alle offenen Stellen beworden hatte. Er passte irgendwie nicht so recht in die Gegenwart, er war irgendwie ein Relikt einer untergegangenen Zeit. Eberhard Fichte konnte umfangreiche Gedichte frei aus dem Gedächtnis rezitieren, er konnte schneller kopfrechnen, als andere einen Taschenrechner bedienten, er konnte sämtliche großen Flüsse Europas aufsagen.

Aber all das war nichts wert, weil einzig und allein die Ellbogen zählten, weil einzig und allein das Recht des Stärkeren galt und nicht das Recht des Kultivierteren, des Höflicheren. Fichte war zu vornehm für diese Welt. Er wusste das, aber er konnte nicht aus seiner Haut. Er hatte Prinzipien und diesen würde er niemals untreu werden. Selbst wenn er nur mehr Sozialhilfe empfangen sollte.

Bloß, wie sollte er das alles seiner Mutter beibringen?

Seit einem Jahr wohnte Therese Fichte nicht mehr in ihrer geräumigen Wohnung im neunzehnten Wiener Gemeindebezirk, sondern in einem hübschen Zimmer im Altenheim Lainz. Fichte besuchte sie jeden Sonntagvormittag. Sie war so alt geworden, dass er sie alleine nicht mehr hatte pflegen können. Zumal er damals ja auch noch zur Arbeit gegangen war.

Eberhard Fichte erhob sich vom Stuhl, räumte das Teegeschirr auf ein Tablett und trug es in die Küche. Die Wohnung war sehr groß, mit alten und wertvollen Möbeln komfortabel eingerichtet. Der Parkettboden knarrte unter Fichtes Schritten. In dieser Wohnung war er aufgewachsen, hier hatte er immer gelebt. Sein Vater war lange tot, er war gestorben, als Fichte noch ein Kind gewesen war. Fichte konnte sich gar nicht mehr an ihn erinnern, er war eine nebelhafte Figur der Vergangenheit. Woran er sich erinnern konnte, war ein ganzes Leben an der Seite seiner Mutter. Sie hatte immer für ihn gesorgt, hatte ihm ein Heim gegeben. Ein Zuhause. Diese entwurzelten Karrieretypen hatten doch nicht einmal einen Begriff davon, was es hieß, eine Heimat zu haben.

Fichtes Blick fiel auf das Handy. Er schmunzelte. Es war ein Spiel. Ein befreiendes, irgendwie beglückendes Spiel. Er hatte immer gespielt. Mit seiner Mutter Canasta, mit Bekannten Schach, meist aber alleine. Und er hatte sich viele verschiedene Spiele ausgedacht. Darin war er richtig kreativ. In jüngeren Jahren hatte er sogar den Traum gehabt, Spieleerfinder zu werden. Spieleerfinder waren, wenn sie wirklich gut waren, gefragte und gutbezahlte Experten. Aber aus verschiedenen Gründen war es nie dazu gekommen. So hatte er eben Spiele für sich selbst entworfen. Und das mit dem Telefon war auch so ein Spiel, bloß eines außerhalb seines Zimmers. Vielleicht war es sogar so etwas wie ein Tick. Eine Sucht.

Eberhard Fichte stand im Badezimmer vor dem Spiegel und putzte seine Zähne. Morgen, ja, morgen würde er wieder telefonieren. Er lachte still in sich hinein.

11.

Lidia schaute auf die Uhr. Immer wieder schaute sie auf die Uhr. Sie zerdrückte die abgerauchte Zigarette im Aschenbecher. Verdammt, wo blieb sie nur? Es lief auf zwei Uhr früh zu und Irene war weder gekommen noch hatte sie angerufen. Irgendetwas musste passiert sein. Neben dem Aschenbecher lag Lidias Pistole. Ob sie sich auf die Suche machen sollte? Um Mitternacht hatte Irene zurück sein wollen. Lidia fluchte leise vor sich hin. Sie konnte jetzt nichts unternehmen, dazu war Irene noch nicht lange genug überfällig. Sie grapschte sich noch eine Zigarette, da klopfte es leise an der Tür. Zweimal kurz, zweimal lang. Lidia sprang hoch und flitzte zur Tür.

„Was war los? Ich bin schon ganz irre von der Warterei."

Irene huschte schnell in das Zimmer. Ihre Miene wirkte gestresst. Sie warf sich auf einen Stuhl und schmiss die Handtasche zu Boden.

„Oleg ist eine Flasche."

„Was ist passiert?"

Irene verzog ihr Gesicht.

„Meine Güte, war da ein Bataillon rauchender Soldaten im Zimmer?"

Lidia setzte sich Irene gegenüber an den Tisch. Irene schlug verärgert mit der flachen Hand auf die Tischplatte.

„Es ist alles schiefgegangen. Erst habe ich eine geschlagene Stunde auf den Mistkerl warten müssen, dann hat er noch elendslang herumtelefoniert und als wir uns dann den Wagen angesehen haben, hat er einfach kein Geld dabei gehabt."

„Verdammt. Was hast du mit der Karre gemacht?"

„Was denn wohl? Ich habe sie abgestellt. In so einem Industrieviertel. Dann bin ich mit dem Taxi hierher gefahren."

„Das heißt, wir können den Wagen nicht verkaufen?"

Irene war wütend, ihre Stimme schneidend.

„Doch. Aber erst morgen. Dabei war ausgemacht, dass ich heute liefere und er heute bezahlt. Das war doch wirklich kein komplizierter Deal. So eine Scheiße!"

„He, schrei da nicht so herum! Das machst mich nervös!", konterte Lidia.

Irene blickte Lidia ein wenig überrascht an. Sie fasste sich schnell.

„Entschuldige, ma chérie. Ich war nur sauer, weil der Deal nicht geklappt hat. Unsere Abreise verzögert sich nur ein wenig, das ist alles. Ich mache das morgen schon mit Oleg. Keine Sorge, es wird alles klappen. Und, wie ist es bei dir gelaufen?"

Lidia entspannte sich wieder.

„Hatte keine Probleme."

„Du bist mein Lichtblick."

Irene erhob sich.

„Mach bitte das Fenster auf, ich brauche frische Luft. Und dann lass uns schlafen. Morgen haben wir wieder ein volles Programm."

12.

Der vom Rost halb zerfressene Renault stand lärmend an einer Kreuzung. Hoffmann versuchte den Lärmpegel, den sein Wagen verursachte, zu ignorieren, was leider nicht so recht gelingen wollte. Wolfgang Hoffmann fuhr nur aus einem Grund mit dem Auto. Es ließ sich einfach nicht vermeiden. Nicht bei seinem Job. Ansonsten wäre er ohne Probleme Stammkunde der öffentlichen Verkehrsmittel geworden. Leuten, die von sich behaupteten, leidenschaftliche Autofahrer zu sein, begegnete Hoffmann immer mit etwas Vorsicht. War das ein irrer Tempofanatiker oder doch nur ein stumpfsinniger Kilometerfresser? Andere Typen hatte Hoffmann unter den Autoliebhabern noch nicht entdecken können. Hoffmann legte den ersten Gang ein. Es musste wohl der Auspuff sein. Irgendwo war das Ding durchgerostet oder gebrochen und deswegen dröhnte der Wagen so. Die Ampel schaltete auf Grün, Hoffmann beschleunigte den Wagen langsam.

Das war so ein Spielchen. Er hielt sich penibel an Tempolimits. Damit konnte er manche Großstadthelden in ihren Rennautos in den Wahnsinn treiben.

Sein Kollege Gerhard Assmann hatte sich am Anfang ihrer Zusammenarbeit auch als leidenschaftlicher Autofahrer zu erkennen gegeben. Hoffmann zuckte ein wenig mit den Schultern, als er in den Parkplatz des Kommissariats einbog. Na ja, Assmann eben.

Hoffmann stellte den Wagen ab und marschierte auf das Gebäude zu. Eine junge Polizistin trat aus dem Gebäude und grüßte ihn freundlich lächelnd. Hoffmann lächelte unwillkürlich zurück und erwiderte den Gruß. Er kannte sie vom Sehen, seit ein paar Monaten tat sie hier Dienst. Er konnte nicht anders, er blickte ihr hinterher. Sie sah richtig süß aus in ihrer Uniform und mit dem zu einem Zopf gebundenen brünetten Haar. Sie war die hübscheste Polizistin, die er je auf dem Kommissariat gesehen hatte. Und sie lächelte ihn auch immer so freundlich an. Fast ein wenig einladend. Oder bildete er sich das nur ein? Hoffmann trat in das Gebäude. Wahrscheinlich bildete er sich das nur ein, denn erstens sah Hoffmann ja wirklich nicht aus wie der geborene Don Juan, dem die Frauenherzen nur so zuflogen, und zweitens hatte die junge und sehr sportlich wirkende Kollegin garantiert einen Freund, der mindestens Staatsmeister im Sportklettern oder Mountainbiking war. Hoffmann hingegen war froh, dass er die paar Stufen zu seiner Wohnung hochsteigen konnte, ohne ernsthaft außer Atem zu geraten.

Die Ganguhr zeigte fünf Minuten vor neun. Gar nicht schlecht. Er war ja richtig pünktlich heute, obwohl er beim Frühstück befürchtet hatte, nicht mehr vor neun im Kommissariat zu sein.

Auf zu neuen Heldentaten, geisterte es durch seinen Kopf. Und ein Bild davon konnte er sich gleich machen, denn im Gang vor dem Presseraum drängten sich sämtliche Reporter der Stadt. Die Nachricht vom Tod der Sportskanone machte mächtig Wirbel. Genau die Tonart, die Major Koller brauchte, um möglichst schnell befördert zu werden. Es war ja Hoffmanns Chef an der Nase anzusehen, dass ihn die Drogenszene im Grunde anwiderte. Koller verachtete die Freaks, die Irren und halb verwahrlosten Junkies bloß. Warum er dann überhaupt Polizist geworden war, fragte sich Hoffmann, als er sich in den kleinen Saal hinein drängte. Er bezog an der Rückwand Stellung.

Punkt neun. Der Auftritt. Koller marschierte wie ein abgebrühter Bulle auf, ein Mann mit Verantwortung und der Kraft, das Gesetz durchzusetzen. Hoffmann lächelte fast ein wenig. Koller kam natürlich nicht allein in den Saal, er schleppte zwei Kollegen mit. Zuerst folgte Gerhard Assmann und dann Ernst Markgraf. Markgraf war ein wirklich gut arbeitender Mann aus Kollers Fachgruppe. Assmann und Markgraf waren von Koller ins Team geholt worden. Deshalb mussten sie jedes Mal wieder ihren Boss zu Pressekonferenzen begleiten. Warum zum Teufel Hoffmann nicht mit Markgraf im selben Zimmer saß? Der ständige Stress im Büro wäre mit einem Mal Vergangenheit, denn Markgraf war zwar einer der Krawattenträger im Kommissariat, aber im alltäglichen Umgang einfach kein Nervtöter wie Assmann.

„Meine sehr geehrten Damen und Herren."

Unbedingt! Koller war in seinem Element. Besser hätte man diesen Satz gar nicht an ein Publikum richten können. Das Chaos von Stimmen ebbte schnell ab, die Mikrofone waren gerichtet, Kameras summten, die Fotografen hatten den Finger am Drücker und die Schreiber die Bleistifte gespitzt. Hoffmann steckte die Hände in die Tasche seines Jacketts. Eine Theatermatinee, ein kunstvoller Auftritt am frühen Morgen.

Hoffmann kaute daran, einen ganzen Tag verloren zu haben. Diese elenden Berichte. Ob Assmanns Recherche am Nachmittag

Ergebnisse gebracht hatte? Bestimmt. Assmann fehlte zwar das, was man Nase, Intuition oder wie auch immer nannte, aber bei der Recherche von Fakten war er eine Klasse für sich. Eigentlich wären sie ein brauchbares Ermittlerteam, Hoffmann der Mann mit der Erfahrung und Assmann der Mann mit dem Blick für das Systematische. Warum nur funktionierte ihre Zusammenarbeit so selten? Egal, Hoffmann wischte seine Gedanken zur Seite, denn Koller eröffnete seinen kriminalistischen Vortrag mit den Ergebnissen der Autopsie. Hoffmann spitzte die Ohren.

Toni Berger war also, ganz wie der Notarzt am Tatort festgestellt hatte, an seinem Erbrochenen erstickt, jeder Zweifel war ausgeschlossen. Die Gerichtsmedizin hatte keinerlei Anhaltspunkte auf eine Fremdeinwirkung gefunden. Analysen hatten ergeben, dass Berger seit längerer Zeit regelmäßig Kokain zu sich genommen hatte. Andere Drogen wurden nicht gefunden. Kokain und Alkohol, das war Bergers Lebenselixier der letzten Monate und schließlich auch sein Todesurteil. Koller steuerte auf den nächsten Punkt offenbar kühl und sachlich zu, aber Hoffmann entdeckte einen Hauch von Spaß am Skandal in Kollers Miene. Hoffmanns Chef wusste genau, was die Presse brauchte, und er lieferte prompt.

„Weiters haben wir eindeutige Spuren gefunden. Und zwar Lippenstiftspuren. Auf Bergers Wangen, Hals und Ohren. Und auf Bergers, na sagen wir mal, ehemals bestem Stück."

Ein Raunen ging durch die Menge, Fotoapparate klickten. Koller genoss diesen Augenblick, selbst wenn er die sachliche Miene des verantwortungsbewussten Polizisten präsentierte.

„Wir gehen davon aus, dass eine Liebesdienerin vorgestern Abend bei Berger ihre Arbeit getan hat. Diese Person ist vermutlich die letzte, die ihn lebend gesehen hatte."

In der Folge referierte Koller über die weitere Vorgangsweise, wobei er so allgemein und nichtssagend sprach, dass sich sogar die weniger erfahrenen Journalisten im Saal verschaukelt vorkommen mussten. Hoffmann hatte genug gehört, das folgende Frage-und-Antwort-Spiel konnte er sich getrost ersparen. Er war vielmehr neugierig, was Assmanns Recherche ergeben hatte. Davon war mehr zu erwarten, als von Kollers rhetorischen Schauspielen. Hoffmann drängte sich durch die Menge, sorgte dabei natürlich für ein Sesselrücken. Major Koller verfolgte mit zusammengekniffenen Augen, ohne allerdings seinen Vortrag deshalb unterbrechen zu müssen, wie Hoffmann den Saal verließ. Hoffmann war ehrlich zu sich, das bisschen Sesselrücken und Geschiebe war er seinem Chef für den Auftritt gestern Nachmittag schon schuldig. Und Hoffmann wusste, dass Koller diese Zusammenhänge durchaus mitbekam. Grabenkampf im Büro. Eigentlich ärgerte sich Hoffmann über ein derartig kindisches Verhalten. Aber wie sollte er sich sonst zur Wehr setzen?

Hoffmann eilte die Treppe zum Büro hoch. Er trat ein und sah auf den ersten Blick die Aktenmappe auf Assmanns Schreibtisch. Sollte er sie einfach zur Hand nehmen? Hoffmann wusste zu genau, dass dann der nächste Streit mit Assmann vorprogrammiert war. Sein Kollege war in solchen Dingen furchtbar kleinlich. Seine Sachen durften unter keinen Umständen angefasst werden. Auch wenn Hoffmann in Assmanns Fällen herumstocherte und irgendetwas in Erfahrung brachte, fühlte sich Assmann immer direkt angegriffen. Zumindest provoziert. Dabei wollte Hoffmann nur Verbrechern das Handwerk legen, der Wahrheit auf die Spur kommen, einfach seine Arbeit verrichten. Also ließ er die Mappe auf Assmanns Schreibtisch liegen und steuerte die Kaffeemaschine an. Ein alltägliches Ritual. Der Tag im Büro begann mit einer Tasse Kaffee. Bald tropfte heißes Wasser durch den Filter, der köstliche Duft frischen Kaffees verbreitete sich im Büro. Die Tür wurde aufgeworfen und Assmann trat mit schnellen Schritten auf seinen Schreibtisch zu.

„Die Pressekonferenz schon zu Ende?“, fragte Hoffmann.

„Noch nicht, aber ich habe mich abgeseilt.“

„Wie das? Hat Koller dich gehen lassen?“

Assmann hob die Mappe hoch und winkte damit.

„Deswegen. Wir müssen weiterarbeiten, deswegen konnte ich vorzeitig fort."

Hoffmann füllte seine Tasse mit Kaffee.

„Willst auch einen?"

Er hatte keine Ahnung, warum er Assmann immer wieder fragte. In den zwei Jahren, die Hoffmann und Assmann sich das Büro teilten, hatten sie gezählte dreimal gemeinsam Kaffee getrunken. Normalerweise nutzte Assmann die Einladungen seines älteren Kollegen dazu, sich über diesen lustig zu machen.

„Ausnahmsweise."

Hoffmann war sogar ein wenig überrascht. Assmann fasste seine Kaffeetasse und trat heran. Hoffmann goss seinem Kollegen ein.

„Milch? Zucker?", fragte Hoffmann.

„Mach ich schon."

Assmann goss einen Tropfen Milch in den Kaffee und streute ziemlich viel Zucker hinein. Hoffmann trank seinen Kaffee ungezuckert mit viel Milch. Er nippte an der Tasse und wartete. Assmann war geladen, so viel war mal klar. Er musste mit der Sprache rausrücken, es brannte ihm unter den Fingernägeln. Hoffmann warf sich in seinen Drehstuhl und fixierte Assmann.

„Du hast gebohrt?"

„Ja. Und wer bohrt, wird fündig."

„Na los, zeig mir deine Ergebnisse."

Assmann richtete seine Krawatte und huschte an seinen Schreibtisch. Er war jetzt richtig aufgewühlt. Assmann klappte die Mappe auf, entnahm einige Papiere und trat auf Hoffmanns Schreibtisch zu.

„Hör zu. Anton Berger hat drei Saisonen als hochtalentierter, aber unbeständiger Springer Weltcupluft geschnuppert. Mal ein Spitzensprung, dann wieder so lala. Er war noch jung und manche glaubten, er würde den Durchbruch schon noch schaffen, andere wiederum meinten, er würde nie ein Champion werden. Und dann kam sein großes Jahr. Das ist jetzt fünf Jahre her. Im Weltcup hat er fünf Bewerbe gewonnen, war ansonsten auch immer im Spitzenfeld, ist niemals ausgefallen. Er hat den

Gesamtweltcup mit großem Vorsprung auf den Finnen Lahinen gewonnen. Das spektakulärste Springen des gesamten Weltcups fand bei der Vierschanzentournee statt."

Assmanns Augen glühten. Hoffmann nickte bedeutungsvoll. Vierschanzentournee, davon hatte er schon gehört. Er dachte angestrengt nach. Verdammt, warum hatte er sich bisher nicht mehr für Schispringen interessiert? Assmann las im Gesicht seines Kollegen.

„Sag bloß, du weißt nicht, was die Vierschanzentournee ist?"

„Hilf mir auf die Sprünge."

Assmann schüttelte den Kopf.

„Der Höhepunkt des Weltcups. Garmisch-Partenkirchen, Innsbruck! Das Neujahrsspringen! Das musst du doch kennen."

„Natürlich!", rief Hoffmann aus. „Klar, die zwei Bewerbe in Deutschland und die zwei Bewerbe in Österreich, die dann irgendwie zusammengezählt werden."

„Na bitte. Der Berger hat die Vierschanzentournee nur um drei Punkte vor Lahinen gewonnen. Prima Springer, dieser Finne, er hat Berger ein packendes Duell geliefert. Und dann kam der absolute Höhepunkt. Die Weltmeisterschaft in Lahti. Das liegt in Finnland. Berger ist Weltmeister auf der Normal und der Großschanze geworden. Im Teamwettbewerb haben die österreichischen Springer den dritten Platz errungen. Wobei er das Team überhaupt so weit nach vorne gebracht hatte. Wenn man den Teamwettbewerb als Einzelspringen gewertet hätte, wäre er noch einmal Sieger geworden. Er hat also drei Springen innerhalb weniger Tage gewonnen. Vor allem die Art, wie Berger seine beiden Goldmedaillen gewonnen hat, hat die Massen begeistert. Im ersten Durchgang lagen immer fünf, sechs Springer ziemlich gleich auf, im zweiten Durchgang ist Berger der Konkurrenz auf und davon geflogen. Ich hab im Fernseharchiv ein bisschen nachgeblättert. Das Springen von der Großschanze in Lahti gehört zu den fünf reichweitenstärksten Sportübertragungen, die der ORF jemals gesendet hat. Durch diesen Sieg ist Berger zum Superstar in Österreich geworden."

Hoffmann nahm einen Schluck Kaffee. Das war ja eine spannende Story, nur wie sollte sie nach Ottakring führen? Assmanns Miene wurde finster, er zog aus seiner Sammlung einen Zettel hervor und reichte ihn Hoffmann.

„Und jetzt lies einmal das."

Hoffmann überflog die paar Zeilen. Der internationale Schiverband fragte per Fax beim österreichischen Verband um eine Wiederholung einer Dopingkontrolle des Schispringers Anton Berger an. Die Probe, die Berger nach dem Abschlussspringen der Vierschanzentournee in Bischofshofen abgegeben hatte, war nach einer vorläufigen positiven Analyse spurlos verschwunden. Hoffmann starrte Assmann entgeistert an.

„Und jetzt lies das."

Wieder zog Assmann einen Zettel aus seiner Mappe. Es war eine kleine Meldung in einer Tageszeitung. Toni Berger musste nach dem Weltmeisterschaftsbewerb auf der Normalschanze den Dopingtest wiederholen, weil seine Probe vor der Analyse verschwunden war.

„Klingt nicht so gut", sagte Hoffmann.

„So würde ich das auch sagen. Sämtliche Proben, die Berger damals abgegeben hat, waren negativ. Man fand keinerlei Spuren von illegalen Mitteln. Meine Theorie, und ich bin bis gestern ein leidenschaftlicher Fan vom Berger gewesen, lautet ungefähr so: Der Mann war die ganze Saison permanent gedopt und hat deswegen fast alles gewonnen. In der anschließenden Saison hat er an die Erfolge nicht mehr anschließen können, aber das war egal, weil da war er schon ein Star und dauernd auf den Titelblättern."

„Ein schmutzige Sache, der Spitzensport."

„Ich glaube, dass der Bursche verheizt wurde. Wahrscheinlich hat sein persönlicher Manager die Fäden im Hintergrund gezogen."

„Persönlicher Manager? Macht nicht der Schiverband das Management?"

„Schon. Aber der Berger hat zusätzlich einen persönlichen Manager gehabt. Der hat die fetten Werbeverträge an Land gezogen. In den zwei Jahren nach seiner Siegessaison hat Berger mit Werbeverträgen unglaubliche Mengen Geld verdient. So viel, wie noch nie ein österreichischer Schispringer vor ihm."

Hoffmann hatte Lust, eine Zigarette zu rauchen, aber hier war ja seit Assmanns Einzug ein Nichtraucherbüro. Er wischte den Gedanken fort.

„Und wie ist das danach gelaufen?", fragte Hoffmann.

„Irgendwie nach Schema. Der Berger ist von den Sportseiten immer mehr auf die Szeneseiten der Tageszeitungen gerutscht. Nach drei Jahren ist er wegen mangelnder Leistungen aus dem Teamkader geflogen, dafür hat er Motorsport betrieben."

„Motorsport? Wieso Motorsport?"

„Er ist Rallyes gefahren. Sagen wir mal so, ein Feigling war der Berger ja nicht. Von einer Großschanze runterspringen? Frage nicht. Aber seine Fitness hat für das Schispringen nicht mehr ausgereicht. Für das Gaspedal schon. War sogar recht erfolgreich. Manche haben schon geglaubt, das wird seine zweite Karriere. Aber es war nur ein letzter Versuch, nicht in die Gosse abzusacken. Seit einem Jahr war Berger ohne festen Wohnsitz. Die Polizei in Innsbruck hat ihn zweimal auf der Straße aufgelesen. Stockbesoffen. Ziemlich sicher voll mit Koks. Ist niemals untersucht worden. In einer Diskothek in Kitzbühel war er in eine Schlägerei verwickelt."

„Das Popstarsyndrom", murmelte Hoffmann.

„Was meinst damit?"

„Na ja, ein junger und talentierter Bursch wird von einem Tag auf den anderen zum Star. Allerdings hat er Dreck am Stecken. Und genau der Dreck zieht ihn runter, sobald die gierige Öffentlichkeit sich andere Stars sucht."

„Und jetzt ist er tot", sagte Assmann resignierend.

Für ein paar Augenblicke lag Schweigen zwischen den beiden Männern. Hoffmann nahm noch einen Schluck Kaffee.

„Gibst du mir mal die Mappe?"

Assmann ließ die gesamte Mappe auf Hoffmanns Schreibtisch fallen und ging an seinen Arbeitsplatz. Hoffmann überflog die Papiere. Prima. Eine brauchbare Dokumentation. Und das alles hatte Assmann an einem Nachmittag zusammengetragen. Als Kriminalpolizist gut, als Kollege miserabel. Damit musste Hoffmann leben. Er tippte auf die Papiere vor sich.

„Gute Arbeit, Gerhard. Damit können wir etwas anfangen."

Gerhard Assmann lehnte sich selbstbewusst zurück.

„Wie machen wir weiter? Hast du einen Plan?", fragte Hoffmann.

„Ich bin bei ein paar Sachen noch nicht durch. Ein paar Lücken in Bergers Biografie muss ich noch schließen. Und dann werde ich mich auf die Suche nach der Prostituierten machen, die bei Berger gewesen ist."

„Bist du dir sicher, dass es eine Gewerbliche war? Vielleicht war es seine Freundin?"

„Er hat überall Lippenstift drauf gehabt, nur nicht auf seinen Lippen. Nicht einmal die kleinsten Spuren."

„Okay, also können wir davon ausgehen, dass sie eine Prostituierte war. Da brauchst aber Glück, um die Dame schnell zu finden."

„Ja, das kann zäh werden."

„Gut, dann werde ich mir mal den Rudolf Obermeier vornehmen. Mal sehen, was wir da ausfindig machen."

Assmann nickte zustimmend. Unglaublich. Hoffmann war richtig high. Sie hatten miteinander gesprochen und sich doch nicht gegenseitig befetzt. Das war ja echt ein Fortschritt in punkto Betriebsklima. Nur hoffentlich war das keine Eintagsfliege. Hoffmann beugte sich gespannt über die Papiere, er massierte seine linke Schulter.

13.

Rudi schreckte hoch. Völlig verwirrt blickte er um sich. Was war jetzt los? Wo war der beschissene Wecker? Rudi Obermeier brummte böse vor sich hin, fand aber keinen Wecker. Ach ja, das Handy. Er hatte es auf Weckfunktion gestellt und gleich neben sich auf das Bett gelegt. Rudi grapschte nach dem nervigen Ding und stellte es ab. Neun Uhr. Zeit, aufzustehen. Zum Glück war er gestern noch so geistesgegenwärtig gewesen, das Handy einzustellen. Monetti hätte sicher wieder blöd herumgelabert, wenn er angerufen und Rudi sich total verschlafen gemeldet hätte. Er erhob sich mühsam vom Bett.

Rudi fühlte sich beschissen. Der Weinbrand. Er hätte gestern Abend den Weinbrand nicht trinken sollen. Auch nicht den Wein, Wodka und Whiskey. Sein Kopf brummte. Verfluchter Kater. Mit einer wütenden Handbewegung wischte er die leeren Fläschchen vom Tisch in den Papierkorb. Scheiße, hatte er doch die gesamte, beschissene Zimmerbar leergetrunken.

Eine Dusche! Das war jetzt das Richtige. Damit würde er sich auf Touren bringen. Eine kalte Dusche und danach schwarzer Kaffee. Rudi entledigte sich seiner Unterhose und taumelte noch schlaftrunken in die Dusche. Er öffnete den Wasserhahn. Das kalte Wasser stach wie tausend Nadeln, Rudi schrie auf, aber er hielt durch. Wütend auf sich selbst packte er die Flasche mit dem Duschgel und seifte sich ein. Ja, er spürte die belebende Wirkung des Wassers. In Strömen lief der Schaum an seinem Körper herab. Er schloss den Wasserhahn.

Das Handy klingelte. Wegen des rauschenden Wassers hatte er es nicht gehört. Rudi fluchte lauthals los. Er sprang aus der Duschwanne, lief klatschnass durch das Hotelzimmer und fasste das Handy.

„Hallo."

„Warum hebst du nicht ab?", fragte Monetti scharf.

„He, ich war unter der Dusche, verdammt noch mal!", fauchte Rudi zurück.

Für einen Augenblick war Stille in der Leitung. Offenbar war Monetti von Rudis heftiger Antwort ein wenig überrascht.

„Na gut, Kumpel, dann steig in die Schuhe. Der neue Termin ist zehn Uhr dreißig."

Rudi blickte auf die Wasserlacke zu seinen Füßen.

„Selber Ort?"

„Alles wie gehabt. Und sei pünktlich. Ich ruf dich um elf Uhr an."

Monetti trennte die Verbindung. Rudi warf knurrend das Handy auf das zerwühlte Bett. Eineinhalb Stunden. Das war zu schaffen. Im Badezimmer schnappte er sich ein Handtuch und trocknete sich ab. Ein wenig zittrig waren seine Hände noch, er spürte den Restalkohol. Verdammter Weinbrand.

14.

„Steig doch mal auf's Gas!", sagte Lidia. „Bin noch nie in einem Porsche gefahren."

Irene blickte kurz zu Lidia auf dem Beifahrersitz hinüber. Sie lächelte.

„Lieber nicht. Der Wagen ist heiß."

„Scheiß drauf, kriegt halt das Arschloch einen Strafzettel."

Beide lachten. Irene lenkte den Wagen weiter vorsichtig durch die Straßen des Münchner Außenbezirks. Sie war zum ersten Mal in dieser Gegend, da riskierte sie lieber keine Temposünden.

„Und was wird der Wagen einbringen?", fragte Lidia gutgelaunt weiter.

„Na ich würde sagen, eine Menge. Die Karre ist praktisch neuwertig. Oleg wird in die Tasche greifen müssen."

„Geil. Ich steh auf Geld."

„Wir arbeiten ja auch hart dafür."

„Soll ich mit dir mitgehen?"

Irene blickte kurz auf ihre Armbanduhr. Es war knapp nach elf. In einer halben Stunde würde sie Oleg treffen. Sie überlegte.

„Einerseits wäre es mir gar nicht unangenehm, wenn du dabei bist und der Kerl weiß, dass du eine Waffe hast. Andererseits ist es noch besser, wenn er uns nicht zusammen sieht. Es braucht eigentlich niemand zu wissen, dass wir zusammenarbeiten. Ich setze dich ein paar Blocks weiter ab. Ruf gleich ein Taxi. Damit liest du mich auf. Gemeinsam geht's dann zum Bahnhof. Und dann, adieu München!"

„Schade, dass wir den Mietwagen schon zurückgegeben haben. Die Mistkarre hätte ich gern zu Schrott gefahren."

Irene schüttelte lachend den Kopf.

„Was du für Ideen hast."

Irene reagierte blitzschnell.

Der rote Porsche näherte sich einer Kreuzung. Sie ging nicht vom Gas herunter, sie befanden sich auf einer Vorrangstraße. Der von links kommende Wagen war viel zu schnell. Irene trat die Bremse voll durch. Das ABS griff. Es lief ab wie im Zeitraffer. Es war ihr, als ob die Szene mehrere Minuten dauerte. Dabei waren es Sekundenbruchteile. Der Fahrer des rotbraunen Opels riss das Steuer herum. Irene sah genau, wie der Porsche links vorne beinahe touchiert wurde. Nur Millimeter hatten da gefehlt. Der Opel hatte rechtzeitig abgelenkt. Der Wagen schlitterte quer über die Kreuzung, kam nicht rechtzeitig zum Stillstand und rammte mit blechernem Knall einen Mast. Für ein paar Augenblicke saßen Irene und Lidia bewegungslos im Auto. Irene schnappte nach Luft. Ihr Puls raste. Hektisch fingerte sie an der Schnalle des Sicherheitsgurtes. Der Fahrer des Opels stieg taumelnd aus. Er blutete aus der Nase. Sein Handy fiel zu Boden. Irene lief auf den Mann zu.

„Ist Ihnen etwas passiert? Sind Sie verletzt?"

Irene wollte den Mann am Oberarm fassen, ihn stützen, aber er schlug wild um sich.

„Brauchen Sie Hilfe?"

„Scheiße, das Auto!", fluchte Rudi Obermeier.

„Warten Sie, ich rufe einen Krankenwagen!"

Rudi hörte Irene gar nicht, er stemmte seine Hände gegen das Dach des Opels und versuchte sich zu fassen. Der verdammte Sicherheitsgurt, er hatte das Scheißding nicht umgeschnallt gehabt. Ob die Nase gebrochen war? Blut tropfte auf die Straße. Sein Blick fiel auf die verbeulte Motorhaube. Unmöglich, mit dem Wagen weiterzufahren. Rudi war völlig weggetreten.

„Hallo, hören Sie mich? Warten Sie, gleich wird ein Krankenwagen hier sein."

Lidia packte Irene und zog sie fort.

„Spinnst du! Wir müssen verschwinden", zischte sie Irene an.

„Ich kann ihn ja nicht auf der Straße liegenlassen!"

Lidia blickte sich um. Zum Glück war weit und breit niemand zu sehen. Nur, wie lange noch? Irene holte ihr Handy aus dem Auto und trat auf Rudi zu, der sich in seinen Wagen hineinbeugte. Irene stockte kurz. Das Auto hatte ein Wiener Kennzeichen. Auch das noch, er war gar nicht von hier.

„So, ich rufe jetzt die Rettung. Ihre Nase ist vermutlich gebrochen, Sie brauchen einen Arzt."

Rudi wuchtete sich herum. Irene erstarrte. Sie schaute in die finstere Mündung einer Pistole.

„Bleib mir vom Leib! Verschwinde!"

Er packte die Tasche mit dem Paket und die zweite Tasche mit seinen Habseligkeiten, steckte die Pistole in den Gürtel und rannte los. Irene schnappte nach Luft. Lidia trat neben sie, gemeinsam verfolgten sie, wie Rudi noch taumelnd auf und davon lief.

„He, spinn ich oder was läuft da ab?", murmelte Lidia entgeistert.

Irene fasste sich schnell wieder. Sie zitterte zwar noch ein wenig, aber sie dachte scharf nach.

„Der hat's aber eilig. Schau, die zwei Taschen. Schaut verdammt nach heißer Ware aus. Vielleicht hat er einen Bruch gemacht. Eine Bank vielleicht."

„Glaubst du?"

„Würde er sonst mit der Pistole herumfuchteln? Und wie der daher gerast kam. Die Sache ist superheiß!"

„Holen wir uns die Taschen?", fragte Lidia spontan.

„Bist du irre? Nein! Der Kerl ist auf hundertachtzig. Das gibt Tote."

„Sein Telefon hat er jedenfalls liegenlassen."

Lidia hob das Handy auf, wog es kurz in der Hand und steckte es ein. Irene warf sich herum und rannte zum Auto.

„Los, steig ein! Wir machen uns aus dem Staub, bevor hier die gesamte Münchner Polizei anmarschiert."

Mit aufheulendem Motor raste der rote Porsche auf und davon.

15.

Er stieg die Treppe hoch. Den Einkauf in der Hand. Eberhard Fichte kaufte immer im selben Laden ein, obwohl es einen billigeren Supermarkt in unmittelbarer Nähe seines Hauses gab. Er tat dies aus Tradition. Zum Glück hatte er keine finanziellen Probleme. Er hatte jahrelang nur einen Teil seines Gehaltes gebraucht und den Rest gespart. Die Wohnung war zwar groß, aber die Miete sehr gering. Immerhin bewohnte seine Mutter die Wohnung schon seit über vierzig Jahren. Und die sonstigen Kosten konnte Eberhard Fichte problemlos bestreiten. Er würde noch jahrelang von seinen Ersparnissen leben können, nicht zuletzt, weil sein Lebenswandel ohnedies von äußerster Sparsamkeit geprägt war.

Fichte schnaufte kurz, stellte die Einkaufstasche vor die Wohnungstür und suchte nach dem Schlüssel. Therese Fichte. Immer wieder, wenn er vor der Tür stand, las er den Namen seiner Mutter. Nur einen Augenblick hatte er daran gedacht, das kunstvoll gravierte Türschild abzunehmen. Das war gewesen, als er seine Mutter ins Altenheim gebracht hatte. Nein, solange sie lebte, würde das Schild an seinem Platz bleiben. Und danach erst recht.

Fichte zog den Schlüssel aus der Tasche seines Jacketts. Hinter ihm knarrte die Tür. Fichte drehte sich nicht um. Er kannte das schon. In den letzten Monaten saß der alte Herr Obermeier sehr häufig direkt neben der Tür und wartete.

„Guten Tag, Herr Obermeier“, sagte Fichte und steckte den Schlüssel ins Schloss.

„Bist du es, Rudi?“, fragte der alte Mann mit zittriger Stimme.

Fichte drehte sich nun doch um.

„Nein, ich bin es. Der Eberhard.“

Die Nachbarwohnung gegenüber war vor hundertzwanzig Jahren für die Dienstboten gebaut worden. Dementsprechend klein war sie. Herr Obermeier wohnte hier schon seit fünfzig Jahren. Ein kleiner, schmächtiger Mann, der bis vor kurzem noch fleißig Fahrrad gefahren war. Mittlerweile war er schon zu alt dafür. Und zu verwirrt.

„Wer sind Sie? Ach so, du bist es, Eberhard. Wo nur der Rudi schon wieder ist? Bestimmt hat er wieder etwas angestellt.“

Damit verschwand der alte Mann und schloss die knarrende Tür. Fichte trat in seine Wohnung. Er konnte sich noch gut an den Rotzbengel Rudi erinnern. Einige Zeit hatte er bei seinem Großvater gewohnt, das war mittlerweile fünfundzwanzig Jahre her. Herr Obermeier hing sehr an seinem Enkel, obwohl dieser ein ausgesprochenes Früchtchen war. Ständig hatte es irgendwelche Scherereien in der Schule gegeben. Rudi war eben ein Kind einer zerrütteten Ehe. Seine Mutter hatte sich mit anderen Männern herumgetrieben und Rudis Vater hatte zu trinken begonnen. Der Junge war von da nach dort geschoben worden. Fichtes Meinung über Rudi war in den letzten Jahren gestiegen, denn von Zeit zu Zeit besuchte Rudi seinen Großvater. Und wenn es sein musste, packte er schon mal an. So hatte Rudi vor zwei Jahren die Wohnung seines Großvaters gestrichen. Ansonsten hatte Rudi mit der Polizei immer wieder wegen kleiner Delikte Probleme gehabt. Das wusste jeder im Haus.

Eberhard Fichte verstaute den Einkauf im Kühlschrank und in den Vorratsschränken. Was war mit diesem Tag anzufangen? Fichte hatte keine Ahnung.

16.

„Verflucht noch mal, heb ab!“, brüllte Rudi Obermeier.

Aber es hob niemand ab, egal wie lange er es auch klingeln ließ. Offenbar waren weder Wernheim noch Monetti in der Nähe des Telefons. Rudi war sich sicher, die richtige Nummer zu haben. Er hatte lange genug nachgedacht. Eine andere Kontaktmöglichkeit als diese Telefonnummer hatte er nicht. Monetti und Wernheim hatten ihn immer nur von dieser Nummer aus angerufen. Natürlich hatte er sie in seinem Handy gespeichert, aber das hatte er ja an der Unfallstelle verloren. Noch einmal dahin zurückzugehen, wäre reiner Selbstmord gewesen. Im Kopf ging Rudi die Nummer noch einmal durch. Kein Zweifel, sie war richtig. Er wählte noch einmal und ließ es klingeln. Zehn Mal, fünfzehn Mal. Dann drosch er den Hörer auf die Gabel.

Wütend rammte Rudi die Tür der Telefonzelle und trat ins Freie. In einem Supermarkt hatte er eine Packung Feuchttücher gekauft und sich damit vom Blut gereinigt. Zum Glück war die Nase nicht gebrochen. Er spuckte laut aus und stapfte mit raschen Schritten auf das Gebäude des Münchner Bahnhofes zu. Kurz hatte er überlegt, ob er ein Auto klauen sollte, hatte sich aber dagegen entschieden. Nur die Polizei nicht noch mehr reizen. Das demolierte und verlassene Auto reichte. Also hatte Rudi beschlossen, den Zug nach Wien zu nehmen.

Wie sollte er das mit dem rotbraunen Opel Wernheim erklären? Und erst recht Monetti, der ohnedies immer so aufbrausend war. So eine Scheiße aber auch. Wenn er die blöde Kuh mit dem Porsche nur noch einmal in die Finger bekäme. Er würde ihr den Hals umdrehen. Rudi hatte eine Mordswut im Bauch. Und warum die beiden Idioten nicht ans Telefon gingen? Es war zum Verrücktwerden. Hauptsache, er hatte das Paket bei sich. Die paar Stunden Verspätung mussten Monetti und Wernheim halt in Kauf nehmen. Rudi bezahlte die Fahrkarte. Zum Glück brauchte er nicht lange auf den Zug warten, schon in einer Viertelstunde war Abfahrt. Rudi besorgte sich in einem Bahnhofsladen noch einen kleinen Imbiss für unterwegs. Er hatte ja außer dem Frühstück im Hotel heute noch gar nichts gegessen.

Er stand am Bahnsteig und ließ die beiden Reisetaschen nicht aus der Hand. Er zuckte mit den Schultern. Egal, er machte seinen Job, ein Verkehrsunfall kann immer passieren. Was da wohl drinnen war? Stoff? Geld? Oder Stoff und Geld? Er hatte gute Lust, den kleinen Metallkoffer aufzubrechen. So hatte er das Paket übernommen. Eine große Reisetasche, in der sich ein versperrter Metallkoffer befand. Auf den ersten Blick hatte der Koffer ziemlich stabil ausgesehen, aber Rudi hatte das Ding genauer inspiziert. Schon mit leichtem Werkzeug waren die Schlösser zu knacken. Ein Kinderspiel. Rudi grinste schmutzig. Sollte er mal nachsehen, was die beiden Wichtigtuer so an Zeug schmuggeln ließen? Rudi räusperte sich und schob den Gedanken fort. Nein, nur keine Solotouren, damit war er jedes Mal auf die Schnauze gefallen. Nicht bei Auftraggebern wie Wernheim und Monetti.

17.

Die Liste war verflucht lang. Wolfgang Hoffmann kratzte sich mit einem Bleistift am Kopf. Aber da stimmte etwas nicht. Untypisch eigentlich, dass ein Mann mit einem derartigen Lebenslauf in den Drogenhandel eingestiegen sein sollte. Hoffmann überflog noch einmal Rudolf Obermeiers Strafregister. Begonnen hatte es schon mit sechzehn. Ladendiebstahl. Dann ein Raufhandel. Und immer wieder kleine Eigentumsdelikte. Führerscheinentzug wegen eines Verkehrsunfalls unter Alkoholeinwirkung. Viermal hatte er im Gefängnis gesessen. Durchwegs kurze Haftaufenthalte. Noch hatte sich kein Richter zu einer gepfefferten Haftstrafe durchringen können, obwohl Obermeier eindeutig ein Wiederholungstäter war. Hoffmann wusste nicht, was besser war. Wenn man solche Kerle lange einsperrte, machte man sie ein für allemal kaputt. Entweder landeten sie als Penner auf der Straße oder wurden wirklich harte

Brocken und fraßen irgendeine Riesenscheiße aus. Wenn sie aber immer wieder nur kleine Strafen ausfassten, drehte sich das Karussell kleiner Gaunereien vielleicht ein ganzes Leben lang.

Alles in allem, Obermeier war ein rauer Bursche von der Straße. Aber keine Spur von Drogen. Und das machte Hoffmann stutzig. Irgendetwas musste in Obermeiers Leben passiert sein. Hatte er sich von einem Szeneboss anwerben lassen? Die Vermutung lag nahe. Hoffmann musste Obermeier fassen, noch bevor er irgendwo hineinschlitterte. Obwohl, ein totgekokster Spitzensportler in der Wohnung war schon mal eine Patsche, aus der man nur mit guten Argumenten wieder rauskommen würde. Genau diese Argumente wollte sich Hoffmann mal anhören. Und Hoffmann brannte darauf, die Leute hinter Obermeier näher kennenzulernen.

Ein paar Adressen hatte er. Er konnte sich also auf die Suche machen. Hoffmann erhob sich, versuchte noch ein wenig das Chaos auf seinem Schreibtisch zu ordnen, gab aber gleich wieder auf und schlüpfte in sein Jackett.

„Du, Gerhard", sagte Hoffmann zu Assmann, „ich sattle die Pferde und mach mich auf den Weg. Ruf mich bitte an, wenn irgendetwas Wichtiges reinkommt."

Gerhard Assmann brummte nur vor sich hin, was Hoffmann als Zustimmung und Gruß in einem verstand. Langsam stieg Hoffmann die Treppe hinab. Er griff nach seinen Zigaretten.

18.

Sie saßen in einem Abteil erster Klasse. Lidia löffelte versonnen ein Joghurt. Irene blätterte grübelnd in ihrem Taschenkalender. Der Zug rollte in den Nachmittag.

„Machst du Planung?", fragte Lidia so nebenbei.

„Nein. Ich lasse unsere Stationen Revue passieren. Den Haag, Amsterdam, Bremen, Hamburg, Frankfurt, Köln. Das in drei Wochen. Wir kommen ganz schön herum."

„Eine richtige Europatournee."

Irene lachte und legte den Kalender zur Seite. Die beiden blickten einander lange an.

„Und unser Auftritt in München hat sich auch gelohnt", sagte Irene.

„Irgendwie habe ich ein komisches Gefühl."

„Inwiefern?"

„Na ja, jetzt wieder nach Wien zurück zu kommen, ist irgendwie komisch. Ich war so lange fort. Was wird meine Mutter sagen? Oder Ivica?"

„Eines stellen wir mal klar. Wir werden in Wien nicht arbeiten. Du bist dort zu Hause, das würde vielleicht zu Komplikationen führen. Also keine Angst."

Lidia lachte kurz auf. Es klang ein wenig gequält.

„Weißt du, dass das mein Vater auch immer gesagt hat?"

„Was hat er gesagt?"

„Arbeite nie in deiner Heimatstadt."

Obwohl Lidia ruhig da saß und weiter das Joghurt löffelte, spürte Irene die Aufregung. Lidia kaute an irgendetwas.

„Erzähl mir von deinem Vater. Ich weiß ja nur, dass er tot ist."

Lidia ließ sich Zeit. Sie guckte zum Fenster hinaus.

„Simić der Große. So haben sie ihn in Sarajewo genannt. Er war eine Legende. Der beste Taschendieb Jugoslawiens. Schon mein Großvater war Taschendieb. Ich kann mich kaum noch an ihn erinnern, ich war ja noch ganz klein. Ich erinnere mich nur an ein kratziges Kinn und an traurige Augen, aber nicht mehr an sein ganzes Gesicht. Er hat meinen Brüdern alles beigebracht. Und viel später, in Wien, habe ich alles von Ivica gelernt. Obwohl meine Mutter immer dagegen war. Noch heute hat sie es Ivica nicht verziehen, dass er mir die Tricks gezeigt hat."

„Brüder? Du hast mir nur von Ivica erzählt."

Lidia warf den leeren Joghurtbecher in den Mülleimer.

„Ich habe zwei Brüder gehabt. Ivica ist zehn Jahre älter als ich, Mirko war acht Jahre älter. Der Krieg in Jugoslawien. Du verstehst? Mein Vater und Mirko sind zum Einkaufen gegangen. Peng. Eine Granate und Mirko war einmal. Er war gleich tot.

Meinem Vater hat es die Lunge zerrissen, aber er hat noch fast zwei Jahre gelebt. Wir kamen nach Österreich, die Ärzte in Wien haben ihn zusammengeflickt, aber er hat sich nicht mehr richtig erholt. Er ist an einer Lungenentzündung gestorben. Meine Mutter wollte nicht mehr nach Sarajewo zurück, sie hat für den Unterhalt gesorgt. So lange, bis Ivica mit mir losgezogen ist. Als Flüchtling lernt man zu überleben."

„Traurige Geschichte."

„So ist es vielen gegangen. Der Krieg war echt Scheiße. Das kann man sich nicht vorstellen, wenn man nicht mitten drin war. Und ich war noch ein Kleinkind. Ich weiß nur mehr, dass alle immer Angst hatten."

Drückendes Schweigen lag im Abteil. Lidia tauchte aus ihrer Versenkung hoch.

„Jedenfalls, ich habe das Talent meines Vaters geerbt. Ivica taugt nicht zum Taschendieb. Er ist zu groß, zu klobig, ich war bald sehr viel besser als er. Schlau ist Ivica ja, deshalb hat er sich in Wien durchgesetzt. Er ist gut im Geschäft, kannst mir glauben. Ein Macho. Spielt sich als der große Familienpatron auf. Wollte mich mit einem seiner Geschäftspartner verheiraten. Auch so ein Macho mit schweren Fäusten und viel Geld. Ich konnte den Kerl nie riechen. Deshalb bin ich abgehauen."

„Was wird Ivica sagen, wenn du wieder auftauchst?"

Lidia lächelte mit einem Mal schalkhaft. Ihre Haltung lockerte sich.

„Nichts Besonderes. Ivica ist für mich kein Problem. Er wird mir links, rechts eine schmieren, ich breche ihm die Nase. Wir kommen klar. Wir sind eine Familie."

Irene lachte.

„Und was wird er zu mir sagen?", fragte sie.

Lidia runzelte die Stirn.

„Besser, er erfährt nichts von dir. Ivica ist, sagen wir mal so, ein bisschen altmodisch. Dass wir klauen, wäre ja noch okay. Aber er rastet garantiert aus, wenn er erfährt, dass wir miteinander ins Bett gehen. Er würde dich glatt erwürgen und mich wie eine Katze ersäufen."

Irene lehnte sich schmunzelnd zurück.

„Ein sympathischer Mensch."

„Nicht wahr? Mein großer Bruder ist echt Zucker."

Irene nahm den Mann aus dem Augenwinkel wahr. Er ging flott an ihrem Abteil vorbei. Sie erkannte die Sportjacke. Irene schaute genauer. Eindeutig. Er trug zwei Bierdosen in der Hand. Und eine Tasche. Rasch drehte sie den Kopf und starrte zum Fenster hinaus.

„Was ist jetzt los?", fragte Lidia verdattert.

Irene sprang hoch, trat an die Schiebetür des Abteils und lugte durch das Glas in den Gang. Ihr Puls raste mit einem Mal. Er hatte sie nicht gesehen. Sie ließ sich in den Sitz plumpsen. Lidia starrte Irene gebannt an.

„Wer war das? Ein Bekannter?"

„So kann man es sagen. Das war der Kerl von heute Vormittag."

„Der Wahnsinnige mit der Puffen?"

„Der Wahnsinnige mit der Puffen und der Tasche."

Irene überlegte fieberhaft. Ein teuflisches Grinsen legte sich in ihr Gesicht.

„Du hast etwas vor?", fragte Lidia.

„Du etwa nicht?"

Lidia grinste ebenfalls.

„Also holen wir uns die Tasche."

Irene klimperte mit den Wimpern. Dann wurde ihre Miene schlagartig ernst.

„Oberstes Prinzip: Höchste Vorsicht. Beim kleinsten Zweifel blasen wir die Sache ab. Wenn die Tasche, die unser Geschäftsfreund nicht aus der Hand lässt, wirklich mit dem gefüllt ist, was wir denken, dann überschreiten wir eine Grenze. Versoffene Geldsäcke auszunehmen oder anderen Gangstern die Beute abzujagen, sind zwei völlig verschiedene paar Schuhe. Er wird mich wiedererkennen, aber dich sehr wahrscheinlich nicht. Hat dich ja gar nicht bemerkt. Also wirst du dich einmal orientieren. Wo sitzt er? Ist er alleine unterwegs? Ist er nervös? Wo steckt seine Pistole? Alles was du siehst, kann wichtig sein. Und er darf nicht einmal im Traum daran denken, beobachtet zu werden. Wenn er aussteigt, folgst du ihm. Ich halte dir den Rücken frei, kümmere mich um das Gepäck und alles was anfällt. Nimm dein Handy und deine Waffe. Lidia, du musst praktisch unsichtbar sein."

Lidias Miene war konzentriert. Es war wie ein prickelnder Rausch. Alles was Irene anfing, war wie ein Rausch. Lidia war süchtig danach. Und sie wusste, dass sie diesen Job gut erledigen würde. Nein, nicht gut, hervorragend! Irene würde stolz auf sie sein. Lidia erhob sich rasch, kramte aus dem Koffer die Pistole hervor und steckte sie am Rücken in den Hosengürtel. Sie schlüpfte in ihre weit geschnittene Sommerjacke. Das Handy war betriebsbereit. Sie hatte für alle Fälle genug Geld eingesteckt.

„Ich bin so weit."

„Gut", murmelte Irene. „Lass dir Zeit, bleib cool und immer auf Distanz. Und komm wieder her, wenn du dich etwas orientiert hast."

Lidia nickte. Irene ging im Kopf schnell noch mal alles durch. Es war eine Herausforderung. Sie mussten total flexibel sein, sie mussten blitzschnell reagieren, sie mussten von einer Sekunde auf die andere schwerwiegende Entscheidungen treffen, und sie mussten, wenn es nicht anders ging, tagelanges Abwarten in Kauf nehmen, um den richtigen Moment zu erwischen.

Lidia fasste den Griff der Schiebetür, hielt kurz inne und drehte sich Irene zu.

„Die Sache stinkt nach Geld. Ganz gewaltig."

Lidia schob die Tür zur Seite und eilte auf leisen Sohlen den Gang entlang. Völlig richtig, dachte Irene, die Sache stank gewaltig. Bloß, war es wirklich Geld, was hier so stank?

19.

Kurt Wernheim lag entspannt im Liegestuhl und genoss die wärmende Sonne. Es war Mitte September, daher nutzte er noch jede Minute des prächtigen Wetters für ein Sonnenbad. Nächste Woche konnte es schon kühl und ungemütlich werden. Er griff nach dem Cocktailglas. Den Cocktail hatte er sich selbst gemixt, darin war Wernheim ein Ass. Auch das Mädchen neben ihm sog an ihrem Cocktail. Wernheim warf einen Blick zu ihr hinüber. Ein hübsches Ding. Ihr Busen war zwar nicht gerade bombastisch, aber im Bett war sie prima. Wernheim blickte zum kleinen Pool hinüber. Ob er ein paar Längen schwimmen sollte? Er verwarf den Gedanken. Lieber hier faul in der Sonne braten. Außerdem hatte er Lust auf das kleine Flittchen. Für die Shoppingtour, die sie gemeinsam gemacht hatten, konnte er schon etwas erwarten. Er hatte die Geldscheine nicht gezählt, die in den Innenstadtboutiquen über die Ladentische gegangen waren. Jetzt spielte Geld keine Rolle mehr. Die Geschäfte florierten. Und das nächste Paket war schon im Anflug.

Wernheim blickte auf seine goldene Armbanduhr. Rudi müsste in rund einer Stunde in Wien sein. Er verzog ein wenig seine Lippen. Das Sonnenbad hier in seinem Haus in Klosterneuburg war gerade so gemütlich, er hatte gar keine Lust wieder in die Stadt zu fahren. Aber natürlich ließ sich das nicht vermeiden. Geschäft blieb Geschäft, in spätestens einer halben Stunde musste er von hier aufbrechen. Wernheim stellte das Cocktailglas zur Seite und fasste nach der Hand des Mädchens. Sie drehte den Kopf.

„Was meinst du, Schätzchen, ist das Wetter nicht prima?“

„Total“, gurrte sie.

Er zog an ihrer Hand, bis sie sich erhob und sich vor ihn stellte. Wernheim streichelte ihre Haut. Sonne, ein Cocktail, ein nacktes Mädchen, Wernheim fühlte sich gut.

„Na, Amanda, willst du nicht ein wenig französisch mit mir sprechen?“, fragte er anzüglich.

Die junge Frau wiegte ihre Hüften und schob ihre Sonnenbrille hoch. Stecknadelaugen. Na ja, sie hatte sich eine Riesenstraße reingezogen. Diese jungen Gören waren aber auch gierig.
„Ich heiße doch gar nicht Amanda."
Wernheim lachte herablassend.
„Ab heute schon, Dummchen. Und jetzt lutsch mir den Schwanz, bis mir die Birne wegfliegt. Hast du verstanden?"

20.

Wolfgang Hoffmann stellte den Motor ab. Er fluchte vor sich hin. Der Wagen war so laut, dass er langsam Kopfschmerzen davon bekam. Wütend knallte er die Autotür zu. Schrottkiste. Er griff nach seinen Zigaretten und ließ den Blick schweifen. Billrothstraße, neunzehnter Wiener Gemeindebezirk. Eine Straßenbahn rollte an ihm vorbei. Wo war die gesuchte Nummer? Da. Immerhin hatte er einen Parkplatz gleich in der Nähe gefunden. Er entflammte die Zigarette und ging langsam los. Vor dem Haustor blieb er stehen, besah das Haus und rauchte ohne Eile fertig. Ein Patrizierhaus, so hatte sein Vater immer zu solchen Bauten gesagt. Gebaut vor 1900, große Wohnungen, prächtige Portale und breite Treppen. Ein großbürgerliches Haus im Nobelbezirk. Hier wohnte also Obermeiers Großvater. Zwar war das Haus schon etwas renovierungsbedürftig, dennoch hatte Hoffmann, was Obermeiers familiären Hintergrund betraf, eher eine billige Vorstadtbude erwartet.
Er stemmte sich gegen das riesige Haustor und trat in den Flur. Hoffmann stieg in den zweiten Stock hoch und suchte nach der Tür. Am Ende des Ganges lag links eine große, prunkvolle Tür, und rechts eine kleine, unscheinbare. Die Herrschaftswohnung da, die Dienstbotenwohnung dort. Auf der rechten Tür las Hoffmann den Namen Obermeier. Er klopfte. Und wartete. Er klopfte wieder. Hoffmann rammte seine Hände in die Hosentaschen. Verflucht. War die Fahrt umsonst gewesen? Er

klopfte noch einmal, ziemlich kräftig diesmal. Und warum da keine Klingel an der Tür war?

Hoffmann hörte hinter sich ein leises Geräusch. Knarrendes Parkett. Er drehte den Kopf und blickte auf die gegenüber liegende Tür. Da prangte ein altes, kunstvoll graviertes Messingschild. Therese Fichte. Hoffmann wusste ganz genau, dass da jemand durch den Türspion guckte. Neugierige Nachbarschaft. Wer konnte schon zählen, wie viele Verbrechen durch neugierige Nachbarn aufgeklärt worden waren? Hoffmann klopfte noch einmal an Obermeiers Tür, glaubte aber nicht mehr, dass da jemand öffnen würde. Wieder hörte er das knarrende Parkett in der Nachbarwohnung. Die neugierige Person verschwand offenbar wieder in der Wohnung.

Hoffmann drehte sich auf den Fersen um und klopfte nun an die Nachbartür. Mal sehen, ob die Nachbarin etwas über Rudi Obermeier wusste. Er wartete. Hoffmann schaute beiläufig im Gang umher, weil er wusste, dass er wieder durch den Türspion beobachtet wurde. Er hörte, wie eine Kette eingehakt wurde. Die Tür öffnete sich einen Spalt.

„Ja, bitte?"

Hoffmann lugte durch den Spalt. Er hatte eine alte Frau erwartet, eine Frau, die mindestens so alt wie dieses Haus war, denn andere Bewohner konnte er sich hier gar nicht vorstellen. Aber es war ein Mann mittleren Alters.

„Guten Tag. Vielleicht können Sie mir weiterhelfen? Ich wollte Herrn Obermeier sprechen."

„Das ist die Tür gegenüber", sagte der Mann ausweichend.

„Ja, das weiß ich. Ich habe schon geklopft, aber da macht niemand auf."

„Sind Sie von der Polizei?"

Hoffmann zog die Brauen hoch. Der war ja schnell von Begriff. Er zog seinen Dienstausweis und hielt ihn in das Blickfeld des Mannes. Woraufhin der Mann die Tür schloss, die Kette enthakte und die Tür ganz aufmachte. Hoffmann musterte den großen, schlanken Mann. Er war wie zum Ausgehen gekleidet, aufgebügelte Hose, perfekt sitzende Krawatte, geputzte Schuhe und gekämmtes Haar. Der Anzug wirkte ein wenig antiquiert, aber alles in allem eine sehr gepflegte Erscheinung.

„Woher wissen Sie, dass ich von der Polizei bin?", fragte Hoffmann.

Fichte steckte seine Hände in die Taschen seines Jacketts.

„Weil Herr Obermeier immer wieder Besuch von der Polizei erhält. Zwar meistens von uniformierten Beamten, manchmal aber auch von der Kriminalpolizei. Es geht wohl wieder einmal um Rudi?"

Hoffmann nickte.

„Wissen Sie vielleicht, wo ich ihn finden kann?"

„Tut mir leid, Herr Inspektor", sagte Fichte gestelzt, „das entzieht sich völlig meiner Kenntnis. Soviel ich weiß, war Rudi vor vier Monaten das letzte Mal hier, um seinem Großvater einen Besuch abzustatten. Rudi kommt zwar regelmäßig zu seinem Großvater, aber eben nicht gerade häufig."

Hoffmann kratzte sein unrasiertes Kinn.

„Und sein Großvater? Ist er nicht zu Hause?"

„Oh, ich denke doch. Er ist bestimmt zu Hause, nur um diese Zeit pflegt Herr Obermeier seinen Nachmittagsschlaf zu halten. Sie müssen wissen, Herr Inspektor, Herr Obermeier ist schon sehr schwerhörig. Wenn er schläft, kann er Ihr Klopfen nicht hören. Ich betone, niemals hören. Aber spätestens in einer Stunde wird er wieder wach sein. Versuchen Sie es da noch einmal."

Hoffmann erwog die Möglichkeit. Er entschied sich dagegen, denn das Wichtigste hatte er gehört. Rudi war vor vier Monaten zum letzten Mal hier gewesen. Hoffmann zweifelte nicht an der Qualität dieser Information. Vier Monate, diese Spur war also absolut kalt. Er würde bei Gelegenheit wieder mal vorbeischauen, für heute war noch eine Menge anderer Arbeit zu erledigen.

„Ich bedanke mich, Herr ..."

„Fichte. Eberhard Fichte."

„Also, danke für die Auskunft, Herr Fichte. Darf ich Sie noch um etwas bitten?"

„Gerne."

Hoffmann zog eine Visitkarte aus der Innentasche seines Jacketts und reichte Sie Fichte.

„Würden Sie bitte die außerordentliche Freundlichkeit haben, mich anzurufen, wenn Rudi Obermeier hier auftauchen sollte."

Fichte nahm mit einem freundlichen Lächeln die Karte entgegen. Hoffmann hatte unwillkürlich den geschraubten Tonfall des Mannes imitiert und damit voll ins Schwarze getroffen. Das war so eine Instinktsache.

21.

Kurt Wernheim fuhr zügig am Gürtel, wechselte für Überholmanöver häufig die Fahrstreifen, drückte bei gelben Ampeln mächtig auf das Gas. Er war spät dran. Eigentlich hätte er schon vor einer halben Stunde bei Monetti in der Wohnung sein wollen, aber das kleine Miststück hatte ihm eine Szene gemacht. Sie wollte noch Stoff, aber er hatte genug Geld für sie ausgegeben und so toll war ihre Französischlektion auch nicht gerade. Wernheim hatte ihr schließlich zwei Ohrfeigen verpasst, sie ins Auto gesetzt und zur nächsten U-Bahnstation gebracht. Und deswegen war er jetzt so spät dran.

Sein Handy schlug an. Es lag am Beifahrersitz. Wernheim grapschte es sich und blickte kurz auf das Display. Natürlich, es war Monetti. Wernheim reduzierte das Tempo des Wagens nicht, mit einer Hand am Lenkrad steuerte er das Sportcabrio durch den Verkehr.

„Hallo."

„Wo bist du?", hörte Wernheim die brummige und wie immer schlecht gelaunte Stimme Monettis.

„Biege gerade in die Felberstraße. Noch eine Minute."

Wernheim trennte die Leitung und warf das Handy wieder auf den Beifahrersitz. Er hatte Glück und fand schnell einen Parkplatz. Flott überquerte er die Straße, verschwand im Haus und benutzte den Fahrstuhl. Wernheim schloss die Tür auf und eilte in das Wohnzimmer. Er wurde von Monettis Blick beinahe umgeworfen. Monetti saß auf dem Sofa und rauchte. Seine Pistole lag vor ihm auf dem Tisch.

„Was ist los?“, fragte Wernheim entgeistert.

Monetti nahm einen tiefen Zug von seiner Zigarette.

„Ganz egal wer, sobald irgendjemand mich verarschen will, hat er schon verloren. Willst du mich verarschen, Kurt?“

Wernheim hatte für eine Sekunde wirklich Angst vor seinem Partner. Wenn Monetti wütend wurde, war er zu allem fähig. Wernheim schluckte diese erste Regung hinunter und warf sich auf einen Fauteuil.

„Ist der Mistkerl noch nicht da?“, fragte Wernheim.

„Siehst du ihn irgendwo?“

Wernheims Miene verfinsterte sich nun ebenso.

„Und hat er angerufen?“

Monetti schlug völlig unvermittelt hart auf den Couchtisch.

„Verdammt noch mal! Nein! Das kleine Arschloch hat nicht angerufen!“, brüllte er.

Wernheim schnappte sein Handy und wählte Rudis Handynummer. Er kam zum automatischen Tonbanddienst. Das Handy war also abgeschaltet. Wernheim schwitzte mit einem Mal, er musste sich des Jacketts entledigen.

„Wenn der kleine Wichser mit dem Paket abgehauen ist, dann bist du dran. Das schwöre ich dir, Kurt“, knurrte Monetti.

„Jetzt halt mal die Luft an, Kumpel, und denk lieber nach“, konterte Wernheim hart. „Wir schauen uns mal die Verkehrslage an. Vielleicht steckt er in einem Stau auf der Autobahn.“

Wernheim sprang hoch, lief ins Nebenzimmer zum Computer. Zum Glück lief das Ding, also suchte er flott nach Websites mit den aktuellen Verkehrsdaten. Monetti stand im Türstock und wartete rauchend.

„Nichts. Kein Stau auf der Autobahn.“

Wernheim machte am Drehstuhl eine halbe Drehung und blickte Monetti an.

„Das heißt noch gar nichts. Vielleicht parkt er eben vor Karins Café. Ich werde Karin gleich mal anrufen. Andererseits, wir sollten auf alles vorbereitet sein.“

Wernheim erhob sich, drängte sich an Monetti vorbei und holte seinen Schlüsselbund aus dem Jackett. Er öffnete die Tür zum kleinen Abstellraum und sperrte den Wandschrank auf. Im Wandschrank versteckt befand sich der Waffenschrank. Wernheim öffnete das Schloss. Vor ihm hingen fein säuberlich aufgereiht drei Pistolen, eine Pumpgun und zwei automatische Handfeuerwaffen. Die Munition lag am Boden des Schrankes. Anders als Monetti lief Wernheim im Alltag nicht mit einer Waffe herum, jetzt aber griff er nach seinem chromblitzenden 38er Revolver. Und er schnappte sich eine Schachtel mit Patronen.

Im Ernstfall war es immer besser, nicht nackt durch die Gegend zu laufen. Und wenn Rudi das Paket wirklich eingesackt hatte, war das mehr als ein Ernstfall. Wernheim kam zurück ins Wohnzimmer. Er setzte sich und legte seine Waffe neben die Monettis. Die beiden Männer schauten einander nicht an. Sie schwiegen für eine Weile.

„Übrigens, dein Freund ist tot“, sagte Monetti und lehnte sich zurück.

Kurt Wernheim suchte den Blickkontakt mit Monetti.

„Welcher Freund ist tot?“

„Sag mal, hörst du kein Radio im Auto?“

„Nein, ich scheiße auf Radio im Auto. Wer ist tot, verflucht noch mal?“

Monetti beugte sich zu einem Stapel Zeitungen hinüber, suchte eine Tageszeitung von heute und ließ sie auf den Tisch klatschen. Zwei Fotos von Toni Berger prangten auf dem Titelblatt. Das erste zeigte ihn bei der Siegerehrung in Lahti, das zweite war ein Polizeifoto. Die fetten Lettern sagten alles. Wernheims Kinnlade klappte nach unten. Rasch schlug er die Seite mit den Berichten auf.

„Du solltest weniger mit deinen Weibern rumvögeln und vielleicht auch ein bisschen weniger Koks schnüffeln“, brummte Monetti.

Wernheim hörte Monetti gar nicht, er war vertieft in den Artikel über Toni Bergers Tod. Viel war da ja nicht herauszulesen. Die Zeitung war eine Morgenausgabe, da hatte die Presse noch wenig brauchbare Fakten, um etwas über den Hergang zu schreiben. Der Artikel war allgemein den letzten paar Monaten im Leben des Schisprungweltmeisters gewidmet. Wobei mehr als die Hälfte Zeitungsenten oder simple Erfindungen von überbezahlten Journalisten waren. Das Einzige, was wirklich feststand, war, dass Toni Berger in einer schäbigen Wohnung in Wien Ottakring tot aufgefunden worden war, und dass die Polizei nicht von einem Mord ausging. Ein schwerer Klumpen legte sich in Wernheims Magen. Wien Ottakring! Es war wirklich nicht schwer zu erraten, dass Toni Berger in Rudis Wohnung gestorben war. Und Wernheim hatte Toni Berger den verdammten Schlüssel gegeben. Er erhob sich rasch und trat an die Hausbar. Er goss sich einen doppelten Wodka ein. Und kippte ihn rasch.

„Tut mir leid um den Jungen“, sagte Monetti. „Hab ihn gut leiden können, obwohl er ein Freak war.“

Wernheim hörte gar nicht auf das Gefasel. Er hatte ein beschissenes Gefühl. Irgendetwas braute sich da zusammen.

22.

Irene blätterte ohne Interesse in einer Illustrierten. In Wahrheit dachte sie nach und hörte auf alle Geräuschen im Zug. Sie hatte das Gepäck griffbereit aufgestellt, innerhalb einer Sekunde konnte sie das Abteil verlassen. Der Intercity rollte auf Linz zu. Lidia war schon lange unterwegs. Irene hob schnell den Blick, Lidia schob eben die Abteiltür zur Seite und huschte herein. Sie lächelte breit.

„Und, wie stehen die Aktien?“, fragte Irene.

„Totale Kurssteigerung“, antwortete Lidia gutgelaunt.

„Dann erzähl mal.“

Lidia setzte sich gemütlich und streckte die Beine aus.

„Also. Er sitzt drei Waggons weiter in einem Großraumwagen und hat im Eilzugstempo die zwei Bierdosen ausgesoffen. Das hat ihn scheinbar ein wenig beruhigt, denn er war supernervös. Er hat insgesamt zwei Taschen, die eine liegt am Gepäckträger. Schätze, da sind seine angepinkelten Unterhosen drin. Die andere Tasche lässt er nicht aus, nicht eine Sekunde. Seine Waffe trägt er in der Innentasche der Sportjacke, das habe ich genau gesehen. Und er fährt nach Wien."

„Hat er dich gesehen?"

Lidia lachte.

„Der würde mich nicht einmal sehen, wenn ich ein Nilpferd wäre. Nein, keine Angst, er hat mich nicht bemerkt. Überhaupt, ich glaube, dass unser Mann keine besondere Leuchte ist. Er benimmt sich auffällig. Auch den anderen Fahrgästen im Waggon ist er aufgefallen. Hängt dauernd an der Tasche, kratzt sich laufend am Sack, säuft zwei Bierdosen mit einem Schluck leer. Ihm die Tasche abzuknöpfen, wird ein Kinderspiel."

Irene schüttelte den Kopf.

„Abwarten. Ich kenne solche Kerle. Wie Ratten. Wenn man sie in die Ecke treibt, werden sie brandgefährlich. Hast du geschaut, ob noch jemand anderer hinter ihm her ist?"

Lidias Lächeln verschwand.

„Nein."

„Gut, dann mach noch eine Runde und inspiziere das Umfeld. Wenn noch jemand an ihm dran hängt, hören wir auf, weil die würden dich schon bemerkt haben."

Lidia erhob sich.

„Toll, woran du alles denkst."

„Nur so können wir in diesem Job überhaupt einen Tag überleben", sagte Irene. „Und jetzt los."

23.

Der Intercity rollte langsam in den Wiener Westbahnhof. Rudi stand an der Tür und starrte ungeduldig auf den Bahnsteig hinaus. Wann steht der Scheißzug endlich? Rudi hatte Lust, ein Bier zu trinken, aber das war jetzt mal unmöglich, jetzt musste er schleunigst Wernheim und Monetti finden. Nur, wo sollte er die zwei Idioten auftreiben? Bisher hatte er sich mit ihnen immer in so einem kleinen Café am Gürtel getroffen. Eine billige Spelunke. Rudi nahm nicht an, dass zwei Männer von ihrem Format in so einem Lokal öfter als notwendig verkehrten. Rudi blickte auf die Uhr am Bahnsteig. Er war vier Stunden zu spät. Langsam senkte sich die Nacht über die Stadt. Im Zug hatte er vom Zugtelefon wieder bei der Nummer, an die er sich erinnern konnte, angerufen und war diesmal sogar durchgekommen. Die Nummer war falsch, es hatte ein Schulkind abgehoben. Also blieb Rudi nichts anderes übrig, die beiden an jenem Ort zu suchen, an dem er sie bisher immer getroffen hatte. Er musste zuerst in dieses kleine Gürtelcafé. Die zwei waren wahrscheinlich schon am Ausflippen.

Rudi fluchte leise in sich hinein. Und er hatte keine Ahnung, dass mitten in der Menschenmenge, die sich auf den Bahnsteig ergoss, zwei Augen auf seinen Nacken gerichtet waren.

24.

Er öffnete die Tür, trat ein, schlüpfte aus seinem Jackett und hängte es auf den Garderobehaken. Mit der Fußspitze schubste Wolfgang Hoffmann die Tür seiner Wohnung zu. Dann stieg er aus den Schuhen und ging ins Wohnzimmer. Kurz hielt er inne und blickte auf die Unordnung. Hoffmann seufzte. Ordnung im Haushalt zu halten, war echt nicht seine Stärke, aber diesen Schweinestall konnte man wohl nicht mehr einen Haushalt nennen. Hoffmann nahm die Pistole und deponierte sie an ihrem Platz im Schrank. Er hasste es, wenn die Waffe zu Hause herumlag. Das war einer der wenigen Punkte, in denen er immer Ordnung hielt.

Hoffmann trat an das beleuchtete Aquarium. Er schob einen Hocker heran und ließ sich darauf plumpsen. Langsam zogen die kleinen, bunten Fische ihre Kreise im Wasser. Hoffmann spürte, wie die Spannung des Tages von ihm abfiel. Weg waren die Scherereien mit Kollegen, mit kleinen und großen Verbrechern, fort waren die alltägliche Hektik auf den Straßen, die Borniertheit der Leute, die Lügen der Obrigkeit. Die Fische in ihrer kleinen, heilen Welt des Aquariums schafften es immer wieder, ihn richtig abschalten zu lassen. Seine Mitbewohner. In letzter Zeit hatte er das Aquarium tadellos gepflegt, den Fischen ging also nichts ab.

Nach fünf Minuten war Hoffmann ruhig und entspannt. Er langte nach der Schachtel mit Fischfutter. Sie war fast leer. Spätestens nächste Woche musste er wieder Nachschub kaufen. Nachdem er die Fische gefüttert hatte, notierte er auf einem Zettel, was er alles einzukaufen hatte.

Dann fiel sein Blick wieder auf das Chaos im Zimmer. Hoffmann zuckte mit den Schultern, schaltete das Radio ein und legte los. Er stapelte alte Zeitungen, brachte gebrauchtes Geschirr in die Küche, sammelte herumliegende Kleidungsstücke. Er machte Wohnungsputz, zumindest mal im Wohnzimmer. In der Wohnung seines Kollegen Assmann lag wahrscheinlich nicht ein Staubkörnchen am Boden. Na ja, es fehlte bei Hoffmann eben die ordnende Hand einer Frau, geisterte es durch Hoffmanns Kopf. Die Scheidung war jetzt fünf Jahre her. Warum er in all der Zeit keine Frau gefunden hatte, die länger als zwei Monate bei ihm geblieben war? Er war fast vierzig Jahre alt, da gehörte man noch lange nicht zum alten Eisen. Irgendetwas machte er falsch. Es war wohl sein Beruf. Welche vernünftige Frau ließ sich schon mit einem Kripomann ein? Gut, sein Gehalt wurde immer pünktlich ausbezahlt, aber was nutzte das, wenn man den Partner nur alle heiligen Zeiten zu Gesicht bekam?

Nach fast einer Stunde war die Wohnung aufgeräumt, der Geschirrspüler arbeitete, die Fische zogen unermüdlich ihre Kreise und die Nacht war angebrochen. Hoffmann setzte sich auf das Sofa, griff nach seinen Zigaretten und warf die Füße auf den Couchtisch. Er schaute in die Luft.

Obwohl er den ganzen Nachmittag unterwegs gewesen war, hatte Hoffmann keinen Schimmer, wo sich Rudi Obermeier aufhielt. Das konnte noch eine mühsame Suche werden. Und Assmann hatte die Prostituierte, die bei Toni Berger gewesen war, noch nicht gefunden. Das würde wohl Major Koller nicht so recht schmecken.

Hoffmann blies einen Rauchring in die Luft. Er kannte das schon, es war so etwas wie eine Ahnung. Wenn er Assmann davon erzählen würde, hätte er höchstens wieder Spott geerntet. Er musste Rudi Obermeier schnell finden. Hoffmann hätte keinen stichhaltigen Grund nennen können, warum er das musste. Es war einfach so. Hoffmann erhob sich, holte die Waffe aus dem Schrank und stieg in seine Schuhe. Der Prater. Rudi hatte sich früher oft im Wurstelprater herumgetrieben. Hoffmann beschloss, eine Runde in den Spielhallen des Wurstelpraters zu drehen. Vielleicht hatte er ja Glück. Die Tür fiel ins Schloss, Hoffmann eilte die Treppe hinab. Im Vorzimmer seiner Wohnung brannte noch das Licht.

25.

„Ist Karin da?“

Der Barmann hob müde die Augen.

„Schaue ich aus wie Karin?“

Rudi zähmte den Wunsch, dem Idioten hinter dem Tresen die Zähne einzuschlagen. Er blickte auf die Uhr im Lokal. Es war knapp vor zehn. Das konnte eine lange Nacht werden. Rudi ließ noch einmal seinen Blick in Karins Café kreisen. Was sollte er tun? Von Wernheim und Monetti keine Spur, und Karin, die Besitzerin des Cafés, war auch nicht hier. Sie hätte Rudi zumindest die Telefonnummer von Wernheim geben können. Vom Barmann und den paar abgesoffenen Idioten im Lokal konnte er nichts erwarten. Rudi hatte es satt, die Scheißtaschen herumzuschleppen. Er musste duschen, ein paar Stunden schlafen und neue Klamotten anziehen. Er war seit vier Tagen pausenlos unterwegs, zuerst die Fahrt nach Krakau, dann gleich die Fahrt nach München. Rudi brauchte eine Auszeit. Also beschloss er, zuerst mal nach Hause zu gehen. Er verließ das Lokal, trat auf den Gehsteig am Gürtel und marschierte los. Für die paar Meter brauchte er kein Taxi, die Gaulachergasse lag ja nicht weit.

Lidia hatte das Taxi bezahlt und sich in den Schatten eines Haustors gestellt. Ein paar hundert Meter weiter ging eine einsame Prostituierte auf dem Gehsteig auf und ab. Lidia hatte genau gesehen, wie Rudi in dieses kleine Gürtelcafé hineingegangen war. Er war spielend leicht zu verfolgen, unmöglich ihn zu verlieren. Vor allem um diese Tageszeit. Wenn er mitten im Stoßverkehr mit hundert anderen Leuten in die U-Bahn einstieg, konnte er einem schon durch die Lappen gehen. Aber so?

Sie brauchte gar nicht lange zu warten, da trat Rudi wieder auf die Straße und marschierte flott los. Lidia blieb mit großer Distanz hinter ihm. Ein absolut leichtes Spiel.

„Sagen Sie mal, kann ich um diese Zeit noch einen Mietwagen bekommen?“

Der Portier verzog das Gesicht.

„Das weiß ich nicht, gnädige Frau. Aber ich werde mich schlau machen.“

Irene lächelte in sich hinein. Wieder einmal Wien. Wie lange war sie nicht hier gewesen? Knapp zwei Jahre? Oder länger. Gnädige Frau, so sprachen nur Wiener Portiere. Sie hatte die Hauptstadt ihrer Heimat nie leiden können. Nun, sie hatte ihre Heimat überhaupt nie leiden können. Weder das kleine Städtchen in den Bergen, in dem sie aufgewachsen war, noch die große Hauptstadt an der Donau. War Österreich denn noch ihre Heimat? Kaum.

Sie hatte in diesem Land die ersten paar Jahre ihres Lebens verbracht. Beschissene Jahre, Jahre, an die sie sich nicht erinnern wollte. Danach war sie überall und nirgends gewesen. Irene hatte keine Heimat. Sie war immer unterwegs. Wenn sie genügend Geld zusammen hatte, würde sie sich ein Häuschen kaufen. Das würde dann ihre Heimat sein. Irgendwo fern von Europa. In der Karibik. Vielleicht auf Kuba oder Jamaika. Bis jetzt hatte sie mal die Anzahlung dafür, aber mit Lidia als Partnerin würde sich die Schatzkiste schon noch auffüllen.

Der Portier legte den Hörer auf und nickte Irene lächelnd zu.

„Der Mietwagen wäre kein Problem. Sie könnten den Wagen sofort abholen. Oder soll ich jemand schicken? Allerdings, das muss ich einräumen, habe ich nur einen VW Polo gekriegt. Andere Autos sind erst wieder morgen Vormittag frei."

Irene winkte ab.

„Kein Problem, ich fahre ohnedies lieber mit kleinen Autos. Ich hasse Einparken."

Der Portier lachte. Ein Vollprofi. Irene liebte es, mit Leuten zu tun zu haben, die ihren Job verstanden. Selbst wenn es Portiere von Mittelklassehotels waren. Irene suchte nach ihrem Handy in der Handtasche. Sie zog es heraus und stutzte. Sie hatte das Handy des Mannes mit den Taschen erwischt. Gleich nach dem Unfall heute Vormittag hatte sie es abgeschaltet und nicht wieder in Betrieb genommen. Ob sie es wohl nun riskieren sollte? Irene schüttelte ein wenig den Kopf und steckte es wieder ein, nahm dafür ihr eigenes Handy zur Hand. Sie kontrollierte die Anzeige. Lidia hatte noch nicht angerufen, also lief noch alles nach Plan. Das war gut.

„Wenn Sie mein Gepäck auf das Zimmer bringen könnten", sprach sie wieder den Portier an. „Ich muss noch weg. Sagen Sie mir bitte, wie ich zum Wagen komme."

„Selbstverständlich, gnädige Frau."

Immer wieder dieser Gnädige-Frau-Kitsch. Das war Wien.

Rudi traute seinen Augen nicht. Er stellte die zwei Taschen ab. Im Haus war es ruhig, sogar seine lästige Nachbarin schien zu schlafen. Rudi tastete vorsichtig nach den Klebestreifen auf seiner Tür. Kriminalpolizei, las er. Die Kripo hatte seine Wohnung versiegelt. Warum zum Teufel? Waren sie schon hinter ihm her? Rudi schaute sich plötzlich hektisch um. Aber es war keine Menschenseele zu entdecken. Was lief da für eine Scheiße ab? Rudi hielt den Wohnungsschlüssel in der Hand. Sollte er reingehen? Er war unschlüssig. Warum zum Geier hatte die Kriminalpolizei seine Wohnung versiegelt? Rudi hatte gute Lust, mit der Faust die Tür einzuschlagen.

Wernheim!

Er hatte knapp vor Beginn seiner Tour Wernheim den Zweitschlüssel gegeben. Dieses Arschloch! Rudi steckte den Wohnungsschlüssel wieder ein, packte die zwei Taschen und lief eilig die Treppe hinab. Was hatte Wernheim hier für eine Scheiße abgezogen? Warum war seine Wohnung versiegelt? Na warte, Kumpel, dachte Rudi, dir werde ich schon noch zeigen, wo Gott wohnt.

Wieder auf der Straße hielt Rudi kurz inne und überlegte. Wohin sollte er gehen? Er brauchte unbedingt eine Dusche und er wollte diese gottverdammten Taschen nicht andauernd herumschleppen. In ein Hotel? Sein Großvater! Ein Lächeln flog über Rudis Lippen. Bei seinem Großvater konnte er vorerst mal untertauchen. Er hatte auch den Schlüssel zur Wohnung. Rudi lief in Richtung Gürtel, um ein Taxi anzuhalten.

„Sieht so aus, als ob er jemand suchen würde. Zuerst war er in einem kleinen Café am Gürtel, dann in einem Haus. Ja, ich habe die Adresse notiert. Jetzt sind wir unterwegs in Richtung ... Moment mal."

Lidia blickte aus dem fahrenden Taxi. Wien, ihre Heimatstadt. Sie konnte sich an Sarajewo nicht mehr erinnern, das war alles dunkle Vergangenheit. Sie hatte sich in Wien schnell heimisch gefühlt, hatte schnell Freundinnen gefunden, die ebenfalls aus Ex-Jugoslawien geflüchtet waren, aber auch welche, die schon in zweiter Generation in Wien lebten. Lidia fühlte ein merkwürdiges Kribbeln im Bauch.

„Wir sind jetzt am Gürtel, Höhe Nussdorferstraße. Die Fahrt geht in den neunzehnten Bezirk. Ich ruf dich wieder an, wenn ich eine genauere Adresse habe."

Lidia steckte das Handy wieder ein. Der Taxifahrer hatte zwar seine Ohren gespitzt, aber viel hatte er wohl nicht verstanden. Er folgte dem anderen Taxi, ganz wie sein Fahrgast es gewünscht hatte. Lidia war gut drauf. Sie spürte nicht den Hauch von Müdigkeit, obwohl sie schon den ganzen Tag unterwegs war. Irene hatte also schon ein Hotelzimmer und einen Wagen besorgt. Und sie hatte sich eben auf den Weg gemacht. Auf Irene war Verlass. Die Tasche gehörte schon so gut wie ihnen, darin war sich Lidia absolut sicher.

Claudio Monetti hockte dumpf brütend vor dem Telefon. Der Aschenbecher vor ihm war randvoll. Wen sollte er noch anrufen? Wann würde Wernheim wieder auftauchen? Hatte Rudi das Paket aufgemacht und gesehen, was er da transportierte? Und sich gleich mal entschlossen, den nächsten Flug nach Brasilien zu buchen? Siebenhunderttausend Euro! Eine Wahnsinnssumme. Sie hatten noch nie eine derart große Summe auf einmal transportiert. Monetti ließ sich verzweifelt in die Lehne des Fauteuils zurückfallen.

„Warum bin ich Idiot nicht selber gefahren?", murmelte er.

Siebenhunderttausend Euro. Sie konnten einpacken, wenn das Geld nicht wieder auftauchte. Vierhunderttausend schuldeten sie noch Vitali und seiner Bande. Diese ehemaligen Fallschirmspringer der russischen Armee, die jetzt für Vitali arbeiteten, waren verdammt schnell mit der Waffe. Und sie zögerten nicht eine Sekunde. Für die galt nur der Befehl ihres Kommandanten. Und Vitali hatte mehrfach bewiesen, dass er absolut keinen Sinn für Scherze hatte. Monetti hatte eine Menge harter Jungs kennengelernt, war lange genug im Gefängnis gesessen, war in der Wahl seiner Mittel sicher nicht zimperlich, aber vor den vier russischen Fallschirmspringern in Vitalis Bande hatte er gehörigen Respekt.

Das Paket musste einfach wieder her, sie mussten Rudi unbedingt finden, selbst wenn sie ganz Wien auf den Kopf stellen würden.

„Und wann hast du Rudi zuletzt gesehen?"

Der Mann in der Lederjacke zuckte mit den Schultern.

„Ist länger her."

Sehr gesprächig war er ja nicht, aber damit hatte Wolfgang Hoffmann gerechnet. Die Jungs vom Wurstelprater waren der Polizei gegenüber einfach nicht gesprächig. Das war schon immer so gewesen. Hoffmann tauchte die Wurst in den Senf und biss hinein. Der Mann, der neben ihm am Tresen des Würstelstands lehnte, schlürfte Bier aus der Dose.

„Weißt du, was ich glaube", sprach Hoffmann mit vollem Mund langsam kauend weiter. „Ich glaube, der Rudi hat sich von irgendeinem Boss anwerben lassen. Was meinst du?"

„Keine Ahnung."

Hoffmann schluckte den Happen Wurst. Er blickte auf die Uhr. Es war elf. Die allermeisten Läden im Vergnügungspark hatten längst geschlossen, nur ein paar Spielhallen waren noch geöffnet. Eigentlich war es längst Zeit heimzugehen. Aber da Hoffmann nach den erfolglosen Runden in den Spielhallen noch etwas Hunger verspürt hatte, war er bei diesem Würstelstand stehen geblieben. Fast aus Verzweiflung hatte er den jungen, ziemlich kräftig wirkenden Mann mit der Lederjacke gefragt, ob er Rudi Obermeier kannte. Und er hatte überraschenderweise ein Ja als Antwort erhalten. Er musste dem Mann schon etwas bieten. Zumindest so tun, als ob er ihm etwas bieten konnte.

„Weißt du, Freundchen, wir suchen nach ihm, weil da eine Rauferei im Prater noch nicht aufgeklärt ist. Kann ja sein, dass Rudi und ein paar andere, sagen wir mal, harte Praterbuben, darin verwickelt waren."

Der Mann in der Lederjacke blickte hoch. Hoffmann jubelte innerlich. Er war zwar für den Prater nicht zuständig, aber er hatte wie alle Polizisten Wiens von der großen Schlägerei beim Schweizerhaus im Prater gehört. Hoffmann bluffte und er tat es gut.

„Weißt, ich habe mich schon gewundert, warum deine linke Hand verbunden ist. Bist du Linkshänder?"

„Und wenn schon?"

„Linkshänder schlagen doch mit der linken Hand zu. Und wenn man zuschlägt, ich meine wirklich hart zuschlägt, kann die Hand schon mal in Mitleidenschaft gezogen werden. Aber ich bin sicher, du hast dir die linke Hand nicht bei einer Schlägerei verstaucht, sondern bei der Arbeit. Vielleicht beim Montieren eines Regals in der Wohnung deiner Freundin?"

Der Mann stellte die Bierdose ab.

„Genauso war es, Herr Inspektor. Beim Montieren. Meine Freundin hat mir den Verband verpasst."

Hoffmann schob den leeren Pappteller von sich und griff nach seinen Zigaretten.

„Und weil das so ist, kannst du dich vielleicht doch erinnern, ob du etwas von Rudi weißt."

Der Mann stieg nervös von einem Bein auf das andere. Er blickte sich um.

„Aber von mir wissen Sie nichts."

„Ich weiß überhaupt nichts", antwortete Hoffmann lakonisch.

„Der Rudi hat da was erwähnt. Ein Piefke. Mitte vierzig, schwarzer Sportwagen, Geld wie Heu. Mehr weiß ich nicht, mehr interessiert mich auch nicht."

Hoffmann blies den Rauch aus. Ein Piefke. Mitte vierzig. Hoffmanns Miene wurde steinern. Er hatte schon mehrmals von zwei Deutschen in der Wiener Szene gehört. Beide Mitte vierzig, sehr gerissen, sehr vorsichtig und sehr erfolgreich. Die Kripo wusste außer dieser phantomhaften Beschreibung nichts. Rudi steckte jedenfalls bis zum Stehkragen in der Scheiße.

„Na gut, wenn das so ist, wünsche ich dir gute Besserung. Und lass deine Freundin schön grüßen."

Hoffmann nickte dem Mann in der Lederjacke zum Abschied noch zu und marschierte flott in Richtung seines Autos. War der Abendspaziergang zumindest nicht völlig sinnlos gewesen.

Rudi stieg aus der Dusche. Jetzt fühlte er sich besser. Nicht mehr so abgespannt. Er stieg in seine Unterhose und schlüpfte in sein T-Shirt. Sein Großvater ging immer noch aufgeregt im Wohnzimmer der kleinen Wohnung auf und ab. Rudi verzog das Gesicht. Der alte Herr war echt nicht mehr auf Draht. Völlig verwirrt. Na gut, es kam ja auch nicht allzu oft vor, dass sein Enkel mitten in der Nacht auftauchte und auf dem direkten Weg in der Dusche verschwand. Rudi befühlte seine Nase. Sie schmerzte kaum noch. Rudi trat auf seinen Großvater zu und legte ihm die Hand auf die Schulter. Er sprach sehr laut.

„Du, Opa, ich muss noch mal fort. Aber ich komme später wieder. Du brauchst nicht auf mich zu warten."

Der alte Mann schaute Rudi mit sorgenvollen Augen an.

„Du kommst aber schon wieder her?", fragte er.

„Ja, ich komme wieder. Aber es wird spät werden. Du brauchst nicht auf mich zu warten. Leg mir doch eine Decke raus, ich schlafe dann auf dem Sofa. Hast du verstanden?"

„Du kannst ja auf dem Sofa schlafen."

„Ja, genau, auf dem Sofa. Leg mir doch eine Decke raus."

Der alte Mann marschierte gleich los und brachte eine Decke. Währenddessen bekleidete sich Rudi vollständig. Er schnappte seinen Schlüsselbund und die Jacke mit der Waffe. Sein Großvater durfte nicht einmal ahnen, dass er bewaffnet war. Rudi blickte auf die beiden Taschen. Ein Grinsen glitt über sein Gesicht. Das war es. Er würde das Paket einfach hier verstecken, bis Wernheim vollständig erklärt hatte, warum seine Wohnung von der Polizei versiegelt worden war.

„Du Opa, ich lasse mein Gepäck hier stehen. Diese Tasche da ist sehr wichtig. Auf die musst du richtig gut aufpassen. Ja?“

Der alte Mann nickte eifrig.

„Verstehst du, Opa. Die Tasche ist total wichtig. Ich verstecke sie unter dem Sofa. Da kann sie keiner entdecken.“

Rudi schob seine beiden Taschen unter das Sofa.

„Bist du in Schwierigkeiten, Junge?“, fragte Rudis Großvater besorgt.

„Nein. Keine Schwierigkeiten. Ich muss nur noch mal kurz fort. Tschüs, Opa.“

Rudi umarmte seinen Großvater kurz und dampfte ab. Der alte Mann stand plötzlich allein in der Wohnung. Wie still es auf einmal war. Verwirrend still.

„Und jetzt?“, fragte Lidia.

Irene wiegte kurz den Kopf. Sie schaute sich schnell um.

„Wir teilen uns wieder. Eine bleibt an unserem Mann dran, die andere bezieht hier im Auto Posten vor dem Haus. Er hat die Tasche irgendwo da drinnen deponiert.“

Lidia zerdrückte die abgerauchte Zigarette im Aschenbecher des Mietautos.

„Dann hänge ich mich wieder an ihn ran. Hab jetzt schon Übung darin. Aber ich brauche Geld.“

Irene griff schnell nach ihrer Geldbörse und zog ein paar Scheine heraus.

„Wie schaut’s mit deinem Handy aus?“, fragte Irene.

Lidia kontrollierte das Display.

„Geht noch. Morgen Nachmittag oder Abend muss ich den Akku wieder aufladen. Sollte reichen.“

„Alles klar. Dann flitze los.“

Lidia griff nach der Türschnalle und öffnete die Wagentür einen Spalt. Sie stockte, drehte den Kopf Irene zu, beugte sich schnell zu ihr hinüber und hauchte ihr einen Kuss auf die Lippen. Irene war ebenso überrascht wie angetörnt von der kleinen Geste.

„Bis später, große Frau“, sagte Lidia und eilte Rudi hinterher.

Irene saß für ein paar Augenblicke ein wenig konfus hinter dem Lenkrad. Dann fasste sie sich wieder. Die Straße lag ruhig da, nur hin und wieder rollte ein Auto an ihr vorbei. Irene stieg aus und ging auf das Haus zu. Sie prägte sich die Adresse ein. Billrothstraße. Ein schönes Haus. Zwar schon ein bisschen renovierungsbedürftig, aber sehr prächtig gebaut. Irene probierte die Klinke des Haustores. Das Tor war nicht verschlossen, also trat sie in den Flur. Sie wollte sich hier mal genau umsehen. Vielleicht hatte ihr Mann die Tasche ja einfach im Keller versteckt. Oder er hatte sie bei seinen Auftraggebern abgegeben, die hier ihren Unterschlupf hatten. Unwillkürlich tastete Irene nach ihrer Handtasche. Die kleine Beretta war bereit.

Kurt Wernheim blickte auf die Anzeige auf dem Armaturenbrett. Der Tank war fast leer. Er schaute sich nach einer Tankstelle um. Seit vier Stunden war er unterwegs. Sein Rücken schmerzte schon. Er war jede Möglichkeit durchgegangen, wo Rudi sich aufhalten konnte, hatte jedes Rattenloch, das ihm eingefallen war, durchstöbert. Natürlich hatte er auch Rudis Wohnung in der Gaulachergasse geprüft. Aber die Siegel der Polizei waren unberührt. Er hatte sich im Prater umgesehen, hatte ein paar Runden in den Spielhallen gedreht, sich erkundigt. Hatte die Lokale, von denen Wernheim vermutete, Rudi würde sie frequentieren, abgeklappert. Nichts. Keine Spur von Rudi.

Wernheim dachte an das kalte Gesicht Vitalis, an die breite Narbe auf der Stirn des russischen Mafiabosses, an seine stahlblauen Augen. Wie zum Teufel sollten sie die vierhunderttausend für Vitali zusammenkratzen? Er würde das Auto verkaufen müssen. Eventuell auch das Haus. Wernheim schlug mit der Faust auf das Lenkrad. Nicht das Haus! Das Haus war sein ein und alles. Scheiß auf das Cabrio, ein schickes Auto konnte man jeden Tag kaufen, aber ein Haus in einer derartig tollen Lage war eine Rarität. Aber besser, das Haus schnell zu Geld machen, als sich mit Vitalis Killern anzulegen.

Wernheim bremste, kurvte den Wagen in die Parklücke ein paar Schritte vor Karins Café und stieg aus. Bevor er für heute die Suche beendete, wollte er noch mal bei Karin reinschauen. Wernheim ging auf das Lokal zu, da sah er in der Ferne einen untersetzten Mann mit breiten Schultern. Wernheims Puls raste mit einem Mal. Er erkannte Rudi sofort. Er hielt an und ließ Rudi näher kommen. Wernheims Miene war hart.

„Wo bist du gewesen?", fragte Wernheim lapidar.

„Wo seid ihr gewesen?", konterte Rudi kämpferisch.

„Wo ist das Paket?"

„Was ist mit meiner Wohnung?"

Wernheim schaute sich um. Bis auf ein paar vorbeifahrende Autos am Gürtel war niemand zu sehen. Monetti und Wernheim pflegten ihren Botenjungs nicht zu verraten, wo sie wohnten. Aber diesmal konnte er wohl eine Ausnahme machen. Monetti würde schon nicht sauer sein. Nein, er würde ganz und gar nicht sauer sein.

„So kommen wir nicht weiter. Wir müssen das in Ruhe besprechen. Bist du mit dem Auto da?"

Rudi schüttelte verneinend den Kopf.

„Na gut, dann steig bei mir ein."

Kurt Wernheim und Rudi Obermeier setzten sich in das schwarze Mercedes Sportcabrio. Wernheim startete den Motor.

Lidia fluchte. Hektisch suchte sie nach ihrem Handy und hielt gleichzeitig nach einem Taxi Ausschau. Der schwarze Mercedes entfernte sich rasch.

„Verdammte Scheiße!", brüllte sie.

Endlich hatte sie das Handy.

„Was gibt's", meldete sich Irene.

„Probleme!“, sagte Lidia gepresst. „Wenn ich nicht in fünf Sekunden ein Taxi habe, ist unser Freund mit einem anderen Freund in einem Sportwagen auf Nimmerwiedersehen davon.“

„Merde“, flüsterte Irene.

„Warte! Da! Ein Taxi!“

Lidia lief auf die Fahrbahn. Das Taxi bremste scharf. Lidia sprang in den Wagen.

„Fahren Sie gerade aus, aber mit Tempo!“, fauchte sie den überraschten Taxifahrer an.

Lidia knallte einen Hunderter auf das Armaturenbrett. Und sie legte den Sicherheitsgurt an.

„Tempo, habe ich gesagt!“

Der Fahrer sah den Schein. Auf dem Gürtel heulte plötzlich ein Motor auf.

Claudio Monetti legte den Hörer auf. Seit Stunden tat er nichts anderes, als herum zu telefonieren. Die Wohnung in der Felberstraße war vollgequalmt. Er rauchte schon den ganzen Abend wie ein Schlot. Monetti griff zum Glas und nippte daran. Whiskey belebte, solange man nicht zu viel davon bekam. Aber das würde Monetti niemals passieren. Sein einziges wirkliches Laster waren Zigaretten, da konnte er nicht genug kriegen. Alkohol trank er bloß tröpfchenweise und alle anderen Drogen interessierten ihn nur als Handelsgut. Er langte eben wieder nach der Zigarettenpackung, da hörte er, wie ein Schlüssel ins Schloss gesteckt wurde.

„Schau mal, wen ich mitgebracht habe“, sagte Wernheim in süffisantem Tonfall zu seinem Partner.

Monetti erhob sich unwillkürlich. Er bändigte nur mit Mühe den Wunsch, Rudi anzuspringen und zu erwürgen. Rudi blickte sich in der Wohnung um.

„Na, was ist, Rudi, willst du dich nicht setzen?“, fragte Wernheim.

Aber Rudi blieb lieber stehen, so standen die drei Männer mitten im Zimmer. Monettis Augen waren zu schmalen Schlitzen zusammengekniffen.

„Wo ist das Paket?“, fragte er mit gefährlichem Unterton.

Rudi war nicht weniger sauer, er hatte die Nase gestrichen voll von den Drohungen Monettis und der Herablassung Wernheims.

„Zuerst will ich mein Geld“, sagte er streitbar.

Monetti und Wernheim blickten einander kurz an. Es lag eine Spur von Überraschung in diesem Blick.

„Was für Geld?“, fragte Wernheim.

„Was für Geld? Mir reicht’s mit euch. Ich kann die Art nicht leiden, mit der ihr mich behandelt. Ich habe echt einen Scheißtag hinter mir, ich brauche mich von euch nicht anschnauzen zu lassen. Ich will die viertausend Euro für die Touren nach Krakau und München. Ist das klar?“

„Ich glaube, du machst da einen Fehler, Rudi“, sagte Wernheim mit gespielter Gelassenheit. „Wenn wir nicht das Paket unbefleckt und rasch in Händen halten, gibt’s überhaupt kein Geld für dich.“

Rudi spürte, wie der Zorn in ihm hoch wogte.

„Kein Geld? Ich will die viertausend, aber rasch.“

„Und wenn wir dir die viertausend nicht geben?“, fragte Wernheim, bemüht, nicht wütend zu werden.

„Dann könnt ihr euch das Paket aufzeichnen!“

Rudi hatte keine Chance zu reagieren. Monetti packte ihn an der Gurgel und rammte ihn mit eisernem Griff gegen die Wand.

„Denk nicht mal daran, uns verarschen zu wollen“, knurrte Monetti. „Die viertausend kannst du vergessen, weil du das Auto in München ruiniert hast. Glaubst du, wir sind die letzten Idioten? Hast du nur Scheiße im Kopf?“

Wernheim runzelte die Stirn. Er packte Monetti an der Schulter, schob ihn zur Seite und trat ganz nahe an Rudi heran.

„Das mit dem Auto ist mir neu. Claudio, erzähl mir doch, was da los ist.“

„Der kleine Wichser hat in München das Auto komplett zu Schrott gefahren. Vor einer Stunde hat mich Markus angerufen und es mir gesagt. Die Polizei reißt ihm deswegen gerade den Arsch bis zum Stehkragen auf."

Wernheim fluchte in sich hinein. Rudi hatte also Markus' Auto im München zu Schrott gefahren. Eine Scheißsituation.

„Nun, Rudi, kannst du Claudio und mir erklären, was da los gewesen ist?"

„Ein Unfall! Kann ja jedem passieren. Aber ich bin wieder da, also vergesst den Scheiß."

„Du bist da, aber das Paket kann ich nirgendwo sehen", sagte Wernheim mit der letzten Anstrengung, nicht in Wut auszubrechen. „Ich möchte in Nullkommanichts wissen, wo das Paket ist. Alles andere ist mir völlig egal."

Rudi rempelte Wernheim zur Seite und trat mitten in den Raum.

„Aber mir ist nicht egal, dass meine Wohnung von der Kriminalpolizei versiegelt worden ist. Was ist da für ein Dreck passiert? Was hast du in meiner Wohnung gemacht?", brüllte Rudi Wernheim an.

Aus. Das reichte. Keine Sekunde länger. Monetti platzte der Kragen. Er sprang Rudi an und wollte ihm mit der Faust ins Gesicht schlagen. Aber Rudi war diesmal darauf vorbereitet. Er duckte sich, Monettis Schlag streifte ihn nur. Rudi dachte nicht mehr nach, er setzte sofort zum Gegenschlag an. Sein Schlag traf Monetti hart in den Magen, für einen Augenblick schnappte Monetti nach Luft. Rudi setzte sofort nach. Rudi war kein Stümper, das war nicht die erste Schlägerei in seinem Leben. Obwohl Monetti zehn Jahre älter als Rudi war und Übergewicht hatte, wehrte er Rudis Gegenattacke wirkungsvoll ab. Auch Monetti hatte nicht nur eine Schlägerei hinter sich. Wernheim war von der plötzlich losbrechenden Gewalt völlig überrumpelt, er stand bewegungslos da und starrte auf die zwei sich schlagenden Männer. Rudi sah, dass seine Schläge nicht trafen, da warf er sich herum und rannte zur Tür.

Monetti war schnell, so überaus schnell, Wernheim konnte gar nicht begreifen, was da eben passierte. Plötzlich hatte Monetti eine Pistole in der Hand, plötzlich dröhnte ein irrwitzig lauter

Knall im Zimmer, plötzlich schmeckte Wernheim den Geruch von Pulverdampf. Wernheim starrte auf den Körper, der bäuchlings im Türstock zum Vorzimmer lag. Dann floss Blut. Unmengen Blut.

„Scheiße“, knurrte Monetti düster und trat an Rudi heran.

Der Schuss hatte ihn im Genick getroffen. Rudi starb, noch ehe die beiden irgendetwas tun konnten.

Wernheims Knie drohten nachzugeben. Ihm war mit einem Mal speiübel. Er musste sich an der Wand abstützen.

„Verdammte Scheiße“, knurrte Monetti wieder und blickte Wernheim völlig ratlos an.

Dieser Blick wirkte wie eine Ohrfeige. Wernheim war mit einem Mal hellwach. Noch nie hatte Monetti eine Schwäche gezeigt, niemals, jetzt aber, als der Botenjunge Rudi zu seinen Füßen verstarb, war er verwundbar. Monetti wusste ganz offensichtlich nicht, wie es jetzt weitergehen sollte. Das war Wernheims Chance. Er überlegte fieberhaft.

„Handtücher!“, rief er und lief ins Badezimmer. Mit allen Handtüchern, die er finden konnte, kehrte er zurück und drückte sie auf die Wunde. Das Blut sickerte nun in die Handtücher, nicht mehr auf den Boden.

„Nimm den Teppich“, befahl Wernheim.

Monetti fasste sich schnell. Er schob den Couchtisch zur Seite und zog den Teppich heran. Zu zweit warfen sie die Leiche auf den Teppich.

„Zuerst wischt du den Boden auf. Aber perfekt, keine Spuren. Ich schau mal im Haus nach, ob irgendjemand vom Schuss wach geworden ist. Außerdem brauchen wir Müllsäcke. Sind welche da?“

Monetti nickte. Seine Lippen waren zu schmalen, blutleeren Strichen zusammengepresst. Er lief in die Küche und holte aus einem Schrank eine Rolle mit großen Müllsäcken. Die blutgetränkten Handtücher verschwanden darin. Wernheim wollte eben zur Tür hinaus gehen, aber Monetti packte ihn am Oberarm und hielt ihn zurück.

„So nicht. Dein Hemd und die Hose."

Wernheim schaute an sich herab. Tatsächlich, er war blutverschmiert.

„Ich nehme etwas aus deinem Schrank. Wo steht dein Wagen?"

„Links um die Ecke."

Wernheim packte Monettis Autoschlüssel, ein paar der Müllsäcke und eine Rolle Klebeband. Monettis Minivan hatte einen ungleich größeren Kofferraum als sein Sportcabrio. Mit den Säcken wollte er den Kofferraum auslegen. Wernheim wechselte schnell Hemd und Hose. Inzwischen begann Monetti das Blut vom Boden aufzuwischen. Auch die Wand hatte etwas abgekriegt, sie brauchten also Farbe, um drüber zu pinseln. Das war nicht vor morgen Vormittag zu machen. Wernheim öffnete vorsichtig die Wohnungstür und spähte in den Flur. Es brannte kein Licht. Hatten die Nachbarn den Schuss nicht gehört? Oder konnten sie sich einfach nicht vorstellen, was diesen Knall verursacht hatte? Egal, die Bahn war frei. Wernheim lief leise die Treppe hinab, er hatte das Ganglicht nicht eingeschaltet. Was für eine verfluchte Scheiße! Und Rudi hatte nicht gesagt, wo das verdammte Paket steckte.

„Schläfst du?"

Irene war tatsächlich am Steuer des Mietwagens eingenickt, deshalb hatte sie das Handy zuerst gar nicht gehört. Erst als Lidia gleich darauf ein zweites Mal angerufen hatte, hatte Irene das Klingeln gehört.

„Ja. Mir sind die Augen zugefallen."

„Irene, fahr bitte sofort los. Ich brauche dich hier. Auf dem schnellsten Weg."

Irene setzte sich auf. Sie war mit einem Mal hellwach. Der Tonfall in Lidias Stimme war alarmierend.

„Was ist passiert?"

„Fahr sofort los. Ich bin in der Felberstraße. Ich erzähle es dir, während du fährst."

Irene blickte auf die Uhr. Es war knapp vor ein Uhr früh. Sie startete den Wagen und fuhr los. Sie versuchte vergeblich, sich zu erinnern, wo die Felberstraße lag. So gut waren ihre Ortskenntnisse in Wien nicht. Der VW Polo rollte flott die Billrothstraße in Richtung Gürtel hinab. Irene griff wieder zum Handy. Lidia hatte die Verbindung nicht unterbrochen.

„Ich bin unterwegs. Sag mir noch, wie ich fahren muss."

„Einfach am Gürtel entlang zum Westbahnhof. Die Straße rechts am Westbahnhof vorbei ist die Felberstraße. Nicht zu verfehlen."

Irene bog auf den Gürtel ein. Westbahnhof, den würde sie finden. Sie stieg auf das Gaspedal.

„Okay, ich bin am Gürtel."

„Du musst supervorsichtig sein, wenn du mich aufliest. Halt dich gut fest. Habe eben beobachtet, wie der Kerl mit dem Sportwagen den Kofferraum eines dunkelblauen Minivans ausgelegt hat. Ich habe die Nummer notiert."

„Was heißt ausgelegt? Womit ausgelegt?"

„So genau hab ich es nicht gesehen. Aber es hat verdammt nach Plastiksäcken ausgesehen."

Irenes Stirn legte sich in tausend Falten. Sie raste bei Gelb über eine Ampel.

„Glaube fast", fuhr Lidia fort, „der Kerl will irgendetwas verschwinden lassen. Oder irgendjemand, der im Kofferraum viel Dreck macht. Ich bin fast sicher, dass da eine Leiche verschwinden soll. Du musst da sein, bevor er losfährt. Das trau ich mir echt nicht alleine zu, Irene. Das musst du entscheiden. Vor allem, mit einem Taxi kann ich sowieso nicht hinterher fahren. Das wäre Selbstmord. Irene, bist du noch dran?"

„Ja, Schatz, ich bin noch dran. In ein paar Minuten bin ich am Westbahnhof. Komm mir entgegen. Dann gehen wir die Sache noch einmal durch."

Irenes Plus raste. Und ob die Sache stank.

26.

Wolfgang Hoffmann hatte mit einer großen Tasse Kaffee und einem üppigen Frühstück die Müdigkeit erfolgreich bekämpft. Auch die Rasur hatte ihn wach gemacht. Er marschierte auf seinen Wagen zu. Im Kopf ging er schon die nächsten Arbeitsschritte durch. Der Morgen war mild und sonnig. Sein Blick streifte die über die Parkmauer des Augartens ragenden Bäume. Da wohnte er direkt am größten Barockpark Wiens und war schon seit Monaten nicht mehr darin spazieren gegangen. Hoffmann zuckte mit den Schultern. Nun, der Ausblick von seinem Fenster auf die Bäume war auch etwas wert. Er setzte sich in sein Auto und startete.

Ein dumpfes Rumoren fuhr durch den Wagen. Ein blecherner Knall. Dann dröhnte der Wagen ohrenbetäubend. Hoffmann fluchte lauthals los, stellte den Motor ab und kramte im Handschuhfach nach der Taschenlampe, die er stets im Auto mit führte.

Dabei hatte der Tag gut angefangen. Und jetzt das. Hoffmann kniete nieder und leuchtete unter den Wagen. Die Taschenlampe hätte er gar nicht gebraucht, es war offensichtlich. Der Auspuff war in der Mitte abgebrochen und beim Starten durch den Gasdruck zu Boden gefallen. Hoffmann sprang wütend hoch. Er überlegte. Mit dem Wagen noch zu fahren, war unmöglich. Wenn er ihn in die Werkstatt brachte, würde der ganze Vormittag wie im Flug vorbei sein. Sollte er ein Taxi rufen? Hoffmann packte seine Tasche, versperrte das Auto und stapfte zum Wallensteinplatz. Er würde heute mit der Straßenbahn ins Kommissariat fahren.

Er kam an einer Trafik vorbei, huschte schnell hinein und kaufte zwei Schachteln Zigaretten sowie eine Wochenkarte. Seine Laune besserte sich augenblicklich. Mit der Straßenbahn auf Verbrecherjagd, dieser Gedanke erheiterte ihn.

Hoffmann stand in der Straßenbahn und blickte zum Fenster hinaus. Er fuhr durch die Stadt, ohne das Gaspedal drücken zu müssen. Das war doch mal etwas. Als Schuljunge war er mit ein paar Kumpels in den Sommerferien oft quer durch die Stadt gefahren. Nur so aus Jux und weil Kinder in den Ferien Freifahrt hatten. Hoffmann hatte keine Ahnung, ob das heute auch noch so war. Es war verdammt lange her. Aber er wusste genau, was das für ein Spaß gewesen war, irgendwo in einem unbekannten Teil Wiens auszusteigen, mit den Jungs ein paar Runden um die Häuserblocks zu drehen und dann wieder zurückzufahren. Die Tram hielt an, fuhr wieder weiter, ohne dass Hoffmann es bemerkte. Die Straßenbahnfahrten waren das Schlechtwetterprogramm, bei Sonnenschein waren sie immer an der Alten Donau zum Baden gewesen. Ob die Kids heutzutage überhaupt noch in der Alten Donau badeten oder gingen sie nur mehr in die Neue Donau? Wie lange war er selbst schon nicht mehr baden gewesen? Der Herbst stand vor der Tür und Hoffmann hatte in diesem Jahr kein einziges Mal ein Bad besucht.

Hoffmann spürte einen Blick. Er tauchte unwillkürlich aus seinen schweifenden Gedanken hoch. Er hielt den Atem an. Was für schöne Augen. Was für ein strahlendes Lächeln. Was für eine attraktive junge Frau. Und sie schaute ihn so direkt an. Für eine Sekunde kämpfte Hoffmann gegen die Verwirrung. Und dann erkannte er die junge Frau. Ein Lachen glitt über seine Lippen. Die junge Kollegin vom Kommissariat trat auf ihn zu.

„Entschuldigen Sie", sagte Hoffmann ein wenig stammelnd, „ohne die Uniform habe ich Sie nicht gleich erkannt."

„Guten Morgen, Herr Hoffmann", sagte sie und stellte sich neben ihn.

„Sie kennen meinen Namen?"

„Natürlich."

Hoffmann stieg ein wenig verlegen von einem Fuß auf den anderen.

„Um ehrlich zu sein, ich kenne Ihren nicht."

Die junge Kollegin hielt Hoffmann die Hand zum Gruß hin.

„Sigrid Körner."

Hoffmann schüttelte ihre Hand.

„Wolfgang Hoffmann. Sind Sie auch auf dem Weg ins Kommissariat?"

„Ja."
„Und wo sind Sie eingestiegen? Ich habe nicht aufgepasst."
„Das habe ich bemerkt. In der Klosterneuburgerstraße. Ganz in Gedanken vertieft?"
„Ja. Ich bin so lange nicht mit der Straßenbahn gefahren."
„Haben Sie den Renault heute mal stehen gelassen?"
Woher wusste sie, dass er einen Renault fuhr?
„Sie kennen mein Auto?"
„Aber ja. Hab Sie schon öfter am Gaussplatz vorbeifahren gesehen. Wohnen Sie in der Wasnergasse oder noch ein Stück weiter drüben?"
Hoffmann nickte eifrig.
„In der Wasnergasse. Und Sie, wohnen Sie auch in der Gegend?"
„So ist es. In der Treustraße."
„Dann sind wir ja fast Nachbarn."
„Schon seit über einem Jahr. So lange wohne ich schon in diesem Viertel."
„Und wir laufen uns erst jetzt über den Weg."
Sigrid Körner blickte zum Fenster hinaus. Hoffmann musterte ihr Profil, streifte mit einem Blick ihr langes, brünettes, lockiges Haar. Sie war nicht geschminkt oder irgendwie aufgetakelt, sie stand in einer schlichten Übergangsjacke und in Jeans neben ihm, trug einen kleinen Rucksack am Rücken und sah gerade deswegen atemberaubend aus. Hoffmann richtete schnell wieder den Blick zum Fenster hinaus.
„Ihr Leute von der Kripo habt einen ganz anderen Tagesablauf als wir. Da kann es schon mal passieren, dass man aneinander vorbeirennt."
„Aber ab jetzt nicht mehr", sagte Hoffmann scherzend, „weil der Auspuff meiner Rostkiste ist endgültig hin und ich habe mir eine Wochenkarte gekauft."
Sigrid Körner lachte.
„Wollen Sie die Gangster mit der Straßenbahn jagen?"
Hoffmann stimmte in das Lachen ein.

„Passen Sie nur auf, denen wird Hören und Sehen vergehen."

Sigrid Körner richtete sich zum Aussteigen. Hoffmann orientierte sich rasch. Er hatte gar nicht bemerkt, wie weit die Straßenbahn schon gekommen war. Sie stiegen aus und warteten auf den Anschluss. Hoffmann wusste nicht, was er sonst hätte tun sollen, also kramte er seine Zigaretten hervor.

„Darf ich Ihnen eine anbieten?"

„Danke, rauche nicht."

„Wohl Sportlerin?"

„Doch. Ich betreibe recht viel Sport."

Hoffmann steckte die Zigaretten ein, ohne sich eine angezündet zu haben.

„Will Sie aber nicht abhalten."

Hoffmann winkte ab.

„Ich rauche eh viel zu viel. Außerdem, da kommt die Straßenbahn."

Die beiden mischten sich unter die einsteigenden Passagiere, die Tram rollte los. Obwohl Sitzplätze frei gewesen wären, nahmen sie Stehplätze ein. Eines ging Hoffmann nicht aus dem Kopf.

„Sagen Sie mal, täusche ich mich oder wissen Sie wirklich mehr über mich als ich über Sie?"

Sigrid Körner lachte wieder. Was für ein bezauberndes Lachen. Hoffmann wünschte sich, ihr stundenlang zuhören zu können.

„Na ja, das kann schon sein. Ich glaube, im Kommissariat wissen viele über Sie recht gut Bescheid."

Hoffmann runzelte die Stirn. Das war ihm neu.

„Steh ich auf der Leitung oder gehen da Gerüchte um? Was weiß man im Kommissariat über mich?"

Sigrid Körner schaute Hoffmann mit ihren großen, rehbraunen Augen an. Ihre Miene war neutral, sie meinte es ernst.

„Sie und der Kollege Windisch gelten bei uns jüngeren als Vollblutpolizisten. Wir kennen alle Ihre Erfolgsquote. Wir versuchen von Ihren Methoden zu lernen."

Hoffmanns Miene spiegelte seine Überraschung wider. Aber nur einen Augenblick lang. Er atmete durch. Also davon hatte er noch nie etwas vernommen. Er hörte immer nur den Hohn Assmanns und die Schimpftiraden von Major Koller.

„Ist das so?“, flüsterte er.

„Ich möchte“, fuhr Sigrid Körner fort, „auch mal zur Kriminalpolizei. Würde mich reizen.“

Hoffmann lachte gequält.

„Überlegen Sie sich das lieber noch einmal. Es ist ein Scheißjob.“

27.

Das Taxi kurvte durch die Stadt. Für diesen Auftritt hatte er keine Kosten und Mühen gescheut und um diese Tageszeit ein Taxi bestiegen. Eberhard Fichte orientierte sich genau, er zählte die Sekunden.

Jetzt.

Fichte griff zu seinem Telefon und drückte ein paar Tasten. Er saß in der Mitte der hinteren Sitzreihe. Wenn der Fahrer in den Rückspiegel schaute, hatte er Fichte genau im Visier. Fichte genoss es, sein Spielchen immer kunstvoller zu arrangieren. Seine Stimme war leise und geschmeidig, natürlich aber laut genug, um vom Fahrer eindeutig gehört zu werden.

„Hallo mein Schatz. Was treibst du so? Machst du dich schön für mich?“

Fichte blickte zwar zum Fenster hinaus, wusste aber genau, dass der Taxilenker kurz in den Rückspiegel geblickt hatte.

„Oho. Da bin ich ja gespannt. Ja, wir haben freie Bahn. Meine Frau glaubt, ich fahre zur Arbeit, und die Dummköpfe in der Firma glauben, ich wäre bei einer Beerdigung. Ich habe dir auch etwas Nettes gekauft.“

Fichte taktierte noch, er zögerte es hinaus. Der Taxifahrer musste schon danach lechzen.

„Natürlich. Ich habe es in meiner Tasche. Eine kleine Süßigkeit für meine Wildkatze. Ein kleines, prickelndes Accessoire. Natürlich kostbar! Was glaubst du? Dass ich im Abverkauf einkaufe? Ich doch nicht. Nein, du wirst dein Vergnügen haben. Ich natürlich auch."

Fichte lachte anzüglich, der Taxifahrer schaute wieder in den Rückspiegel zu seinem Fahrgast nach hinten.

„Du ausgekochtes Luder. Das will ich auch meinen. Schließlich bezahle ich die Wohnung. Aber ein Mann in meiner Position kann sich das halt leisten. Über Geld wird nicht gesprochen. Hahaha, du Luder. Also bis später."

Fichte sonnte sich in seinem Erfolg. Wie unendlich dumm die Leute doch waren, wie leicht man sie an der Nase herumführen konnte. Fichte hätte schreien können vor Vergnügen.

Das Taxi hielt in der Billrothstraße an, Fichte bezahlte mit betont sachlicher Miene die Taxirechnung, stieg aus und blickte dem im Vormittagsverkehr verschwindenden Taxi hinterher. Er lächelte.

Fichte stemmte sich gegen das schwere Haustor und ging bedächtig die Treppe hoch. Er erschrak. Der alte Herr Obermeier lag auf der Treppe! Blut sickerte aus einer Wunde am Kopf.

„Um Gottes Willen, Herr Obermeier, was ist denn passiert? Sind Sie verletzt?"

Fichte stellte seine Tasche ab und beugte sich über seinen Nachbarn.

Kurt Wernheim hatte nur ein paar Stunden geschlafen. Sie waren von ihrer Tour spät zurückgekommen. Monetti war ins Bett gefallen und im Nu eingeschlafen. Wernheim allerdings fand auf dem Sofa liegend noch längere Zeit keine Ruhe. Nicht nach dem, was in dieser Nacht passiert war. Es schien längst die Sonne, aber Monetti lag noch immer im Bett und schnarchte. Wernheim war wütend, am liebsten würde er dem Idioten Monetti mit der Pumpgun mehrmals in den Bauch schießen. So eine Riesenscheiße. Wernheim goss starken Kaffee in sich hinein. Den hatte er nötig. Immer wieder blätterte er Rudis Notizkalender durch. Er musste sich verdammt noch mal konzentrieren, er musste am Telefon glaubhaft klingen, es musste wie am Schnürchen laufen. Viele Telefonnummern hatte Rudi ja nicht notiert, das war immerhin ein Vorteil. Nur, würde er auch etwas finden? Wernheim schaute auf seine Armbanduhr. Er griff zum Telefonhörer und wählte die erste Nummer aus dem Kalender.

Fichte fasste den alten Herrn Obermeier unter den Achseln und half ihm aufstehen.

„Sind Sie gestürzt, Herr Obermeier?“

Auf der Treppe lag der bescheidene Einkauf des alten Mannes. Fichte überblickte die Situation. Herr Obermeier war vom Einkauf nach Hause gekommen, auf der Treppe gestürzt und hatte sich am Kopf angeschlagen. Vielleicht auch sonst noch wo. Fichte hoffte, dass nicht irgendein Knochen gebrochen war.

„Bin gestolpert. Gestolpert.“

„Haben Sie Schmerzen?“, fragte Fichte, als er den alten Mann zu dessen Wohnungstür schleppte.

„Der Kopf tut weh. Und der Unterarm.“

Fichte tastete den rechten Unterarm ab. Er spürte eine Schwellung.

„Herr Obermeier, geben Sie mir ihren Schlüssel. Ich rufe dann gleich die Rettung. Nur ein paar Minuten, dann ist ein Arzt bei Ihnen.“

Fichte öffnete die Nachbarwohnung, schleifte den Mann hinein und setzte ihn auf einen Hocker in der Küche. Er zog sein Handy. Kurz stutzte Fichte. Er benutzte nun zum ersten Mal sein Handy wirklich. Keine Schimären, kein Theaterspiel, ein Notruf. Während Fichte einen Krankenwagen rief, begann der alte Herr Obermeier jammernd zu plappern. Fichte steckte sein Handy ein.

„Keine Sorge, Herr Obermeier, die Rettung ist gleich hier.“

„Eberhard, Eberhard, bitte“, flüsterte Obermeier.

Fichte kniete sich neben ihn hin.

„Was wollen Sie mir sagen?“

„Die Tasche, Eberhard, die Tasche. Wichtig.“

„Welche Tasche meinen Sie?“

„Im Wohnzimmer unterm Sofa, die Tasche gehört Rudi. Gestern Nacht hat er sie gebracht. Es ist wichtig. Ganz wichtig. Er muss sie wieder haben. Bitte, der Rudi muss die Tasche wieder haben. Wichtig.“

Fichte tätschelte dem alten Mann die Hand.

„Schon gut, regen Sie sich nicht auf. Der Rudi wird die Tasche ja kriegen. Keine Sorge.“

Der alte Mann blickte Fichte an, lächelte mit einem Mal und legte ihm die faltige Hand sanft auf die Wange.

„Bist ein guter Bub, Eberhard. Bist gut.“

Fichte war von dieser Zärtlichkeit unangenehm berührt. Er blickte sich nach Papiertaschentüchern um, fand aber auf Anhieb keine, lief schnell auf die Treppe und holte seine Tasche. Darin waren zwei Packungen mit Papiertaschentüchern. Er nahm welche zur Hand und tupfte das Blut von der Stirn des alten Mannes. Dann krempelte er seinem Nachbarn den Ärmel hoch und inspizierte den Unterarm. Der alte Herr Obermeier verzog schmerzerfüllt das Gesicht. Sah nicht gut aus, wahrscheinlich gebrochen. Fichte wartete, bis einige Minuten später die Sanitäter eintrafen. Er erklärte, was geschehen war, packte noch ein paar Sachen für den alten Herrn und verabschiedete sich von seinem Nachbarn. Einigen anderen Hausbewohnern musste er noch ganz genau schildern, wie sich alles zugetragen hatte, dann senkte sich wieder Stille im Haus.

Fichte stand in der Küche der Nachbarwohnung und starrte auf den Schlüsselbund, den er die ganze Zeit über bei sich getragen hatte. Immer wieder geisterte der Gedanke durch seinen Kopf, dass der alte Herr seine Wohnung vielleicht nie wiedersehen würde. Der Arm war gebrochen, das hatten auch die Sanitäter sofort vermutet. Würde sich Herr Obermeier von dieser Verletzung wieder erholen? Wer konnte das schon sagen? Es war so deprimierend.

Das Telefon schlug an. Fichte starrte darauf. Sollte er abheben? Warum Herr Obermeier überhaupt ein Telefon besaß? Er telefonierte ganz selten. Fichte trat an den altertümlichen Apparat und legte die Hand auf den Hörer, hob aber noch nicht ab. Eigentlich ging ihn der Anruf ganz und gar nichts an. Vielleicht war es aber Rudi. Natürlich musste Rudi auf dem schnellsten Weg erfahren, dass sein Großvater ins Krankenhaus eingeliefert worden war.

„Hallo. Hier bei Obermeier."

„Guten Tag, mein Name ist Müller. Spreche ich mit Rudi Obermeiers Großvater?"

Fichte hörte schon anhand der wenigen Worte, dass der Mann an der anderen Leitung Deutscher sein musste. Der Klang der Sprache war unverkennbar.

„Nein, ich bin Herrn Obermeiers Nachbar."

„Kann ich bitte Herrn Obermeier sprechen."

„Das tut mir jetzt sehr leid, aber Herr Obermeier hatte heute früh einen Unfall und ist vor ein paar Minuten ins Krankenhaus eingeliefert worden."

Für ein paar Augenblicke lag Stille in der Leitung.

„Äh, welches Krankenhaus?"

„Weiß ich ehrlich gesagt nicht genau."

„Wissen Sie zufällig, ob Rudi in letzter Zeit bei seinem Großvater gewesen ist?"

„Wenn ich mich nicht irre, war Rudi gestern Abend noch hier. Er hat offenbar auch etwas Gepäck hinterlegt. Also wird er wahrscheinlich demnächst hier wieder auftauchen. Soll ich ihm vielleicht von Ihnen etwas ausrichten?"

„Ja, das wäre sehr freundlich. Sagen Sie nur, Herr Müller hat angerufen. Das wäre sehr nett."

„Selbstverständlich."

„Und gute Besserung für Rudis Großvater."

„Werde ich ausrichten."

„Danke sehr und auf Wiederhören."

„Auf Wiederhören."

Fichte legte den Hörer auf. Es gab also doch noch höfliche Menschen.

Lidia setzte sich zu Irene ins Auto.

„Du schaust nicht besonders frisch aus“, sagte Lidia.

Irene lächelte schief.

„Kunststück, ich habe kein Auge zugetan. Und du, bist du ausgeruht?“

„Nicht wirklich. Aber immerhin hab ich ein paar Stunden geschlafen.“

Nach der nächtlichen Tour hatte Irene Lidia im Hotel abgesetzt. Sie sollte sich, so gut es ging, ausruhen, damit sie am Vormittag die Wache übernehmen konnte. Irene selbst hatte die ganze Nacht vor dem Haus in der Billrothstraße Ausschau gehalten.

„Ist irgendetwas passiert?“, fragte Lidia.

„Und ob. Die Rettung hat einen alten Mann abtransportiert. Habe mich in die Menge gemischt und mich umgesehen. Der Mann ist auf der Treppe gestürzt und hat sich den Arm gebrochen. Ein Nachbar hat ihn aufgelesen und den Krankenwagen geholt.“

„Und hat das irgendetwas mit unserem Fall zu tun?“

Irene verzog die Lippen.

„Keine Ahnung. Ich habe nichts Auffälliges bemerkt, aber seit unserem nächtlichen Ausflug wundere ich mich über gar nichts mehr. Du musst also die Augen offen halten.“

„Das ist klar.“

Er riss die Tür zum Schlafzimmer fast aus den Angeln.

„Wach auf!“, brüllte Wernheim. „Los, mach schon!“

Monetti fuhr erschrocken hoch. Er blickte verwirrt im Zimmer umher.

„Pennen kannst du ein andermal! Ich weiß, wo das Paket ist!“

Monetti reagierte blitzschnell. Er sprang aus dem Bett und fasste nach seiner Hose. Noch während er hinein stieg, lief er hinter Wernheim ins Wohnzimmer.

„Wo ist es?“, fragte er noch schlaftrunken.

„Kipp erst mal eine Tasse Kaffee."

Monetti goss Kaffee in eine herumstehende Tasse. Er nahm einen schnellen Schluck. Dann grapschte er sein Hemd und schlüpfte hinein. Wernheim stand aufgeregt am Fenster. Er wippte mit der linken Fußspitze.

„Rudi war gestern bei seinem Großvater. Und er hat dort Gepäck abgestellt. Nicht schwer zu erraten, was das für Gepäck gewesen ist."

Monetti zündete sich eine Zigarette an.

„Wie hast du das herausgekriegt?"

Wernheim blickte seinen Partner böse an.

„Weil ich zuerst meinen Verstand benutze und nicht die Knarre."

Monetti schluckte die Spitze. Wernheim hatte jetzt etwas gut bei Monetti. Er verhielt sich wirklich hochprofessionell. Das musste Monetti einfach anerkennen.

„Und wo ist das? Wo wohnt Rudis Großvater?"

Wernheim trat auf den Tisch zu und schnappte nochmals Rudis Notizkalender.

„Keine Ahnung. Aber wir werden es herausfinden. Mensch, putz dir die Zähne. Du stinkst aus dem Maul."

Monettis Augen verengten sich.

Eberhard Fichte ließ den Blick noch mal in der Küche der kleinen Nachbarwohnung kreisen. Wie bescheiden Herr Obermeier lebte. Nun, was brauchte der Mensch in Wahrheit schon. Ein Dach über dem Kopf und ausreichend Nahrung. Alles andere war eitler Luxus.

Wichtig. Der alte Herr Obermeier hatte immer wieder gesagt, es wäre wichtig, dass Rudi sein Gepäck wiederbekäme. Fichte verschränkte die Arme. Er wusste zu viel über Rudis Lebenswandel, als dass er nicht Verdacht schöpfen musste. Wichtig. Was hatte Rudi bloß wieder ausgefressen? Fichte konnte seine Neugier nicht bezähmen. Wer merkte schon, wenn er einen

Blick in Rudis Tasche machte? Obwohl er alleine in der Wohnung war, schlich Fichte auf leisen Sohlen in das Wohnzimmer. Unter dem Sofa, hatte der alte Herr gesagt. Fichte kniete nieder und lugte unter das Sofa. Zwei Taschen. Fichte zog eine heraus. Das war eine ganz normale Reisetasche. Fichte spürte ein leises Kribbeln im Bauch. Er blickte sich verstohlen um. Und wunderte sich gleich darauf über sein Verhalten. Natürlich konnte ihn hier niemand sehen. So etwas Dummes. Er zog den Reißverschluss der Tasche auf und klappte sie auseinander.

Was hatte er erwartet? Waffen? Raubgut? Einen Goldschatz? Lächerlich. Fichte zog ein durchgeschwitztes T-Shirt heraus. Er rümpfte die Nase und ließ es gleich wieder in der Tasche verschwinden. Socken, Hosen, ein paar Sportschuhe. Der alte Herr war wirklich schon sehr verwirrt. Was sollte an Rudis Schmutzwäsche wichtig sein? Fichte schloss wieder den Reißverschluss, packte sehr sachlich die zweite Tasche und öffnete sie.

Unmöglich!

Fichte starrte zehn Sekunden in die Tasche. Zwanzig. Sein Puls raste, er schwitzte. Hektisch schloss er die Tasche wieder und schob sie schnell unter das Sofa. Fichte sprang hoch und warf sich mit dem Rücken an die Wand. Seine Handflächen suchten an der Mauer Halt. Gehetzt blickte er sich um.

Wie war das möglich? Wie kam diese Tasche hierher? Was sollte das bedeuten? Er hatte sich geirrt! Jawohl, er hatte einfach etwas gesehen, was gar nicht da war. Es war eine Fata Morgana. Fichtes Atmung kam stoßweise.

Vorsichtig kniete er sich wieder vor dem Sofa zu Boden und zog die Tasche hervor. Ganz behutsam, als könnte eine schnelle Bewegung alles zerstören, öffnete er den Reißverschluss. Nein. Der Alukoffer war nach wie vor hier. Die beiden Schlösser waren aufgebrochen. Hatte Rudi sie aufgebrochen? Oder Rudis Großvater? Fichte betastete die zerstörten Schlösser. Nun, Herr Obermeier war ein geschickter Handwerker gewesen, mit ein wenig Mühe und geeignetem Werkzeug hätte er diesen Koffer bestimmt aufbrechen können. In jedem Fall quoll aus dem Alukoffer Geld. Viel Geld. Fichte wühlte herum. Das mussten hunderttausend sein. Oder sogar mehr.

Fichte erhob sich. Er dachte angestrengt nach.

Das Geld gehörte in jedem Fall irgendwelchen Kriminellen. Rudi hatte nicht das Zeug dazu, auf eigene Faust einen solchen Haufen Geld zu beschaffen, also war er nur ein Gehilfe für unbekannte Verbrecher größeren Formats. Und er hatte aus welchen Gründen auch immer das Geldpaket bei seinem Großvater abgestellt. Er musste wohl in irgendwelchen Schwierigkeiten stecken. Warum sonst hätte er eine derartige Riesensumme aus den Händen gegeben? Fichte erschrak. Rudi konnte in jedem Moment bei der Tür hereinkommen, er hatte ja einen Schlüssel zur Wohnung seines Großvaters. Fichtes Gaumen war staubtrocken, sein Hals kratzte mit einem Mal. Die Erkenntnis traf ihn wie ein Faustschlag. Müller! Dieser höfliche Anrufer. Vor ein paar Minuten erst hatte Fichte den Hörer aufgelegt. Er hatte doch nach Rudi gefragt. Fichte war sich sicher, dass dieser Mann wohl weniger Rudi, als vielmehr die Geldtasche gesucht hatte. Fichte schlug sich mit der flachen Hand auf die Stirn. Und er hatte ganz freizügig und unbedacht vom Gepäck gesprochen, das Rudi hier deponiert hatte. Was für ein Fehler!

Fichte fasste noch einmal in die Tasche und nahm ein paar der Geldbündel zur Hand. Große Scheine. Zweihunderter. Stapelweise Hunderter. Fichte hob die Tasche kurz hoch. Sie war schwer. Das mussten mehr als bloß hunderttausend Euro sein. Viel mehr!

Irland.

Ein Glas dunkles Bier in einem Pub irgendwo an der westirischen Küste. Lebhafter Wind vom Atlantik. Grüne Wiesen und weidende Schafe. Ein schmuckes Haus, von duftenden Rosen und Efeu umrankte Fenster. Prasselndes Kaminfeuer. Ein großer, zotteliger Hund. Ein Pferdestall. Eine prächtige Bibliothek.

Sein Traum. Fichtes Hände zitterten. Sein unerfüllter Traum. Wie lange schon sehnte er sich danach, aus Wien fortzulaufen und sich im Westen Irlands anzusiedeln? Dort ein neues Leben zu beginnen, fernab vom Trubel der Großstadt, fort von den egozentrischen Menschen, nur raus aus seinem tristen Leben. Keine Bilanzen mehr, keine geregelten Arbeitszeiten mehr, keine ignoranten Chefs, keine dummen Sachbearbeiter am Arbeitsamt, keine alle eigenen Regungen und Ideen im Keim erstickende Mutter mehr. In der Stille der irischen Provinz er selbst sein können. Das war seit seiner Jugend Fichtes Traum. Er war in all den Jahren nicht verschwunden, nicht blasser geworden. Nur die Verbitterung war gewachsen, diesen Traum nie erfüllen zu können.

Fichte keuchte. Er hielt seinen Traum in der Hand. Das war es. Die erste und ganz gewiss letzte Gelegenheit in seinem Leben, ihn zu erfüllen. Eine Tasche voller Geld. Fichte schloss den Reißverschluss.

Er sprang hoch, die Tasche fest umklammert. Keine Zeit mehr für Zweifel. Dieses Geld gehörte Kriminellen. Es war dreckiges Geld. Er würde sich also zum ersten Mal in seinem Leben die Hände schmutzig machen. Fichte brach in schallendes Gelächter aus. Und seine Mutter würde nicht mehr die Stirn runzeln können und ihn in sanftem Tonfall, aber mit unerbittlicher Strenge zum Händewaschen schicken können. Fichte war wie betrunken, eine unfassbare Euphorie jagte durch seinen Körper. Endlich frei von dir, dachte er, endlich kann ich meine eigenen Wege gehen. Und ich werde mich nicht fürchten, Mutter, ich werde zum ersten Mal tapfer sein.

Fichte warf sich wieder an die Wand, hektisch blickte er nach links und rechts. Noch war er nicht am Ziel. Fichte drückte die Tasche mit dem Geld an seine Brust und verließ verstohlen die Wohnung.

Er war der Fuchs, doch die Hundemeute hatte die Fährte schon gewittert.

Sie hingen beide am Telefon. Irgendwie mussten sie doch diese verfluchte Adresse herausbekommen. Monetti qualmte ohne Pause, kaum zerdrückte er eine Zigarette im Aschenbecher, klemmte er sich die nächste zwischen die Lippen. Wernheim warf den Hörer auf die Gabel. Wieder nichts. Sollte er noch mal die Nummer von Rudis Großvater anrufen? Vielleicht war ja dieser Nachbar noch in der Nähe. Wernheim schlug sich mit der flachen Hand auf die Stirn. Er hatte den Namen und er hatte die Telefonnummer. Er brauchte doch nur bei der Telefonauskunft anrufen. Wernheim griff eben wieder zum Hörer, da legte Monetti sein Handy zur Seite und nickte Wernheim zu.

„Ich hab die Adresse", sagte Monetti brummig. „Billrothstraße. Im neunzehnten Bezirk."

„Hast du die Auskunft angerufen?"

Monetti antwortete gar nicht, sondern stieg in seine Schuhe. Wernheim sprang vom Sofa hoch. Er schlüpfte in sein Jackett. Jetzt aber Tempo.

Fichte stopfte hektisch den Koffer voll. Er wischte sich den Schweiß von der Stirn. Wie schlampig er packte, die Hemden würden ganz zerknautscht aussehen. Auch die Hosen. Fichte schüttelte kurz den Kopf. Er war mit einer Riesensumme Geld auf der Flucht und hatte Sorgen, seine Hemden könnten nicht schön sein. Das war seine Mutter, sie hatte ihm diesen Ordnungsfanatismus eingeimpft. Immer und immer wieder, über Jahre, über Jahrzehnte. Fichte presste die Kofferdeckel aneinander, das Schloss schnappte zu. Jetzt der zweite, kleinere Koffer. Fichte öffnete ihn. Dann packte er den Alukoffer mit dem Geld und schüttete den gesamten Inhalt neben seinen Koffer auf das Bett. Was für ein gewaltiger Haufen! Mit zittrigen Händen sortierte er die Geldbündel in den Koffer. Er schätzte die Summe. Siebenhunderttausend. Es mussten rund siebenhunderttausend Euro sein. Und Fichte zweifelte nicht an seiner Schätzung, im Zählen war er schon immer eine Klasse für sich gewesen. Fichte konnte den Blick nicht von den Scheinen wenden. Das war kein steriler Geldbetrag auf einem Kontoauszug, das war keine nüchterne Zahlungsanweisung auf einem Bankformular, das war kein langweiliger Rechnungsbetrag, den es ordnungsgemäß zu verbuchen galt, das war der Weg in die Freiheit. Ganz konkret, fühlbar, real und lustvoll. Fichte strich mit den Fingerspitzen über die Geldbündel.

Keine Zeit für Sentimentalitäten. Er musste handeln. Fichte klappte auch den kleineren Koffer zu, lief ins Vorzimmer und stieg in seine Schuhe. Fichte musterte sein Ebenbild im Spiegel. Unwillkürlich griff er zum Kamm und frisierte sein durcheinandergeratenes Haar. Er musterte sich noch einmal kritisch. Tadellos. Zum Glück hatte er schon frühmorgens den guten Anzug angezogen. Er sah aus wie ein seriöser Geschäftsmann auf dem Weg zum Bahnhof. Fichte steckte noch sein Handy ein, dann wandte er sich zum Gehen.

Leider hatte er nicht einmal Zeit, sich von seiner Mutter zu verabschieden. Er würde ihr einen Brief schreiben. Irgendwann einmal. Wenn er in Sicherheit war. Oder sollte er doch noch einmal kurz im Altenheim vorbeischauen? Natürlich würde er ihr nichts sagen können, er durfte sie nicht mit solchen Geschichten aufregen. Nur ihre Hand noch einmal nehmen, ihr einen Kuss auf die Wange drücken und sich still von ihr verabschieden. Fichte rang mit seiner Fassung. Er stützte sich am Türstock und atmete schwer. Wie herzlos er war. Wie egoistisch. Stahl sich da still und heimlich aus der Verantwortung, wollte seine Mutter, ohne Lebewohl zu sagen, verlassen. Er würde sie vielleicht nie wieder sehen. Tausend Dinge schossen durch seinen Kopf. Er war mehr als verwirrt, er war am Überschnappen.

Irland.

Das war das Stichwort. Fichte schüttelte alles von sich. Irland. Sein Ziel. Fichte versperrte die Wohnung, blickte noch einmal auf das kunstvoll gravierte Türschild und las den Namen seiner Mutter. Therese Fichte.

„Tut mir leid, Mama. Ich muss das tun", flüsterte er.
Eberhard Fichte lief auf leisen Sohlen die Treppe hinab.

Lidia saß am Steuer des VW Polo und starrte auf den dahinziehenden Verkehr. Ein paar Autos. Eine Straßenbahn. Passanten. Irene saß auf dem Beifahrersitz. Sie hatte die Lehne nach hinten geklappt und versuchte, ein bisschen zu schlafen. Lidia hatte Lust, eine Zigarette zu rauchen, verwarf aber den Gedanken. Sie wollte nicht das Auto verqualmen, wenn Irene schlief. Lidias Stimmung war miserabel. Immer, wenn sie zu wenig schlief, wurde sie mürrisch. Das kannte sie schon. Da war Irene ganz anders. Irene wurde nur mürrisch, wenn etwas nicht wie geplant lief. Schlafdefizit schien ihr nichts auszumachen. Lidia schaltete das Radio ein. Ganz leise, gerade mal so laut, dass sie ein wenig von den Melodien hörte.

Ein Mann trat schwungvoll aus dem Haus. Er blickte sich nervös um und marschierte dann eilig los. Er war mit einem dunklen Anzug bekleidet und trug zwei Koffer. Lidia stieß Irene an, die sofort aufschreckte.

„Was ist?"

„Hast du nicht gesagt, ein Kerl in einem dunklen Anzug hat den verletzten alten Mann gefunden."

Irene rieb sich den Schlaf aus den Augen. Vergeblich. Sie war gerade in den Tiefschlaf abgesunken. Daher war sie jetzt völlig konfus.

„Schau ganz unauffällig, ob das der Kerl ist."

Irene blickte aus dem Seitenfenster. Sie erkannte den Mann eindeutig wieder. Groß gewachsen, sehr schlank, unauffällige Gesichtszüge, ein altmodischer Anzug. Und zwei Koffer. Er bemerkte nicht, dass ihn zwei Augenpaare aus dem Auto, an dem er schnell vorbeilief, beobachteten.

„Das ist er", sagte Irene.

„Die zwei Koffer sind merkwürdig", sagte Lidia. „Will er verreisen? Und schau mal, wie nervös er ist. Da ist was im Busch."

„Denke ich auch."

„Soll ich mich an ihn ranheften?"

Irene verfolgte durch das Heckfenster, wie der Mann mit den Koffern zielgerichtet auf die Haltestelle der Straßenbahn zu marschierte.

„Das übernehme ich. Bleib du im Auto. Ich bin zu groggy, um zu fahren."

Irene packte ihre Handtasche und stieg aus. Die frische Luft und der Sonnenschein vertrieben die Müdigkeit. Sie strich ihre Kleidung ein wenig glatt, nickte Lidia noch einmal zu und marschierte los.

28.

Er ging durch den Gang in Richtung seines Büros.

„Hoffmann!"

Wolfgang Hoffmann hielt inne und drehte den Kopf. Major Koller eilte auf ihn zu.

„Guten Morgen, Herr Major."

„Morgen", antwortete Koller knapp und schob Hoffmann vor sich her ins Büro. Assmann saß an seinem Schreibtisch und war in die Lektüre verschiedener Unterlagen vertieft. Als er seinen Vorgesetzten sah, grüßte er diensteifrig. Hoffmann ging um den Schreibtisch herum und legte seine Tasche ab.

„Also, haben die Herren schon irgendetwas herausgefunden?"

Major Koller ließ mehrmals seinen Blick zwischen Assmann und Hoffmann hin und her pendeln.

„Ja, Herr Major", meldete sich Assmann zu Wort. „Ich weiß jetzt ziemlich genau, was Berger in den letzten paar Monaten so getrieben hat. Nämlich nichts außer saufen und koksen. Einen entsprechenden Bericht habe ich Ihnen ja schon vorgelegt.

Außerdem weiß ich jetzt, wie die Prostituierte heißt, die bei Toni Berger gewesen ist."

„Und zwar?"

„Gerhild Maierhofer. Sie ist vierundzwanzig Jahre alt. In der Szene wird sie die Wilde Hilde genannt."

„Wirklich sehr originell. Haben Sie die Dame schon vernommen?"

„Noch nicht, Herr Major. Wir haben sie noch nicht gefunden."

Hoffmann beobachtete genau. Wenn er Koller mit dieser halben Information versorgt hätte, wäre gleich mal wieder eine Standpauke fällig gewesen. Warum ist die Frau noch nicht gefunden worden? Verpennen Sie wieder den ganzen Tag? Wollen Sie sich nicht endlich in Bewegung setzen? So etwas in dieser Art. Aber bei Assmann akzeptierte Koller offenbar, dass Ermittlungen nicht in Sekundenschnelle abgeschlossen werden konnten.

„Und Sie, Herr Hoffmann. Was gibt's Neues?"

Hoffmann setzte sich und packte seine Tasche aus.

„Praktisch nichts. Dieser Rudolf Obermeier ist nicht aufzutreiben gewesen. Habe keinerlei Hinweise auf seinen derzeitigen Aufenthalt."

Major Koller stemmte seine Fäuste in die Hüften. Das tat er sehr häufig, wenn er mit Hoffmann redete.

„Na prima. Sie haben wie üblich nichts erreicht. Das hätte ich mir denken können."

„Ich mir auch, Herr Major. Ich glaube ja, dass der Rudi uns noch Probleme machen wird."

„Und was veranlasst Sie zu diesem Glauben in einem Beruf, bei dem es um Fakten geht?", fragte Koller sarkastisch.

Hoffmann übernahm den zugespielten Ball.

„Eine Würstelstandgeschichte aus dem Prater", konterte er ironisch.

Koller und Assmann schauten Hoffmann verwundert an.

„Habe nämlich gehört, dass Rudi sich hat anwerben lassen. Von einem Deutschen. Mitte vierzig. Flotter Sportwagen. Viel Geld."

Koller verdrehte seine Augen.
„Lieber Herr Kollege, Ihre Ernährungsgewohnheiten in allen Ehren, aber ich will nur Dinge wissen, die unmittelbar mit dem Fall Berger zu tun haben. Alles andere können Sie gerne in ihrer Freizeit verfolgen, nicht aber, wenn wir an einem derart wichtigen Fall arbeiten."
Hoffmann musterte seinen Vorgesetzten kühl. Die Beschreibung des Mannes, der Rudi angeworben hatte, hatte also bei Koller nicht das Geringste ausgelöst. Koller wusste in der Szene einfach nicht Bescheid. Na gut, er war der Boss, er hatte bestimmt andere Sorgen und irgendetwas Greifbares über die zwei Deutschen in der Wiener Szene lag ja wirklich nicht vor. Trotzdem, ein Vollblutpolizist hätte zumindest Gerüchte aufgeschnappt.
„Das ist alles in allem recht mager", sagte Koller zu beiden. „Das muss besser werden. Schönen Tag noch, die Herren."
Damit dampfte Koller ab und knallte wie immer mit der Tür.
Hoffmann drehte sich am Stuhl um die eigene Achse und blickte zur Kaffeemaschine hinüber.
„Ein Deutscher?", fragte Assmann.
Hoffmann nickte.
„Schon wieder. Habe jetzt schon öfter mal was von zwei Deutschen gehört. Die gehen mir langsam auf den Wecker", brummte Assmann vor sich her.
Hoffmann schaufelte Kaffeepulver in den Filter. Als Polizist machte Assmann definitiv gute Arbeit, doch für das Betriebsklima im Büro tat er herzlich wenig.

29.

Monetti trug natürlich Handschuhe. Er rüttelte an der Klinke. Die Tür war versperrt, aber damit hatte er gerechnet. Wernheim stand bei der Treppe und blickte auf und ab. Das Haus war ruhig, niemand war zu sehen. Er gab Monetti ein Zeichen. Monetti griff in seine Tasche und holte ein kleines Brecheisen heraus. Im Nu war die Tür aufgebrochen. Er verschwand in der Wohnung. Wernheim streifte Handschuhe über und stellte sich in den Türstock der Wohnungstür. Immer wieder blickte er in die kleine Wohnung, sah und hörte, wie Monetti planmäßig alles durchwühlte.

Therese Fichte. Das musste wohl die Wohnung des Nachbarn sein, mit dem er telefoniert hatte. Es gab zwar noch zwei andere Türen in diesem Stockwerk, aber die lagen auf der anderen Seite des Ganges. Wernheim blickte auf die Uhr. Fünf Minuten war Monetti schon beschäftigt.

„Was ist los?", rief Wernheim mit gedämpfter Stimme in die Wohnung hinein.

Monetti erschien. Er hielt eine Reisetasche in der Hand.

„Da ist Rudis Zeug drinnen. Aber vom Paket keine Spur."

„Soll ich mal nachsehen?"

„Wozu? Das Paket ist nicht da, ich habe alles gecheckt."

Monetti schleuderte wütend die Reisetasche von sich.

„Dann probieren wir es mal gegenüber", sagte Wernheim, trat an Fichtes Tür und horchte. Stille. Er klopfte. Nichts regte sich. Er klopfte noch einmal, lauter diesmal. Wieder nichts.

„Okay, Claudio, mach die Tür auf."

Monetti setzte das Brecheisen an, Holz splitterte. Wernheim stand wieder an der Treppe Schmiere. Monetti mühte sich ab, denn die Tür war besser gesichert, sie hatte zwei Schlösser mit massiven Riegeln.

„Mach nicht so einen Krach, verflucht noch mal", fauchte Wernheim.

Dann verschwand Monetti in Fichtes Wohnung. Wernheim blickte nervös auf die Uhr. Das Paket war nicht in der Wohnung von Rudis Großvater. Es war einfach nicht da! Was hatte das wieder zu bedeuten? Wernheim fluchte in sich hinein.

„Kurt, sieh dir das mal an!"

Wernheim schritt rasch in die Wohnung. Er ließ den Blick kreisen. Was war das für ein beschissenes Interieur? Wie konnte man in so einem Museum biederer Borniertheit leben? Monetti stand vor Fichtes Bett und rauchte seine Zigarette heiß. Wernheim packte den am Bett stehenden, aufgebrochenen Alukoffer.

„Verdammte Scheiße!“, knurrte er.

„Wir hätten Rudi niemals fahren lassen dürfen. Ich hätte selbst fahren sollen“, murmelte Monetti.

„Halt jetzt die Fresse. Denk lieber nach, wie wir das Scheißgeld wieder auftreiben können.“

„Ganz einfach, wir müssen dieses Arschloch erwischen, bevor er in das nächstbeste Flugzeug steigt“, konterte Monetti trocken.

„Na dann klemm dich gefälligst dahinter!“

Monettis Hände schwitzten. Er widerstand nur mit großer Mühe der Versuchung, Wernheim die Zähne einzuschlagen.

Lidia schlich die Treppe hoch. Ihre Sinne waren offen, sie hörte alles, sie sah alles, sie setzte ihre Schritte, ohne darüber nachzudenken. Sie war unhörbar, leise wie eine Katze auf Beutegang. Vorsichtig schaute sie in die Tiefe des Ganges. Niemand war zu sehen. Aber hier musste es sein. Lidia ging etwas näher. Sie entdeckte die zwei gegenüberliegenden, aufgebrochenen Türen. Ihr Puls raste, Adrenalin strömte durch ihre Arterien. Sie hörte eindeutige Geräusche aus einer der beiden Wohnungen, also öffnete sie langsam die andere Tür und verschwand. Sie orientierte sich rasch. Ihr erster Blick galt einem sicheren Versteck. Wenn die beiden Männer zurückkommen sollten, musste sie unsichtbar sein.

Irene hätte es niemals zugelassen, dass Lidia den beiden Kerlen nachschnüffelte, noch während sie im Haus waren. Viel zu gefährlich, hätte Irene gesagt und so lange gewartet, bis die Männer wieder verschwunden waren. Aber Lidia hatte es nicht ausgehalten, sie hatte sich einfach in Bewegung setzen müssen. Sie war zu neugierig gewesen, um einfach abzuwarten. Und vielleicht würde sie ja etwas entdecken, was ihr sonst entgangen wäre.

Vorsichtig öffnete sie den Kleiderschrank im kleinen Schlafzimmer der Wohnung. Unverkennbar, hier wohnte ein alter Mann. Die Einrichtung, die Kleidung im Schrank, der Geruch machten das klar. Lidia schob ein paar uralte Mäntel und Jacken zur Seite. Würde ausreichen. Sie musste sich zwar verdammt klein machen, aber in diesem Schrank konnte sie sich verstecken. Sie ließ die Schranktür offen, das fiel im Chaos, das die beiden Kerle angerichtet hatten, ohnedies nicht mehr auf.

Lidia huschte zur Wohnungstür und lauschte. Die ungebetenen Gäste schienen noch in der Nachbarwohnung zu sein. Das Handy! Lidia zog schnell ihr Handy hervor und schaltete es aus. Das wäre ja zu blöd, wenn die Kerle sie wegen eines klingelnden Handys entdeckten. Sie hörte rasche Schritte und duckte sich. Ein Mann ging den Gang vor zur Treppe, wenig später folgte der zweite. Lidia wagte einen Blick durch den Türspalt. Die Männer hatten leere Hände. Eilige Schritte hallten im Stiegenhaus.

Lidia erhob sich und lockerte ihre Schultern. Erst jetzt bemerkte sie, dass sie schwitzte. Dieser Job hielt auf Trab. Sie verließ die kleine Wohnung und verschwand in der Nachbarwohnung. Die Männer hatten hier nicht alles durchwühlt. Lidia hob die am Boden liegende Reisetasche auf. Kein Zweifel, das war jene Tasche, die der Wahnsinnige in München bei sich gehabt hatte. Dann entdeckte sie einen Alukoffer. Und da ist die heiße Ware drinnen gewesen. Lidia strich sich übers Haar.

Sie blickte auf den massiven, großen Tisch im Wohnzimmer. Einige Visitkarten lagen herum. Lidia fasste sie näher ins Auge. Er waren allesamt die gleichen Karten. Lächerliches Design, sah aus, wie aus einem Lehrbuch für Schönschrift aus dem vorigen Jahrhundert. Eberhard Fichte, Buchhalter, die Adresse und eine Handynummer. Lidia grapschte nach einer Karte und ließ sie in ihrer Hosentasche verschwinden. Ein aufgeschlagenes Adressbuch befand sich neben den Visitkarten. Lidia hob es hoch und blätterte kurz darin. Es fehlten Seiten, sie waren herausgerissen worden. Sie brauchte nicht lange zu rätseln, um zu wissen, dass die beiden Männer die Seiten herausgerissen hatten.

Eberhard Fichte. Das konnte nur der lange Kerl sein, hinter dem Irene her war. Ein Lächeln machte sich in Lidias Miene breit. Irene würde höchstens zwei Minuten brauchen, um dem Mann die Koffer zu klauen. Das war ja mal ein Kinderspiel. Ein hoffentlich rentables.

Lidia warf sich herum, verließ flott das Haus und sah sich um. Keine Spur mehr von den zwei Männern. Sie eilte zum Auto und setzte sich hinein. Sie schaltete wieder das Handy ein und wählte Irenes Nummer.

„Was gibt's?“, meldete sich Irene.

„Kannst du sprechen?“

„Ja, ich bin eben am Westbahnhof angekommen. Bin in der Halle.“

„Irene, hör zu. Ich habe da ein paar brandheiße Infos für dich.“

„Schieß los, ma belle.“

Fichte war ein wenig außer Atem. Zum Glück hatte der große Koffer Räder, so konnte er ihn wenigstens hinter sich herziehen. Den kleineren Koffer behielt Fichte in der Hand. Er ließ den Blick schweifen. Wie immer war eine Menge Betrieb am Westbahnhof. In der Halle wimmelte es von Leuten. Offenbar war gerade ein Zug angekommen, denn ein dichter Menschenschwall ergoss sich über die Rolltreppen. Fichte suchte nach einem Fahrplan, entdeckte einen und steuerte darauf zu.

Welchen Zug sollte er nehmen? Er ließ den Blick über die Tabelle gleiten. Möglichst weit sollte der Zug fahren. Nach Paris vielleicht, Frankfurt oder Hamburg. Bloß schnell fort aus Wien.

Fichte hatte nicht lange überlegen müssen. In seiner Situation war es besser, anonym zu reisen. Und das war in einem Flugzeug nun mal nicht möglich. Aber beim Kauf einer Bahnkarte fragte niemand nach einem Ausweis. Nebenbei hatte Fichte Angst vor dem Fliegen. Die Wahl war ihm also wirklich nicht schwer gefallen.

Wernheim blätterte die Seiten durch, die er aus dem Notizbuch Fichtes herausgerissen hatte. Er kontrollierte die Akkuladung seines Handys. Sie war okay, er konnte also loslegen. Wernheim tippte eine Nummer in die Tastatur, räusperte sich und ließ den Blick durch die Windschutzscheibe schweifen.

Monetti schaute kurz auf die grün werdende Ampel, dann hinüber zu Wernheim, legte den Gang ein und beschleunigte den Wagen. Sie rollten unauffällig im Verkehr dahin, Monetti lenkte das Auto nur mit halber Aufmerksamkeit.

„Hallo. Guten Tag. Mein Name ist Müller. Richard Müller von der Firma Infotechnik aus Hannover. Können Sie mich mit Herrn Fichte verbinden. Es gibt keinen Herrn Fichte in Ihrer Firma? Ich meine Herrn Fichte aus der Buchhaltung. Ach so, der arbeitet nicht mehr bei Ihnen. Vor einem halben Jahr gekündigt. Das ist aber Pech.“

Wernheim lauschte der weitschweifigen Erklärung der Frau am anderen Ende der Leitung. Er analysierte präzise. Eine Sekretärin mittleren Alters mit angenehmer Telefonstimme. Und sie war gesprächig. Das war eine Möglichkeit.

„Wissen Sie, entschuldigen Sie, ich habe Ihren Namen vergessen. Ach ja, Frau Polanec. Danke sehr. Ich bin ein alter Geschäftsfreund von Herrn Fichte. Derzeit weile ich geschäftlich in Wien. Ja, mal raus aus dem Büro, so etwas ist von Zeit zu Zeit ganz prima. Nun, da bin ich in Wien und denke mir, ruf mal Fichte an, weil wie oft hat man denn die Gelegenheit ...“

Wernheim grinste vor sich hin. Volltreffer. Die Frau plauderte munter darauf los. Er hörte eine Zeitlang einfach nur zu.

„Sagen Sie, Frau Polanec, Sie wissen nicht zufällig, wo ich ihn erreichen kann? Die Privatnummer habe ich, aber da hebt niemand ab. Ja, ich weiß, Herr Fichte hat bei seiner Mutter gewohnt.“

Monetti bremste das Auto. Sie waren da, vor ihrem Haus in der Felberstraße beim Westbahnhof. Wernheim nickte kurz Monetti zu und verdeckte das Mikrofon des Handys.

„Claudio, dreh noch eine Runde."

Monetti blickte in den Rückspiegel und reihte das Auto wieder in den Verkehr ein.

„Ach, Frau Fichte ist im Altenheim. Das habe ich nicht gewusst. In Lainz, sagen Sie. Na ja, wenn das Alter mal kommt. So ist das eben."

Wernheim hörte sich noch einen Vortrag über das Altwerden an, bis es ihm zu bunt wurde.

„Na dann, Frau Polanec, ich danke, dass Sie sich die Mühe gemacht haben. Das war sehr nett von Ihnen. Mal sehen, vielleicht erreiche ich Herrn Fichte doch noch. Danke. Tschüs, Frau Polanec."

Wernheim pfiff durch die Zähne, als er die Verbindung trennte.

„Mann, schwatzt mir die Tante gleich ihre Lebensgeschichte auf", murmelte Wernheim. „Aber immerhin war es nicht ganz umsonst."

Wernheim öffnete das Handschuhfach und suchte nach einem Stift. Danach tippte er die Nummer der Auskunft in sein Handy. Er wurde auf eine Warteschleife geschaltet. Monetti lenkte seinen Peugeot ohne Hast durch die engen Seitengassen des fünfzehnten Bezirks. Seine Wut auf Wernheim war nicht geringer geworden, aber am Telefon war der Kerl eine Klasse für sich. Das musste Monetti einfach anerkennen.

„Geben Sie mir mal die Telefonnummer des Altenheims in Lainz."

Fichte schaute auf die große Uhr in der Halle. Es blieben noch anderthalb Stunden bis zur Abfahrt, das Ticket hatte er in der Tasche, es sprach also nichts dagegen, in der Cafeteria noch eine Tasse Tee zu trinken. Fichte überlegte, ob er seine Koffer mitschleppen sollte. Er entschied sich für die Gepäcksaufbewahrung. Fichte marschierte auf die Blechschränke zu, packte beide Koffer in ein Schließfach, schloss es und zog die Magnetkarte ab. Ein Polizist patrouillierte in der Halle auf und ab.

Fichte lachte in sich hinein. Dieser brave Wachmann sorgte dafür, dass niemand die Schließfächer aufbrach und Fichtes Diebesgut stahl. Auf die Polizei war nun mal Verlass.

Fichte war richtig gut drauf. Er war in einem Hochgefühl, das er seit Jahren nicht mehr gefühlt hatte. Oder hatte er sich jemals so gut gefühlt? Er wusste es nicht. In jedem Fall hatte er zum ersten Mal in seinem Leben die Nase vorn. Und zwar ganz weit vorn. Ein großartiges Gefühl.

Er schlenderte durch die Halle und hielt beim Zeitschriftenladen an. Ein teuflisches Grinsen umspielte seine Lippen. Einmal noch, nur noch einmal ein Spielchen. Warum auch nicht? Was konnte schon geschehen? Fichte griff in die Tasche seines Jacketts. Und betrat den Laden.

Irene zögerte noch. Lidia hatte ihr am Telefon zwar geraten, sie solle schnell zugreifen, aber Irene war nicht überzeugt. Das war so eine Stimmungssache, eine Ahnung. Und sie hatte gelernt, auf ihre Ahnungen zu hören. Damit war sie immer gut gefahren. Lidia hatte natürlich Recht. Für diesen Mann brauchte sie nicht einmal Lidias besondere Fähigkeiten. Sie hatte genau beobachtet, in welche Tasche er die Magnetkarte für das Schließfach gesteckt hatte. Ein bisschen becircen, ein bisschen auf doof machen, und schon würden sich tausend Möglichkeiten ergeben, dem Mann die Magnetkarte zu stehlen. Sie folgte ihm in den Zeitschriftenladen. Er ahnte nicht einmal, dass ihm jemand dicht auf den Fersen war. In jedem Fall musste sie sich etwas einfallen lassen, denn er hatte das Zugticket schon gekauft. Spätestens wenn er in den Zug einstieg, brauchte sie einen geeigneten Plan. Gut war, dass Irene jetzt seinen Namen wusste. Er war kein unbekannter Krawattenträger in der Masse, sondern der Buchhalter Eberhard Fichte auf Abwegen. Das war ein nicht zu unterschätzender psychologischer Vorteil für Irene.

Irene zog den Kopf ein und blätterte schnell eine Zeitschrift auf, denn Fichte blickte sich um. Hatte er Lunte gerochen? Nur aus dem Augenwinkel bekam Irene mit, dass Fichte sein Telefon ans Ohr hob.

„Hallo Obermeier. Hier Fichte. Hören Sie mich? Na gut."

Irene hob verwundert den Kopf. Der Mann brüllte ja regelrecht in das Telefon. Obwohl im Laden einiger Betrieb war, konnte niemand seine Stimme überhören. Fichte starrte durch die Glasfront in die Halle hinaus und sprach weiter.

„Hören Sie Obermeier, die Geldsendung ist jetzt unterwegs. Ja, alles Nötige ist veranlasst. Hahaha, wir lassen die Puppen tanzen, nicht wahr? Also, bereiten Sie alles vor und benehmen Sie sich anständig. Gut. Auf Wiederhören."

Irenes Kinnlade klappte nach unten. Sie traute ihren Augen und Ohren nicht. Drehte sie jetzt durch, war das ein Scherz oder lief da ein schmutziges Geschäft ab, das sie nicht einmal ansatzweise verstand? Sie verfolgte genau, wie Fichte rasch zur Kassa schritt, eine Tageszeitung packte, bezahlte und den Laden verließ. Irene folgte ihm. Verdammt, was war das eben für eine beschissene Show gewesen? Irene kratzte sich nervös am Hals. Sie war übermüdet, hatte letzte Nacht knöcheltief in der Scheiße gewatet, sie waren seit vielen Wochen nie richtig zur Ruhe gekommen, sie hatte zwar noch Reserven, aber die waren schon verdammt knapp. Und jetzt das hier? Sie kapierte einfach nicht, was da eben vorgefallen war. Gut, dass sie noch nicht zugegriffen hatte, gut, dass sie noch etwas zugewartet hatte. Sie verstand dieses Telefonat nicht und was sie nicht verstand, war potenziell gefährlich.

Irene sah, wie Fichte auf die Cafeteria zuging. Sein Schritt war irgendwie tanzend, fast ein wenig übermütig. Irene musste unbedingt Lidia anrufen und ihr davon erzählen.

So viel Spaß hatte das Telefonspiel noch nie gemacht. Vielleicht, weil Fichte zum ersten Mal nicht alles erfunden hatte, sondern wirklich auf einer Geldsendung saß. Einer bombastischen Geldsendung. Siebenhunderttausend Euro! Er brauchte bis an sein Lebensende nicht mehr zu arbeiten. Eine großartige Perspektive.

Ein Handy klingelte.

Fichte blickte zu dem jungen Mann hinüber, der neben ihm die Halle durchquerte. Der junge Mann trug Stöpsel in den Ohren, sogar über die Distanz von zwei Metern hörte Fichte das Getöse, das angeblich Musik sein sollte. Fichte verzog die Mundwinkel. Der junge Mann spielte seinen Walkman so laut ab, dass er niemals das Läuten seines Handys hören würde, obwohl es ziemlich laut klingelte.

Fichte stutzte. War es überhaupt das Handy dieses jungen Mannes, das da klingelte? Er hielt abrupt inne und schaute ungläubig an sich hinab. Er fasste in die Tasche seines Jacketts und zog sein Handy hervor. Fichte starrte fassungslos auf das Display. Tatsächlich! Es war sein Handy. Tausend Gedanken spukten Fichte durch den Kopf. Niemand kannte seine Nummer. Noch nie hatte jemand auf seinem Handy angerufen. Fichte klatschte sich auf die Stirn. Natürlich, der Sachbearbeiter des Arbeitsamts hatte seine Nummer. Ihm hatte Fichte eine seiner Visitkarten gegeben. Das war die Lösung. Fichte richtete sich lächelnd die Krawatte. Der Kerl konnte jetzt etwas erleben. Der konnte sich seine lächerlichen Jobangebote an den Hut stecken. Fichte ging langsam weiter.

„Eberhard Fichte an der Leitung", meldete er sich mit brummiger Stimme.

Nichts. Niemand meldete sich.

„Hallo? Wer ist dran?"

„Herr Fichte?"

Die Stimme klang leise, fast ein wenig müde.

„Nun, sehr geehrter Herr Sachbearbeiter. Ich bin nicht interessiert!"

Fichte kostete diesen Moment des Triumphes voll aus. Er malte sich im Geiste die dumme Miene des Mannes in seinem winzigen Büro im Arbeitsamt aus.

„Zweiter Stock. Das Zimmer links."

Fichte runzelte die Stirn. Was war das für eine merkwürdige Aussage.

„Ich verstehe nicht. Was meinen Sie?"

„Denken Sie nach, Herr Fichte. Denken Sie nach."

Fichte überlegte wirklich. Das Büro des Sachbearbeiters lag doch im Erdgeschoss. Außerdem klang die Stimme so fremd. Und hörte er da nicht auch einen deutschen Akzent?

„Wer ist dran?"

„Wir beobachten Sie."

Als ob sich eine Schlinge um seinen Hals legte. Fichte schaute sich erschrocken in der Bahnhofshalle um.

„Wer sind Sie? Was wollen Sie?"

„Ich bin kein Freund, Herr Fichte. Nein, ich bin absolut kein Freund."

Plötzlich schwitzte Fichte. Ihm war völlig klar, dass die Verbrecher seine Nummer herausbekommen hatten. Sie waren wohl in die Wohnung eingebrochen und hatten die Visitkarten entdeckt. Fichte rang nach Atem.

„Sie haben da etwas bei sich, das nicht Ihnen gehört. Wir wollen es zurück."

Nervös stieg Fichte von einem Bein auf das andere. Sein Blick kreiste herum, aber nirgendwo konnte er jemanden entdecken, der ihn beobachtete. Fichte atmete durch. Er musste das hier durchstehen. Er konnte jetzt nicht schlapp machen. Es war ja noch gar nichts passiert.

„Wissen Sie, wo ich bin?", fragte Fichte.

„Wir wissen alles. Wir haben Sie unter Kontrolle."

Fichtes Hände zitterten.

„Das glaube ich nicht!", konterte Fichte lautstark. „Sie bluffen nur!"

„Vielleicht bluffen wir. Kann sein. Vielleicht wissen wir tatsächlich nicht, wo Sie sind. Aber wir wissen, wo Ihre Mutter ist. Zweiter Stock. Das Zimmer links."

Fichte schnappte nach Luft. Er taumelte ein wenig. Er eilte durch die Bahnhofshalle, stellte sich in einen ruhigen Winkel.

„Was wollen Sie damit sagen?", fragte Fichte stammelnd.

„Sie haben uns sehr gut verstanden. Es wäre ein großer Fehler, wenn Sie jetzt die Stadt verlassen würden. Ein sehr großer Fehler."

„Aber was soll ..."

Fichte starrte auf das Display. Die Leitung war getrennt worden. Zweiter Stock, das Zimmer links. Das war das Zimmer seiner Mutter im Altenheim. Der Mann war unmissverständlich gewesen. Er hatte ganz offen gedroht, ohne es auszusprechen. Fichte kämpfte gegen einen spontanen Brechreiz. Das konnten diese Verbrecher doch nicht tun! Das war zu unglaublich! Er musste seine Mutter in Sicherheit bringen. Aber wie? Sollte er die Polizei anrufen? Fichte ärgerte sich über diesen dummen Einfall. Er wollte Verbrechergeld stehlen, da konnte er nicht gut die Polizei einschalten. Fichte lehnte sich an die kühle Mauer und starrte auf seine Fußspitzen. Was sollte er nur tun? Das Geld zurückgeben und sich für seine Dummheit entschuldigen? Fliehen und seine Mutter den reißenden Bestien überlassen? Sein Traum von der Freiheit war mit einem Schlag zu einem Albtraum geworden. Was jetzt?

„Hallo Wolfgang! Wohin des Weges?"

Hoffmann drehte den Kopf und blieb stehen. Er hatte die Stimme sofort erkannt.

„Servus, Gerald. Na, alles paletti?"

Gerald Windisch trat neben Hoffmann. Die beiden Männer musterten sich mit einem augenzwinkernden Lächeln.

„Paletti ist gut. Nichts ist paletti. Die Albaner sind längst irgendwo in den Bergen ihrer Heimat und verprassen die Beute mit leichten Mädchen und billigem Fusel und wir sind hier mal wieder die Deppen vom Dienst, die die Leichen vergraben dürfen."

„Na ja, unsere liebe Stadt ist ein heißes Pflaster. Verbrecher von überall. Russische Mafiosi, rumänische Taschendiebe, albanische

Räuber, afrikanische Dealer. Wirst sehen, Wien steht nicht mehr lang. Das Böse lauert überall."

Gerald Windisch lachte schallend.

„Du klingst schon wie dein Boss!"

Nun lachte auch Hoffmann.

„Gott bewahre. Das darf nicht passieren."

„Nein, im Ernst. Wohin bist du unterwegs?", fragte Windisch.

„Zur Straßenbahn. Ich will noch mal in die Gaulachergasse. Mir fällt im Büro die Decke auf den Kopf."

„Mit der Tram? Steigst auf die Öffis um?"

„Mein Auto ist heute Vormittag eingegangen. Der Scheißauspuff ist völlig hin."

Windisch legte Hoffmann die Hand auf die Schulter.

„Komm, ich chauffiere dich."

„Hast du nichts Besseres zu tun?"

„Doch. Tausend Dinge. Aber die Kommunikation der Kriminalbeamten der verschiedenen Fachgruppen soll durch persönlichen Einsatz der Mitarbeiter in besonderer Weise intakt gehalten werden, darüber hinaus muss eine intensive Suche nach Orten und Gelegenheiten des Gespräches immer möglich sein und auch erfolgen. Oder so ähnlich."

Hoffmann lachte. Windisch hatte den etwas hochtrabenden Sprachstil von Doktor Pokorny, dem Leiter des Kommissariats nachgeahmt. Die beiden Männer gingen in Richtung Parkplatz.

„Und wie ich sehe, hast du dir das Rauchen auch wirklich abgewöhnt", sagte Hoffmann.

Gerald Windisch nahm einen letzten Zug von seiner Zigarette und schnippte dann den Stummel fort.

„Scheißzeug. Ich werde wohl erst aufhören können, wenn ich in Kanada mitten im Wald in einer Blockhütte wohne. Oder wenn die Onkologie bei mir anklopft. Was anderes. Was war das eigentlich für ein Theater mit der Pressekonferenz? Ist der Fall Berger nicht ziemlich eindeutig?"

Die beiden Männer setzten sich in das Auto. Hoffmann war schon einige Male mit Windisch im Auto mitgefahren, aber erst jetzt, da sein eigener Wagen ein Fall für die Werkstatt war, fiel ihm auf, wie komfortabel dieses Auto war. Vielleicht sollte er auch mal an die Anschaffung eines neuen Wagens denken. Geld genug hatte er ja, als Beamter bezog er in unerschütterlicher Regelmäßigkeit ein solides Gehalt, er lebte nicht gerade auf großem Fuß und seine Exfrau und er hatten keine Kinder, so waren also auch keine Alimente zu bezahlen. Ob er jemals Kinder haben würde? Irrwitzig, warum gerade jetzt dieser Gedanke durch seinen Kopf geisterte. Hoffmann zuckte ein klein wenig mit den Schultern. Vielleicht sollten sich Kriminalpolizisten prinzipiell nicht fortpflanzen. Sie sahen zu viel Jammer und Elend, so etwas konnte sich auf das Gemüt schlagen. Oder auf die Lunge. Hoffmann griff nach seinen Zigaretten.

„Darf ich im Auto rauchen?“, fragte er Windisch, obwohl er sah, dass der Aschenbecher benutzt war.

„Bist du ein bisschen lustig? In meinem Auto muss geraucht werden!“

Gerald Windisch gliederte seinen Wagen in den Verkehr und rollte zügig durch die Straßen. Hoffmann nahm den Faden des Gespräches wieder auf.

„Beim Berger ist alles eindeutig. Eigentlich können wir einen abschließenden Bericht tippen und die Sache ablegen. Aber der Fall Berger streift eine Sache, an der ich schon längere Zeit kaue. Bisher ohne auch nur einen Deut von Erfolg. Jetzt bildet sich der Koller ein, der Berger bringt ihn in die Schlagzeilen. Deshalb muss er Ressourcen dafür abstellen, er braucht Futter für seine heißgeliebten Pressekonferenzen. Das heißt für mich, dass ich im Auftrag vom Chef höchstpersönlich mit der vollen Unterstützung der Gruppe arbeiten kann.“

„Geschickt. Es ist ja niemandem unbekannt, dass dich der Koller ständig an der kurzen Leine halten will.“

„Ja, das macht er. Ganz manifest. Aber jetzt hab ich ein bisschen Oberwasser. Und der Assmann hängt sich voll rein.“

Windisch grinste vor sich hin.

„Dein Kollege Assmann. Unser Superkiberer. Der kommt mir so steril und sauber vor. Irgendwie vakuumverpackt."

Hoffmann lachte.

„Er ist eine Nervensäge, aber er recherchiert tadellos. Sehr gründlich und zäh. Er wird mir sicher eine Menge Arbeit abnehmen."

Windisch bremste vor einer roten Ampel. Sie waren nach kurzer Fahrt in unmittelbarer Nähe der Gaulachergasse.

„Und warum gehst du zum Tatort?", fragte Windisch. „Hoffst du auf einen Einfall?"

Hoffmann zerdrückte seine Zigarette im Aschenbecher.

„Ja. Ich tappe noch im Dunklen. Ich muss den Rudolf Obermeier finden. Aber derzeit habe ich keine Spur."

„Rudolf Obermeier. Das ist doch der Kerl, dem die Wohnung gehört?"

„Ja. Ich glaube, der Bursche könnte ein Hebel sein."

Gerald Windisch beschleunigte sein Auto wieder, lenkte in die enge Gasse und hielt vor dem Haustor an.

„Danke fürs Mitnehmen. Servus", sagte Hoffmann und öffnete die Tür.

Windisch starrte durch die Windschutzscheibe. Erst nach ein paar Augenblicken reagierte er auf Hoffmanns Abschiedsgruß.

„Kein Problem. Das nächste Mal wieder. Und den Obermeier, den finden wir schon. Jetzt wo meine Albaner wieder im Lande der Skipetaren untergetaucht sind, hab ich vielleicht ein bisschen Zeit. Wir sehen uns."

Hoffmann schlug die Tür zu und blickte dem langsam davon rollenden Auto hinterher. Er schöpfte Hoffnung. Wenn sich nun auch Windisch ein wenig umhörte, würde sich Obermeier vielleicht doch bald mal auftreiben lassen.

Irene rang noch mit sich. Sie hatte so etwas wie einen Rohentwurf eines Plans im Kopf. Aber sie zögerte noch. Sie ging die Sache lieber noch einmal durch. Dieser biedere Buchhalter hatte wahrscheinlich durch Zufall die Lieferung der zwei Männer in die Hände gekriegt. Und er hatte sie behalten. Das war natürlich ein riskantes Spiel, denn dass die Kerle brandgefährlich waren, war allzu offensichtlich. Davon wusste Fichte wohl nichts, aber er musste zumindest damit rechnen, dass sich kein Ganove gerne sein Eigentum klauen lässt. Er war also das Risiko eingegangen. Nun waren die zwei Kerle keineswegs kleine Groschenzähler, sie würden sich wegen etwas Kleingeld nicht aufregen. Aber sie ließen nicht locker, im Gegenteil, sie forcierten das Tempo. Also dürfte der Braten ziemlich fett sein. Was ihn für Irene natürlich interessant machte. Und sie hatten einen Weg gefunden, wie sie Fichte mit nur einem Anruf ganz mächtig die Hölle heißen machen konnten. Irgendetwas würde passieren und es würde sehr bald passieren, das wusste Irene. Also war klar, dass sie endlich aktiv werden musste. Die Konsequenz ließ sich auch beim dritten Mal Durchdenken nicht wegdiskutieren. Es musste geschehen.

Irene kramte aus ihrer Handtasche den kleinen Taschenspiegel und den Lippenstift hervor. Sie trug nur wenig Farbe auf, sie durfte nicht zu vulgär aussehen. Irene konzentrierte sich, räusperte sich und marschierte los. Ein Lächeln rutschte in ihr Gesicht. Sie liebte ihren Job. Und manchmal gab gerade die Gefahr, der sie sonst tunlichst aus dem Weg ging, den richtigen Kick.

Showtime.

Er musste auf dem schnellsten Weg nach Lainz, er musste seine Mutter raus aus dem Altenheim bringen. Nur wohin? Nach Hause konnte er nicht. Die Verbrecher wussten, wo er wohnte, sie würden ganz bestimmt die Wohnung beobachten. Fichte dachte krampfhaft nach. Er taumelte mehr, als dass er ging. Unentschlossen stand er vor den Schließfächern. Er tastete nach der Magnetkarte seines Schließfaches. Sollte er überhaupt das Schließfach jetzt öffnen? Sollte er den Geldkoffer wieder an sich nehmen? Fichte schüttelte den Kopf. Nein, das war zu gefährlich. Das Geld befand sich hier in diesem Schließfach in Sicherheit. Wenn ihm die Verbrecher irgendwo auflauern sollten, würden sie sich die Tasche mit Gewalt nehmen. Das musste er verhindern. Er musste sogar die Magnetkarte des Schließfaches irgendwo verstecken. Sie durfte den Gangstern ebenfalls nicht in die Hände geraten. Nur wo war ein sicheres Versteck? Eine Idee durchzuckte Fichte wie ein elektrischer Schlag. Der Schrebergarten seiner Tante! Das war es.

„Entschuldigen Sie bitte, können Sie vielleicht einen Zehner wechseln?“

Fichte brauchte einige Augenblicke, um zu verstehen, dass die Frage an ihn gerichtet worden war. Er drehte den Kopf und blickte in tiefe Alpenseen, blau, klar, voller Leben. Was für eine schöne Frau. Und wie offen und freundlich sie lächelte.

„Äh, wie bitte?“, stammelte Fichte und schaute sich beunruhigt um.

War das eine Falle? Hatten die Verbrecher seine Fährte aufgenommen? War diese Frau ein Lockvogel? Die blonde Frau hielt einen Zehneuroschein in der Hand. Fichte wischte angesichts dieses Lächelns seine Bedenken fort. Er musste sich am Riemen reißen und durfte sich nichts anmerken lassen, also versuchte er sich so natürlich wie möglich zu verhalten.

„Können Sie einen Zehner wechseln? Für diese Schließfächer braucht man doch Münzen?“

„Ja, ja, da braucht man Münzen“, sagte Fichte und zog seine Geldbörse aus dem Jacket.

„Wissen Sie, ich kenne mich mit technischen Geräten nicht so gut aus. Warum gibt es da nicht einen Schalter, wo man das Gepäck abgeben kann? Mir ist es immer lieber, wenn ich mit Menschen sprechen kann.“

Fichte kramte fünf Euro in Münzen und eine Fünfeuronote heraus.

„Bitte sehr. Ich hoffe, Sie kommen damit durch.“

Irene klimperte dankbar mit den Wimpern. Sie tauschten die Geldbeträge.

„Oh, Sie sind ein Engel. Vielen Dank. Darf ich vielleicht unverschämt sein und Sie um noch etwas bitten?“

Irene blickte Fichte hilfesuchend an. Dieser Blick hatte bei Männern mittleren Alters noch nie seine Wirkung verfehlt. Fichtes Rücken spannte sich, er konnte einer Dame einfach keine Bitte abschlagen. Insbesondere, wenn die Dame so attraktiv war.

„Selbstverständlich. Womit kann ich Ihnen behilflich sein?“

„Mein Gepäck steht noch oben auf dem Bahnsteig. Sie müssen wissen, ich habe sehr viel Gepäck. Eigentlich mein ganzes Hab und Gut. Mein Exmann verfolgt mich schon seit Wochen, ich konnte ihn bisher nicht und nicht abschütteln. Er ist so furchtbar aufdringlich, dabei habe ich sogar eine gerichtliche Verfügung gegen ihn erwirkt. Er darf mir nicht zu nahe treten. Aber davon lässt er sich nicht beeindrucken. Deshalb bin ich ständig auf der Flucht, ziehe von hier nach da und wieder weiter. Aber ich will Sie nicht mit meinen Problemen belästigen. Darf ich Sie um die Höflichkeit ersuchen, mir beim Transport meines Gepäcks zu helfen?“

Fichte hörte zwischen den Zeilen die gesamte existentielle Verzweiflung dieser ebenso aufregenden wie offenbar bemitleidenswerten Frau. Er hatte mit einem Schlag seine Probleme vergessen.

„Natürlich. Ich helfe Ihnen gerne.“

„Sie sind zu liebenswürdig. Man merkt gleich, dass Sie ein Kavalier der alten Schule sind.“

Fichte lächelte breit und marschierte forsch neben der Frau einher.

„Auf welchem Bahnsteig stehen Ihre Koffer?“

„Ach nein!“, rief Irene. „Ich bin so verwirrt. Entschuldigen Sie bitte. Ich habe ja mein Gepäck von einem Taxifahrer abholen lassen. Zuerst wollte ich es in ein Schließfach legen, aber dann habe ich mich doch anders entschieden.“

Irene legte ihre Hand auf Fichtes Unterarm und schaute ihn mit schuldbewussten Augen an. Fichte war irritiert. Zum einen vom merkwürdigen Verhalten der Frau, zum anderen von ihrer Berührung.

„Darf ich Ihnen ein Geständnis machen?“, gurrte Irene.

Fichtes Atem beschleunigte sich unwillkürlich, denn die fremde Frau war ganz nahe an ihn herangetreten und flüsterte beinahe.

„Ich habe gar kein Gepäck. Es ist mir furchtbar peinlich, aber ich musste Salzburg fluchtartig verlassen und habe mein ganzes Hab und Gut zurückgelassen. Jetzt stehe ich da, ohne Gepäck außer meiner Handtasche, mit gerade mal zwanzig Euro im Portmonee. Und mein Exmann, dieses Ungeheuer, sitzt schon im Auto auf dem Weg nach Wien. Ich weiß nicht, was ich machen soll, ich kenne hier in Wien niemand, ich bin ganz allein.“

„Das ist ja schrecklich.“

„Ich weiß nicht, was ich machen soll.“

Fichte überlegte fieberhaft. Er war auf der Flucht, diese Frau war auf der Flucht, vielleicht war das eine schicksalhafte Wendung? Was war der nächste Schritt? Zuerst musste er seine Mutter in Sicherheit bringen. Fichte runzelte die Stirn und musterte die Frau kurz. Eine Idee keimte in ihm. Er musste sie erst mal besser kennenlernen, musste sich vergewissern, ob er ihr trauen konnte.

„Nun, am besten wird es sein, wenn wir erst mal von hier verschwinden. Am Bahnhof wird Ihr Exmann bestimmt zuerst suchen.“

Die Frau fasste sichtlich Mut. Sie schaute voller Bewunderung zu Fichte auf.

„Da haben Sie Recht. Eine prima Idee.“

„Ich schlage vor, wir suchen uns irgendwo ein ruhiges Kaffeehaus und Sie erzählen mir einmal der Reihe nach, was geschehen ist“, schlug Fichte vor.

Irene atmete innerlich durch. Der Fang war geglückt, er zappelte bereits in ihrem Netz. Kurz erwog sie, Lidia anzurufen. Sie konnten ganz bequem die alte Masche abziehen, Irene fesselte die Aufmerksamkeit und Lidia zog die Geldbörse. Jetzt, da Irene wusste, dass er die Magnetkarte in seinem Portmonee trug, wäre das ein einfacher Job. Aber Irene entschied sich dagegen. Sie wollte erst erfahren, was die Eigentümer der Lieferung wussten, was sie vorhatten und wie nahe sie an Fichte dran waren. Und dann war da noch Fichtes verrücktes Telefonat im Zeitschriftenladen. Irene musste herausfinden, was es damit auf sich hatte.

„Ich weiß gar nicht", hauchte Irene, „wie ich Ihnen danken kann."

Ein verwegenes Grinsen umspielte Fichtes Lippen. Vielleicht waren die Karten gar nicht mal so schlecht gemischt. Mit Hilfe dieser Frau würde er die Kerle austricksen.

„Nun, ich glaube, es gibt da eine Möglichkeit."

Lidia warf die Tür des Hotelzimmers hinter sich zu. Rasch schlüpfte sie aus ihren Kleidern und ging ins Badezimmer. Eine heiße Dusche und dann ein paar Stunden Schlaf, das waren Irenes Anweisungen für den Vormittag gewesen. Lidia wollte schon in die Duschkabine steigen, da hielt sie inne und eilte noch mal zum Kleiderschrank. Sie stellte den Klingelton ihres Handys auf maximale Lautstärke. Erst danach verschwand sie in der Dusche.

Das heiße Wasser lief an ihrer Haut herab. Der Stress löste sich im Seifenschaum auf. Wie müde sie war. Ein paar Stunden Schlaf waren jetzt genau richtig. Lidia trocknete sich ab, schlüpfte in ihre Unterwäsche, zog die Vorhänge zu und warf sich auf das Bett. Sie zog die Bettdecke bis über ihr Kinn.

Da war es wieder. Dieses Bild von letzter Nacht. Eine finstere Straße irgendwo am Stadtrand, der ohne Licht am Straßenrand parkende Peugeot Minivan und die Silhouetten zweier Männer in einem kleinen Waldstück. Irene und Lidia waren daran vorbeigefahren, hatten nach ein paar Kilometern umgedreht und waren, weil der Peugeot schon wieder fort war, ebenfalls dort stehen geblieben. Irene war danach mit der kleinen Taschenlampe des Mietautos für eine Viertelstunde im Wald verschwunden.

Lidia war am Lenkrad geblieben und hatte gewartet. Und sie hatte diese Angst in sich gespürt, diese Angst, wieder ein Kind zu sein, mitten in der Nacht im Flüchtlingslager zu sitzen, nicht zu wissen, was morgen sein würde, und zu sehen, wie Mutter still in sich hinein weint.

Lidia zuckte zusammen, schüttelte den Kopf und summte ein Lied. Das hatte bis jetzt immer geholfen, wenn die Albträume wiedergekehrt waren, wenn die Angst wieder emporgekrochen kam. Sie dachte an Irene, an Irenes zärtliche Hände, die ihr Haar streichelten und Lidia fühlte sich wieder besser. Irene war stark, Irene würde sie immer beschützen. Lidia schlief ein.

Claudio Monetti streifte die Asche seiner Zigarette in den Aschenbecher. Das Fenster des Autos stand weit offen, er blies den Rauch hinaus. Ohne es zu bemerken, trommelte er mit den Fingern den Rhythmus des Liedes aus dem Radio auf das Lenkrad. Er war erstaunlich ruhig. Wernheim hingegen fummelte die ganze Zeit an seinem Handy herum, rutschte unruhig auf dem Beifahrersitz hin und her.

„Mensch, jetzt komm wieder runter“, brummte Monetti und wusste genau, warum Wernheim so nervös war. Die Droge. Wernheim brauchte wieder Nachschub für seine Nase. Monetti spuckte lautstark aus dem Fenster. Scheißjunkies.

Der Peugeot stand in einer Allee unter einem ausladenden Kastanienbaum. Monetti hatte vom Altenheim in Lainz zwar schon gehört, war aber noch nie hier gewesen. Jetzt, als er hier war, war er überrascht von der Größe der Anlage. So, als ob die Hälfte aller Bewohner Wiens im Altenheim lebte.

„Wenn wir hier warten, werden wir den Kerl niemals finden. Es gibt tausend Möglichkeiten in das Areal rein und wieder rauszukommen. Vielleicht ist das Schwein jetzt schon im Zimmer seiner Mutter“, sagte Monetti.

„Und, was schlägst du vor?“, fragte Wernheim.

„Gehen wir rein und holen die alte Schachtel raus. Ganz einfach. Dann muss er zu uns kommen, ob er will oder nicht."

Wernheim packte Monettis Zigarettenpäckchen und zündete sich eine an. Er inhalierte den Rauch tief. Das beruhigte ihn, brachte ihn wieder auf den Boden.

„Mit so was macht man nur Probleme. Glaubst du, es fällt den Pflegern nicht auf, wenn da plötzlich eine von den alten Tanten fehlt."

Monetti warf die Kippe zum Fenster hinaus.

„Und was, wenn unser Freund gerade eben seine Mutter rausbringt und uns den Stinkefinger zeigt."

„Glaub ich nicht. So schnell ist der nicht. Ich schätze, er wird erst in ein paar Stunden hier auftauchen. Wir müssen einfach nur aufpassen, wir dürfen keine Fehler machen. Dann wird er uns direkt in die Arme laufen."

Monetti verzog den Mund. Wie sehr ihm die Klugscheißerei seines Partners auf die Nerven ging. Er brauchte etwas Bewegung.

„Na gut. Dann werde ich mal eine Runde drehen und mir das Areal genauer ansehen."

„Prima Idee", antwortete Wernheim.

Wernheim verfolgte vom Wagen aus, wie sein bulliger Partner die Straße runter marschierte. Er suchte in der Innentasche seines Jacketts nach dem Briefchen. Kurz weilte sein Blick darauf. Zum Glück hatte er immer eine Prise Stoff dabei. Wernheim zuckte ein wenig zusammen. Wieder geisterte dieses Bild durch seine Erinnerung. Ein Mann liegt vor ihm und blutet, er blutet unglaublich stark, er stirbt. Wernheim atmete schwer. Er war ein Krimineller, er verdiente viel Geld mit Drogen, aber mit Gewaltverbrechen hatte er nichts am Hut. Und nun war er Mittäter bei einem Mord. Er hatte sogar die Leiche entsorgt. Wernheim schluckte und versuchte den Gedanken fort zu schieben. Jetzt schnell an etwas anderes denken. Er schüttelte kurz das Briefchen mit dem Stoff und schaute durch die Scheiben des Wagens, ob irgendwo jemand zu sehen war. Nein, niemand, nur ein paar vorbeifahrende Autos. Freie Bahn also. Er legte eine

Brise auf, gerade so viel, dass er wieder hochkam, dass er in Fahrt blieb, dass er vergessen konnte.

Sie nahmen in einem geräumigen Café in der inneren Mariahilferstraße Platz. Sie waren schweigend ein Stück durch die belebte Einkaufsstraße gegangen und hatten das erstbeste Lokal ausgewählt. Das Café war gut besucht, die Kellner liefen flott und unauffällig hin und her. Fichte bestellte Pfefferminztee, Irene Apfelsaft und Spiegeleier mit Gebäck. Sie musste endlich etwas in den Magen bekommen. Die beiden saßen einander gegenüber, aber vermieden es, sich anzusehen. Zumindest tat Irene so, in Wahrheit beobachtete sie Fichte genau, studierte seine Bewegungen, wie er unruhig seinen linken Handrücken kratzte, wie er immer wieder mit den Fußspitzen wippte. Er war im Stress, das war allzu deutlich wahrzunehmen. Wortlos warteten sie, bis der Kellner die Bestellung brachte. Die Spiegeleier dufteten köstlich.

„Guten Appetit", sagte Fichte.

„Danke."

Irene langte zu, der Teller leerte sich rasch. Mit dem Rest der Semmel tunkte sie das Eigelb auf. Sie schob den Teller ein Stückchen von sich. Die Nahrung hatte sie gestärkt, sie fühlte sich fit. Sie lehnte sich zurück und musterte Fichte direkt. Er wich nach wie vor ihrem Blick aus. Irgendwie sah er anders aus als die Männer, denen sie ansonsten begegnete. Er wirkte in seinem dunklen Anzug und mit der biederen Krawatte irgendwie zerbrechlich.

„Sie haben gesagt, ich kann vielleicht etwas für Sie tun. Was ist es?"

Augenblicklich kratzte er wieder seinen Handrücken und wippte mit einer Fußspitze. Er rang mit sich. Irene wartete geduldig, sie taxierte ihn. Würde sie noch ein paar Tricks brauchen, würde sie noch ein paar Geschichten auftischen müssen, ein bisschen flennen müssen? Schwer einzuschätzen. Vielleicht war dieser

Mann doch nicht so leicht zu übertölpeln. Der Erfolg ihrer Methode war bisher immer, dass sie Männer ausgesucht hatte, die offensichtlich mehr aus den Hoden agierten, weniger aus dem Hirn. Wie ein Wolf das schwache Tier im Rudel suchte, hatte sie immer die geilsten Kerle ausgesucht. Dieser Mann nun schien kein Hodentyp zu sein, aber ein Hirntyp war er auch nicht. Sie witterte Rätsel an ihm. Und vielleicht waren es gerade diese Rätsel, weswegen sie nicht den direkten Weg über Lidias Fingerfertigkeit wählte. Oder zumindest noch nicht.

„Es ist nicht ganz einfach, Ihnen zu erklären, was ich meinte. Aber eigentlich wollten Sie mir ja etwas über Ihren Exmann sagen. Über Ihre Flucht. Etwas über sich erzählen."

Irene zog ein klein wenig die Augenbrauen hoch. Hatte er das tatsächlich gesagt? Hatte er sich tatsächlich nach ihrem Befinden erkundigt? Wo gab es schon einen Mann, der sich ernsthaft um die Sorgen einer Frau kümmerte? Irene wischte ihr Erstaunen fort. Nun, in irgendeinem versteckten Winkel dieses verklemmten Neurotikers trieb das übliche männliche Verhaltensschema den Kerl zu dieser Fürsorglichkeit. Auch er wollte das, was alle Männer wollten, nämlich der vollbusigen Frau ihm gegenüber den Schwanz reinwuchten, sagte sie sich. Irene setzte ihren Hundeblick auf.

„Es ist alles so furchtbar. Ich will irgendwie gar nicht mehr an dieses Scheusal erinnert werden. Er hat mir so weh getan."

„Hat er Sie geschlagen?"

„Nicht geschlagen oder zumindest nicht oft. Er war einfach grausam. Er war so verletzend. Und er hat mich betrogen. Immer wieder."

Fichte nickte mitfühlend. Ein Jammer, wie sich manche Männer verhielten.

„Aber das ist ja furchtbar."

„Ja, es ist furchtbar. Ich will gar nicht mehr daran denken. Ich will meine Vergangenheit einfach hinter mir lassen, alles vergessen. Ich will diesem Schlamassel einfach entfliehen."

„Nun, das kann ich gut verstehen."

„Sind Sie auch auf der Flucht vor Ihrer Vergangenheit?“, wagte Irene einen Vorstoß.

Ein nervöses Lächeln flog über Fichtes Miene. Während sie die Spiegeleier gegessen hatte, war seine Idee zum Plan gereift. Er musste nur die richtigen Worte finden.

„Aber nein. Warum sollte ich fliehen? Ich bin ein vielbeschäftigter Mann, habe Verpflichtungen, trage Verantwortung. Was glauben Sie, was in der Firma los ist, wenn ich mal nicht da bin? Aber ich habe da ein kleines terminliches Problem. Vielleicht könnten Sie mir da ein wenig behilflich sein. Ich würde mich dafür auch sehr erkenntlich zeigen, das kann ich Ihnen versichern.“

Irene faltete ihre am Tisch liegenden Hände, ihre Miene spiegelte unsägliche Naivität. Fichte lachte kurz auf.

„Jetzt sehen Sie mal, wir haben einander ja noch gar nicht vorgestellt.“

Fichte erhob sich vom Stuhl und reichte ihr die Hand.

„Fichte. Eberhard Fichte.“

„Meine Freunde nennen mich Irene.“

„Irene? Dann bitte ich Sie, mich Eberhard zu nennen.“

„Gerne, Eberhard. Was ist also Ihr terminliches Problem?“

„Tja. Ich habe noch einige geschäftliche Dinge zu erledigen. Ich kann diese Termine leider nicht verschieben. Aber da ist noch meine Mutter. Sie wohnt im Altenheim Lainz. Die Ärzte haben gesagt, dass sie bei meiner Mutter einen chirurgischen Eingriff vornehmen wollen. Sie hat dem vollkommen zugestimmt, unser Hausarzt und ich sind aber der Meinung, dass dieser Eingriff nicht nur riskant, sondern auch kontraproduktiv wäre. Aus diesem Grund habe ich beschlossen, meine Mutter für ein paar Tage aus dem Altenheim zu nehmen. Ich will sie vorläufig in einem Hotel unterbringen. Und zwar solange, bis sie eingesehen hat, dass auch sie den Ärzten im Altenheim nicht trauen darf und besser auf unseren Hausarzt hören soll.“

Irene nickte zustimmend.

„Das ist sehr fürsorglich von Ihnen, Eberhard. Ich habe von diesen Krankenhausärzten auch keine gute Meinung. Die schneiden lieber mal, bevor sie zu denken beginnen."

„Sie haben es auf den Punkt gebracht. Nun kann ich aber meine Mutter heute nicht abholen. Glauben Sie, ist es im Bereich des Möglichen, dass Sie statt mir nach Lainz fahren und meine Mutter in das Hotel bringen?"

Irene hatte nun ein ziemlich klares Bild von seiner Situation. Die Gangster hatten also einen Hebel gefunden. Was für miese Schweine das waren, eine alte, völlig ahnungslose Frau im Altenheim zu bedrohen. Aber es wurde immer klarer, dass es sich hier um einen wirklich fetten Fisch handelte. In jedem Fall, Eberhard improvisierte gar nicht so schlecht. Seine Ansprache klang fast glaubwürdig.

„Ich kenne Ihre Mutter ja gar nicht. Sie wird mir doch nicht einfach so folgen."

„Das stimmt natürlich, aber ich werde alles arrangieren. Ich rufe sofort im Altenheim an und werde die Pflegerinnen informieren. Auch das mit dem Hotel werde ich organisieren. Ich bezahle das Taxi. Sie würden mir damit einen großen Gefallen tun."

„Schön und gut, aber die Frage ist noch immer, ob Ihre Mutter mir überhaupt folgen wird."

Irene verkniff sich ihr Erstaunen. Für einen Augenblick wurde der Mann ihr gegenüber knallrot.

„Sagen Sie ihr ... sagen Sie meiner Mutter, Sie seien meine Verlobte. Dann wird Sie mit Ihnen gehen."

Irene lehnte sich zurück. Sie konnte nicht anders, sie lächelte verschmitzt vor sich hin. Kriegte der Kerl einen hochroten Kopf wie ein Teenager. Wirklich süß.

„Ich hoffe, das ist nicht zu viel verlangt. Ich würde Ihnen unendlich dankbar sein, wenn Sie das für mich tun könnten."

Irene richtete sich auf.

„Wissen Sie, Eberhard, was mein Schicksal ist?"

„Nein. Was ist es?"

„Ich kann charmanten Männern einfach nichts abschlagen."

Wolfgang Hoffmann schlenderte durch die Gassen des sechzehnten Wiener Bezirkes. Er grübelte vor sich hin. Über eine halbe Stunde hatte er in der Wohnung Rudi Obermeiers gesessen und in die Luft gestarrt, nun war er auf dem langsamen Rückweg ins Kommissariat. Keine Spur von Obermeier, kein Einfall, nicht einmal irgendein Zufall, der ihm weitergeholfen hätte. Nichts. Und die beiden Deutschen in der Szene blieben weiter Schatten in der Finsternis. Hoffmann musste einfach mit stärkeren Geschützen auffahren, anders war diesen Kerlen offenbar nicht beizukommen.

Hoffmann hielt nach einer Telefonzelle Ausschau. Er musste einige Blocks weit laufen, bis er eine Zelle fand. Jeder Schüler hatte heutzutage schon ein Handy, natürlich starben da die guten alten Telefonzellen in den Städten langsam aus. Aber für dieses Telefonat wollte und durfte Hoffmann nicht sein Handy benutzen.

Er schüttete den Inhalt seiner Geldbörse auf das Sims in der Telefonzelle und sortierte die Münzen. Das war genug für ein längeres Gespräch. Hoffmann warf gleich eine ganze Serie von Münzen ein. Im Kopf wiederholte er zwei-, dreimal die Telefonnummer, bis er sich sicher war, sie richtig zu wählen. Manche Nummern durfte man eben nirgendwo notieren, die musste man auswendig wissen.

Er hörte den gleichmäßig wiederkehrenden Signalton einer freien Leitung und wartete, bis jemand am anderen Ende abhob. Nur zwei Beamte im Kommissariat kannten den Namen des Mannes, den Hoffmann eben anrief, Major Koller und Hoffmann. Harald Kanduth war genau jener Typ von Dealer, den Koller am liebsten mit Feuer und Eisen ausmerzen wollte. Hoffmann riskierte einiges, indem er Kanduth den Rücken frei hielt. Dafür musste der Kerl aber auch von Zeit zu Zeit mal etwas ausspucken. Und gegenwärtig steckte Hoffmann genau in einer Situation, in der nur ein Insidertipp weiterhelfen konnte.

„Was ist?“, schnauzte eine brummige Stimme.

Hoffmann erschrak ein wenig. Er hatte nicht ernsthaft damit gerechnet, dass jemand abheben würde. Hoffmann wusste mit Sicherheit, dass Harald Kanduth am Apparat war. Die Stimme war unverwechselbar.

„Wolfgang hier. Wollte fragen, wie es ausschaut."

„Wie was ausschaut?", schnauzte die Stimme weiter.

Hoffmann konnte aus dem Tonfall nicht erkennen, ob Kanduth begriffen hatte, wer ihn da anrief.

„Die Lage. Allgemein und so."

Hoffmann hatte sein Stichwort gesagt.

„Na super schaut die Lage aus. Alles Scheiße. Also was willst von mir, Vollidiot?"

Das war es. Das Wort Vollidiot war das Signal, dass Hoffmann reden konnte. Das hatte sich Kanduth so ausgedacht.

„Heute Nachmittag, sagen wir vierzehn Uhr."

„Nach halb zwei schlafe ich noch. Keine Zeit."

Hoffmann nickte. Also vierzehn Uhr war zu früh, sechzehn Uhr dreißig.

„Ort wie zuletzt?"

„Friss deine Fischleichen alleine. Bin nicht interessiert."

Damit trennte Kanduth die Leitung. Hoffmann hängte den Hörer auf die Gabel, einige Münzen klimperten in den Münzschacht, andere verblieben im Apparat. Er hatte also noch einige Zeit bis zum Treffen mit Kanduth. Diese Zeit galt es zu nutzen. Nur wie? Sollte er ins Büro zurück, um zu sehen, ob Assmann irgendwelche neuen Informationen hatte? Der Gedanke an das Büro war nicht gerade verlockend. Das war's! Vielleicht würde er jetzt Rudis Großvater erwischen. Er verließ die Telefonzelle und marschierte flott voran. Hoffmann spuckte geräuschvoll in den Rinnstein.

30.

Fichte zerrte an seiner Krawatte, er brauchte etwas Luft. Worauf hatte er sich da eingelassen? In seinem gesamten bisherigen Leben hatte er nicht so unter Druck gestanden. Das Taxi hielt am Franz-Josefs-Bahnhof an. Fichte beugte sich vor und gab dem Fahrer das Geld, dann packte er seine zwei Koffer und stieg aus. Das Taxi fuhr zügig davon. Es war viel Verkehr hier, Autokolonnen rollten durch die Straßen, zwei Straßenbahngarnituren rumpelten dahin, überall Passanten. Fichte musste gewisse Sicherheitsvorkehrungen treffen. Und die erste war, dass er mit seinen Koffern nicht direkt vom Westbahnhof zum Schrebergarten seiner Tante gefahren war, sondern zuerst mal hierher zum Franz-Josefs-Bahnhof, dem kleinen Bahnhof für Regionalzüge.

Er blickte sich sorgsam um. Niemand schien ihn direkt zu verfolgen. Aber sicher war sicher, immerhin hatte der Mann am Telefon gesagt, er würde Fichte beobachten. Das war natürlich nicht ganz ernst zu nehmen, aber Vorsicht konnte nicht schaden.

Die Sache mit seiner Mutter war so weit wie möglich organisiert, er hatte im Altenheim angerufen, hatte das Kommen seiner Verlobten angekündigt, bei diesem Gedanken lief es Fichte unwillkürlich heiß und kalt über den Rücken, er hatte ein Hotelzimmer für seine Mutter reserviert und er hatte der Frau genug Geld für Taxifahrten und sonstige Auslagen mitgegeben. Seltsam, einer vollkommen fremden Person einen Auftrag wie diesen zu geben, aber irgendwie wusste Fichte, dass er ihr vertrauen konnte. Sie hatte einen so klaren Blick, so tiefe, seelenvolle Augen, sie strahlte eine unglaubliche Vertrauenswürdigkeit aus. Fichte glaubte fest an den Erfolg ihrer Mission. Er musste einfach daran glauben, denn er hatte keinen Alternativplan.

Fichte hob die Koffer und eilte in das Bahnhofsgebäude, lief durch die Halle und auf einen Bahnsteig. Eben rollte ein Zug ein. Fichte wartete, bis die Leute ausgestiegen waren, mischte sich dann in die Menge und verließ das Bahnhofsgebäude wieder.

Zielstrebig steuerte er den Taxistandplatz an. Er öffnete die hintere Tür eines Taxis, schob seine Koffer hinein und ließ sich auf den Sitz fallen. Der Fahrer blickte nach hinten und grüßte freundlich in gebrochenem Deutsch.

„Fahren Sie los. Ich sage Ihnen, wo es lang geht."

Fichte blickte durch die Fenster. Nichts. Niemand war ihm auf den Fersen. Er atmete ein wenig durch. Der Taxifahrer startete den Wagen.

Irene ging auf das Gebäude im Altenheim Lainz zu. Sie blickte auf die Anzeige ihres Handys und las die Uhrzeit ab. Sollte sie Lidia anrufen? Irene entschied sich dagegen. Lidia sollte ruhig noch eine Stunde schlafen und wieder zu Kräften kommen. Lidia durfte nicht unkonzentriert sein. Irene kannte ihre junge Partnerin gut genug, um zu wissen, dass Lidias Leistungsfähigkeit bei Schlafmangel rapide abnahm. Außerdem würde Irene das Ding im Altenheim alleine schon durchziehen können. Obwohl es nicht ungefährlich war. Die zwei Kerle mussten hier irgendwo auf der Lauer liegen, so viel war mal klar, und sie würden sich den Fisch nicht so mir nichts, dir nichts vor der Nase wegschnappen lassen. Sie hatte einen Vorteil, sie wusste von den Kerlen, aber die Kerle wussten nichts von ihr.

Irene ließ pausenlos den Blick kreisen. Sie hatte die zwei Männer nur in der Dunkelheit und aus der Ferne gesehen und da auch nur ein paar Augenblicke lang, aber sie war sich sicher, sie sofort zu erkennen, wenn sie ihr bei Tag über den Weg laufen würden. Irene streifte ihre Kleidung glatt, sammelte sich kurz, dann trat sie in das Gebäude. Der typische Geruch von Putzmittel und altem Mobiliar empfang sie.

Wolfgang Hoffmann stieg aus der Straßenbahn aus und überquerte flott die Fahrbahn. Er blickte die Billrothstraße hoch. Das Wetter war anhaltend gut, es war nicht mehr so heiß wie im

Hochsommer, aber nach wie vor sonnig und klar. Vielleicht sollte er mal ein paar Tage Urlaub nehmen, schoss es durch seinen Kopf. Das wäre doch etwas. Gemeinsam mit Sigrid Körner eine herbstliche Bergwanderung unternehmen. Oder am Neusiedlersee mit einem Segelboot ein wenig auf und ab kreuzen. Früher, in seinen jungen Jahren, war Hoffmann zwar nicht oft, aber regelmäßig zum Segeln an den See gefahren. Er war nie ein Hochseematrose gewesen, aber für das Binnengewässer hatten seine Kenntnisse als Bootsmann gereicht. Wie lange war das her? Zwölf Jahre? Fünfzehn?

Hoffmann tastete nach seinen Zigaretten. Er wischte die Spinnereien fort, verjagte den Gedanken an das helle, strahlende Lachen der jungen Frau, die in seiner Fantasie in einem bunten Rollkragenpullover und umkränzt von einem feuerroten Schal so gar nicht nach einer Polizistin aussah und deren Haar im Wind tanzte. Er wollte schon eine Zigarette entflammen, steckte sie aber wieder zurück ins Päckchen und stemmte sich gegen das Haustor. Mal sehen, ob Rudi Obermeiers Großvater jetzt für ein Gespräch zu haben war. Hoffmann stapfte die Treppe hoch. Er kannte ja jetzt schon den Weg von seinem letzten, erfolglosen Besuch. Ob dieser neugierige Nachbar wieder lauschen würde?

Hoffmanns Augen verengten sich zu Schlitzen. Unwillkürlich griff er nach seiner Waffe. Er lehnte sich mit dem Rücken an die Wand neben der Eingangstür und besah das aufgebrochene Schloss. Irgendjemand hatte sich gar nicht viel Mühe gemacht, den Einbruch bei Opa Obermeier zu verschleiern. Dann sah Hoffmann, dass auch die gegenüberliegende Tür aufgebrochen worden war. Auf dieselbe brutale Weise. Da hatte jemand mit einem Brecheisen einfach die Türen geknackt. Nicht sehr geschickt, aber wirkungsvoll. Hoffmanns Puls ging flott. Was, wenn dieser jemand noch da war? Mit dem Bein stieß er die Tür zu Herrn Obermeiers Wohnung auf.

„Kriminalpolizei! Kommen Sie raus! Langsam und mit erhobenen Händen!“

Hoffmann wartete, seine Waffe hart umklammert, aber nichts rührte sich.

„Los, kommen Sie raus! Hier spricht die Kriminalpolizei!"

Er wartete wieder. Hoffmann hörte, wie einen Stock tiefer eine Tür geöffnet wurde. Wahrscheinlich ein durch sein Geschrei alarmierter Hausbewohner. Aber weder in der einen noch in der anderen Wohnung rührte sich etwas. Hoffmann trat mit der Pistole im Anschlag in Herrn Obermeiers Wohnung. Die Besucher hatten sich keine Mühe gemacht, ihre Anwesenheit zu vertuschen. Die Wohnung des alten Mannes war durchwühlt. Hoffmann fluchte in sich hinein. Er hatte ein verdammt mieses Gefühl. Wo war der alte Mann?

Nach einer kurzen Inspektion eilte Hoffmann in die Nachbarwohnung. Hier war das Interieur nicht durcheinander geworfen, hier waren keine Schränke und Kommoden durchgewühlt worden. Die Wohnung war verlassen. Hoffmanns Blick fiel auf einen aufgebrochenen Metallkoffer. Das stank ja wieder mal gewaltig nach einer Riesenscheiße. Aber wieso waren beide Türen aufgebrochen worden? Was hatten Herr Obermeier und dieser Nachbar miteinander zu tun? War das ein üblicher Einbruch von irgendeinem durchgeknallten Junkie? Hatte das etwas mit Rudi Obermeier zu tun? Und wie hieß dieser Nachbar noch mal? Aber noch ehe sich Hoffmann ernsthaft an den Namen zu erinnern versuchte, entdeckte er auf dem riesigen Tisch im Wohnzimmer Visitkarten. Eberhard Fichte. Buchhalter. Und eine Telefonnummer. Hoffmann steckte seine Waffe ein und griff nach einer der Visitkarten. Seine Lippen waren zu blutleeren Strichen zusammengepresst. Was war das bloß für eine undurchsichtige Geschichte? Hoffmann behielt die Visitkarte in der Linken und tippte mit der Rechten Assmanns Nummer in die Tastatur seines Handys.

„Was gibt's?", meldete sich sein jüngerer Kollege lapidar.

„Probleme", antwortete Hoffmann ebenso knapp.

„Was hast du schon wieder angerichtet?", konterte Assmann mürrisch.

Hoffmann ging gar nicht darauf ein. Er sprach betont sachlich.

„Bist du im Büro?“

„Wo sonst?“

„Bist du schwer im Stress?“

„Immer. Hab gerade die Wilde Hilde vernommen.“

„Wen?“

„Na die Nutte, die beim Berger war.“

„Und fertig?“

„Tippe gerade den Bericht.“

„Das kannst du später auch noch machen. Gerhard, rück mit ein paar Männern aus. Hab da einen Einbruch. Eigentlich zwei Einbrüche. Nimm die Spurensicherung mit. Und schau, was du von einem gewissen Eberhard Fichte, Buchhalter, herausfinden kannst. Billrothstraße. Ich bleib solange hier und halte die Stellung.“

„Billrothstraße? Ist das nicht die Adresse vom alten Obermeier?“

„Kluger Junge. Was glaubst, warum ich hier bin? Also Gerhard, mach Dampf. Und sag dem Koller Bescheid.“

„Alles klar.“

Hoffmann trennte die Verbindung. Langsam tippte er die Nummer von der Visitkarte in sein Handy.

Wernheim stellte das Autoradio ab. Er blickte wie beiläufig durch die Windschutzscheibe. Alles war wieder im Lot. Er schaute kurz auf seine Armbanduhr. Wo nur sein feiner Kumpel blieb? Wahrscheinlich hatte er das Fenster der Schwesterndusche entdeckt und spannte jetzt ein bisschen. Wernheim lächelte über den Gedanken. Na ja, Monetti war schon ein ziemlicher Freak. Und er war verdammt schnell mit der Waffe. Der Idiot.

Wernheim langte nach seinem Handy. Wäre doch nicht schlecht, den Kerl noch mehr unter Druck zu setzen. Konnte in jedem Fall nicht schaden.

„Na, dann schauen wir mal, ob der Kretin schon im Anmarsch ist", murmelte er vor sich hin. Wernheim hatte die betreffende Nummer schon in sein Handy gespeichert, er suchte sie aus dem Verzeichnis und drückte die Anruftaste.

„Entschuldigen Sie, könnte ich bei Ihnen eine Auskunft erhalten?"

Die schmale Frau mit den harten Gesichtszügen erhob nur langsam und unter scheinbar unendlichen Mühen ihren Blick. Sie starrte Irene mit kalten Augen an.

„Was steht da geschrieben?", konterte die Frau und tippte von innen auf ein Schild im Fenster ihres Schalters. Irene las zum wiederholten Male das Wort „Information". Sie spürte nur kurz den Wunsch, dieser Amtsperson die Augen auszukratzen. Sie lächelte weiter und sprach in völlig unverfänglichem Tonfall weiter.

„Nun, da ich Sie gegrüßt und etwa eine halbe Minute auf ein Lebenszeichen gewartet habe, wollte ich lieber fragen, ob ..."

„Worum geht's?", fiel die Frau Irene ins Wort.

Irene atmete durch. Das war auch Wien. Zum einen überfreundliche Portiere und Kellner, zum anderen griesgrämige Amtspersonen in ihren winzigen Kanzleien.

„Ich suche Therese Fichte. Können Sie mir sagen, wie ich Sie finde?"

„Altenheim?"

„Ja, im Altenheim."

„Moment."

Die schmale Frau machte sich mit flinken Fingern über die Tastatur ihres Computers her. Irene wartete.

„Da gibt's ein Problem", murmelte die Frau vor sich her.

„Äh, was denn für ein Problem?"

„Sind Sie eine Angehörige?"

„Ja."

„Gehen Sie zu Oberschwester Pauritsch. Die wird Ihnen sagen, was los ist."

„Und wie finde ich Oberschwester Pauritsch?"

Die Frau erklärte in knappen Zügen den Weg. Irene hatte einen merkwürdigen Geschmack auf der Zunge.

Eberhard Fichte wartete, bis das Taxi außer Sichtweite war. Die beiden Koffer hielt er in Händen. Er wandte sich zum Gehen. Bis zum Schrebergarten seiner Tante war es noch ein gutes Stückchen zu Fuß. Er hatte sich mit Absicht nicht direkt vor der Tür absetzen lassen. Hier würde ein Verfolger einfach nicht mehr unerkannt bleiben können. Hier am äußersten Westende von Wien, in den Hütteldorfer Kleingartenanlagen, waren die Straßen still und überschaubar. Fichte marschierte mit ausgreifenden Schritten los. Er blickte sich um, konnte aber niemanden entdecken. Zum Glück hatte er die Idee mit dem Schrebergarten gehabt. Seine Tante, die jüngere Schwester seiner Mutter, befand sich wie üblich zu dieser Jahreszeit auf irgendeiner Kreuzfahrt. Auf Kreuzfahrtschiffen verpulverte sie das Geld, das ihr verstorbener Mann ein Leben lang mit seiner Firma angehäuft hatte, bevor ihre Söhne sich an die Erbschaft heranmachen konnten. Sie kümmerte sich herzlich wenig um den Schrebergarten, den ihr Mann als seelischen Ausgleich zur Büroarbeit an den Wochenenden mit großer Hingabe gärtnerisch gehegt und gepflegt hatte. Fichte wusste genau, unter welchem Stein der Zweitschlüssel lag.

Er wurde jäh aus seinen Gedanken gerissen, sein Handy klingelte. Er stellte beide Koffer ab, blickte sich nervös um und zog aus seiner Jacketttasche das Telefon. Fichte bemerkte gar nicht, wie heiß ihm plötzlich geworden war. Seine Finger zitterten, als er den Anruf entgegennahm.

„Ja, bitte?"

Stille in der Leitung.

„Wer ist dran?"

„Geht es Ihnen gut, Herr Fichte?"
„Darüber möchte ich nicht reden."
Fichte war über diese Antwort erstaunt. Woher nahm er den Mut zu so einer Antwort?
„Gut, dann reden wir auch nicht über Ihre Mutter."
„Doch, darüber möchte ich schon reden."
Der Mann am anderen Ende der Leitung hörte Fichte gar nicht mehr, konnte ihn gar nicht mehr hören, denn er hatte die Verbindung getrennt. Fichte starrte sein Handy an. Sollte er zurückrufen? Sollte er versuchen, den Mann mit dem deutschen Akzent in ein Gespräch zu verwickeln? Fichte rang mit sich. Da klingelte es erneut. Fichte kontrollierte das Display. Eine andere Nummer. Was zum Teufel war da los? Wer rief da auf seinem Handy an? Auf einer Nummer, die bisher niemand gewählt hatte, einer Nummer, auf der einfach keine echten Telefonate zustande hätten kommen dürfen. Fichte drückte auf die grüne Taste und hob das Handy ans Ohr.
„Hallo."
„Guten Tag. Bin ich mit Eberhard Fichte verbunden?"
Kannte er diese Stimme? Fichte fand auf die Frage so schnell keine Antwort.
„Wer spricht da?"
„Hoffmann, Kriminalpolizei Wien. Herr Fichte?"
Fichte schluckte. Erst Verbrecher, jetzt die Kriminalpolizei. Wo war er da hineingeraten?
„Ja", sagte er vorsichtig.
„Herr Fichte, ich muss mit Ihnen sprechen. Haben Sie Zeit?"
Schweißperlen bildeten sich auf Fichtes Stirn.
„Tja, Zeit. Ich habe ganz wenig Zeit. Bin sehr in Eile."
„Wir brauchen auch nicht lange. Nur ein kurzes Gespräch. Wo kann ich Sie treffen?"
Gehetzt stieg Fichte von einem Bein auf das andere.
„Derzeit sehe ich keine Möglichkeit, mich mit Ihnen zu treffen."
„Ich glaube, es ist auch in Ihrem Interesse, dass wir miteinander reden."

Der Polizist von gestern! Jetzt wusste Fichte, woher er diese Stimme kannte. Der Polizist, der an Herrn Obermeiers Tür geklopft hatte.

„Ich kann mir vielleicht morgen ein wenig Zeit nehmen“, sagte Fichte ausweichend.

„Herr Fichte, bei Ihnen ist eingebrochen worden. Darüber sollten wir so bald wie möglich reden.“

Fichte riss das Handy weg vom Ohr und starrte kurz darauf. Dann trennte er die Leitung. Eingebrochen! Die Vögel zwitscherten, die Sonne schien, ein Rasenmäher brummte in der Ferne, nur Fichte blies ein kalter Wind entgegen.

„Und ich versichere Ihnen, Ihre Schwiegermutter wird ruckzuck wieder da sein.“

Irene saß auf dem Stuhl der Oberschwester gegenüber und versank in sich vor Kummer. Nach außen hin, in Wahrheit dachte sie nach, kombinierte, entwarf Strategien und verwarf sie wieder. Der etwas korpulenten Frau ihr gegenüber waren die letzten paar Minuten sichtlich schwergefallen.

„Sie wissen ja selbst, dass Ihre Schwiegermutter, sagen wir mal so, ganz gerne mal einen Ausflug macht. Ist ja nicht das erste Mal. Es tut mir schrecklich leid.“

Irene hob den Kopf, richtete ihren Rücken gerade.

„Und Sie haben die Polizei verständigt?“

„Ja, selbstverständlich. Das ist doch unsere Pflicht. Und sollte sie noch im Areal sein, werden unsere Pfleger sie finden. Ganz bestimmt ist Ihre Schwiegermutter innerhalb der nächsten halben Stunde wieder in Ihrem Zimmer.“

Es war wirklich nicht schwer herauszuhören, dass die Oberschwester ihren letzten Satz selbst nicht glaubte. Irene erhob sich mühsam und verabschiedete sich. Mit hängenden Schultern verließ sie das Gebäude. Kaum war sie an der frischen Luft, griff sie nach ihrem Handy und wählte Lidias Nummer. Es klingelte nur einmal.

„Hi“, sagte Lidia.
„Hast du neben dem Telefon geschlafen?“
„Bin schon eine Viertelstunde wach.“
„Ausgeschlafen?“
„Ja, bin topfit.“
„Das musst du auch sein. Folgendes ist passiert. Die zwei Arschlöcher haben mit höchster Wahrscheinlichkeit Fichtes Mutter aus dem Altenheim entführt. Die Oberschwester hat mir erzählt, dass die alte Dame schon ein paar Mal ausgerissen und im Nachthemd mit der Straßenbahn spazieren gefahren ist, und sie geht davon aus, dass es diesmal wieder so ist. Aber wahrscheinlicher erscheint mir, dass sie Fichte knallhart unter Druck setzen wollen und das Ding hier ziemlich trocken durchgezogen haben.“
Lidia hatte bis jetzt nichts von Fichtes Mutter im Altenheim gewusst, aber Irenes knappe Schilderung genügte, um einigermaßen Bescheid zu wissen.
„Bist du an Fichte rangekommen?“
„Ja. Am besten wir treffen uns so schnell wie möglich. Setz dich ins Auto und fahr zur U-Bahnstation Hietzing.“
„Okay.“
Irene trennte die Leitung. Sie suchte nach einer Telefonzelle. Sie musste das Tempo verschärfen. Mit diesen Kerlen war nicht zu spaßen, das war ja spätestens seit gestern Nacht klar. Normalerweise würde Irene die Sache abblasen, aber die Geschichte mit der alten Frau machte die Kerle zu ihren Feinden. Das war einfach ein Stil, den sie nicht tolerieren konnte. Sie musste dieser Bande einheizen.

Hoffmann wählte die Nummer von Eberhard Fichte gleich noch einmal. Und wie erwartet, hob der Mann nicht ab. Sehr seltsam, dieses Verhalten. Hoffmann steckte sein Handy ein und ging in der Wohnung ein wenig auf und ab. Das Interieur war zweifelsohne ziemlich wertvoll. Alte, gut gepflegte Möbel, kostbare Bilder, schwere Vorhänge, ein knarrendes Parkett. Es war wie in einem Museum. Hier schien seit Jahrzehnten kein Stuhl mehr verschoben worden zu sein. Er streifte mit der Fingerspitze über einen prunkvollen Bilderrahmen. Nicht ein Körnchen Staub. Entweder war da eine gut bezahlte Putzfrau unterwegs oder die Bewohner dieser Wohnung hatten eine extreme Aversion gegen Unordnung und Schmutz.

Hoffmann drückte mit dem Ellbogen eine Türklinke nach unten und schob die Tür mit der Fußspitze auf. Schließlich wollte er nicht überall Fingerabdrücke hinterlassen und die Arbeit der Spurensicherung unnötig verkomplizieren. Er trat in das Zimmer. Hoffmann hatte viele Wohnungen gesehen und immer hatten die Wohnungen eine Menge über die Bewohner ausgesagt. Hier aber, in diesem Zimmer, wusste Hoffmann nicht, was er denken sollte. War das nun ein Kinderzimmer oder eine Aufbahrungshalle? Groß war der Raum, auch das Fenster in den Hof hinaus war breit und lichtgeflutet, und dennoch wirkte das Zimmer beklemmend und öd. Hoffmann trat an den breiten Kleiderschrank und öffnete ihn, zum Teufel mit den Fingerabdrücken. Ein halbes Dutzend Schuhe stand am Boden des Hängeschrankes, poliert und exakt aufgereiht. Wie mit dem Lineal ausgemessen hing da eine Reihe glatt gebügelter Anzüge. Was musste das für ein Mann sein? Nur vier Kleiderbügel waren leer und außerdem schlampig aufgehängt. Hoffmann stöberte weiter. Im Fach, in dem die Hemden lagen, herrschte Unordnung. Auch bei der Unterwäsche. So als habe jemand schnell etwas herausgenommen oder gesucht. Hoffmann kratzte sich am Kinn. Was war da los?

Eine Polizeisirene riss ihn aus der Grübelei. Hoffmann schüttelte ein wenig den Kopf. Assmann liebte spektakuläre Auftritte, deshalb raste er, wann immer es ging, mit Blaulicht und Sirene durch die Stadt. Für zwei aufgebrochene und völlig verlassene Wohnungen war das mehr Wirbel als nötig, dachte Hoffmann. Er ging auf den Flur. Da hastete schon Assmann die

Treppe hoch. Fehlte gerade noch, dass er die Waffe gezogen hatte.

„Hallo, Gerhard. Super, dass du so schnell gekommen bist", sagte Hoffmann ruhig.

Assmann grüßte gar nicht, rannte an Hoffmann vorbei und verschwand in Obermeiers Wohnung. Die zwei uniformierten Polizisten und die drei Männer von der Spurensicherung hatten es nicht ganz so eilig, die Treppe hochzulaufen. Hoffmann begrüßte sie.

Es roch nach der alten Spirituslampe, die mitten auf dem Tisch stand, nach halbvermoderten Möbeln und ranziger Milch. Fichte öffnete dennoch nicht die Fenster. Er hatte sich sehr diskret verhalten, war geradezu in den Garten geschlichen, aber Fichte kannte die Leute in so einer Schrebergartenanlage sehr gut. Diesem Menschenschlag entging normalerweise nichts. Fichte stellte die Koffer ab und hob vorsichtig die Spirituslampe in das Regal im Vorraum. Danach legte er den kleinen Koffer auf den Tisch. Fichte atmete schwer. Behutsam klappte er den Koffer auf.

So viel Geld. So unglaublich viel Geld. Er hob ein dickes Bündel Hunderter und wog es prüfend in der Hand. Was man alleine mit diesem Bündel alles kaufen konnte! Und dabei war das nur ein Bruchteil. Fichte stapelte die Geldpakete und schätzte noch einmal. Siebenhunderttausend. Es wurde nicht weniger. Es mussten ungefähr siebenhunderttausend Euro sein. Fichte tastete nach seiner Geldbörse. Sie war schon ziemlich leer, also füllte er sie mit einem Packen Hunderter auf. Das Bahnticket fiel ihm in die Hände. Er zuckte mit den Schultern, der Zug war schon längst ohne ihn abgefahren. Egal, sobald seine Mutter in Sicherheit war, würde er in den Zug steigen und ein für allemal seiner Geburtsstadt den Rücken kehren. Und Fichte empfand keine Reue bei diesem Gedanken. Ihm wurde jetzt richtig bewusst, wie sehr er Wien hasste, wie ihn die Fratzen dieser überalterten Stadt anwiderten, wie er die Borniertheit und gleichzeitige

Großkotzigkeit, dieses höfliche Getue bei maximaler Ignoranz der Wiener verachtete. Fichte packte mit raschen Handgriffen die Geldbündel wieder in den Koffer.

Wo sollte er übernachten? In einem Hotelzimmer? Oder vielleicht hier? Er blickte kurz zum Fenster hinaus. Der Garten war wie das Haus in einem jämmerlichen Zustand. Einmal im Jahr ließ seine Tante einen unterbezahlten Schwarzarbeiter im Garten arbeiten. Rasen mähen, Hecken schneiden, das kleine Gartenhäuschen kehren, was eben anfiel. Warum seine Tante den Garten nicht einfach verkaufte? Fichte wandte sich vom Fenster ab. Wahrscheinlich gab es einen Passus im Testament des Onkels, der einen Verkauf untersagte. So konnte der Mann noch lange über seinen Tod hinaus seiner Frau auf die Nerven gehen. In Fichtes Verwandtschaft war so ein Verhalten durchaus nicht unüblich.

Fichte stöberte in den Schränken nach einer Taschenlampe und wurde schnell fündig. Er probierte, ob sie noch funktionierte. Das Licht war schwach. Fichte nickte zufrieden. Mit einer neuen Batterie würde sie gute Dienste leisten. Danach versperrte er wieder den Geldkoffer und ging in den Vorraum des Gartenhäuschens. Vor fünfzig Jahren, als dieses Häuschen erbaut wurde, hatte es hier keinen Stromanschluss gegeben, also auch keinen elektrischen Kühlschrank. Deshalb hatte man im Vorraum einfach eine Grube ausgehoben, sie mit Steinen ausgelegt und mit dicken Brettern abgedeckt. Man musste den alten, nicht geklebten Linoleumboden abheben und den Holzboden im Vorraum schon gründlich absuchen, um die losen Bretter der Kühlgrube zu finden. Fichte lächelte vor sich hin, als er den Koffer in der Grube versenkte. Ein ideales Versteck.

Fichte wollte nicht den großen Koffer wieder mitschleppen, also packte er das Allernotwendigste in seine kleine Arbeitstasche, die sich im Koffer befunden hatte. Die Zahnbürste und Zahnpaste, ein Satz Unterwäsche und Socken, ein Poloshirt.

In die Wohnung war eingebrochen worden. Er hatte es ja erwartet. Nur als dieser Polizist angerufen hatte, war der Schreck dennoch groß gewesen. Er hoffte von ganzem Herzen, dass die Frau Erfolg hatte. Irene. Was für ein würdiger Name. Von ihr ging ein ganz eigener Reiz aus. Fichte wusste nicht, warum und weshalb, aber er hoffte sie bald wiederzusehen.

Zuletzt prüfte Fichte den Ladungszustand seines Handys. Kein Problem, gewissenhaft wie immer hatte er den Akku über Nacht aufgeladen. Fichte klappte den Koffer wieder zu und schob ihn unter das verstaubte Bett seines Onkels. Er stahl sich heimlich aus dem Haus und eilte die Straße in Richtung Stadt hinab.

31.

„Und du glaubst, das bringt etwas?"

„Ich hoffe es. In jedem Fall werden unseren Freunden die Kugeln ganz gehörig um die Ohren pfeifen. Sie werden beschäftigt sein, das nimmt etwas den Druck von Fichte. Und da werden wir nachsetzen."

Lidia zog den Autoschlüssel ab.

„Und was, wenn die Ärsche voll die Panik kriegen und die Oma abmurksen?"

Irene kontrollierte den Inhalt ihrer Handtasche.

„Ein Restrisiko bleibt leider. Aber wenn das passiert, dann werde ich die Kerle frontal angehen. Das verspreche ich dir."

„He, du hängst dich da voll rein. Kenn ich gar nicht von dir", sagte Lidia beiläufig.

Irene blickte Lidia in die Augen.

„Du sagst es mir doch, wenn du glaubst, dass ich einen Fehler mache."

Lidia winkte ab.

„Nein, nein, das wollte ich nicht sagen. Ich mein ja nur."

„Ist ja gut so, ich will deine Meinung hören. Und es ist nicht so, dass ich nicht auch Fehler mache. Wenn dir etwas auffällt, spuck es aus. Das kann überlebenswichtig sein."

„Bis jetzt find ich es cool", sagte Lidia.

Die beiden Frauen blickten einander noch ein paar Sekunden lang an, dann nickte Irene.
„Also los. Gehen wir."
Sie stiegen aus, Lidia versperrte den VW Polo. Der Wagen stand in einer Seitengasse des siebten Bezirkes, ein gutes Stück von der Mariahilferstraße entfernt. Fichte und Irene hatten vereinbart, dass sie sich wieder in jenem Kaffeehaus treffen würden, wo sie zuvor schon gesessen hatten. Lidia ging direkt hin, sie würde sich einen guten Platz suchen, um aus der Distanz zu beobachten. Ganz so, wie sie es gewohnt war. Irene würde eine Viertelstunde später kommen, also bummelte sie noch durch die Gassen.

32.

Er studierte die Texte auf den Packungen genau. Was diese Packung enthielt, was jene, in welchem Land dieses Produkt erzeugt worden war, wie lange es haltbar war. Mit einem Wort, Wolfgang Hoffmann schlug die Zeit tot. Er blickte auf die Anzeige seines Handys und las die Zeit ab. Harald Kanduth verspätete sich mittlerweile um eine halbe Stunde. Nun, pünktlich war der Mann noch nie gewesen. Also schob Hoffmann den Einkaufswagen noch einmal rund um das Regal.

Er war zuerst mit der U-Bahn, dann mit der Straßenbahn hierher an den Stadtrand gefahren. Früher war er immer mit dem Auto unterwegs gewesen und in Wahrheit nicht um ein Jota schneller als mit den öffentlichen Verkehrsmitteln gewesen. Der einzige Nachteil jetzt war, dass er das Fischfutter nicht einfach in den Kofferraum werfen konnte, sondern in einem Plastiksäckchen quer durch Wien tragen musste. Morgen musste er sein Auto in die Werkstatt bringen. Warum er an der alten Karre noch immer so hing? Vielleicht weil er sie vor vielen Jahren gemeinsam mit seiner Exfrau gekauft hatte und mit ihr nach Florenz in die Flitterwochen gefahren war? Der Gedanke an ein nagelneues Dienstauto stieß ihn in jedem Fall ab.

Wolfgang Hoffmann entdeckte Harald Kanduth schon, als er durch die Eingangstür latschte. Wenn man nicht wusste, dass Hoffmann sich in diesem großen Einkaufscenter für Gartenartikel immer mit Fischfutter und sonstigem Zeug für sein Aquarium eindeckte, würde niemand auch nur auf den Gedanken kommen, ein Informant aus der Drogenszene könnte sich hier mit einem Kripomann zum Informationsaustausch treffen.

Der große blonde Mann mit dem langen, verfilzt wirkenden Haar lief mit federndem Schritt durch den gesamten Laden. Er sah aus, als suchte er nach Hanfpflanzen. Hoffmann beobachtete, wie zuerst ein junger Verkäufer und danach eine Verkäuferin mittleren Alters, offenbar eine Abteilungsleiterin oder etwas ähnliches, Kanduth nachstarrten. Kanduths Kleidung war gelinde gesagt nachlässig. Zweifelsfrei wurde er vom Personal beobachtet, weil sie fürchten mussten, so ein Kerl würde entweder irgendetwas aus den Regalen klauen oder gleich mit einer Waffe zur Kassa gehen. Hoffmann schüttelte den Kopf. Früher hatte sich Kanduth durchaus unauffälliger verhalten. Erst als Kanduth sich langsam der Abteilung mit der Tiernahrung näherte, verflachte das Interesse des Personals an ihm und sie wandten sich wieder ihrer Arbeit zu. Hoffmann stand beim Regal mit den Kleintieren. Da ein paar Meerschweinchen, dort die Hamster, weiße Mäuse und einige Käfige mit Vögeln. In der nächsten Regalreihe befanden sich die Zierfische. Kanduth bog in den Gang ein, entdeckte die weißen Mäuse und stellte sich lächelnd vor den Käfig.

„Ich sehe schon weiße Mäuse“, murmelte Kanduth grinsend vor sich hin.

Hoffmann ließ noch einmal seinen Blick kreisen. Niemand beachtete die zwei Männer vor dem Mäusekäfig. Er stellte sich neben Kanduth.

„Hallo, Harald.“

„Hi.“

„Wie geht's so?“

„Scheiße wie immer. Sonst passt alles.“

Hoffmann starrte zwar ebenfalls in den Käfig hinein, aber ihm war das Glänzen in Kanduths Augen nicht entgangen.
„Bist du sauber?"
„Du bist gut. Wie soll ich das machen? Hab zu Mittag bei einem Kumpel Haschkeks gefressen. Er hat sie eh anbrennen lassen, der Freak. Haben geschmeckt wie Zement mit dunklem Marokkaner."
Natürlich verschob sein Informant nicht nur Drogen, sondern konsumierte auch so einiges. Es waren weniger die Stecknadelaugen, vielmehr das Drumherum, das Hoffmann aufmerksam werden ließ. Der federnde Gang, das zerzauste Haar, die muffige Kleidung, der Mundgeruch. Kanduth steckte offenbar ziemlich tief in der Szene. Vielleicht zu tief? Hoffmann spitzte die Ohren.
„Na Mahlzeit. Ich hab einen Hotdog beim Würstelstand gegessen. War auch nicht gerade die feine französische Küche."
Kanduth lachte. Er blickte kurz auf die Packungen Fischfutter in Hoffmanns Einkaufswagen.
„Und wie geht's deiner WG?"
„Ein Fisch möchte ich sein und zwar bei mir im Aquarium. Die haben keinen Stress."
„Na super. Was macht der Terminator?"
Jetzt lachte Hoffmann. Seit Major Koller und Kanduth sich einmal bei einem Verhör gegenüber gesessen hatten, nannte Kanduth Hoffmanns Chef stets Terminator.
„Er rennt durch das Kommissariat und schießt wie deppert um sich."
„So ein Goldschatz", sagte Kanduth lächelnd.
Kanduth holte eine halbzerknüllte Packung Zigaretten aus seiner Hosentasche und wollte eine herausnehmen.
„Harald, hier kannst du nicht rauchen", ermahnte Hoffmann.
Kanduth blickte um sich, also müsste er sich orientieren. Dann steckte er die Packung wieder ein und rammte seine Hände in die Hosentasche. In Hoffmann schrillten die Alarmglocken. Kanduth war Anfang dreißig, ein groß gewachsener, relativ kräftig gebauter

Mann, allerdings schien er nicht gerade gut trainiert zu sein. Zweifellos war er nicht wegen sportlicher Betätigung so schlank, sondern weil er zu wenig aß und zu viel mieses Zeug schluckte. Hoffmann hatte ihn vor ein paar Jahren kennengelernt, als Kanduth aus der Provinz in die Metropole kam und sich einen Namen als Großkrimineller machen wollte, es aber nur zum Kleindealer brachte. Obwohl Hoffmann den schrägen Kerl durchaus sympathisch fand, war ihre Beziehung natürlich sehr sachlich, geradezu geschäftlich. Der eine hatte den Nutzen, einen Bullen zu kennen, der ihm den Rücken frei hielt, der andere den Vorteil, über einen Informanten tief in der Szene zu verfügen. Hoffmann ließ seinen Blick über Kanduths Profil streifen. Nun, so wie sich der Mann präsentierte, sollte Hoffmann vielleicht mal die Notbremse ziehen, Kanduth weg von der Szene bringen, ihm eine Entziehungskur verpassen. Verdammte Drogen, geisterte es durch Hoffmanns Kopf und er verspürte dabei die Gier nach einer Zigarette. Hoffmann war ja auch so ein Junkie, bloß hieß seine Droge Nikotin und war an jeder Tankstelle legal zu kaufen.

„Was willst du wissen?“, fragte Kanduth mit ernster Miene.

Hoffmann schaute sich noch mal um. Eine junge Frau mit einem kleinen Kind kam in die Tierabteilung. Das Kind drückte voller Faszination seine Nase an die Glasscheibe eines Aquariums. Hoffmann schob seinen Einkaufswagen weiter, denn das Kind würde wahrscheinlich die nächste halbe Stunde vor den Käfigen und Aquarien verbringen. Er ging auf die Abteilung mit den Gartenbüchern zu, nahm eines aus dem Regal und blätterte hinein. Zwei Minuten später stand Kanduth wieder neben ihm und musterte ganz interessiert die Buchrücken.

„In der letzten Zeit hab ich immer wieder etwas über zwei Deutsche gehört. Viel Geld, große Autos, beide Mitte vierzig. Mehr weiß ich nicht. Ich komme an sie einfach nicht heran. Aber die Kerle werden langsam lästig.“

Kanduth kratzte sein unrasiertes Kinn.

„Die deutschen Wertarbeiter.“

„Kennst du sie?“

„Nein. Niemand kennt sie. Oder fast niemand. Aber ich habe mich umgehört."

„Und? Was hast du da so gehört?"

„Nicht viel. Sie arbeiten nicht am Wiener Markt, in Wien haben sie nur ihr Büro. Import, Export, du verstehst. Sie sind verdammt vorsichtig und mischen sich absolut nicht in Wien ins Geschehen. Wahrscheinlich haben sie in Deutschland ihre Abnehmer. Und ihr Lieferant sitzt in Russland oder Polen. Also Sicherheitsstufe eins, würde ich mal sagen. In die Liga komme ich nicht rein, da musst du mit Krawatte und Laptop anmarschieren. Oder mit einer Kalaschnikow. Solche Leute sind das."

„Das habe ich befürchtet."

„Ja, Wolfgang, das sind keine Leute für mich. Die gehören dir. Aber."

Kanduth nahm ein Buch aus dem Regal und blätterte es auf.

„Was aber?"

„Sie haben offenbar ganz gezielt Jungs aus Wien rekrutiert. Botenjungs. Kleine Fische, die mit Drogen nichts am Hut haben, aber für eine schnelle Münze ein bisschen Drecksarbeit machen. Hab einen im Puff kennen gelernt. Markus heißt er. Nachname weiß ich nicht. Ein ziemlich cleverer Kerl, der aber im Puff ein bisschen zu viel getrunken hat und ein bisschen angeben wollte. Und wie das Leben halt so spielt, sitze ich gerade neben ihm, lass mir ein paar Bierchen spendieren, mache auf total blöd und höre mir seine Geschichten voller Bewunderung an."

„Harald, du bist ein Hammer."

„Warte mit der Goldmedaille, weil viel hat der Typ nicht rausgerückt. Sage ja, ein cleverer Bursche. Einer der Deutschen ist ein dunkler Typ. Deutscher Staatsbürger, aber mit italienischer Mama. Das ist der wirklich schwere Brocken im Team. Knallhart und, wenn es sein muss, mit der Puffen ruckzuck. Name unbekannt. Der andere ist der Businessman, einer, der die Deals aufreißt. War früher mal Sportmanager, aber das hat zu wenig eingebracht, also ist er auf die Drogenschiene gefahren. Und siehe da, es gibt einen Namen."

„Rück raus damit."
„Kurt Wernheim. Das ist es. Mehr habe ich nicht."
Hoffmann legte den Kopf in den Nacken und atmete durch. Sportmanager? Das war ja merkwürdig. Gab es da eine Verbindung zum totgekoksten Schisprungweltmeister Toni Berger? Neue Fragen, neue Unklarheiten, neue Unsicherheiten, aber Hoffmann war wirklich einen Riesenschritt weitergekommen.
„Sagt dir der Name Rudi Obermeier etwas?"
Kanduth überlegte.
„Nein. Gar nichts."
„Ich glaub fast, der Rudi ist einer von den Botenjungs. Den suche ich. Wenn er dir unterkommt, wirf ein Auge auf ihn. Ich wäre dir dankbar."
„Sonst noch was?"
„Das war alles. Danke. Du hast mir echt geholfen."
Kanduth lächelte.
„Du kannst mir auch helfen."
Hoffmann blickte seinen Informanten an.
„Das Übliche? Dreihundert?"
Kanduths Gesicht legte sich in tausend Falten.
„Ich bin so pleite. Echt extrem. Fünf?"
Hoffmann fasste in die Innentasche seines Jacketts und zog sein Portmonee hervor. Er war sich jetzt völlig sicher, Kanduth musste aus der Szene raus. Und besser gleich heute als morgen.

33.

„Entschuldigen Sie bitte, dass ich Sie warten ließ. Sie müssen verstehen, ein Termin jagt den anderen."
Irene nahm die Entschuldigung mit einem Kopfnicken an.
„Setzen Sie sich doch."
Fichte rückte den Stuhl und ließ sich Irene gegenüber nieder. Irene blickte kurz zu Lidia hinüber, die langsam an ihrem Cola nuckelte und wie immer vorbildlich die Augen offen hielt.

„Warten Sie schon länger?“

„Nein, ein paar Minuten. Kein Problem.“

Irene musterte die Aktentasche, die Fichte neben dem Tischbein auf den Boden stellte. Die hatte er zuvor nicht bei sich, also folgerte Irene, dass er mit seinem Gepäck umdisponiert hatte. Nun, das war zu erwarten gewesen. Wo er aber nun seine beiden Koffer verstaut hatte, wusste sie nicht. Das war die Nuss, die sie zu knacken hatte.

„Wie ist es gelaufen? Konnten Sie meine Mutter in das Hotel bringen?“

Irene las genau in seiner Miene. Leicht gerötete Wangen, kurzer Atem, er war nervös. Und er war besorgt. Die Sache mit seiner Mutter lag ihm offenbar schwer im Magen. Irene tat sich schwer zu lügen. Merkwürdig, ansonsten flogen ihr die Geschichten nur so zu, meist fand sie es sogar erheiternd, den Kerlen irgendwelche Fabeln vorzudichten. Warum bei diesem biederen Muttersöhnchen nicht? Weil er auch unter seiner Mutter gelitten hatte, nur auf völlig konträre Weise wie sie? Weil er seine Mutter nach über vierzig Jahren Unterdrückung noch immer liebte, während Irene ihre Mutter schon als Kind gehasst hatte? Weil dieser Mann absolut nicht zum Täter taugte, sondern nur zum Opfer?

„Lieber Eberhard, ich bin wirklich ziemlich verwirrt.“

Sofort verfinsterte sich Fichtes Miene.

„Was ist geschehen?“

„Ihre Mutter war nicht im Altenheim. Ich habe mit der zuständigen Oberschwester gesprochen, Frau Paurltsch. Ich soll Ihnen schöne Grüße von ihr ausrichten. Sie hat gesagt, dass Ihre Mutter wieder einmal ausgerissen ist. Hat sie das schon öfter gemacht?“

Ein nervöses Zucken flog über seine linke Wange.

„Öfter? Na ja, sie ist in den vergangenen Monaten schon zweimal ohne Wissen der Betreuer fortgegangen. Wie soll ich sagen, meine Mutter ist noch recht rüstig, ihre körperliche Gesundheit ist im Großen und Ganzen sehr gut, nur sie ist manchmal etwas verwirrt. Sie wollte einkaufen gehen und ist einmal im Nachthemd losgezogen. Nach ein, zwei Stunden wurde sie in der Straßenbahn aufgegriffen und zurückgebracht. Beim zweiten Mal hat sie sich vollständig bekleidet und war fast vierundzwanzig Stunden unauffindbar."

Irene schüttelte fassungslos den Kopf.

„Ich muss schon sagen, die Betreuer passen aber sehr schlecht auf ihre Schützlinge auf."

Für ein paar Augenblicke lag Stille zwischen den beiden.

„Und hat Ihnen Schwester Pauritsch sonst noch etwas gesagt? Hat meine Mutter heute schon Besuch gehabt?"

„Diesbezüglich hat sie nichts gesagt."

Irene taktierte. Sie wog die Möglichkeiten ab und entschied sich schnell.

„Aber irgendwie habe ich den Eindruck, dass da etwas nicht stimmt. Hat ihre Mutter einen Mantel?"

„Ja, einen hellen Übergangsmantel."

„Ist der etwa knielang?"

„Ja."

Irene runzelte die Stirn.

„Ich habe aus der Ferne gesehen, wie ein Mann eine Frau in einem knielangen Mantel ziemlich unwirsch weggeführt hat."

Fichte wurde kreidebleich.

„Zuerst maß ich dem keine Bedeutung zu, erst später bin ich stutzig geworden."

Gespanntes Schweigen lastete auf ihnen. Fichte war völlig in sich versunken. Irene wartete ab.

„Eberhard, ich glaube fast, dass Sie mir nicht alles gesagt haben."

Fichte stemmte seine Handflächen gegen die Tischplatte, so als habe er Mühe, das Gleichgewicht zu halten.

„Meine Mutter ist in Gefahr", murmelte er.

„Erzählen Sie mir davon. Vielleicht kann ich Ihnen helfen."

„Ich befürchte, Sie können mir nicht helfen. Niemand kann mir helfen."

Fichte starrte auf die Tischplatte. Seine Lippen waren blutleer. Irene suchte den Blickkontakt mit Lidia und nickte ihr unmerklich zu.

„Unterschätzen Sie mich nicht, Eberhard. Ober, bitte zahlen!"

Der Kellner hatte Irenes Ruf gehört und kam auf sie zu. Irene bezahlte die Rechnung und erhob sich.

„Zuerst müssen wir einmal ein Quartier suchen. Es wird Abend und wir sollten für die Nacht vorsorgen."

Fichte musterte Irene überrascht. Wie entschlossen diese Frau wirkte, was für einen Mut sie ausstrahlte. War das dieselbe Frau, die ihn heute Mittag am Westbahnhof völlig verunsichert angesprochen hatte? Fichte war verwirrt.

„Wohin wollen Sie gehen?"

Irene fasste Fichte scharf ins Auge. Ihre Miene war hart und kompromisslos.

„Eberhard, ich muss mich bei Ihnen entschuldigen. Ich habe Ihnen nicht die Wahrheit gesagt."

„Wie bitte?"

„Ich bin gar nicht auf der Flucht vor meinem Exmann. Ich habe gar keinen Exmann, war nie verheiratet. Und ich habe Sie nicht zufällig angesprochen."

Fichte blieb die Spucke weg. Er schnappte nach Luft.

„Was soll das bedeuten?"

„Das bedeutet, dass ich keine hilflose, dumme Kuh bin, sondern ein Vollprofi."

„Ein Vollprofi?", echote Fichte.

„Ja, Eberhard."

„Was für ein Vollprofi?"

„Ich bin Privatdetektivin."

34.

Draußen brach der Abend an, im Büro brannten sämtliche Lampen und eine Zigarette verqualmte in der Kaffeetasse. Hoffmann dachte nicht an das grantige Gesicht seines Kollegen

Assmann, wenn dieser morgen früh ins Büro treten und den kalten Rauch riechen würde. Er war alleine im Büro gewesen, hatte sich in die Arbeit vertieft und ganz unwillkürlich eine Zigarette entflammt. Mangels eines Aschenbechers hatte er einfach eine benutzte Kaffeetasse genommen, um die Zigarette abzulegen. Hoffmann war bei der Arbeit am Computer nicht so schnell und sicher wie Assmann, aber was er wissen wollte, hatte er bisher immer in Erfahrung gebracht. Eben spuckte der Drucker im Büro wieder ein bedrucktes Papier aus. Hoffmann stand auf, ging zum Drucker, entnahm das Papier und überflog es. Danach setzte er sich wieder an den Schreibtisch, griff zur Zigarette, nahm noch einen letzten Zug und zerdrückte sie schließlich umständlich in der Kaffeetasse. Er sortierte die Papiere, die er ausgedruckt hatte.

Gar nicht schlecht für eine Stunde Arbeit. Hoffmann blickte auf die Uhr. Es war knapp nach sieben. Zeit, um nach Hause zu gehen? Jetzt, als er endlich einige Informationen gesammelt hatte. Hoffmann trommelte mit den Fingerspitzen auf die Tischplatte. Nein, an Feierabend war heute nicht zu denken. Zuerst musste er diesem Kerl auf die Spur kommen.

Sein Handy schlug an. Hoffmann griff danach und schaute auf das Display. Er nahm den Anruf sofort entgegen.

„Hallo."

„Bist du schon zu Hause?", fragte Gerald Windisch gepresst.

Hoffmann war sofort alarmiert. Sein Kollege Windisch klang nur in akuten Fällen so gestresst.

„Nein, bin noch im Büro."

Windisch lachte gequält.

„Wir Deppen kennen so was wie Feierabend nicht. Wolfgang, ich habe Rudi Obermeier gefunden."

Hoffmanns Miene erhellte sich.

„Spitze! Gerald, du bist der Beste."

„Freu dich nicht zu früh. Wir haben ihn bei Süßenbrunn in einem kleinen Waldstück gefunden."

Hoffmanns Lächeln erstarrte zu Eis.

„Das ist aber jetzt nicht wahr“, murmelte er.

„Schon. Der Rudi hat einen Genickschuss gekriegt. Ich bin gerade mit ziemlichem Tempo auf der Floridsdorferbrücke. Wir haben einen Hinweis erhalten, samt der Wohnadresse der mutmaßlichen Täter und einer Autonummer. Die wird gerade überprüft.“

Hoffmann griff zu seinen Zigaretten.

„Lass mich raten. Dein Mann heißt Kurt Wernheim.“

„Weiß ich nicht. Wie gesagt, ich habe nur die Adresse. Felberstraße.“

„Ich glaub, Wernheim ist unser Mann. Ich recherchiere gerade hinter ihm her.“

„Wolfgang, wir machen Folgendes. Ich bin so schnell wie möglich im Kommissariat und hole dich ab. Wir fahren gemeinsam in die Felberstraße. Im Auto sagst du mir, was du über den Mann weißt.“

„Soll ich die Funkstreife schon mal hinschicken?“

„Hab ich schon gemacht. Bis gleich, ich muss auflegen, sonst bau ich da noch eine Karambolage.“

Damit trennte Windisch die Leitung. Hoffmann knallte das Handy auf den Tisch und sprang hoch. Rudolf Obermeier ist also tot. Hoffmann fluchte vor sich hin, als er mit schnellen Handgriffen die Papiere zusammenpackte. Er hatte es ja geahnt, dass Obermeier noch Probleme machen würde. Aber gleich so massiv? Hoffmann kontrollierte seine Dienstwaffe.

Claudio Monetti saß vor dem Computer und starrte auf die kleinen Bilder nackter Frauen. Damit versuchte er vergeblich, seine miese Stimmung aufzubessern. Er überlegte, was mit diesem beschissenen Abend anzufangen wäre. Für irgendeine sinnvolle Arbeit hatte er einfach nicht den Kopf. Nicht nach dem heutigen Tag. Zuerst diese elende Warterei vor dem Altenheim, das idiotische Gesülze von Wernheim und dann war die alte Schachtel einfach fort. Dieser Scheißkerl Fichte hatte es also doch zu Stande gebracht, ihnen seine beschissene Mutter vor der Nase fort zu schaffen. Und der Streit mit Wernheim danach war auch nicht ohne. Wäre fast zu einer Schlägerei gekommen.

Monetti schaltete den Computer ab und entzündete eine Zigarette. Ob er heute wieder zu Jenny gehen sollte? Jenny war nicht nur die hübscheste Nutte der Gegend, sondern auch so witzig, so unbeschwert. Ein bisschen Stoff, ein wenig Geld und Jenny war wirklich ein Engel. Sie hatte Monetti bisher immer auf andere Gedanken gebracht, ihn erheitert, ihn abgelenkt. Monetti nickte. Das war der Plan für den Abend. Alles andere konnte bis morgen warten.

Monetti legte die Zigarette im Aschenbecher ab, erhob sich und ging zum Fenster. Vielleicht stand Jenny ja unten an der Straße. Das machte sie zwar nur selten, aber vielleicht hatte er Glück und brauchte gar nicht in den Club zu gehen, sondern konnte sie gleich raufholen. Er schob den Vorhang zur Seite und blickte auf die Felberstraße hinunter.

Mit einem Mal war die miese Stimmung vergessen. Jenny war vergessen. Alles war vergessen. Monettis Augen verengten sich zu schmalen Schlitzen. Direkt vor dem Haustor stand in zweiter Spur ein Streifenwagen mit Blaulicht. Monetti riss das Fenster auf und blickte die Felberstraße auf und ab. In der Ferne erkannte er noch ein Blaulicht. Er zögerte nicht lange.

Hoffmann lief vor dem Kommissariat hin und her. Da hörte er ein schnell heranbrausendes Auto. Windisch. Er war wohl mit Vollgas quer durch Wien gerast. Der Wagen bremste scharf und Hoffmann warf sich auf den Beifahrersitz. Er hatte noch nicht einmal die Tür richtig geschlossen, da drückte Windisch schon auf das Gas und fuhr bei Gelb über die Ampel.

„Den Sicherheitsgurt“, sagte Windisch mit einem kurzen Fingerdeut.

Hoffmann legte den Gurt an.

„Wir haben vor ein paar Stunden einen anonymen Anruf erhalten. Von einer Frau“, sprudelte Windisch los. „Zwei Kollegen waren dann unterwegs in so einem Waldstück bei Süßenbrunn und haben kontrolliert, ob sich da einer einen beschissenen Spaß mit uns erlaubt hat. Und siehe da, die Leiche ist genau dort gelegen, wo die Frau gesagt hat. Ich habe Obermeier bei mir auf die Fahndungsliste setzen lassen und als sich heraus gestellt hat, dass der gefundene Tote der Obermeier ist, bin ich verständigt worden. Bin gleich hinaus gefahren.“

Windisch lenkte sein Auto hochtourig durch den Verkehr.

„Gib mir mal eine Zigarette, Wolfgang.“

Hoffmann entnahm seiner Packung eine Zigarette, heizte sie an und steckte sie Windisch, während dieser weiterredete, in den Mund.

„Hab ich noch nie gesehen“, sagte Windisch finster. „Glatter Genickschuss.“

„Ein russischer Profikiller?“

„Weiß der Teufel. Aber ein Kunstschuss, kannst mir glauben. Ohne Schmauchspuren, also nicht aus nächster Nähe. Ich glaub, ich dreh durch. Deswegen drücke ich so auf's Tempo. Solche Leute haben bei mir oberste Priorität. Und was weißt du über den Fall?“

Die Reifen quietschten, als Windisch um eine Kurve fuhr.

Monetti knallte das Fenster zu und eilte zum Wandschrank. Er riss eine Reisetasche heraus, fasste schnell in das Waschefach und warf wahllos ein paar Kleidungsstücke in die Tasche. Dann schnappte er vom Schreibtisch die Kassette mit den Backup-CDs und packte sie in die Tasche. Zuletzt steckte er sich die angerauchte Zigarette in den Mundwinkel. Monetti schwitzte, aber er spulte sein Programm mit der Präzision einer Maschine ab. Zum Glück überließ er nichts dem Zufall und eine schnelle Flucht aus dieser Wohnung war ein Szenario, auf das er vorbereitet war. Er stieg in seine Schuhe, schlüpfte in die Jacke.

Dann langte er nach seinem Schlüsselbund und öffnete die Tür zum Abstellraum. Er riss die Tür des Schrankes im Abstellraum auf und suchte hektisch nach dem Schlüssel für den Waffenschrank. Monetti räumte mit schnellen Handgriffen den Schrank leer, Waffen und Munition verschwanden in der Reisetasche. Seine Pistole steckte ohnedies wie immer in seinem Schulterhalfter. Und wie immer war die Waffe geladen. Dann packte er den Benzinkanister.

Das war seine Idee gewesen. Ein Kanister mit zehn Litern Benzin. Monetti wusste, dass die gefinkelten EDV-Fuzzis der Kripo selbst auf neuformatierten Computern Dateien wiederherstellen konnten. Also selbst wenn Monetti Zeit gehabt hätte, sämtliche Dateien auf dem Computer zu löschen, hätte er nichts gewonnen. Die Festplatte und sonstige Speichermedien mussten schon wirklich physisch vernichtet werden. Und da war nun mal ein Zehnliterkanister eine wirklich brauchbare und schnell einzusetzende Methode.

Monetti schraubte den Verschluss des Kanisters auf. Ganz unwillkürlich fiel sein Blick auf die Blutspritzer auf der Wand im Vorzimmer. Ein böses Grinsen rutschte in seine Miene. Die Bullen würden in dieser Wohnung nichts anderes finden als Asche. Er verschüttete Benzin in der Küche, im Vorzimmer, im Wohnzimmer und warf schließlich den halbvollen Kanister unter den Schreibtisch. Das Benzin floss heraus und verteilte sich am Boden. Monetti rannte zur Wohnungstür, riss sie auf, packte die Reisetasche und lief auf den Flur. Der stechende Geruch von Benzin verfolgte ihn. Monetti saugte kräftig an seiner Zigarette. Er zündete gleich fünf Streichhölzer auf einmal und schnippte sie in die Wohnung hinein. Er konnte gerade noch die Wohnungstür zuwerfen, ehe ihn die Hitzewelle des entflammten Benzins erreichte.

Monetti warf sich die Tasche über die Schulter, schaute kurz in das Stiegenhaus, aber offenbar warteten die Bullen im Streifenwagen noch auf Verstärkung. Monetti nickte. Die Polizei hätte ihn nur aufhalten können, wenn schon ein paar Männer mit gezogener Waffe vor der Tür im Flur gestanden hätten.

Der schwere Mann lief mit überraschender Schnelligkeit die Treppe zum Dachboden hoch. Er sperrte die Tür zum Dachboden auf, trat ein und sperrte sie von innen wieder zu. Er griff zur Taschenlampe, die er selbst hier versteckt hatte, und lief im Lichtkegel der Lampe quer durch den verwinkelten Dachboden, bis er wieder zu einer Tür kam. Es war nicht üblich, dass die Dachböden zweier Häuser mit einer Tür verbunden waren, aber gerade dass es hier der Fall war, hatte seinerzeit den Ausschlag gegeben, dass Monetti und Wernheim die Wohnung bezogen hatten. Die Fluchtroute war seit langer Zeit getestet. Natürlich hing der richtige Schlüssel an Monettis Schlüsselbund. Er warf die abgerauchte Zigarette fort und öffnete das versperrte Schloss, hievte sich durch die Tür und versperrte sie wieder hinter sich.

Und weiter. Rauf auf das Dach des Nachbarhauses. Monetti rammte seine Schulter gegen die klemmende Luke. Kühler Abendwind empfing ihn. Monetti atmete schwer, aber er lief weiter über das Flachdach, kletterte über eine Leiter auf das Steildach des nächsten Hauses. Er lief geradeaus über den schmalen Rauchfangkehrersteg. Links und rechts fiel das Dach in die Tiefe. Monetti blickte hinunter auf die Felberstraße. Mittlerweile standen drei Polizeiwagen mit Blaulicht da, einer hielt quer über die Fahrbahn und blockierte somit die Straße. Die Polizei hatte nun auch Sirenen eingeschaltet. Zwei Häuser weiter stieg Qualm auf.

Monetti warf sich herum und rannte weiter, so schnell es eben auf dem schmalen Metallgerüst ging. Er kam auf das Dach des nächsten Hauses und stieg dort in die Luke. Das war der Abstieg, auch hier hielt ihn kein versperrtes Schloss auf. Er versuchte möglichst leise das Treppenhaus hinabzulaufen. Monetti atmete innerlich durch. Aus mehreren Türen kamen durch die Polizeisirenen aufgescheuchte Leute gelaufen und eilten voller Neugier auf die Straße. Monetti mischte sich unter die Leute. Er kam in einer Seitengasse aus dem Haus und marschierte auf und davon.

Er griff zu seinem Handy und wählte die Nummer Wernheims.

„Ich hab einen Informanten angeleiert. Er hat mir den Namen genannt. Und hat gesagt: höchste Sicherheitsstufe. Ein Zweierteam und einer der beiden ist ein knallharter Profi. Fix mit der Puffen."

„Der Kunstschütze?", fragte Windisch.

„Möglich. Und völlig irre. Kurt Wernheim, der andere des Teams, war einmal der Manager von Toni Berger."

„Von unserem Goldjungen aus der Gaulachergasse?"

„Genau."

Der Wagen bog in die Felberstraße ein. Das Gespräch der beiden Kripomänner erstarb jäh. Windisch trat auf die Bremse. Aus der Ferne sahen sie helle Feuerzungen und dichte Rauchschwaden aus einem Haus emporsteigen. Das unverkennbare Trompeten mehrerer Feuerwehrautos holte sie ein.

„Ach du Scheiße!", rief Hoffmann.

35.

Irene setzte sich in den Fauteuil, streckte die Beine von sich und ließ den Kopf in den Nacken sinken. Wie müde sie plötzlich war. Ein langer Tag. Sie begann mit den Fingerspitzen langsam und sanft ihre Schläfen zu massieren. Es klopfte. Zweimal kurz, zweimal lang. Irene sprang hoch und ließ Lidia ins Zimmer. Die Frauen küssten sich flüchtig zur Begrüßung.

„Endlich bist du da", sagte Irene und ließ sich wieder auf den Fauteuil plumpsen.

Lidia hockte sich wortlos auf das Bett und schaute in die Luft. Irene bemerkte Lidias Stimmung.

„Was ist los?", fragte sie.

„Der Abend hat sich total gezogen. Der hat ja überhaupt nicht mehr zu quasseln aufgehört."

„War dir langweilig?"

„Total."

Irene erhob sich, trat auf Lidia zu und drückte ihren Kopf sanft auf ihren Bauch.

„Mein Kätzchen, was hast du auf dem Herzen?"

Lidia entzog sich Irene.

„Gar nichts."

Irene setzte sich neben Lidia auf die Bettkante.

„Doch, irgendetwas stimmt nicht."

„Warum hast du den Typen mit ins Hotel geschleppt? Versteh ich nicht. Was soll das? Warum haben wir ihm nicht einfach die Koffer abgenommen? Wäre ein Kinderspiel gewesen. Du gehst mit ihm ins Kaffeehaus, ich hole mir die Magnetkarte für das Schließfach. Her mit den Koffern und Tschüs."

Lidia hatte natürlich Recht, das musste Irene zugeben. Sie hatte wohl zu lange gezögert.

„Jetzt wissen wir nicht, wo er die Koffer versteckt hat. Oder hat er dir etwas erzählt?"

Irene schüttelte verneinend den Kopf.

„Dafür bist du zwei Stunden mit ihm in der Hotelbar gesessen? Was habt ihr da eigentlich gequatscht?"

„Ma chérie, du hast völlig Recht. Wir hätten gleich zuschlagen sollen. Die Sache hat irgendwie eine merkwürdige Eigendynamik gekriegt. So etwas ist immer schlecht, so könnte man die Übersicht und die Kontrolle verlieren."

„Weißt du wenigstens, was in den Koffern drinnen ist?"

„Nein."

„Es könnten also auch die Schulfotos seiner Tante sein."

Irene lachte über diesen Gedanken.

„Glaube nicht, dass die netten Herren mit dem Peugeot deswegen Leute im Wald verscharren."

„Also, was hast du mit Fichte zwei Stunden lang in der Hotelbar gemacht? Normalerweise brauchen wir für einen Kunden halb so lange.“

Irene musterte kurz Lidias Profil. Da war mehr als nur Ärger über den langen Abend.

„Sag mal, höre ich da so etwas wie Eifersucht?“

Lidia sprang hoch, lief zum Schrank, öffnete ihn schwungvoll und packte ihre Toilettetasche.

„Was willst du von der Vogelscheuche? Wie der Kerl schon aussieht! So ein Waschlappen. Was findest du an dem?“

Irene erhob sich und ging langsam auf Lidia zu.

„Beruhige dich, mein Schatz. Ja, ich habe ihn lang und breit erzählen lassen. Ich habe mir seine mickrige Lebensgeschichte angehört. Ich habe nicht nach Informationen gebohrt, sondern einfach nur zugehört. Ich wollte einfach wissen, was er für ein Mensch ist.“

„Und, was ist er für ein Mensch?“

„Einer, der uns viel Geld einbringen wird“, hauchte Irene und umarmte Lidia.

Nach einiger Zeit erwiderte Lidia die Umarmung. Irene küsste Lidias Wange.

„Pass auf, du nimmst jetzt ein heißes Bad und danach creme ich dir den Rücken ein. Was hältst du von dem Vorschlag?“

Lidia löste sich schwungvoll aus der Umarmung.

„Aber eine Fußmassage kriege ich auch“, forderte Lidia keck lächelnd.

„Okay, die Fußmassage ist gebongt.“

„Borgst du mir deinen Rasierer?“

„Natürlich, aber hast du dir die Beine nicht erst neulich rasiert?“

Lidia ging mit wiegenden Hüften in Richtung Badezimmer.

„Und wenn ich mich nun zwischen den Beinen rasieren möchte?“

Irene verdrehte die Augen. So ein raffiniertes Biest.

„Dann borge ich dir den Rasierer erst recht.“

Lidia verschwand kokett lächelnd im Bad. Irene setzte sich wieder auf den Fauteuil. Nach ein paar Augenblicken verschwand ihr Lächeln. Wie wird es weitergehen? Was wird aus Fichtes Mutter? Und hat die Polizei ihren anonymen Anruf überhaupt ernst genommen? Irene fluchte in sich hinein. Und warum hatte sie Fichte so nahe an sich herangelassen? Predigte sie nicht seit Monaten, dass konsequente emotionale Distanz zur Kundschaft unbedingt notwendig war, um Erfolg zu haben? Irene versuchte sich zu sammeln, versuchte ihre Handlungsweise zu analysieren. Sie spürte mit einem Mal den ganzen Druck, der auf ihr lastete. Ihre Miene war hart und undurchdringlich. Sie grübelte in sich hinein.

Dann hörte sie ein geträllertes Lied aus dem Bad. Irene schob alles zur Seite und lächelte wieder. Mit raschen Griffen wischte sie ihre Kleidung fort. Wozu hatte denn das Hotelzimmer ein so geräumiges Bad und eine große Badewanne? Irene stieß die Tür zum Bad auf.

„Sag mal, ma belle, ist in der Wanne vielleicht noch ein Plätzchen frei?"

Es wirkte ziemlich lächerlich. Da stand ihm nun ein breiter Wandschrank in einem geräumigen Hotelzimmer zur Verfügung und darin befanden sich nur ein paar Wäscheteile. Fichte hatte seine Ersatzkleidung fein säuberlich ausgebreitet, aber egal wie er sie hin und her schob, der Schrank wurde nicht voller. Er blickte an sich herab. Er schämte sich. Hoffentlich würde er in der Nacht überhaupt ein Auge zutun können. Niemals hatte er in seiner Unterwäsche geschlafen. Er fand es irgendwie unzüchtig. Aber er hatte auf einen Pyjama vergessen, also blieb ihm keine andere Wahl.

Fichte ging in das Badezimmer und langte nach seiner Zahnbürste. Wie magnetisch wurde sein Blick vom großen Wandspiegel auf der gegenüberliegenden Seite angezogen. Er betrachtete sich von Kopf bis Fuß. Seine hagere Gestalt, das weiße Baumwollunterhemd, die dazu passende Unterhose, seine Knie, seine Oberschenkel, die schwarzen Socken. Was sollte ihm hier schon passieren? Niemand beobachtete ihn, er war frei und ungebunden. Warum also dieses krankhafte Schamgefühl? Fichte dachte an Irene. An ihre blauen Augen, an den eleganten Schwung ihrer Lippen, die traumhaft gerundete Bluse, die wunderbare Brüste vermuten ließ. Er hatte einfach erzählt, sein Innerstes geöffnet, hatte sich dieser großartigen Frau anvertraut, sein Herz ausgeschüttet und sie war nicht müde geworden, ihm zuzuhören. Wie war das früher immer wieder gewesen, wenn er eine Frau kennengelernt hatte? Kaum hatte er von sich erzählt, waren die Blicke abgeschweift, war das ihm entgegengebrachte Interesse mit freiem Auge sichtbar geschwunden. Nicht bei Irene. Fichte konnte gar nicht begreifen, dass eine so gebildete, selbstbewusste und außerordentlich schöne Frau sich für ihn interessierte. Und Interesse musste es sein.

Fichte stellte sich ihre Lippen vor.

Er streifte seine Unterhose ab und starrte auf das Spiegelbild seines Gliedes. Ohne hinzufassen erigierte es. Wie sehr er Sehnsucht nach ihr hatte. Was, wenn er nun hinüberginge, wenn er jetzt auf leisen Sohlen den Korridor zu ihrem Zimmer hinunter liefe, klopfte und bei ihr Einlass fand. Eine rote Rose im Mund, einen Hauch von feinem Rasierwasser auf der Haut, in einen purpurroten Seidenmantel gehüllt. Und sie empfing ihn ...

Jäh riss die Vision ab.

Fichte fand sich im Badezimmer eines Hotels wieder, bei vollem Licht mit heruntergelassener Unterhose. Gehetzt blickte er um sich, sein Gesicht lief knallrot an, schnell zog er die Unterhose wieder hoch, lief gebückt, um seine Erektion irgendwie zu verbergen, zum Bett und warf sich unter die Bettdecke. Fichte zitterte am ganzen Leib. Er vergnügte sich da, während sich seine Mutter in den Händen gefährlicher Verbrecher befand. Fichte zog sich die Bettdecke über den Kopf und wartete, bis er sich beruhigt hatte. Erst nach einer Viertelstunde erhob er sich wieder, eilte mit gesenktem Haupt ins Bad, vermied tunlichst einen Blick in den

Wandspiegel, putzte rasch die Zähne, knipste die Lichter aus und legte sich zu Bett.

Warum war er immer noch nicht frei? Warum ließ sie ihn einfach nicht gehen?

36.

Der Radiowecker sprang an, das penetrant gutgelaunte Geschwafel eines Radiomoderators lag plötzlich in der Luft, gefolgt vom Gedudel eines unbedeutenden Popsongs. Kurt Wernheim schlug nach dem Radio und traf die Ausschalttaste. Mühsam erhob er sich und blickte auf die Zeitanzeige. Sieben Uhr. Er hatte Kopfschmerzen und zu wenig geschlafen und dennoch kämpfte er sich hoch. Er musste es einfach. Wernheim taumelte in seinen Boxershorts durch das Schlafzimmer, griff nach dem Morgenmantel und öffnete die Tür. Barfuß lief er durch sein Haus in Richtung Wohnküche. Langsam wurde es kalt, zumindest in der Nacht. Der Herbst rückte immer näher.

Er kam ins Wohnzimmer und sah, dass Monetti die Tür zum Gästezimmer sperrangelweit offen gelassen hatte. Wernheim rieb sich den Schlaf aus den Augen, verzog missmutig sein Gesicht und ging auf das Gästezimmer zu. Wie das fette Schwein stank. Der ganze Raum war erfüllt von seiner Ausdünstung. Wernheim packte die Türklinke und warf die Tür schwungvoll zu. Dann marschierte er in die Küche und setzte eine große Kanne Kaffee auf. Er hatte einen bitteren Geschmack auf der Zunge. Wernheim war nur Gelegenheitsraucher und gerade jetzt war eine Gelegenheit. Monettis Zigaretten lagen am Küchentisch, Wernheim nahm eine aus der Packung, entflammte sie und wartete, bis das heiße Wasser durch den Kaffeefilter tropfte. Der Geruch des Kaffees weckte seine Sinne. Wernheim hörte schwere Schritte, dann wie die Toilettentür zuflog. Sein Partner war also schon aufgewacht.

Wernheim schaute aus dem Küchenfenster auf die Hügellandschaft und die über den Hügeln verstreuten Villen. Die

Sonne vertrieb ein paar Nebelschleier. Auf einer Straße am gegenüberliegenden Hang rollte langsam ein Auto. Selbst aus der Ferne konnte Wernheim erkennen, dass es sich dabei um eine Luxuskarosse handelte. Er war endlich da, wo er immer schon hingewollt hatte. Er war ein reicher Mann. Er besaß eine zwar nicht allzu große, aber total schicke Villa mit gepflegtem Garten, Sauna und Swimmingpool, drei Autos und eine Geldbörse voller Geldscheine. Allerdings bei weitem zu wenig Geldscheine, um die vierhunderttausend für Vitali zusammenzukratzen.

Wernheim schenkte sich eine Tasse Kaffee ein und nippte daran. Heiß, schwarz und stark, der Kaffee würde ihn wieder auf die Beine bringen. Er ging ins Wohnzimmer.

Die Toilettenspülung rauschte und Monetti kam ebenfalls ins Wohnzimmer. Die beiden Männer begrüßten einander nicht, ja, sie wichen einander mit den Blicken aus. Monetti schlurfte in die Küche und holte sich ebenso eine Tasse Kaffee. Wernheim kratzte die Bartstoppel auf seiner Wange. Monetti wurde untragbar, ein Sicherheitsrisiko, dachte Wernheim. Zuerst knallte er Rudi mir nichts, dir nichts ab, dann steckte er die Wohnung in Brand. Was kam als nächstes? Wernheim musste auf alles gefasst sein. Zu Beginn war ihre Zusammenarbeit ganz ausgezeichnet abgelaufen, sie hatten sich in der Szene außerordentlich schnell durchgesetzt. Wernheims Fähigkeiten als Manager, als Drahtzieher, als Kundenfänger und Monetti mit seinen erstklassigen Verbindungen in die Unterwelt. Sie waren von allen sofort ernst genommen worden, auch als sie noch kleine Fische waren. Und Wernheim musste es zugeben, Monettis Auftreten hatte ihm bei so manchen Verhandlungen geholfen. Er hatte nur mit böser Miene und verschränkten Armen im Raum stehen müssen und schon hatte Wernheim wenig Mühe gehabt, seine Forderungen durchzubringen. Niemand legte sich leichtfertig mit einem Mann wie Monetti an. Aber jetzt lief der Kerl Amok. Anders konnte man es nicht bezeichnen.

Wernheim stellte die Kaffeetasse ab und überblickte die Sammlung auf dem Tisch. Bis auf seinen eigenen 38er Revolver hatte Monetti die Waffen besorgt. Ohne lästige Polizeikontrolle, versteht sich. Die zwei Bleispritzen waren nicht ohne. Wernheim hatte zwar erst einmal probeweise damit geschossen, aber das genügte, um zu wissen, was man mit solchen Waffen anrichten konnte. Im Schnellfeuerbetrieb waren das absolut tödliche Dinger. Produziert für den amerikanischen Streetgang-Markt. Die Pumpgun war etwas für Monetti, diese Waffe interessierte Wernheim nicht. Er langte nach der Glock und prüfte das Magazin. Das war eine prima Knarre. Ein österreichisches Produkt, extrem leicht und handlich. Die hiesige Polizei verwendete die Glock als Dienstpistole. Sein 38er, die Glock und für eine echte Krise eine Bleispritze. So bewaffnet konnten die Bullen oder Vitalis Killer schon mal kommen.

Monetti setzte sich ebenfalls an den Tisch.

„Ich nehme die Glock und eine Automatik. Hast du noch ein zweites Schulterhalfter?"

Monetti nickte kurz mit verschwollenen Augen. Er schüttete den Kaffee in sich hinein.

Wernheim zählte fünf Magazine für die Glock. Das sollte wohl fürs Erste reichen. Nicht zuletzt, weil er für seinen Revolver auch noch zweihundert Patronen hatte. Wernheim zielte mit der geladenen und entsicherten Glock auf die Stehlampe im Zimmer. Ein Gedanke zuckte durch seinen Kopf. Ein genialer Gedanke. Was wäre, wenn er alles, also auch das Haus, zu Geld machen und einfach von der Bühne verschwinden würde? Ab nach Brasilien. Oder Thailand. Ohne Spuren einfach abhauen. Und der Scheißkerl Monetti sollte sich alleine mit Vitali abstressen.

„Heute ist er fällig", brummte Monetti.

„Wer? Fichte etwa?"

„Ja."

Wernheim verzog seine Miene. Er hatte den Glauben verloren, Fichte noch zu erwischen. Nicht, seit er es offensichtlich geschafft hatte, seine Mutter aus dem beschissenen Altenheim rauszuschaffen. Nein, die siebenhunderttausend waren weg. Also galt es, auf die neue Situation zu reagieren. Umdenken, das war die Devise. Wernheim schaute kurz zu Monetti, der nach der Pumpgun langte. Denken, damit hatte der fette Bastard so seine Probleme. Und das war Wernheims Chance. Vielleicht seine einzige in der gegenwärtigen Situation.

Wolfgang Hoffmann stieg aus der Straßenbahn und überquerte die Straße. Er blickte kurz auf seine Uhr, als er das Kommissariat betrat. Ein paar Minuten vor acht. Er war ja heute relativ früh dran. Wie er es bloß geschafft hatte, so früh aus den Federn zu kommen, war ihm ein Rätsel. Früh, wenn man wusste, dass er gegen Mitternacht das Kommissariat verlassen hatte und mit dem Taxi nach Hause gefahren war. Schade nur, dass er Sigrid nicht wieder in der Straßenbahn getroffen hatte. Allerdings wäre ihm an diesem Morgen die Konversation nicht leicht gefallen. Nicht einmal sechs Stunden Schlaf war einfach zu wenig, um gleich morgens etwas Smalltalk führen zu können.

Hoffmann grüßte zwei uniformierte Kollegen, die eben das Gebäude verließen. Er lief durch Gänge und über Treppen, bis er vor dem Büro stand. Er trat ein.

„Guten Morgen“, sagte er zu seinem Kollegen Assmann, der eben seinen Computer hochfuhr.

„Morgen“, gab Assmann einsilbig zurück.

„Und, wie geht’s?“

„Wie immer“, sagte Assmann mürrisch.

„Schlecht geschlafen?“

„Geht dich das irgendwas an?“

Hoffmann verdrehte die Augen. Kaum im Büro, schon ging es gleich mit mieser Stimmung los. Die Türe wurde aufgeworfen.

„Morgen, die Herren“, sagte Major Koller.

Die beiden Beamten grüßten ihren Vorgesetzten. Hoffmann registrierte, dass Major Koller immer häufiger morgens in ihr Büro rauschte. Eine neue Methode der Kontrolle? Oder der Versuch, so etwas wie Kommunikationskultur einzuführen? Oder war beides vielleicht ein und dasselbe?

„Wie stehen die Ermittlungen? Neue Erkenntnisse? Hat mir irgendjemand eine schlechte Nachricht zu übermitteln? Oder gibt's etwas zu beichten?"

Hoffmann schmunzelte in sich hinein. Also doch die Kommunikationsschiene. Hatte der Herr Major womöglich einen Workshop für Führungstechnik besucht? Oder las er ein Buch darüber? Sein Versuch, das Gespräch mit seinen Mitarbeitern zu suchen, wirkte in jedem Fall etwas hölzern. Hoffmann war zwar übermüdet und er neigte bei Müdigkeit zur Gereiztheit, aber diesmal nahm er es eher von der heiteren Seite. Er steckte viel zu tief in einem schmutzigen Fall drinnen, um sich von Koller aus der Reserve locken zu lassen. Vielleicht aber andersrum.

„Na ja, was meinen Sie mit beichten?", fragte Hoffmann fast ein wenig zu beiläufig.

Koller zog sofort die Brauen hoch.

„Damit meine ich, ob jemand etwas getan hat, das mir vielleicht ein Magengeschwür bringen könnte."

„Ach so. Nein, da ist nichts", sagte Hoffmann und setzte sich.

Kollers Nackenmuskeln spannten sich und er trat an Hoffmanns Schreibtisch heran.

„Aber irgendetwas haben Sie mir zu sagen."

„Eigentlich habe ich Ihnen ziemlich viel zu sagen. Wir haben tatsächlich eine Menge neuer Erkenntnisse."

Kollers Blutdruck fuhr sichtlich in die Höhe.

„Moment, bleiben wir doch noch mal beim Thema Beichten. Irgendetwas haben Sie doch. Rücken Sie raus damit."

Hoffmann blickte seinen Vorgesetzten ausdruckslos an.

„Herr Major, zum Beichten würde ich, wenn ich religiös wäre, in die Kirche gehen. Aber ich halte mich lieber an Fakten, schließlich bin ich Polizist."

Kollers hoher Blutdruck schien sich durch Hoffmanns trockene Ironie nicht gerade zu senken.

Es klopfte. Die drei Polizisten blickten zur sich öffnenden Tür. Herein traten Gerald Windisch und Doktor Pokorny, der Leiter des Kommissariats im Range eines Oberstleutnants.

„Ah, das trifft sich ja bestens, dass Sie auch da sind, Herr Major", sagte Pokorny und schüttelte den drei Männern zur Begrüßung die Hand. „Wunderbar, da habe ich das gesamte involvierte Ermittlerteam beisammen. Schießen Sie los."

Pokorny stellte sich zum Fenster und blickte in die Runde. Hoffmann war über das Auftauchen des Leiters des Kommissariats in seinem Büro nicht erstaunt. Er musterte den schlanken Mann mittlerer Größe. Wie immer trug der Mittfünfziger seinen grauen Vollbart kurz geschnitten, war in vornehme, aber doch sehr lockere Kleidung gehüllt und strahlte Verständnis und Anteilnahme aus. Hoffmann wusste zu gut, dass Pokorny tatsächlich sehr verständnisvoll war, dass er immer versuchte, Kompromisse zu finden, dass aber hinter dieser sehr menschlichen Seite auch ein kühler, analytischer Verstand arbeitete. Nebenbei hatte Pokorny die erstaunliche Fähigkeit, genau zuhören zu können und aus dem Gehörten auch schlau zu werden. Hoffmanns Vertrauen in die Polizei als Institution war intakt, solange es Chefs gab wie Doktor Pokorny. Etwa die Wahl seines Standortes. Er hatte seine Leute vor sich im durch das Fenster hereinbrechenden Licht. Es waren oft Kleinigkeiten, die den gigantischen Unterschied zwischen Leuten wie Koller und Pokorny ausmachten. Und ganz gewiss entging Pokorny nicht, dass die Stimmung im Zimmer, in welches er da getreten war, alles andere als gut war. Und Kollers Gesichtsfarbe war ohnedies nicht zu übersehen.

„Tja", eröffnete Gerald Windisch, „der Kollege Hoffmann und ich haben gestern Abend eine Sonderschicht eingelegt. War ja nach den Vorfällen nötig."

Pokorny nickte.

„Haben Sie schon von dem Brand in der Felberstraße gehört?", fragte Pokorny Koller.

„Als ich heute früh gekommen bin, haben mir die Kollegen vom Journaldienst davon erzählt."

„Ja, da habe ich auch davon erfahren", sagte Pokorny. „So und nun setzen Sie mich bitte über diesen Fall in Kenntnis."

„Erstens“, begann Hoffmann aufzuzählen, „lauert die Presse auf jede Nachricht über den Tod von Toni Berger. Und mit dem Berger hat alles begonnen, obwohl sein Tod definitiv selbstverursacht war. Aber der Berger hat da offenbar in einer Szene drinnen gesteckt, die uns jetzt massiv Probleme macht.“

„Genau“, übernahm Windisch das Wort. „Der Kollege Hoffmann hat in den letzten Tagen Druck gemacht, um einen gewissen Rudolf Obermeier zu finden. Ich habe daraufhin meine Kanäle aufgemacht, aber leider zu spät.“

„Obermeier, das ist der Tote aus Süßenbrunn?“

„Richtig. Herr Oberstleutnant, ich habe den Bericht von der Ballistik und der Gerichtsmedizin hier“, sagte Windisch, legte die Mappe, die er unter den Arm geklemmt hatte, auf Hoffmanns Schreibtisch ab und zog zwei Papiere heraus. „Auf einen Nenner gebracht: Obermeier ist aus mehreren Metern Entfernung genau in das Genick getroffen worden. Und zwar nicht von einem Scharfschützen mit einem Gewehr, sondern von einer hundsgemeinen Pistole mit Kaliber neun Millimeter. Wer so schießt, Herr Oberstleutnant, ist zu allem fähig. Selbst wenn es ein Glückstreffer war. Mir stellt es die Haare auf. Der Täter ist in jedem Fall kein kleiner Gassenbub.“

„Dazu passt ja auch der Brand“, spann Pokorny den Faden weiter.

„Es ist nicht klar“, sagte Hoffmann, „ob das derselbe Täter gewesen ist oder einer aus der Gruppe, in jedem Fall weist die Vorgangsweise auf rücksichtslose Entschlossenheit hin. Der Sachverständige von der Feuerwehr hat mir gestern Nacht nach einem ersten Lokalaugenschein gesagt, dass in der Wohnung, nur wenn ein Wunder geschehen ist, irgendwelche brauchbaren Spuren übriggeblieben sind.“

„Starker Tobak.“

„Außerdem gibt es da zwei Einbrüche in der Billrothstraße, die mit dem Fall eindeutig zu tun haben“, sprach Hoffmann weiter. „Nur es ist uns leider noch nicht klar, wie und warum. Gerhard, hast du da etwas rausgekriegt?“

Alle schauten Gerhard Assmann an, der sichtlich einen Augenblick brauchte, um in der Gegenwart seines obersten Bosses den richtigen Ton zu treffen.

„Äh, ja. Schon. Da ist was."

Assmann blätterte in seinen Papieren herum.

„Der Kollege Assmann", sagte Hoffmann zu Pokorny, „hat sich dankenswerterweise um diese Einbruchsgeschichte gekümmert."

Pokorny nickte und wartete, bis Assmann das entsprechende Papier gefunden hatte.

„Da haben wir es. Die Spurensicherung hat in den beiden Wohnungen in der Billrothstraße bis auf einen Einzelfall keine verdächtigen Fingerabdrücke gefunden. Die Täter haben mit Handschuhen gearbeitet, haben zwar in der Wohnung von Franz Obermeier alles durcheinander geworfen, aber sonst keinerlei Hinweise hinterlassen. Übrigens ist der besagte Franz Obermeier gestern Vormittag ins Krankenhaus eingeliefert worden. Nach einhelliger Aussage der anderen Bewohner des Hauses ist er im Stiegenhaus gestürzt, aber ob irgendein Zusammenhang mit den Einbrüchen besteht, ist derzeit noch nicht klar. Werde den alten Herren heute mal vernehmen. Noch etwas Merkwürdiges ist passiert. Die Mieterin der zweiten aufgebrochenen Wohnung, Therese Fichte, ist vom Altenheim Lainz als vermisst gemeldet worden."

Pokorny kratzte seinen Bart.

„Alles sehr undurchsichtig. Was ist mit dem Einzelfall bei den Fingerabdrücken?"

„Ach ja. In Therese Fichtes Wohnung wurde ein einziger Fingerabdruck gefunden, der aus der Reihe tanzt. Und zwar auf einem Adressbuch. Ich bin in der Datenbank fündig geworden. Der Fingerabdruck gehört zu einer gewissen Lidia Simić, zwanzig Jahre. Sie ist wegen gewerbsmäßigen Diebstahls vor drei Jahren zu einer bedingten Strafe verurteilt worden, hat aber seither nichts mehr ausgefressen."

Hoffmann verzog das Gesicht.

„Wird ja immer irrer. Da soll sich noch einer auskennen."

„Was ist noch bekannt?“, fragte Pokorny weiter.

„Die Wohnung in der Felberstraße ist an eine deutsche Firma vermietet“, sagte Windisch. „Infotechnik aus Hannover. Der Peugeot, der uns schon bei diesem anonymen Anruf bekannt gegeben wurde, ist ein Firmenfahrzeug einer gewissen Firma Datentechnik aus Darmstadt. Ich habe mit meinem Kontaktmann beim deutschen BKA telefoniert und ihn gebeten, diese Firmen mal unter die Lupe zu nehmen.“

„Das klingt irgendwie nach einem Geflecht von Scheinfirmen“, warf Pokorny ein.

„Der Verdacht liegt nahe. Zeigt aber umso deutlicher, dass sich da jemand viel Mühe gemacht hat. Die Bande ist bestens organisiert.“

„Was war das überhaupt für ein anonymer Anruf?“

„Schwer zu sagen, wer uns da den Tipp gegeben hat. Der Anruf kam aus einer Telefonzelle, war kurz und präzise. Ich habe die Aufzeichnung davon gesichert. Ein Toter liegt da und da, zwei Männer waren es, die mit diesem und jenem Auto gefahren sind. Und sie wohnen an dieser Adresse. Ende. Aufgelegt. Es gibt so viele Möglichkeiten, warum der Anruf gemacht worden ist. Es wäre reine Spekulation, darüber zu reden. Faktum ist, dass wir ohne diesen Anruf die Leiche vielleicht in einem halben Jahr gefunden hätten. Oder vielleicht auch nie. Sie war gut verscharrt.“

„Was wissen Sie über die Bande?“

Windisch schaute zu Hoffmann, die Blicke der anderen folgten.

„Wir kennen einen Namen. Den habe ich von einem Informanten bekommen. Kurt Wernheim. Er war einmal Sportmanager und hat unter anderem dem verstorbenen Toni Berger zu seinen schnell wieder verprassten Millionen verholfen. Und ganz bestimmt hat er ganz fein mitgeschnitten. Aber das Leben als Sportmanager hat halt auch Höhen und Tiefen und der Berger ist eigentlich nur kurze Zeit im Rampenlicht gestanden. Wernheim selbst war mal in eine Kokainaffäre verwickelt, nichts Ernstes, aber für uns ein klarer Hinweis. Scheinbar war die Gier nach viel Geld größer als die Begeisterung für den Sport. So wie es aussieht, hat Wernheim seine Karriere mehr in Richtung Drogenhandel verschoben. Er arbeitet mit einem Partner zusammen, der aus der Unterwelt kommt. Von diesem Mann haben wir noch nichts Greifbares in der Hand. Ich höre schon seit über einem halben Jahr Gerüchte von zwei Deutschen in der Wiener Szene, aber die waren bis jetzt dünner als Luft. Ich weiß mittlerweile, dass die beiden im Ost-Westhandel tätig sind. Sie kaufen en gros bei russischen Großhändlern und haben ihre Absatzmärkte in ganz Deutschland. Irgendetwas muss passiert sein, was den bisher reibungslosen Geschäftsablauf gestört hat."

„Und so wie die Sache derzeit ausschaut, kann jeden Augenblick wieder etwas passieren", ergänzte Windisch.

Pokorny überdachte das Gehörte. Hoffmann ließ seinen Blick kreisen. Assmann war Feuer und Flamme für den Fall, Windisch überlegte wahrscheinlich schon die nächsten Schritte und Major Koller stand etwas verdattert da und sah, dass da eine brandheiße Ermittlung an ihm vorbei lief. Doktor Pokorny holte tief Luft.

„Meine Herren, ich danke für die Ausführungen. Mir gefällt Ihre Vorgangsweise ausgesprochen gut, ich sehe mit Freude, dass die Kommunikation zwischen den Fachgruppen so gut funktioniert. Das ist das eine. Das andere ist nun der Fall. Sie wissen selbst am besten, wie Sie vorzugehen haben, Sie haben in jedem Fall meine volle Rückendeckung. Und da wir hier hinter deutschen Staatsbürgern hinterher fahnden und das BKA zweifellos Interesse an unseren Fortschritten haben wird, bitte ich Sie, die Informationen über mich zu kanalisieren. Ich werde gleich im Anschluss ein paar Telefonate führen. Ausgenommen natürlich die Kontakte, die Herr Windisch mit seinem Ansprechpartner hat. Gibt es sonst noch etwas?"

Die Männer verharrten einige Augenblicke schweigend.

„Gut", fuhr Pokorny fort. „Herr Koller, folgen Sie mir bitte in mein Büro. Die Herren wissen, was zu tun ist, bitte weitermachen."

Damit verließ Pokorny mit Koller im Schlepptau das Büro.

„Wer will einen Kaffee?“, fragte Hoffmann seine beiden Kollegen und trat an die Kaffeemaschine.

Irene ging über den weichen Spannteppich im Foyer des Hotels. Sie fühlte sich gut, ihre Akkus waren nach dem erholsamen und tiefen Schlaf der Nacht wieder geladen. Sie war mit einem hellgrauen Businesskostüm bekleidet, ihre Schuhe waren elegant, aber dennoch bequem, sie trug ihr Haar hochgesteckt. Sie hatte nur ganz sparsam Schminke aufgetragen. Irene musterte im Vorbeigehen ihr Spiegelbild in einem großen Wandspiegel beim Empfang. Sie würde problemlos als Managerin eines mittelständischen Industriebetriebs durchgehen. Die Beretta steckte wie immer, wenn sie arbeitete, in ihrer Handtasche.

„Guten Morgen, gnädige Frau.“

Sie lächelte den Portier, den sie schon bei ihrer Ankunft hier kennengelernt hatte, offen und freundlich an.

„Guten Morgen.“

„Ist alles zu Ihrer Zufriedenheit? Kann ich Ihnen irgendwie behilflich sein?“

„Nun, ich wollte Ihnen nur sagen, dass mich geschäftliche Angelegenheiten für unbestimmte Zeit hier halten werden. Ich kann noch nicht sagen, wann ich wieder abreise. Und ich brauche auch den Mietwagen länger als gedacht.“

Der Portier winkte ab.

„Kein Problem, gnädige Frau, ich werde das mit dem Autoverleih gleich klären. Und was das Zimmer anbelangt, da machen Sie sich keine Sorgen. Sie sind herzlich gern unser Gast, solange es Ihre Angelegenheiten erfordern.“

Der Kerl war richtig drollig. Irene schenkte ihm ein strahlendes Lächeln und schob einen Zwanzigeuroschein über den Tresen.

„Ich danke für Ihre Mühe. Wo kann ich frühstücken?“

„Geradeaus durch diesen Gang ist der Speisesaal. Es ist schon angerichtet.“

Irene durchmaß den Gang und sah schon auf den ersten Blick Fichte an einem Tisch sitzen. Er schaute in ihre Richtung und winkte ihr grüßend zu. Sie erwiderte den Gruß. Offenbar hatte er schon auf ihr Erscheinen gewartet. Irene wandte sich dem Frühstücksbüffet zu. Sie belegte ihren Teller reichlich, denn gestern hatte sie wenig gegessen und wer wusste, ob sie heute noch mal Gelegenheit für ein anständiges Mahl hatte. Beim Fräulein am Büffet bestellte sie eine Kanne grünen Tee, danach ging sie auf Fichtes Tisch zu.

„Guten Morgen, Irene“, sagte er, während er sich erhob, auf ihre Seite eilte und ihr den Stuhl rückte.

„Guten Morgen. Und, haben Sie gut geschlafen?“

„Um ehrlich zu sein, nein. Ich lag lange wach und bin nachts auch einige Male wachgeworden.“

Fichte setzte sich wieder.

„Sie entschuldigen, dass ich schon zu essen begonnen habe.“

„Sie konnten ja nicht ahnen, wann ich auftauchen werde. Also gibt es nichts zu entschuldigen.“

„Und, wie haben Sie geschlafen?“

Irene nickte.

„Gut und erholsam.“

Damit wandten sie sich ihren Tellern zu. Das Fräulein brachte die Kanne mit dem grünen Tee. Irene schenkte sich eine Tasse ein und nippte daran.

„Sagen Sie mal, Irene, worin besteht denn nun Ihre Arbeit?“

Irene blickte über den Tassenrand direkt in Fichtes Augen. Sofort wurde er verlegen.

„Nun, ich meine, ich habe noch nie eine Privatdetektivin getroffen. Ich kenne mich mit Ihrer Arbeit ganz und gar nicht aus. Sofern die Antwort auf eine Frage wie diese nicht Ihr Verschwiegenheitsgebot, das in Ihrem Beruf gewiss Geltung hat, verletzt.“

Irene stellte schmunzelnd die Tasse ab.

„Also ein Verschwiegenheitsgebot, wie Sie das nennen, ist mehr eine Sache, die zwischen Kunden und Detektiv geregelt wird.

Natürlich kann ich nicht über die Straße laufen und jedem meine Arbeit im Detail darlegen. Aber im Großen und Ganzen ist die Arbeit als Detektiv eine mühsame und kleinliche Suche nach Informationen. Ich bin also in der Informationsbranche."

„Und dieser Fall, an dem Sie gerade arbeiten, ich verstehe nicht, wie dieser Fall Sie zu mir geführt hat."

Irene rührte langsam einen Teelöffel Honig in ihr Müsli.

„Mein Spezialgebiet ist die Finanzwelt. Sie sind nicht der erste Ex-Buchhalter einer renommierten Firma, mit dem ich zu tun gehabt habe. Seit der Übernahme der Firma durch dieses Konsortium sind namhafte Beträge verschiedener Firmen auf bisher unerklärliche Weise verschwunden. Meine Auftraggeber hätten natürlich auch zur Wirtschaftspolizei gehen können, aber die Polizei geht üblicherweise mit sehr wenig Spürsinn und ohne jegliches Fingerspitzengefühl an die Arbeit. Gewieften Betrügern ist es ein Leichtes, der Polizei ein Schnippchen zu schlagen. Und da komme ich ins Spiel. Ich bin der Spürhund, der den Fuchs aufstöbert, wenn er sich sicher fühlt, wenn er nicht einmal ahnt, dass ihm jemand auf der Fährte ist. Ich hoffe, Sie können mir bei meiner Arbeit ein klein wenig unter die Arme greifen. Würden Sie das tun, lieber Eberhard? Meine Auftraggeber haben mich auch ermächtigt, Ihnen ein für Ihre Kooperation und Leistung angemessenes Honorar in Aussicht zu stellen."

Irene lehnte sich zurück. Wie gut, dass sie ihn gestern Abend in der Hotelbar hatte reden lassen. Es war ein Kinderspiel aus all den Informationen eine mehr als plausible Geschichte zu konstruieren. Und Fichte schien die Story nicht nur zu schlucken, sondern sogar zu genießen.

„Ich muss gestehen, dass mich der Gedanke, diese Finanzhaie, die in der Firma jetzt das Sagen haben, auffliegen zu lassen, mehr als reizt. Aber wie ich Ihnen schon sagte, ich habe da dieses Problem mit dem Verschwinden meiner Mutter. Also, ich weiß nicht, was ..."

Irene legte plötzlich ihre Hand auf die seine. Fichte starrte auf ihren Handrücken. Er war sprachlos.

„Wissen Sie was, Eberhard, machen wir doch ein Geschäft. Ich helfe Ihnen bei Ihrem Problem und Sie helfen mir bei meinem. Und ich habe da auch schon eine Idee, wie wir das anstellen können."

Fichte starrte Irene voller Hoffnung, Begeisterung und Sehnsucht an. Sie zog ihre Hand zurück, fasste den Löffel und tauchte ihn in das Müsli.

„Tatsächlich?"

„Ideen sind mein Job."

Irenes lächelte und nickte unmerklich Lidia zu, die sich eben an einen Tisch am anderen Ende des Speisesaals setzte. Irene war zufrieden. Sie war wieder dran, und näher als je.

37.

Hoffmann ging die Treppe hinunter. Windisch, Assmann und er hatten nach der Besprechung mit Doktor Pokorny ihre Vorgangsweise abgestimmt. Heute würde er wohl wenig Zeit haben, um für Koller Berichte zu tippen, er würde andauernd unterwegs sein. Und das ohne Auto. Sollte er sich einen Dienstwagen besorgen? Hoffmann entschloss sich für die Straßenbahn. Wozu hatte er sonst die Wochenkarte gekauft?

„Guten Morgen, Herr Hoffmann."

Er tauchte aus seinen Gedanken hoch. Ein Lächeln wischte über seine grüblerische Miene.

„Guten Morgen", grüßte er Sigrid Körner. Und erst danach den jungen Kollegen, der neben ihr in Richtung Ausgang ging.

„Heute früh habe ich Sie gar nicht in der Straßenbahn getroffen", sagte sie.

„Ich bin zeitig los."

Hoffmann sah, dass der junge Kollege, der sich schweigend im Hintergrund hielt, einen Autoschlüssel in der Hand hielt.

„Unterwegs zur Streife?"

„Ja", antwortete der Kollege.

„Können Sie mich ein Stückchen mitnehmen? Ich müsste in die Felberstraße."

Sigrid Körner lächelte Hoffmann an.

„Da müssen wir sowieso hin. Zu dieser Brandruine. Wachablöse."

Wie fit er sich fühlte, wie gut gelaunt, wenn sie ihn anlächelte.

„Dann haben wir denselben Weg."

Die drei gingen zum Parkplatz der Einsatzautos und setzten sich in einen Wagen. Hoffmann nahm als Fahrgast im Fond Platz. Der junge Kollege schien durch Hoffmanns Anwesenheit irgendwie irritiert zu sein. Darauf konnte Hoffmann keine Rücksicht nehmen. Sigrid Körner saß am Beifahrersitz, sie blickte kurz über die Schulter nach hinten.

„Was war denn da eigentlich los? Wir haben bis jetzt nur von diesem Brand gehört."

„Tja, offenbar hat da ein schwerer Bruder einen raschen Abgang gemacht. Hat wohl gemerkt, dass ein Streifenwagen mit Blaulicht vor der Tür steht und hat seine Räuberhöhle picobello abgefackelt."

Sigrid Körner pfiff durch die Zähne.

„Das sind Zustände. Ist der Täter entkommen?"

„Wir wissen nicht einmal, ob es ein Täter war oder mehrere. Wir wissen gar nichts, außer dass die Feuerwehr ziemlichen Stress gehabt hat, um das Feuer zu löschen. Fast wäre das ganze Haus abgebrannt."

Nach einer Weile hielt der Wagen vor dem Haus. Die Straße war längst nicht mehr blockiert, aber vor dem Häuserblock hatte man die Parkplätze für Privatautos gesperrt. Autos der Spurensicherung, der Feuerwehr und noch ein weiterer Streifenwagen standen da. Die Besatzung des Streifenwagens fuhr ab, als ihre Ablösung kam. Der junge Polizist schien nichts dagegen zu haben, seinen Posten vor dem Haus einzunehmen. Hoffmann und Sigrid Körner gingen die Treppe hoch. Im Stiegenhaus roch man schon unverkennbaren Brandgeruch, der stärker wurde, je höher sie kamen.

„Na das muss ja ein Riesenfeuer gewesen sein", murmelte Körner.

„Die ganze Straße war hell erleuchtet. So etwas hab ich noch nie gesehen."

„Waren Sie dabei?", fragte sie erstaunt.

„Dabei? Ich bin weit im Hintergrund gestanden und hab der Feuerwehr bei der Arbeit zugesehen. Ziemlich eindrucksvoll, muss ich sagen. Das sind echte Vollprofis."

„Der Brand war nachts und frühmorgens sind Sie schon wieder im Kommissariat. Wann schlafen Sie?", fragte sie wirklich erstaunt.

„Ich schlafe im Büro. Beim Tippen der Berichte."

Sigrid Körner lachte. Hoffmann musste sich zusammenreißen, er kämpfte den Wunsch nieder, sie mitten auf der Treppe zu umarmen und zu küssen. Dann standen sie vor der fast vollständig verkohlten Wohnungstür. Hoffmann schnappte nach Luft.

„Servus, Wolfgang!", rief ein Mann aus der Wohnung heraus und ging auf Hoffmann zu. „Na, das ist ja mal ein Schmankerl, nicht wahr?"

„Hallo, Karl", antwortete Hoffmann und trat in das völlig verrußte Vorzimmer. Der Boden knirschte bedrohlich.

„Kannst ruhig reinkommen, der Bodenbelag ist zwar vollkommen hinüber, aber die Decke hält. Die Kollegen von der Feuerwehr haben das schon gecheckt. Streif nirgends an, sonst schaust am Ende noch so aus wie ich."

Hoffmann musterte kurz Karl Sattler, seinen Bekannten von der Spurensicherung. Die weiße Schutzkleidung war von oben bis unten voller Ruß.

„Du schaust aus wie ein Freizeitrauchfangkehrer", sagte Hoffmann schmunzelnd.

Sattler lachte herzhaft.

„Willst eine Sightseeingtour?"

„Wenn möglich."

„Viel mehr als Asche wirst du nicht sehen, aber komm mit."

Die beiden Männer gingen durch die Wohnung. Sigrid Körner folgte ihnen. Hoffmann schaute sich genau um.

„Das ist einmal das Wohnzimmer gewesen. Der Aschehaufen da war einmal ein Wandschrank mit Fernseher. Da hinten war ein Schlafzimmer. Der Raum vor uns ist interessant. Komm mit. Schau her. Hier ist einmal ein Schreibtisch gestanden. Man sieht noch ziemlich genau die Bestandteile. Das war eindeutig ein Computer. Da der Bildschirm, das Rechnergehäuse, hier ein Drucker. Ganz bestimmt ein großer und leistungsfähiger Laserdrucker.“

Hoffmann starrte auf einen Berg von verkohlten Teilen. Er sah nichts außer Asche, aber er vertraute Sattlers Aussagen.

„Anhand der Größe des Rechners und des Druckers und auch der vorhandenen Telefonnetzanschlüsse war das hier ein kleines Rechenzentrum. Verwette mein Mittagessen, dass deswegen die ganze Bude in Flammen aufgegangen ist. Der freundliche Mieter dieser Wohnung hat ganze Arbeit geleistet. Spuren werden wir praktisch keine finden. Erwarte dir nicht viel von unserem Bericht. Aber eines wird dich noch interessieren.“

Sattler drängte sich an Hoffmann und Sigrid Körner vorbei. Sattler ging ins Vorzimmer und wies in die Abstellkammer.

„Die Besenkammer hat relativ wenig abbekommen. Dieser Schrank ist nur stark angesengt. Schau mal her, in diesem Schrank ist noch ein Blechschrank. Ein typischer Waffenschrank. Der stand offen, sein Inhalt ist wohl rechtzeitig in Sicherheit gebracht worden. Also wenn ich du wäre, ich würde bei solchen Tätern eher vorsichtig rangehen. Für mich schaut das ziemlich nach russischer Mafia aus.“

„Zumindest hat da jemand Mafiamethoden angewendet“, murmelte Hoffmann. „Wie ist der Täter rausgekommen?“

„Ganz einfach. Durch die Tür. Ich schätze, er hat zehn bis fünfzehn Liter Benzin ausgegossen, Streichholz rein und schnell die Tür zu. Feurio! Übrigens, sämtliche Nachbarwohnungen sind vor allem durch das Löschwasser völlig versaut. Der Schaden geht in die Millionenhöhe.“

„Danke, Karl, prima Arbeit."

Hoffmann tapste noch einmal vorsichtig durch die verkohlte Wohnung und grübelte vor sich hin. Wie war der Täter rausgekommen? Diese Frage war durch Sattlers Ausführungen nicht beantwortet. Denn direkt vor dem Haus hatte bei Ausbruch des Feuers ein Streifenwagen gestanden. Daran war niemand vorbeigekommen. Es musste einen anderen Fluchtweg gegeben haben. Über das Dach? Durch den Keller? Oder durch den Innenhof? Hoffmann eilte die Treppe hoch in Richtung Dachboden.

„Halt, hier können Sie nicht rein", sagte ein übermüdet wirkender Feuerwehrmann und stellte sich Hoffmann in den Weg.

„Wieso? Einsturzgefahr oder was?"

„Ich muss hier den Dreck wegräumen. Außerdem steht da noch Rauch drinnen."

„Ich bin ein Kiberer und jetzt lassen Sie mich vorbei", brummte Hoffmann unwirsch.

Der Feuerwehrmann war sich plötzlich seiner Sache nicht mehr so sicher und als die uniformierte Polizistin hinter Hoffmann auftauchte, trat er zur Seite. Hoffmann durchmaß den Dachboden und entdeckte die Metalltür. Es war viel zu finster, als dass er etwas erkennen hätte können. Plötzlich durchschnitt ein Lichtkegel die Dunkelheit. Hoffmann blickte erstaunt hoch.

„Hab mir vom Feuerwehrmann eine Taschenlampe ausgeborgt", sagte Sigrid.

„Dann leuchten Sie mal da her."

Das Licht der Lampe erhellte den Boden vor der Tür. Ein Zigarettenstummel in der Ecke erregte seine Aufmerksamkeit. Hoffmann kniete sich nieder und inspizierte den Stummel.

„Vielleicht", sagte er. „Vielleicht hab ich heute mal Glück."

Gespannt wie eine Feder fuhr Hoffmann hoch.

„Sagen Sie dem Feuerwehrmann, er soll die Tür da aufmachen. Und Karl soll kommen. Das muss sich die Spurensicherung ansehen. Und lassen Sie mir die Lampe da."

Sigrid überreichte die Lampe. Hoffmann bemerkte gar nicht, dass sie ihn mit großen Augen anschaute. Dann eilte sie los. Der Lichtkegel der Lampe wanderte durch das Dachgebälk. Wie der Feuerwehrmann gesagt hatte, war noch nicht der ganze Rauch abgezogen. Hoffmann würde duschen und sich neu einkleiden müssen.

Ein Zigarettenstummel, der nicht zertreten war. Möglicherweise hatte der Feuerteufel in der Eile die Kippe einfach fortgeworfen. Das könnte eine Spur sein. Hoffmann fürchtete zwar, dass diese Spur spätestens am Trottoir an der nächsten Ecke abreißen würde, aber er musste sie trotzdem so weit verfolgen, wie sie führte. Er hatte Lust, eine Zigarette zu rauchen, aber verzichtete darauf. Hier hatte er schon genug Qualm geschluckt.

38.

Fichte musterte sich im Spiegel des Badezimmers. Er hatte kein Rasierzeug dabei. Sollte er nach Hütteldorf zum Schrebergarten fahren? Er verwarf den Gedanken. Solange nicht klar war, was die Verbrecher vorhatten, durfte er nicht dorthin fahren. Er hatte Irene während des Frühstücks erzählt, dass die Verbrecher mit der Entführung seiner Mutter gedroht hatten, wenn er nicht einhunderttausend Euro vom Vermögen seiner Mutter bezahlte. Er hatte nicht geglaubt, dass sie schließlich wirklich zu einer Entführung fähig waren, er hatte das als einen sehr schlechten Scherz von ein paar Drogensüchtigen abgetan. Und nun war seine Mutter tatsächlich entführt worden. Fichte fand die Geschichte glaubwürdig und Irene schien sie ihm auch abgekauft zu haben. Auf ihre Frage, warum er nicht die Polizei eingeschaltet hatte, hatte er auf die Schnelle keine plausible Antwort parat gehabt. Aber sie hatte nur verständnisvoll genickt und gemeint, dass auf die Polizei einfach kein Verlass sei. Irene hatte Fichte versprochen, dass sie alle Hebel in Bewegung setzen würde, um den Fall zu klären. In jedem Fall hatte sie zu äußerster Vorsicht geraten. Er solle sich den Entführern gegenüber kooperativ verhalten. Sie hatte so eine Sicherheit und Fürsorge ausgestrahlt, Fichte hatte Mut geschöpft.

Er verließ das Badezimmer und langte nach seiner auf der Bettdecke liegenden Geldbörse. Zum Glück hatte er genug Geld eingesteckt, die Hotelrechnung und sonstige Kosten in den nächsten Tagen würden kein Problem sein. Fichte hielt inne. Die nächsten Tage! Was würden sie bringen? Was sollte er tun? Seine einzige Verbündete hatte er auch belogen. Wie sollte er alleine aus dieser Lage wieder rauskommen?

Das Notebook schnurrte. Wernheim klickte sich durch die Menüs. Er saß in der Bibliothek seiner Villa am Schreibtisch. In seinen Fingern gloste eine Zigarette. Er dachte angestrengt nach. Wie hatte dieser vertrottelte Managerfuzzi geheißen? Dieser beknackte Geldheini, der sich für das Haus sehr interessiert hatte. War mit seiner Softwarefirma über Nacht stinkreich geworden und hatte auf krummen Touren das Geld rechtzeitig vor der Pleite zur Seite geschafft. Dieser Mann war der einzige, dem Wernheim schnell und unbürokratisch die Villa verkaufen konnte. Zwar würde er wohl nur einen Teil des reellen Marktwertes erzielen, aber manchmal musste man auch ein Geschäft mit Verlusten in Kauf nehmen. Nur, wie hatte der Mann geheißen? Irgendwo hatte er doch dessen Namen und Telefonnummer notiert.

„He, ich brauch ein Auto!"

Wernheim schnaufte wütend. Brüllte der Kerl durch das ganze Haus. Mit jeder Minute wurde ihm Monetti widerwärtiger. Er erhob sich und ging in das Wohnzimmer.

„Warum hast du den Peugeot überhaupt stehen lassen, verdammt noch mal?"

„Weil zwei Meter daneben die Bullen gestanden haben. Reicht das? Rück einen Autoschlüssel raus. Und Tempo."

Die beiden Männer schauten einander hasserfüllt an. Wernheim kramte nach einem Autoschlüssel. Neben dem Schmuckstück seiner Autosammlung, dem Mercedes Sportcabrio, besaß er noch einen fast neuen Audi A6 und einen über zehn Jahre alten VW Passat. Der Passat stammte noch aus seiner Zeit als Sportmanager. Das Auto war ihm damals ans Herz gewachsen, ein solide motorisierter, langlebiger, bequemer Wagen der gehobenen Mittelklasse. Selbst als er später andere Autos gekauft hatte, den Passat hatte er einfach nicht weggeben wollen. Aber natürlich war der Audi das stärkere, schnellere und vor allem teurere Auto. Wernheim warf Monetti den Autoschlüssel zu.

„Du nimmst den Passat. Und ich will die Karre ohne Kratzer wieder haben."

„Ruf jetzt Fichte an. Mach Druck. Sag ihm, was du willst, aber mach Druck."

Wernheim schaute Monetti mitleidig an.

„Was soll das jetzt noch bringen? Der Kerl ist mit unserer Kohle längst über alle Berge."

„Glaub ich nicht", konterte Monetti starrsinnig. „Ruf an, sonst mach ich es selber."

Wernheim griff nach seinem Handy. Da rief er doch lieber selber an, bevor der Idiot wieder irgendetwas vermasselte.

Fichte machte sich zum Abmarsch bereit. Er wusste zwar noch nicht, wohin er gehen sollte, aber er war bereit dafür. Ein irres Lachen entglitt ihm. Das waren die Nerven. Lange würde er diese Anspannung nicht mehr durchstehen können. Heute hatte er das Polohemd angezogen. Die Krawatte hing im Schrank. Darauf wollte er verzichten.

Das Telefon klingelte. Er packte das Ding und blickte auf die angezeigte Nummer. Als ob man eine Schlinge um seinen Hals legte und mit aller Kraft zuzog. Und Irene war nicht bei ihm! Was sollte er nur tun? Seine Finger zitterten. Sollte er nun auf die grüne Taste drücken oder nicht? Sollte er versuchen, das Leben seiner Mutter zu retten oder nicht? Sollte er auf dem schnellsten Weg das Land verlassen oder das Geld einfach zurückgeben?

Der rhythmisch wiederkehrende Signalton einer freien Leitung ertönte, aber es hob niemand ab. Wernheim bewegte seine Schultern. Er hatte mies geschlafen, sein Genick war ganz verhärtet. Er versuchte durch kreisende Kopfbewegungen, sich etwas Lockerung zu verschaffen. Es klingelte am anderen Ende der Leitung.

„Hebt keiner ab", sagte er zu Monetti, der ihm gegenüber auf der Couch saß und ihn anstarrte. „Sag ich doch, der Bastard ist längst ..."

„Also, was wollen Sie?"

Ein Ruck ging durch Wernheim. Mit einem Mal saß er aufrecht auf dem Fauteuil. Er sammelte sich rasch.

„Ich will mein Geld."

„Natürlich. Wann und wie?"

Wernheim glaubte, seinen Ohren nicht trauen zu können.

„Jetzt sofort."

„Wie soll ich es anstellen?"

Wernheim schwitzte mit einem Mal. Was war da jetzt los? Warum sprach Fichte überhaupt noch mit ihm? Egal, diese Fragen konnte er später beantworten, jetzt musste er dran bleiben.

„Sie packen die lieben Scheine fein säuberlich in eine Tasche und geben mir die Tasche. So einfach ist das."

„Und wo soll die Übergabe stattfinden?"

Die Stimme in der Leitung klang resigniert.

„Halten Sie Ihr Handy bereit. Sie kriegen neue Instruktionen."

„Ich brauche aber noch etwas Zeit."

„Nein. Wir ziehen das sofort durch."

„Aber Sie kriegen das Geld nur, wenn Sie meine Mutter freilassen", versuchte Fichte energisch zu werden.

„Machen Sie sich da mal kein Kopfzerbrechen. Halten Sie sich bereit, Fichte."

Wernheim trennte die Leitung. Er starrte für eine ganze Weile Monetti fassungslos an.

„Glaubt der Kerl doch tatsächlich, dass wir seine Mutter haben", stammelte Wernheim.

Monetti legte seine Stirn in tausend Falten. Dann sprang er hoch.

„Dann sollten wir schnell handeln!"

Auch Wernheim erhob sich.

„Aber wie kann das sein? Er hat sie nicht, wir haben sie nicht. Wer hat sie dann?"

„Ist mir völlig scheißegal, solange unser Mann glaubt, wir hätten sie."

Wernheim setzte sich eilig in Bewegung. Diesmal hatte Monetti Recht. Sie mussten das Geld zurückhaben, bevor herauskam, was wirklich mit ihr geschehen war. Das war ganz gewiss die letzte Chance, doch noch an die siebenhunderttausend Euro zu gelangen. Wernheim dachte scharf nach, während er seinen Revolver in das Schulterhalfter steckte und sein Jackett darüber zog. Auch Monetti machte sich einsatzbereit.

„Pass auf, Claudio, ich lotse ihn auf den Kahlenberg. Dort oben gibt es einen großen Parkplatz. Der ist schön übersichtlich und da gibt es auch nur eine Straße. Da können wir sehen, ob irgendjemand an ihm dranhängt. Und zur Not schmeißen wir seine Leiche flott in den Wald."

Über Monettis Gesicht huschte ein böses Grinsen. Vor allem der letzte Satz schien genau seine Stimmungslage getroffen zu haben.

„Du bleibst an Fichte dran und ich checke noch mal seine Wohnung. Nur zur Sicherheit", sagte Monetti.

„Hast du dein Handy dabei?"

Monetti klopfte auf die Brusttasche seiner Lederjacke.

„Holen wir uns das Schwein."

Wenig später heulten hochtourige Automotoren über die frühherbstlichen Berge am Rande der Großstadt.

„Alles schön und gut. Aber du musst mir versprechen, dass wir so schnell wie möglich zuschlagen. Mir geht die ganze Geschichte auf den Keks."

Irene trat ans Fenster des Hotelzimmers und sinnierte.

„Du hast Recht, Lidia. Sobald wir wissen, wo die Schatzkiste vergraben ist, schlagen wir zu. Fichte hält sich ganz gut, er ist gar nicht so blöd, wie er aussieht. Seine Lügen sind fast glaubhaft, aber wir sollten uns nur solange mit der Sache aufhalten wie nötig."

Irene drehte sich schwungvoll um und schaute Lidia, die auf dem Sofa saß, direkt an.

„Was mich ein wenig stutzig macht, ist, dass die Kerle Fichte noch nicht angerufen haben. Sie haben seine Mutter und sie wollen den Koffer zurück. Worauf warten sie? Warum haben sie nicht schon gestern Nacht eine Übergabe vereinbart?"

„Du hast ihnen doch die Polizei auf den Hals gehetzt. Vielleicht haben sie deswegen Stress."

Irene nickte.

„Kann natürlich sein. Wir müssen sicher gehen. Wir werden noch einen zweiten Wagen nehmen. Wir müssen mobil sein. Ich nehme den Polo. Fährst du bitte zum Autoverleih und holst dir einen Wagen. Einen unauffälligen. Fahr danach in die Felberstraße und schau dich vorsichtig um. Ich werde bei Fichte bleiben."

Lidia erhob sich schwungvoll. Sie war ausgerüstet für einen langen Arbeitstag. Sie schnappte ihren Rucksack.

„Bis gleich, Madame", sagte sie und winkte verspielt mit den Fingern.

Irene musste unwillkürlich lächeln.

„Salut, ma chérie."

Hoffmann trat vor das Haus in der Felberstraße, er kratzte sich am Kinn. Karl Sattler und seine Leute von der Spurensicherung hatten am Dachboden alles untersucht. Der Zigarettenstummel war sichergestellt und zur Analyse ins Labor geschickt worden. Hoffmann erhoffte sich von der Analyse zumindest einen brauchbaren Hinweis. Die Fluchtroute des Feuerteufels konnte nur über die Dächer geführt haben. Hoffmann hatte bei einem Rauchfangkehrersteg eines Steildaches lieber kehrtgemacht. Solche Höhen waren nicht ganz sein Metier. In jedem Fall hatte sich die Spur, ganz so wie er es befürchtet hatte, in Nichts aufgelöst.

Hoffmann schaute an sich herab. Seine Kleidung war versaut, die Hose war von Aschespuren verdreckt, sein Jackett ebenso, das Hemd stank nach Rauch. Sigrid Körner trat neben ihn, auch ihre Uniform war leicht verschmutzt.

„Tja, wir hätten nicht wie schaulustige Touristen durch die Brandruine trampeln sollen“, sagte Hoffmann mit einem verschmitzten Lächeln. „Ich muss mich umziehen.“

„Ich könnte auch eine frische Hose gebrauchen.“

Hoffmann schaute sich auf der Straße um, ob er irgendwo ein Taxi entdeckte.

„Soll ich Sie fahren?“, fragte Sigrid.

Hoffmann schaute sie ein wenig verdutzt an.

„Na ja, ich wäre ja gleich wieder zurück“, rechtfertigte Sigrid ihren Vorschlag.

„Sprechen Sie das aber mit Ihrem Kollegen ab. Immerhin sind Sie beide hier zum Wacheschieben eingeteilt.“

„Natürlich“, sagte Sigrid und lief leichtfüßig die Treppen des Hauses hoch.

Hoffmann entflammte eine Zigarette. Er fühlte sich merkwürdig. Sigrid war zweifellos eine ebenso selbstbewusste wie lebenslustige Frau, und spontan. Hoffmann fürchtete irgendwie, dass sie vielleicht sogar ein wenig zu spontan war.

„Alles klar“, rief sie mit strahlendem Lächeln, als sie aus dem Haus trat. „Der Gernot hält die Stellung. In einer halben Stunde bin ich ohnedies wieder da.“

Hoffmann nickte und gemeinsam gingen sie zum Streifenwagen. Hoffman nahm am Beifahrersitz Platz, Sigrid lenkte den Wagen in den Verkehr. Zwei Minuten lang saßen sie schweigend im Auto.

„Erzählen Sie mir doch einmal, wie Sie zur Polizei gekommen sind", forderte Hoffmann Sigrid auf.

Sie blickte lächelnd zu ihm hinüber.

„Das ist aber eine lange Geschichte."

„Na dann sollten Sie mal loslegen. Die Uhr tickt."

Sigrid stoppte den Wagen bei einer roten Ampel. Sie überlegte, trippelte mit den Fingerspitzen auf dem Lenkrad.

„Angefangen hat es wohl damit, dass sich mein Vater einen Sohn gewünscht hat."

Hoffman zog überrascht die Augenbrauen hoch. Die Geschichte versprach tatsächlich etwas länger zu werden.

„Ich bin ein Einzelkind. Meine Eltern haben sich zwar zwei Kinder gewünscht, zwei Buben nämlich, aber herausgekommen ist nur ein Mädchen. Mein Vater ist beim Bundesheer, Oberst der Infanterie. Bis zum General hat er es nicht geschafft und er hat die Hoffnung, noch ganz nach oben zu kommen, eigentlich schon aufgegeben, denn es sind schon einige wesentlich jüngere Kollegen befördert worden. Die letzten paar Jährchen bis zur Pension wird er wohl auf seinem Posten ableisten. In jedem Fall hat er sich immer zwei Jungs gewünscht, die er zu vorbildlichen Offizieren erzogen hätte. Ich habe schon als kleines Kind seine Waldmärsche, das Campieren im tiefen Wald, die zum Teil extremen Bergwanderungen mitgemacht. Und ich war immer verdammt gut, aber richtig zufrieden war er mit mir nie. Ich habe als Kind wirklich alles gemacht, um meinem Vater zu gefallen, ich konnte schneller laufen, weiter springen, tiefer tauchen als die Jungs in meiner Klasse. Ich war auch verflucht gut in Judo und ich habe einen Haufen Pokale beim Springreiten gewonnen, aber mir fehlte halt immer etwas, um meinem Vater zu entsprechen. Nämlich das kleine Zipfelchen zwischen den Beinen."

Hoffmann musste lachen.

„Wie Sie das erzählen, klingt das witzig, aber ich könnte mir vorstellen, dass das nicht immer so witzig für Sie war."

Sigrid blickte mit bitterer Miene durch die Windschutzscheibe.

„Als ich sechzehn war, bin ich von zu Hause fort. Wir hatten pausenlos Streit, dann habe ich einen jungen Mann kennengelernt und bin weg. Was das für ein Theater war! Meine Eltern sind fast ausgeflippt. Richard ist zehn Jahre älter als ich. Damals hat er eben seinen Flugschein gemacht. Er ist Hubschrauberpilot beim Bundesheer, kommandiert eine Blackhawk-Staffel."

Hoffmann versank beinahe im Sitz. Seine Miene wurde unwillkürlich düster.

„Richard, das ist Ihr Ehemann?"

„Wir sind nicht verheiratet. Wir leben nicht einmal zusammen. Es ist alles irgendwie ein bisschen kompliziert. Er braucht seine Freiräume, sagt er, er ist Soldat, er ist Flieger, er ist Abenteurer, er taugt nicht so als braver Familienvater. Sagt er."

„Oho, Freiräume, das klingt nicht so gut", murmelte Hoffmann mehr zu sich.

„Nicht was Sie jetzt denken, er treibt sich nicht mit anderen Frauen herum. Es sind vielmehr seine Reisen, die er ohne mich machen will oder muss oder was auch immer. Letztes Jahr war er am Nordpol. Am Himalaja ist er Stammgast. Auch die Sahara hat er mal durchquert."

„Sie haben ja richtig Glück mit den Männern. Lauter Freiluftfanatiker."

Sigrid lachte herzhaft.

„Da haben Sie Recht, Herr Hoffmann, aber ich habe nie andere kennengelernt. Na ja, mit meiner Vorgeschichte war es halt irgendwie naheliegend, dass ich zur Polizei ging."

„Nun, es gibt ja auch Frauen beim Bundesheer", warf Hoffmann ein.

„Reine Augenauswischerei. Die haben genau Null Chancen, wirklich Karriere zu machen. Das österreichische Bundesheer ist eine eingeschworene Männerinstitution. Ich weiß das ganz genau. Außerdem wäre ich lieber Putzfrau geworden als Soldatin."

Sigrid lenkte den Wagen in eine Parklücke in der Wasagasse.

„Danke fürs Mitnehmen", sagte Hoffmann und öffnete schon die Wagentür. „Oder wollen Sie noch auf einen Kaffee mit hinaufkommen?"

Sigrid schaute ihn mit undurchdringlichen Augen an.

„Lieber nicht, ich bin ja im Dienst."

Hoffmann nickte, stieg aus, schloss die Tür und winkte kurz, als sich der Wagen entfernte. Er fühlte sich ertappt, geradezu beschämt. Warum hatte er diesen letzten Satz gesagt? Hoffmann steckte sich rasch eine Zigarette an. Der Rauch schmeckte scheußlich und kratzte im Hals, räumte aber sein Denken leer. Als er die Treppe zu seiner Wohnung hochging, war er gedanklich wieder in den Fall versenkt. Immerhin lief der Mörder von Rudi Obermeier noch frei herum.

Fichte trat auf die Straße und winkte dem Taxi. Der Fahrer lenkte den Wagen an den Straßenrand, Fichte ließ sich auf den Beifahrersitz plumpsen.

„Bitte fahren Sie mich nach Hütteldorf", sagte er lapidar.

Das Funkgerät des Taxis krächzte laut, auch die Musik aus dem Radio lärmte, doch davon bekam Fichte nichts mit. In sich gekehrt starrte er aus dem losfahrenden Wagen. Er konnte nicht mehr, seine Kraft war am Ende. Er hatte Irene nichts vom letzten Anruf der Entführer gesagt, er hatte sich still und heimlich aus dem Hotel geschlichen, war ein paar Blocks gelaufen und saß nun im Taxi. Es hatte keinen Sinn weiterzumachen, er würde es sich ein Leben lang nicht verzeihen können, wenn seiner Mutter etwas zustieße. Es war eine gefährliche, eine geradezu selbstmörderische Illusion, sich einzubilden, so viel Geld rücksichtlosen Gangstern wegnehmen zu können.

Irene setzte sich die Sonnenbrille auf und legte den Sicherheitsgurt an. Hatte sie diesen Braten also tatsächlich gerochen. Nachdem Lidia losmarschiert war, um einen zweiten

Leihwagen zu beschaffen, hatte sie sich auf Beobachtungsposten begeben. Sie hatte einsatzbereit am Fenster gestanden und als dann Fichte tatsächlich aus dem Hotel gekommen war, sich so vorsichtig und genau, deshalb besonders auffällig umgesehen hatte, war sie losgestartet.

Irene folgte dem Taxi in gemessener Entfernung. Zum Glück fuhr der Wagen nicht sonderlich schnell durch den dichten Vormittagsverkehr. Irene überlegte die Gründe, weswegen Fichte heimlich verschwinden wollte. Es gab ein paar verschiedene Erklärungen dafür, aber eine lag mehr als nahe. Die Gangster hatten also ein Ultimatum gestellt und Fichte hatte klein beigegeben. Irene gestand sich ein, dass ihre Versuche, ihn durch ein paar Geschichten und einige Stunden Aufmerksamkeit gefügig zu machen, gescheitert waren. Fichte war zwar zäh, aber er stand zu sehr unter der Gewalt seiner Mutter, als dass sie auf die Schnelle hätte etwas ausrichten können.

Sie brannte darauf herauszubekommen, wohin die Fahrt ging, denn sie hatte da eine sehr klare Ahnung, wohin er fuhr. Zum Versteck. Also, wo lag denn nun die Schatztruhe vergraben?

Wernheim pfiff verärgert durch die Zähne, als er die Frau mit dem Kinderwagen und den zwei kleinen Kindern entdeckte. Die Gören standen vor der Kassa des Supermarktes und beratschlagten, welche Schokoriegel sie am liebsten essen würden. Wernheim hatte keine Zeit und schon gar keine Nerven für solche Verzögerungen. Er hielt zwei Wurstsemmeln und eine Flasche mit gekühltem Cola, seinen Proviant für diesen Tag, in der Hand und drängte sich unwirsch an der Frau vorbei. Wernheim sah gar nicht mehr, wie ihm die beiden Kinder erschrocken nachstarrten. Die Kassiererin scannte die Barcodes an den Waren, Wernheim warf ein paar Münzen hin und eilte mit schnellen Schritten aus dem Supermarkt hinaus, auf sein Auto zu. Er ließ sich auf den Sitz des Audis fallen, packte eine

Wurstsemmel aus und verschlang sie mit wenigen Bissen. Nach einem Schluck vom Cola griff er zu seinem Handy.

Wernheim war voller Energie. Die Straße, die er sich knapp vor dem Losfahren hineingezogen hatte, hatte ihn richtig hochgebracht. Er drückte sein Handy ans Ohr.

Fichte kaute auf seiner Unterlippe. Er grübelte. Er hatte mit diesem egoistischen Traum von einem neuen Leben in Irland abgeschlossen. Er hatte sich entschlossen, das Leben seiner Mutter nicht weiter aufs Spiel zu setzen. Seine Stimmung war denkbar schlecht. Vielleicht hätte er mit dieser Menge Geld sogar für eine so überaus begehrenswerte Frau wie Irene interessant sein können. Wenn er ein Haus in Irland besäße, einen flotten Sportwagen führe, in maßgeschneiderte Anzüge gekleidet wäre, da hätte sie ihn doch bestimmt beachtenswert gefunden. Denn ganz offensichtlich war sie ja an ihm irgendwie interessiert. Da bestand doch zwischen ihr und ihm eine ganz eindeutige Affinität. Fichte kratzte seine Handrücken. Oder täuschte er sich? Was hatte er denn schon für Erfahrungen im Wechselspiel der Geschlechter? Keine nennenswerte in jedem Fall. Ein bitterer Geschmack lag auf seiner Zunge, am liebsten hätte er ausspucken wollen. Aber so etwas war erstens vollkommen unschicklich und zweitens saß er in einem fahrenden Taxi.

Sein Handy schlug an.

„Hallo", meldete er sich fast flüsternd.

„Sind Sie bereit?"

„Noch nicht."

„Warum nicht? Wollen Sie mich verarschen?", bellte die wütende Stimme am Telefon.

„In keiner Weise. Es ist nur so, dass ich das Objekt erst holen muss. Ich brauche noch etwa eine Stunde, dann stehe ich Ihnen zur Verfügung."

„Sie haben eine halbe Stunde."

Damit trennte der Mann die Leitung. Fichte wischte den dünnen Schweißfilm von seiner Stirn. Wo waren die Zeiten, in denen sein Leben nach einem Plan verlaufen war, als alles seine Ordnung gehabt, als er abends im Schein der Schreibtischlampe seine sorgsam ausgeklügelten und selbst gebastelten Brettspiele gespielt hatte? Und jetzt ging alles drunter und drüber.

Der Taxifahrer blickte kurz auf die hektisch wippende Fußspitze seines Fahrgastes.

Wolfgang Hoffmann trocknete sein nasses Haar. Er musterte sich im Badezimmerspiegel. Nur noch ein paar Wochen bis zu seinem vierzigsten Geburtstag. Wie alt er aussah. Sein Leben hatte sich irgendwie nie wirklich geordnet, er hatte keine Freunde, mit denen er auf ein Bier oder mal in den Kegelclub hätte gehen können. Er hatte keine Familie, mit der er im Sommer zum Campen an einen See hätte fahren können. Er hatte keine Partnerin, mit der er im Augarten einen kleinen Spaziergang hätte unternehmen können. Ja, er hatte nicht einmal einen Hund, mit dem er hätte reden können. Er hatte nur seine Fische im Aquarium, die wie er selbst immer im selben Rhythmus im Kreis schwammen. Wobei sein Kreis vom Kommissariat und den Straßen Wiens mit all seinen Verbrechen gebildet wurde. Hoffmann kratzte sein Kinn. Wozu rasieren?

Schnell verließ er das Badezimmer und schlüpfte in die zuvor bereitgelegte Kleidung. Er legte das Pistolenhalfter um, zog sein Jackett an und verließ die Wohnung. Er wusste zwar nicht, was er mit seinem Leben anfangen sollte, aber er wusste genau, wohin er jetzt fahren würde. Das Verbrechen folgte gewissen Regeln und diese Regeln hatte er sich schon vor langer Zeit zu eigen gemacht.

Wolfgang Hoffmann ging flott zur Haltestelle und bestieg die nächste Straßenbahn.

Fichte hatte sich vom Taxifahrer beim Bahnhof Hütteldorf absetzen lassen und war den ganzen Weg zur Schrebergartensiedlung zu Fuß gegangen. Die Schrebergärten lagen beschaulich vor ihm. Fichte schaute sich um. Außer zwei alten Frauen, die am Gehsteig standen und über die Preise beim nahe gelegenen Supermarkt debattierten, war niemand zu sehen. Er ging durch die Siedlung, kam zum Garten seiner Tante und kramte den Schlüssel hervor. Er sperrte die Zauntür auf, ging auf das kleine Häuschen zu und sperrte auch die Eingangstür auf. Noch einmal blickte er sich um, dann verschwand er im Haus. Schnell entfernte er den Linoleumbelag und die Bretter vom Boden und entnahm der Kühlgrube die Tasche. Er stellte die Tasche auf den Esstisch und öffnete sie. Verfluchtes Geld. Fichte nahm ein Bündel und wog es in der Hand. Kurz entschlossen steckte er das Bündel in die Innentasche seines Jacketts. Ein irrwitziges Lachen entstieg seiner Kehle. Dieses Geldbündel musste er als Bearbeitungsgebühr in Rechnung stellen. Schließlich war er Buchhalter und eine saubere Buchhaltung verursachte nun mal Kosten. Außerdem war es nicht schlecht, für die kommenden Dinge über etwas Geld zu verfügen.

Sorgfältig verwischte Fichte die Spuren seiner Anwesenheit und verließ das Schrebergartenhäuschen.

Zum Glück hatte sie gutes Schuhwerk an, Schuhe mit denen sie auch längere Strecken gehen konnte. Mit irgendwelchen tussihaften Stöckelschuhen hätte Irene Fichtes Tempo nie und nimmer halten können. Und er war ein gutes Stück gelaufen, um in diese hübsche Kleingartenanlage am Rande der Großstadt zu gelangen. Irene war außer Atem, denn Fichte war verflucht schwer zu beschatten gewesen, immer wieder hatte er sich umgeblickt. Sie hatte also in großer Entfernung bleiben müssen, ihn aber doch niemals aus den Augen verlieren dürfen. Aber Irene war zufrieden, denn sie hatte das Häuschen genau gesehen, in welches er gegangen war. Sie notierte die Adresse.

Dann kam er wieder heraus, trug eine Reisetasche mit sich, schaute sich um und eilte wieder mit ausgreifenden Schritten los. Irene stand im Schatten einer großen Kastanie, sie wartete, bis er wieder auf der Straße war und folgte ihm. Kurz überlegte sie noch, ob sie Lidia anrufen sollte. Vielleicht wäre es am besten, ihn hier draußen in die Zange zu nehmen, sich die Tasche zu schnappen und der Stadt auf dem schnellsten Weg den Rücken zu kehren. Wenn da nicht die Sache mit seiner Mutter war. Irene fluchte in sich hinein.

In meditativer Versenkung schlich Hoffmann durch die große Altbauwohnung. Er ließ das Ambiente auf sich wirken, versuchte zu verstehen, wie die Menschen in einem derartigen Museum verbohrter Spießbürgerlichkeit leben konnten. Nun, glückliche und gesunde Menschen, dachte Hoffmann, würden in einer solchen Wohnung schnell zu Zwangsneurotikern werden. Er stand im Badezimmer. Der Wasserhahn, der Waschtisch, die Badewanne, alles war wohl vor über fünfzig Jahren montiert und zweifellos von den hier lebenden Menschen benutzt worden, und dennoch wirkten die Armaturen, als ob sie unberührt wären. Welche Sonderform des Putzfimmels hatte dies ermöglicht? Hoffmann tastete nach seinen Zigaretten.

Er hörte ein leises Knarren auf dem Parkett. Hoffmann riss den Kopf herum. Unwillkürlich steckte er das Zigarettenpäckchen wieder ein und griff stattdessen nach seiner Waffe. Wieder hörte er den Parkettboden leise knarren. Entweder schlich sich da jemand an oder die Person musste sehr leicht und unbeschuht sein. Hoffmann schaute vorsichtig durch den Spalt der Badezimmertür. Da, ein Schatten bewegte sich in Richtung Küche. Er hörte, wie eine Schranktür geöffnet wurde, wie Töpfe klapperten. Hoffmann blickte zur Wohnungstür. Sie stand sperrangelweit offen. Er folgte dem Schatten in die Küche und stand schließlich im Türrahmen. Eine alte Frau hantierte umständlich mit einigen Töpfen, offenbar auf der Suche nach einem bestimmten. Sie hatte ihn bisher noch nicht gehört. Hoffmann räusperte sich und klopfte vorsichtig, dennoch erschrak die alte Frau. Sie starrte ihn mit zerzaustem Haar und verwirrtem Blick an.

„Entschuldigen Sie bitte, gnädige Frau ..."

„Aber, aber, wer sind denn Sie?"

„Mein Name ist Hoffmann. Ich bin von der Polizei."

„Was wollen Sie in meiner Küche?", stammelte die alte Frau, die sich noch immer nicht fassen konnte.

„Ich möchte mit Ihnen sprechen."

„Verlassen Sie sofort mein Heim, sonst rufe ich die Polizei!"

Hoffmann wies sich als Polizist aus und sprach sanft und beruhigend auf die alte Frau ein. Sie trug zwar Straßenkleidung, darunter aber erkannte Hoffmann ein geblümtes Nachthemd.

„Aber gnädige Frau, sehen Sie her, ich bin von der Polizei. Ich bin Kriminalbeamter."

Die Frau musterte Hoffmann und entspannte sich sichtlich.

„Aber wie kommen Sie hier herein? Hat mein Sohn Ihnen die Tür geöffnet?"

„Nein, Frau Fichte, die Tür stand offen. Als Polizist musste ich sichergehen, dass hier nichts passiert ist."

„Sind Sie wegen dem Rudi hier?"

„Sie meinen Rudi Obermeier?"

„Hat er schon wieder etwas angestellt?"

„Gnädige Frau, ich fürchte ja."

„Herrjemine, der arme Herr Obermeier, mit so einem Früchtchen von Enkel gestraft zu sein! Dabei ist ja der Herr Obermeier sein Leben lang ein richtig tüchtiger und aufrichtiger Mensch gewesen."

Hoffmann griff nach seinem Handy.

„Frau Fichte, warum sind Sie denn aus dem Altenheim fortgegangen?", fragte er mit milder Strenge.

Die alte Frau wurde verlegen, ihre Hände begannen zu zittern.

„Herr Inspektor, ich muss doch für den Eberhart die Suppe kochen. Er ist ja so unselbständig, immer muss man hinter ihm her räumen. Und wer soll ihm denn das Essen kochen?“

„Liebe Frau Fichte, die Pflegerinnen in Lainz machen sich aber furchtbare Sorgen, weil Sie so mir nichts, dir nichts verschwunden sind.“

„Diese Frauensperson ist ein Skandal. Die … die … die macht absichtlich alles falsch. Immer stellt sie den Sessel auf die linke Seite, dabei muss er doch auf der rechten Seite stehen. Nein, ich mag da nicht hin, solange diese Person dort ist“, entrüstete sich Therese Fichte.

„Ich werde Ihre Beschwerden an die Heimleitung weiterleiten, aber jetzt, Frau Fichte, werde ich Sie nach Lainz bringen. Es gibt doch bestimmt auch nette Pflegerinnen, nicht wahr?“

„Ja, schon, die Oberschwester ist nett. Und diese Asiatin auch. Die ist sogar sehr lieb, nur ihren Namen kann ich mir einfach nicht merken. Eine gute Seele, und so reinlich.“

„Kommen Sie, Frau Fichte, setzen Sie sich erst einmal. Ich werde gleich alles Nötige veranlassen, ein paar Anrufe und die Kollegen werden sie nach Lainz bringen. Wissen Sie übrigens, wo ihr Sohn Eberhard ist?“

„Er ist in seinem Zimmer. Der Eberhard ist immer in seinem Zimmer. Er geht nicht auf die Straße mit den Rotzbuben spielen, er lernt viel lieber. Der Eberhard ist ja so ein tüchtiges Kind, Herr Inspektor.“

Hoffmann ging in das Vorzimmer und suchte aus den Menüs seines Handys nach einer ganz bestimmten Nummer.

Lidia lenkte den kleinen Citroen in eine Parklücke. Sie hatte getan, was Irene verlangt hatte und einen unauffälligen Wagen genommen. Sie musterte kurz das Armaturenbrett. Irgendwie hübsch, dachte sie, der Wagen gefiel ihr. Sie zündete noch eine Zigarette an und stieg dann aus dem Wagen. Lidia kannte die Gegend hier gut, einige ihrer Freundinnen aus der Schulzeit hatten hier gewohnt. Der fünfzehnte Wiener Gemeindebezirk war bekannt für seinen hohen Ausländeranteil und obwohl sie die meiste Zeit ihres Lebens in Wien gelebt hatte, war sie eine Ausländerin, eine Fremde in dieser Stadt. In Wahrheit war sie in jeder Stadt eine Fremde und vielleicht am allermeisten in ihrer Geburtsstadt Sarajewo, die sie seit der Flucht ihrer Eltern nicht wieder gesehen hatte. Es gab da ein paar prima Vorteile, wenn man jung, ungebunden und heimatlos war. Man konnte ohne Hemmungen mitnehmen, was das Leben bot. Insbesondere, wenn man geschickte Finger hatte.

Lidia ging mit flotten Schritten durch ein paar Seitengassen, ehe sie zur Felberstraße kam. Sie erblickte den Streifenwagen vor dem Haus. Lidia schaute die Fassade hoch. Was war da los gewesen? Sie stellte sich neben die zwei älteren Männer, die neugierig die Fassade hinauf starrten. Lidia lauschte ihrem Gespräch.

„Ein Wahnsinn."

„Im Radio hab ich gehört, dass vierzig Feuerwehrmänner in der Nacht im Einsatz waren."

„Und das war Brandstiftung?"

„Na sicher! Die Polizei will wieder mal nichts dazu sagen, aber es weiß eh jeder im Viertel, dass die Russenmafia zugeschlagen hat. So geht's zu bei uns in Wien. Überall Verbrecher und Ausländer."

„Vielleicht waren's ja Terroristen. Die machen auch schon, was sie wollen."

„Im Radio haben sie gesagt ..."

Lidia hatte genug gehört, sie ließ die beiden Männer stehen und näherte sich dem geöffneten Haustor. Sie schaute sich vorsichtig um. Wo waren die Polizisten, deren Auto vor dem Haustor stand? Lidias Sinne waren geschärft, sie lauerte. Die Polizisten waren nirgendwo zu sehen, also wollte sie durch das Haustor schlüpfen, doch rechtzeitig nahm sie Stimmen im Hausflur wahr und ging sofort am Tor vorbei. Sie machte ein paar Schritte und tatsächlich traten aus dem Haus, wie Lidia mit einem kurzen Blick über die Schulter feststellte, ein Polizist und eine Polizistin auf den Gehsteig. Lidia bog bei der nächsten Seitengasse ab. Hatten die beiden etwas bemerkt? Nein, sie standen beim Auto, die Frau telefonierte und der Mann packte eine Semmel aus und biss herzhaft hinein.

Lidia schmunzelte vor sich hin. Diese Polizisten würden sie niemals kriegen, die waren ihr schlicht unterlegen, die waren einfach zu blöd.

Claudio Monetti atmete geräuschvoll, wie das bei langjährigen Rauchern häufig der Fall war. Er saß am Steuer des VW Passats und bemühte sich nachzudenken, aber es gelang ihm nicht. Tausend Fragen schwirrten durch seinen Kopf. Wieso war die Polizei bei ihm aufgetaucht? Woher kannte sie die Adresse? Hatte sie Rudis Leiche etwa entdeckt, obwohl sich Wernheim und er Mühe gegeben hatten, sie verschwinden zu lassen. Was war mit diesem Komiker Fichte wirklich los? Wo war seine Mutter? Monetti griff schnell zu seinen Zigaretten und entzündete eine. Was zum Teufel war überhaupt geschehen? Vor ein paar Tagen noch war alles prima gelaufen, jetzt auf einmal brach das blanke Chaos aus. Wieso? Monetti sog kräftig an der Zigarette. Dieser Mistkerl Rudi war schuld! Er hatte alles vermasselt. Gut, dass das Schwein tot war. Allerdings bekam Monetti nicht die Unmengen Blut aus dem Sinn. Claudio Monetti hatte in seiner Karriere schon einige Leichen gesehen und Rudi war nicht der erste Schweinehund, den er selbst getötet hatte, aber dennoch war alles irgendwie merkwürdig. Eigentlich hatte er ja gar nicht auf Rudi schießen und ihn schon gar nicht mit einem Genickschuss töten wollen, es war nur so passiert. Claudio Monetti blickte träge auf das in einiger Entfernung stehende Polizeiauto hinüber. Zum Glück waren die Polizisten seit über einer Viertelstunde nicht beim Streifenwagen gewesen, so hatte er das Auto auf diesem Parkplatz mit erstklassiger Sicht auf das Haus abstellen können. Seitdem saß er da, rauchte ohne Pause und versuchte krampfhaft nachzudenken.

Er schaltete am Autoradio ein paar Sender durch, aber überall hörte er nur nervige Popsongs und widerlich auf gute Laune getrimmte Moderatoren. Schließlich schaltete er das Radio aus. Monetti starrte wieder durch die Windschutzscheibe zum Haus hinüber. Zwei ältere Männer standen und gafften die Fassade hoch. Da entdeckte er die schwarz gekleidete junge Frau. Sie wollte offenbar ins Haus hineingehen, aber wandte sich schnell ab und verschwand in einer Seitengasse. Die Polizistin und der Polizist traten wieder aus dem Haus. Monetti fühlte sich sicher, sein Wagen stand weit genug entfernt, sie würden ihn nicht entdecken. Er zerdrückte die Zigarette im Aschenbecher und griff nach der nächsten.

Und wie sehr ihm Wernheim auf den Wecker ging! Okay, er hatte sich in der Nacht von Rudis Tod gut gehalten, und auch insgesamt machte er keine schlechte Figur, was diesen Scheißkerl Fichte betraf, aber was Monetti überhaupt nicht ausstehen konnte, was ihn fast zur Weißglut trieb, war diese arrogante Fresse, die Wernheim seit Rudis Tod präsentierte. Als ob Wernheim jetzt hier der Chef wäre und zu sagen hätte, was zu tun war. Eingebildete Kerle konnte Monetti auf den Tod nicht ausstehen.

Da war die junge Frau wieder. Monetti kniff die Augen zusammen. Offenbar war sie um den Häuserblock gegangen. Prima, die Göre hatte sich gerade eben so richtig klasse hinter dem Rücken der Polizisten unbemerkt ins Haus geschlichen. Keck und unauffällig. Monetti schmunzelte. Die Polizei war aber auch zu blöd. Claudio Monetti startete den Wagen und fuhr los. Auch ihn hatten die Polizisten nicht bemerkt. Wozu die Dummköpfe hier überhaupt herumstanden? Egal, er hatte jetzt Wichtigeres vor, als sich über die unfähige Wiener Polizei zu wundern. Ohne Eile rollte der VW Passat durch die Felberstraße.

Er musste sein Tempo ein wenig reduzieren. Fichte war außer Atem, er hatte Seitenstechen und die Tasche, die er mit sich schleppte, wog auch einiges. Immerhin hatte er es geschafft, in den letzten zehn Minuten nicht mehr an das Geld und an Irene zu denken. Er musste sich diesen Wahnsinn aus dem Kopf schlagen, er musste jetzt seine Mutter retten. Fichte nahm sein Telefon zur Hand und schaute auf die Uhr. Bald würde dieser Verbrecher wieder anrufen und den Ort der Übergabe mitteilen. Und genau in diesem Augenblick klingelte das Handy. Fichte kontrollierte die Nummer des Anrufers am Display. Es war nicht der Verbrecher, es war eine andere Nummer, eine Nummer allerdings, die ihm bekannt vorkam. Fichte brauchte nicht lange zu überlegen, woher er diese Nummer kannte. Es war wieder dieser Polizist. Sollte er abheben oder nicht abheben? Fichte zitterte mit einem Mal am ganzen Leib. Er rang mit sich. Er drückte auf die grüne Taste und bewegte langsam das Handy an sein Ohr.

„Hallo, Herr Fichte, sind Sie dran?"

Fichte hörte die ihm schon bekannte Stimme.

„Herr Fichte, wenn Sie dran sind, sagen Sie bitte etwas. Hier spricht Hoffmann von der Kriminalpolizei. Wir haben schon zuletzt mal miteinander telefoniert."

Fichte schwieg weiter.

„Herr Fichte? Geht es Ihnen gut? Ich höre, wie Sie atmen. Sagen Sie etwas."

Fichte war außer Stande zu sprechen.

„Hören Sie mal, Herr Fichte, was immer Ihnen geschehen ist, wir sollten unbedingt miteinander reden. Es ist wirklich wichtig."

Fichte schwieg noch immer, woraufhin der Polizist auf der anderen Seite der Leitung ebenfalls zu sprechen aufhörte. Fast eine halbe Minute verfloss ohne Worte.

„Herr Fichte, ich lege jetzt auf. Ich wollte Ihnen nur sagen, dass ich Ihre Mutter gefunden habe."

„Was!", brüllte Fichte ins Telefon. „Ist sie tot?"

„Warum sollte sie tot sein? Nein, sie steht neben mir und will, dass Sie mit mir sprechen."

„Sie lügen mich an!"

„Wieso sollte ich lügen? In ein paar Minuten wird ein Streifenwagen Ihre Mutter zu einer Befragung ins Kommissariat bringen."

Fichte trennte die Leitung. Er war schweißüberströmt, er war völlig orientierungslos, er wusste nicht einmal, in welcher Straße er sich befand und welches Datum heute war.

Der Mann verhielt sich außerordentlich verdächtig, dachte Hoffmann, während er zum Fenster hinausschaute und sah, dass eben ein Streifenwagen kam. Er hatte Fichte doch angelogen, denn wozu sollte er die alte Frau ins Kommissariat bringen lassen? Der Streifenwagen würde sie zurück ins Altenheim fahren. Und er würde gleich mitfahren, denn Hoffmann rechnete damit, dass Fichte seine Mutter im Altenheim, so bald es ging, besuchen würde. Und da wollte Hoffmann schon vor Ort sein, um diesen Mann einmal genauer unter die Lupe zu nehmen.

„Und haben Sie den Eberhard in der Firma erreicht?", fragte Therese Fichte.

Hoffmann drehte sich zu ihr um. Mittlerweile hatte er herausbekommen, dass Fichte in der Firma, die seine Mutter als den Dienstort ihres Sohnes genannt hatte, seit etwa einem halben Jahr nicht mehr beschäftigt war.

„Ja, ich habe ihn erreicht. Er lässt Ihnen liebe Grüße ausrichten und er wird Sie so bald wie möglich besuchen. Er war sehr besorgt, Frau Fichte. Ich glaube, Sie müssen Ihrem Sohn versprechen, nicht mehr eigenmächtig vom Altenheim wegzugehen. Da machen sich doch alle nur Sorgen."

Die alte Frau griff nach Hoffmanns Hand und drückte sie. Ihre Haut fühlte sich kühl und trocken an.

„Was würden wir nur ohne unsere tüchtige Polizei machen? So, aber jetzt muss ich endlich die Suppe für den Eberhard kochen. Er wird ganz hungrig sein, wenn er von der Schule zurückkommt."

Die alte Frau ging wieder in die Küche und klapperte mit den Töpfen. Zwei uniformierte Polizisten kamen in das Vorzimmer der Wohnung. Hoffmann ging ihnen entgegen.

„Grüß euch, Kollegen, danke, dass ihr so schnell hergekommen seid. Ist das Altenheim in Lainz benachrichtigt worden?"

„Ja, die sind informiert", antwortete einer der beiden Männer mittleren Alters.

„Die alte Dame ist in der Küche. Bitte behutsam vorgehen, sie ist ziemlich verwirrt."

„Keine Sorge, wir machen das schon."

„Und habt ihr das Klebeband zum Versiegeln der Wohnung dabei?"

Der Polizist nickte, langte in die Tasche seiner Uniformjacke und reichte Hoffmann das Klebeband.

„Danke, auf euch ist Verlass. Ich fahre dann mit euch nach Lainz."

„Uns soll's recht sein", sagte der Mann ruhig und ging in die Wohnung hinein.

Wolfgang Hoffmann griff zu seinem Handy. Er musste noch seine Kollegen Windisch und Assmann von den Vorfällen informieren. Hoffmann stand am Flur und presste sein Handy ans Ohr.

Irene hielt inne, als Fichte sein Telefon zur Hand nahm. Sie suchte nach einer passenden Gelegenheit, sich zu verstecken. Sie huschte hinter ein parkendes Auto auf der anderen Seite der Straße. Durch die Scheiben des Wagens beobachtete sie Fichte. Er schien mit einem Schlag sehr aufgeregt zu sein, nervös trippelte er hin und her, setzte an, mit der Tasche weiter in Richtung Bahnhof Hütteldorf zu laufen, hielt inne, kehrte um und eilte die Straße wieder hoch. Irene rätselte, was das nun zu bedeuten hatte. Sie blieb in ihrem Versteck, bis Fichte auf der anderen Straßenseite an ihr vorbei marschiert war. In gemessener Entfernung folgte sie ihm. Allzu offensichtlich kehrte er wieder zum Schrebergarten zurück. Irene hoffte inständig, dass er die Tasche wieder in das kleine Häuschen zurückbringen würde. Selbst wenn ein Sicherheitsschloss die Tür des Gartenhäuschens versperrte, sie würde mit wenig Aufwand hineinkommen. Dazu brauchte sie nicht einmal Lidia. Irene spürte ein wohliges Kribbeln im Bauch. Sie war schon gespannt, was denn nun wirklich in der ominösen Tasche drinnen war.

Irene ging langsam die Straße hoch, so als ob sie einen Spaziergang in der schönen Gegend der Hütteldorfer Schrebergärten machte. Sie kramte in ihrer Handtasche und nickte unmerklich. Der Dietrich lag in der Tasche und einfache Schlösser waren für Irene mit einem Dietrich gerade mal ein symbolisches Hindernis. Ein Schmunzeln legte sich in ihr Gesicht. Sie beschloss, Fichte nicht weiter zu verfolgen. Immerhin kannte sie das kleine Häuschen und sie hatte nicht die Befürchtung, dass er die Schrebergartenanlage durchquerte und durch den Hinterausgang verließ. Natürlich bestand diese Möglichkeit, aber sie schätzte sie für sehr gering ein. Sie wartete lieber auf der Straße in größerer Entfernung, ob nun Fichte mit oder ohne Tasche auftauchen würde. Sollte sie Lidia anrufen? Irene verwarf den Gedanken. Sobald sie die Tasche hatte und tatsächlich irgendetwas drinnen war, das mehr als einen symbolischen Sammlerwert hatte, würde sie Lidia schon kontaktieren. Bloß was hatte Fichte dazu bewogen, stehenden Fußes wieder umzukehren? Das war die wirklich spannende Frage. Irene griff nun doch zu ihrem Telefon und wählte die Nummer der Auskunft. Sie wartete, hinter einem Lieferwagen stehend und das Eingangstor zur Gartenanlage im Blick, bis sich jemand meldete.

„Guten Tag, können Sie mir die Telefonnummer des Altenheims in Lainz sagen? Ja, am besten die Nummer der Telefonzentrale, von dort kann ich mich ja weiter verbinden lassen.“

Irene griff nach einem Stift und ihrem Notizkalender. Sie sah in der Ferne, wie Fichte wieder die Schrebergartenanlage verließ und die Straße hinunter eilte. Er trug keine Tasche bei sich.

„Danke sehr", sagte sie zu der jungen Frau, die eben die betreffende Telefonnummer durchsagte. Irene kritzelte die Zahlenreihe in ihren Kalender.

Er hatte alles beisammen und sein Plan stand fest. Kurt Wernheim zahlte in Gedanken versunken an der Kassa einer Tankstelle die Rechnung und verließ das Gebäude. Der Tank seines Audis war voll, also konnte er endlich handeln. Er setzte sich in den Wagen, startete, verließ aber das Tankstellengelände nicht, sondern stellte den Wagen auf einem Parkplatz ab. Er ließ den Motor laufen, als er zum Telefon griff und Fichtes Nummer wählte. Wernheim musste nicht lange warten.

„Hallo", meldete sich Fichte.

„Es geht los."

„Ich bin bereit."

„Haben Sie das Paket?"

„Ja."

„Keine faulen Tricks, keine Spielchen mehr, Sie tun genau das, was ich Ihnen sage."

„Jawohl."

„Kennen Sie die U-Bahnstation Heiligenstadt?"

„Natürlich, die Linie U4."

„Warten Sie bei den Bushaltestellen vor der Station auf neue Anweisungen. Haben Sie verstanden?"

„Ich habe verstanden."

„Sie haben zehn Minuten Zeit."

„Unmöglich. Ich bin mit den öffentlichen Verkehrsmitteln unterwegs. Ich brauche mindestens eine halbe Stunde."

„Gut, dann gebe ich Ihnen eine halbe Stunde. Verspäten Sie sich nur um eine Minute, ist Ihre Mutter fällig."

„Ich werde mich beeilen und ..."

Wernheim trennte die Leitung und grinste breit. Er rief seinen Partner Monetti an.

„Was gibt's?", meldete sich Monetti unwirsch.

Wernheim schluckte seinen Zorn über die miese Stimmung Monettis runter.

„Die Sache läuft jetzt. Bist du bereit?"

„Stehe in der Billrothstraße."

„Eine halbe Stunde noch."

„Was? Wieso so lange, verdammt noch mal!", brüllte Monetti.

Wernheim verzog angewidert die Lippen.

„Leck mich, eine halbe Stunde noch und damit basta. Halt dich bereit."

Wernheim fluchte vor sich hin, als er seinen Wagen in den Verkehr lenkte. Dieser fette Idiot wurde immer unerträglicher.

Er ließ sich auf den Beifahrersitz des Taxis fallen. Fichte schnappte nach Luft, er war die letzten hundert Meter gelaufen.

„Fahren Sie ... fahren Sie ..."

Der dickliche, gemütlich wirkende Taxifahrer lächelte freundlich.

„Na, kommen Sie erst mal zu Luft, der Herr."

Fichte fasste sich und nickte dem Mann zu. Er hatte den Gangstern gegenüber jetzt mal Zeit gewonnen. Sie hatten also nur geblufft, das Altenheim in Lainz hatte bestätigt, dass die Polizei seine Mutter aufgegriffen hatte. Fichte überlegte. Vielleicht waren sie gar nicht so gefährlich, wie er bis jetzt angenommen hatte.

„Fahren Sie mich nach Lainz. Zum Altenheim."

„Na sehen Sie, es geht ja."

Das Taxi fuhr los.

„Warten Sie", sagte Fichte unvermittelt. „Fahren Sie nicht nach Lainz."

Der Fahrer hob die Augenbrauen.

Irene spähte um sich. Die Bewohner von Kleingartenanlagen waren normalerweise sehr aufmerksam, verdächtigtes Treiben in ihrem Reich entging diesem Menschenschlag selten. Sie war daher vorsichtig bis zum kleinen Häuschen geschlichen. Mit schnellen Handgriffen streifte sie ihre Handschuhe über, entnahm ihrer Handtasche den Dietrich und schob ihn in das Schloss. Damals, in ihrer Zeit in Spanien, hatte sie einen guten Lehrmeister bei der Handhabung eines Dietrichs gehabt. Die Bande, mit der sie umhergezogen war, hatte reihenweise in Gartenhäusern, Bauhütten und Lagerhallen eingebrochen. Das Schloss klickte und Irene verschwand im Häuschen. Muffige Luft umfing sie, der Atem langsam kriechender Fäulnis. Irene schaute durch das Fenster neben der Tür nach draußen, aber nichts regte die beschauliche Stille des milden Herbsttages.

Dann drehte sie sich um und ließ ihren Blick kreisen. Wo war das Paket versteckt? Methodisch öffnete sie die Türen des Schrankes in der kleinen Küche. Dann ging sie in den Wohnraum, schaute unter dem Bett und öffnete den breiten, dunklen Kleiderschrank. Die Türen knarrten beim Öffnen. Nichts. Sie suchte alle Winkel ab, wurde aber nicht fündig. Im Vorraum entdeckte sie eine Klappe auf der Decke. Sie holte einen Sessel, stellte sich darauf und stemmte sich gegen die Klappe. Mit einem Ruck öffnete sich diese. Der Lagerraum im Dach war winzig, verstaubt und voller Spinnweben. Zwei Kisten mit halbverrostetem Werkzeug befanden sich darin, aber von der Tasche war keine Spur. Irene setzte sich auf den Sessel und überlegte. Vielleicht hatte Fichte die Tasche draußen versteckt. Soweit sie gesehen hatte, befand sich hinter dem Haus ein kleiner Schuppen, gerade groß genug für Gartenwerkzeuge und einen Rasenmäher. Dort könnte die Tasche natürlich auch sein. Irene entschied sich, noch einmal im Inneren des Hauses zu suchen. Sie erhob sich und schritt langsam durch die kleinen Räume. Hatte Sie etwas übersehen?

Monetti saß nach wie vor hinter dem Lenkrad des geparkten Autos und begann sich zu langweilen. Eine halbe Stunde hatte Wernheim gesagt. Warum das so lange dauerte? Seine Hände ballten sich zu Fäusten. Dieser Fichte durfte ihm nicht zwischen die Finger geraten, er würde ihn zerquetschen. Ein Gedanke schoss Monetti durch den Kopf. Er konnte nicht länger in Wien bleiben, der Boden hier war zu heiß geworden. Eine Leiche, eine Brandruine, vielleicht bald noch eine Leiche, das war viel zu viel Lärm, der da rund um sein stilles und einträgliches Geschäft entstanden war. Außerdem hatte er keine Lust mehr, sich weiter mit diesem arroganten Arschloch Wernheim abzumühen. Eine stille Kälte machte sich in Monetti breit. Wernheim hatte gesehen, wie er Rudi getötet hatte. Monetti liebte es gar nicht, Zeugen bei einem Mord zu haben, selbst wenn sie bis über beide Ohren in der Sache steckten. Er würde etwas tun müssen. Monetti griff nach seinen Zigaretten und wollte sich eine anstecken, doch er erstarrte in der Bewegung. Sein Blick war geradewegs auf das Haustor in der Billrothstraße gerichtet, durch das eben die schwarz gekleidete junge Frau hinein trat, die er auch schon zuvor in der Felberstraße gesehen hatte.

Was war das? Wieso tauchte die Göre hier im Haus von Fichte und Rudis Großvater auf? Das musste er sich genauer ansehen.

Claudio Monetti wuchtete sich aus dem Auto und prüfte kurz die Taschen seines Jacketts. Er stellte das Handy auf Stummbetrieb, klopfte einmal auf seine Brust, um zu testen, ob die Pistole im Halfter war. Er überquerte die Straße.

„Sagen Sie mal, Frau Fichte, was ist denn Ihr Sohn für ein Mensch?“, fragte Hoffmann langsam und klar artikulierend.

Das Streifenauto fuhr mit gemächlichem Tempo durch die Stadt, die zwei uniformierten Polizisten saßen schweigend vorne, Hoffmann und Therese Fichte saßen nebeneinander im Fond. Er sprach bewusst deutlich, denn die alte Dame hörte nicht mehr allzu gut.

„Ach, der Eberhard ist so ein tüchtiger Bub. Sehr fleißig. Er hat in der Schule immer gute Noten gehabt. Nur Einser und höchstens einmal einen Zweier. Und er ist auch so reinlich. Sein Zimmer räumt er immer selbst auf. Und er treibt sich auch nie mit diesen frechen Gassenbuben herum."

Hoffmann musterte die Frau von der Seite, er spürte den Klängen und Bedeutungen ihrer Sätze nach. Was für eine rigorose Tyrannei alleine in der Formulierung „tüchtiger Bub" herauszuhören war. Hoffmann schauderte es. Er hatte ja gesehen, wie der Mann gelebt hatte, er war in seinem Zimmer gewesen, hatte seinen Kleiderschrank geöffnet.

„Hat er denn eine Freundin? Oder eine Verlobte?"

Therese Fichte faltete beschwörend die Hände.

„Gott bewahre!", hob sie halb jammernd, halb drohend an. „Einmal hat er so ein Flitscherl mitgebracht, so ein ordinäres Rotzmensch, das ihm Flausen in den Kopf gesetzt hat. Na ja, wenn die Burschen jung sind, sind sie ja so unselbständig und haben lauter Flausen im Kopf. Aber diese Flausen habe ich ihm ausgetrieben. Wenn er bloß die Richtige mitgebracht hätte. Ich hätte mich so über eine liebe Schwiegertochter gefreut. Oder gar über ein paar putzige Enkerln. Aber der Eberhard ist ja noch jung, das kann schon noch kommen. So liebe kleine Butzerln …"

Frau Fichte blickte träumend zum Fenster hinaus. Hoffmann lehnte sich zurück, denn die Frau schweifte ganz offensichtlich mit ihren Gedanken ab, aus ihr würde er wohl keinerlei weiteren brauchbaren Informationen herausbekommen. Nun, was er erfahren hatte wollen, hatte er erfahren. Hoffmanns Haltung zu der alten Frau auf dem Nebensitz änderte sich. Bis jetzt war er ihr freundlich, hilfsbereit und offenherzig gegenüber gestanden, natürlich, eine Frau Mitte siebzig verdiente alleine wegen ihres Alters Respekt, dieses Verhalten saß ganz tief in Hoffmann. Jetzt aber, wo er ihre Persönlichkeit nur durch ein paar Sätze und Gesten kennengelernt hatte, wusste er, dass sie eher eine Gefängnisdirektorin denn eine Mutter war. Sie hatte ihren Sohn von Anfang an unterjocht und geformt. Das war keine liebe alte

Dame, das war ein in die Jahre gekommenes Monstrum. Wie oft schon war Hoffmann seelischen Krüppeln, kaltherzigen und boshaften Bestien in den distinguierten Bürgerkreisen dieser Stadt begegnet? Er hatte Lust, sich eine Zigarette anzuzünden.

Lidia stand vor der Wohnungstür und zog ihre Handschuhe an. Die Polizei hatte also beide Wohnungen versiegelt. Sie klappte ihr Taschenmesser auf und zerschnitt die Klebestreifen an der Tür zu Fichtes Wohnung. Das Schloss war ja zertrümmert, also konnte sie die Tür ohne Probleme öffnen. Lautlos huschte sie in den Vorraum. Lidia rechnete damit, hier einen Anhaltspunkt für das Versteck der Schatztruhe zu finden. Sie musste nur richtig danach suchen. Sie ärgerte sich. Irene hätte schneller zupacken sollen, so wie sie es selbst immer wieder gepredigt hatte. Genau beobachten, analysieren und flott zugreifen. Keine Reue, keine Scheu, direkt und schnell. Effizienz, das war Irenes Leitwort. Und jetzt? Dieses Zögern ging Lidia auf die Nerven, sie musste die Sache beschleunigen und deswegen wollte sie die Wohnung methodisch durchsuchen. Wäre doch ein Witz, wenn die Schatztruhe die ganze Zeit hier in der Wohnung herumläge, während sie planlos hinter diesem Arschloch Fichte herliefen.

Natürlich begann Lidia ihre Suche in Fichtes Zimmer. Sie schaute sich um. Was für beschissene Möbel. Widerlich. Und der Gestank. Hier stank es nach Putzmittel und dreitausend Jahre alten Mumien. Ein Lächeln huschte über Lidias Gesicht. Mumie, das war der passende Begriff für diesen langen Spießer, er war eine echte Mumie.

Lidia erschrak. Der Parkettboden im Wohnzimmer knarrte.

Sie drehte sich schnell um und blickte zur Zimmertür. Die breiten Schultern und der mächtige Bauch des Mannes füllten den Türstock. Lidias Blut gefror. Sie starrte in böse, dunkle Augen. Der Lauf der Pistole war direkt auf sie gerichtet. Die Miene des Mannes war starr. Er musterte sie kalt von Kopf bis Fuß. Lidia hatte keine Chance.

Eberhard Fichte hatte sich nur ein Stückchen vom Taxi fahren lassen und hatte dem Fahrer ein großzügiges Trinkgeld gegeben. Er blickte dem verschwindenden Wagen hinterher, Fichte überlegte. Der Gangster hatte also nur geblufft und er wäre fast auf den Bluff hineingefallen. Zum Glück hatte dieser Polizist noch rechtzeitig angerufen. Fichte sah jetzt klar. Er musste das Geld holen. Danach würde er versuchen, seine Mutter vom Kommissariat zu holen, denn die Polizei konnte sie ja nicht wirklich dort festhalten. Er würde sagen, dass er sie selbst ins Altenheim bringen würde, doch in Wahrheit würde er sie zu ihrer Cousine nach Baden bringen. Die beiden alten Frauen waren schon seit früheren Jahren so etwas wie Freundinnen gewesen, seine Mutter konnte dort für ein paar Tage bleiben. Das würde genügen, um die Gangster loszuwerden.

Fichte marschierte wieder in Richtung der Gartenanlage. Er kicherte nervös. Wie oft war er in der letzten halben Stunde schon durch die Eingangstür zur Schrebergartenanlage gegangen? Ein Wunder, dass ihn nicht schon irgendeine Nachbarin, irgendein Nachbar zur Rede gestellt hatte. Wer sind Sie? Was wollen Sie hier? Wohin gehen Sie? Welche unlauteren, ja geradezu verachtenswerten Intentionen lassen Sie zu einer absurden Handlungsweise wie dieser schreiten? Wieder entglitt Fichte ein gepresstes Kichern. Zweifellos, er war knapp vor dem Überschnappen. Fichte hatte eine Vision vor Augen. Er saß in einem breiten, mit dunkelrotem Samt bezogenen Fauteuil in einem dezent beleuchteten, erstklassigen Club für Gentlemen in der Altstadt von Dublin, auf dem Tischchen neben dem Fauteuil standen eine Tasse Tee und ein Glas irischer Whiskey, er langte nach einer dicken Havanna und entzündete diese mit einem brennenden Fünfhunderteuroschein. Dabei war er strikter Nichtraucher! Er würde nur diese eine Zigarre rauchen, danach nie wieder eine, aber diese eine würde er sich in keinem Fall entgehen lassen. Fichte griff nach den Schlüsseln in der Tasche seines Jacketts.

Irene war gerade bei der zweiten Runde. Sie suchte noch mal im Schrank. Sie musste sicher sein, dass hier nichts versteckt war, ehe sie den Schuppen hinter dem Haus durchsuchen würde. Irene schloss die Schranktür wieder, hier war nichts von irgendeinem Wert drinnen. Ihr Blick streifte durch das kleine, schmutzige Fenster kurz nach draußen. Ihre Bewegung fror für einen Moment ein.

„Merde", presste sie hervor.

Sie sah, wie Fichte mit eiligen Schritten den kleinen Garten durchmaß. Irene schaute sich um. Keine Möglichkeit, unentdeckt aus diesem Haus zu entkommen. Unter das Bett? Irene verwarf den Gedanken so schnell, wie sie ihn gefasst hatte. Nein, wenn er unter das Bett blicken sollte, könnte sie keine glaubhafte Lüge erfinden. Sie würde ihn frontal angehen müssen. Nur was sollte sie sagen? Irene warf sich auf einen Sessel, schlug die Beine übereinander und setzte einen strengen Blick auf. Was zum Teufel sollte sie ihm jetzt für eine Geschichte auftischen? Die Eingangstür knarrte. Verflucht, ihre Handtasche lag noch in der Küche.

„Ist da wer?", hörte sie seine zaghafte Stimme.

Monetti zog seine Lederjacke aus, legte das Schulterhalfter ab und warf sich die Jacke über die rechte Hand. Damit verdeckte er die Waffe. Er packte Lidia hart am Oberarm und schob sie vor sich her. Schon in der Wohnung hatte er sie durchsucht und er war irgendwie gar nicht überrascht gewesen, als er ihre Pistole gefunden hatte. Monetti hatte die Waffe, Lidias Handy, Autoschlüssel und Geldbörse samt Führerschein an sich genommen. Lidia war der Panik nahe, nur mit letzter Mühe hatte sie es geschafft, nicht loszuschreien. Sie hatte noch genau in Erinnerung, wie dieser Mann und ein zweiter einen zusammengerollten, schweren Teppich aus dem Haus in der Felberstraße zum Auto geschleppt hatten. Lidia roch förmlich die

Gefahr, die von ihm ausging. Sie wagte nicht eine falsche Bewegung.

„Wenn du versuchst wegzurennen, bist du tot", brummte er leise in ihr Ohr.

Sie traten auf die Straße. Monetti führte Lidia zu seinem Auto. Vorsichtig ließ er seinen Blick kreisen.

„Du fährst. Ich sitze hinter dir. Wenn du Scheiße baust, schieße ich durch den Sitz. Verstanden?"

Lidias Blick streifte die schwitzende Stirn des korpulenten Mannes, die feuchten Stellen unter den Achseln. Sie litt Todesangst.

„Hast du mich verstanden?", knurrte er sie an und drückte kräftig die Pistolenmündung in ihren Rücken. Lidia ächzte.

„Ja."

„Dann steig ein."

Lidia ließ sich auf den Fahrersitz fallen, er schleuderte die Tür zu und setzte sich hinter Lidia in den Fond. Er warf den Autoschlüssel nach vorne.

„Und jetzt los. Schön vorsichtig und unauffällig. Fahr gerade aus."

Lidia richtete den Sitz und den Rückspiegel. Sie startete den Motor.

Die zwei uniformierten Polizisten führten Frau Fichte zur Tür des Gebäudes. Hoffmann blickte sich um. Die Bäume waren noch grün belaubt, die Sonne schien, das anhaltende warme und sonnige Wetter machte den Gedanken an den heranziehenden Herbst irgendwie irreal. Es schien nie wieder kühl und dunkel zu werden, es schien ewig Sommer zu bleiben. Hoffmann griff nach seinen Zigaretten und entzündete eine. Er inhalierte den Rauch. Irgendwann würde er ernsthaft beginnen müssen, sich das Rauchen abzugewöhnen. Sollte er mal ein paar Wochen Urlaub nehmen, um eine Therapie zu machen? Kein schlechter Gedanke. Hoffmann wusste aus langjähriger Erfahrung als Drogenfahnder, dass echte Junkies nie und nimmer alleine von der Droge wegkamen. Ohne sozialmedizinische Betreuung ging da nichts.

Hoffmann ging langsam auf das Gebäude des Altenheims zu. Er massierte seine linke Schulter.

Er schaute immer wieder auf seine Armbanduhr. Wernheim hatte seinen Audi ein paar Gassen weiter geparkt. Er ging unruhig in einiger Entfernung vor der U-Bahnstation Heiligenstadt auf und ab. Noch fünf Minuten, dann musste Fichte endlich auftauchen. Wernheim war neugierig auf diesen Mann. Er würde ihm mit großem Vergnügen die Nase brechen. Oder nein, für das Nasebrechen brauchte sich Wernheim nicht die Hände schmutzig zu machen. Wozu hatte er einen Partner vom Formate Monettis? Hauptsache war, dass sie das Paket zurückerhalten würden. Wernheim ließ sich für Fichte alle Optionen offen, solange sie nur etwas mit Schmerz, Tortur und Blut zu tun haben würden.

Was für kesse Beine! Wernheim schaute einer jungen, brünetten Frau in einem knappen Minirock hinterher.

Fichte schnappte nach Luft. Er taumelte ein wenig und stützte sich am Türstock ab.

„Lieber Eberhard, ich glaube fast, Sie haben mir nicht die Wahrheit gesagt."

Irene war richtig gut, der etwas distanzierte Blick, eine Prise Strenge, ein Hauch Enttäuschung, langsame und deutliche Intonation. Das jahrelange Training machte sich nun bezahlt, sie war eine große Meisterin der Manipulation von Menschen, der forcierten Lüge. Ob sie wohl eine Karriere als Politikerin anstreben sollte? Eine Exhure und Trickdiebin als österreichische Innenministerin? Das hätte doch eine gewisse innere Logik gehabt. Irene wischte den verrückten Gedanken schnell fort, sie musste an Fichte dran bleiben, ihre Konzentration durfte nicht nachlassen.

„Irene … wie kommen Sie hierher?"

Irenes Miene nahm einen leidenden Ausdruck an.

„Was verschweigen Sie mir bloß, Eberhard? In welchen Problemen stecken Sie wirklich?"

„Was meinen Sie?"

„Es gehört zu meinem Beruf als Detektivin, Fährten zu wittern. Ich habe eine Fährte gewittert und bin Ihnen gefolgt. Wollen Sie mir nicht erklären, warum Sie sich aus dem Hotel fortgestohlen haben?"

Fichtes Blicke taumelten hektisch durch den Raum. Hatte Irene das Häuschen durchsucht? Fichte kämpfte mit aufsteigender Panik.

„Wer sind Sie wirklich?", fragte er.

Irenes Lippen spannten sich. So lächerlich Fichte wirkte, er war ein zäher Gegner, und er war wesentlich cleverer als er auf den ersten Blick aussah. Also vorbei mit dem Taktieren, jetzt ging es hart auf hart.

„Das sind aber viele Fragen auf einmal", sagte Irene trocken. „Ob wir darauf Antworten finden werden?"

„Sie stellen schon wieder eine Frage."

„Und Sie haben wieder keine Antwort gegeben."

Irenes Blick streifte ihre Handtasche, sie lag in Griffweite Fichtes. Irene musste unauffällig zu ihrer Handtasche kommen, sie musste die kleine Beretta bei sich haben. Also erhob sie sich langsam und startete ein Ablenkungsmanöver. Sie trat an das Fenster und schaute demonstrativ in den grünen Kleingarten hinaus. Sie seufzte bewusst geräuschvoll, verschränkte die Arme, drehte sich um und fixierte Fichte.

„Was haben Sie gestohlen, Eberhard? Und lügen Sie mich nicht an. Ich kenne zwar die Wahrheit nicht, aber ich weiß immer sehr genau, wenn mich jemand anlügt. Was haben Sie gestohlen? Und wem haben Sie es gestohlen?"

Fichte rang nach Luft.

„Ich … ich habe nichts gestohlen. Ich bin kein Dieb!"

„Ich bin nicht von der Polizei, ja, ich bin auch nicht einmal sehr rechtschaffen und gesetzestreu. Sie haben etwas gestohlen, da bin ich mir absolut sicher, ich weiß nicht was, aber es ist etwas von beträchtlichem Wert. Und wissen Sie was, Eberhard, es ist mir völlig egal, was es ist. Ich bin nur besorgt, weil das Diebesgut vielleicht meinen Auftraggebern gehören könnte. In diesem Fall, und das sage ich ganz offen, werde ich die Beute meinen Auftraggebern zurückgeben. Wenn es nicht meinen Auftraggebern gehört, können Sie machen, was Sie wollen, da werden Sie mich sehr schnell los sein. Also, haben Sie der Firma Geld gestohlen? Wie viel haben Sie unterschlagen? Einhunderttausend? Zweihunderttausend? Eine halbe Million? Wie viel, Eberhard?“

Fichte kicherte nervös.

„Der Firma? Wie soll ich Firmengeld veruntreut haben? Ich arbeite dort seit einem halben Jahr nicht mehr!“

Irenes Haltung entspannte sich merklich, ein Lächeln wischte für einen Augenblick über ihr Gesicht. Fichte war geradezu betäubt von der Schönheit dieses Lächelns.

„Können Sie das beschwören, Eberhard? Heben Sie die Hand und schwören Sie, dass Sie der Firma kein Geld gestohlen haben.“

Fichte hob seine rechte Hand wie in einem durchschnittlichen amerikanischen Gerichtsthriller.

„Ich schwöre, dass ich der Firma kein Geld gestohlen habe.“

Irene verkniff sich ein amüsiertes Schmunzeln. Hatte sie ihn also doch noch drangekriegt. Wie ein kleiner Pfadfinder stand er da, ganz und gar von seinem Schwur überzeugt. Drollig. Und sie hatte gar nicht mal die Sexmasche hervorkramen müssen. Irene las genau in seinem Gesicht. Nicht mehr lange, nur noch ein minimaler Schubs und er würde ihr sagen, wo die Schatztruhe vergraben war.

„Entschuldigen Sie, Eberhard, als Detektivin bin ich berufsbedingt misstrauisch, aber ich glaube Ihnen. Sie haben der Firma wirklich kein Geld gestohlen, da bin ich mir jetzt sicher.

Bloß, irgendjemand haben Sie doch etwas gestohlen, da bin ich mir auch sicher."

Irene lächelte ihn vertrauensselig an, drehte sich wieder zum Fenster und blickte hinaus.

„Werden Sie mir sagen, was Sie gestohlen haben, Eberhard?", fragte sie fast flüsternd.

Fichte genoss den runden, üppigen Klang ihrer Stimme. Wie schön Irene im durch das Fenster hereinbrechenden Licht aussah, wie anmutig sie ihre Arme verschränkte und nachgerade träumerisch aus dem Fenster schaute. Er musterte den eleganten Schwung ihres Halses. Er sehnte sich danach, diesen Hals zu küssen und gleichzeitig schämte er sich, nur an sein sexuelles Begehren zu denken. Er kämpfte gegen dieses krankhafte, ihm aufoktroyierte Schamgefühl, er musste es endlich besiegen, er musste endlich frei sein. Fichte stützte sich auf den Küchenschrank. Sein Blick fiel auf Irenes Handtasche.

„Ich habe die siebenhunderttausend Euro nicht gestohlen", murmelte er fast unhörbar. „Ich habe sie zufällig in die Hände bekommen. Es war nur ein irrwitziger Zufall."

Irenes Augen öffneten sich unwillkürlich. Für einen Augenblick vergaß sie zu atmen. Siebenhunderttausend Euro! Ein mehr als fetter Braten. Irene drehte sich um und wollte etwas sagen. Schlagartig hatte sie vergessen, was sie hatte sagen wollen. Sie blickte auf Fichtes vorgestreckte rechte Hand. Er entsicherte die Beretta.

Er sah, wie ihr Gesicht bleich wurde, wie sie langsam die Hände hob, wie sie nach Worten rang.

„Entschuldigen Sie, liebe Irene, aber ich kann nicht anders."

„Eberhard, legen Sie die Waffe fort. Ich beschwöre Sie …"

„Nein!", schnitt er ihr das Wort ab. „Ich kann nicht! Ich glaube Ihnen nicht, ich glaube niemandem mehr. Ich möchte Sie wirklich nicht verletzen, deshalb beschwöre ich Sie, keine falschen Handlungen zu setzen. Irene, wenn ich könnte, wie ich wollte, würde ich Ihnen die Waffe, das Geld, ich würde Ihnen meine Liebe und mein Leben schenken. Aber ich kann nicht."

Er öffnete einen Schrank und kramte, ohne die Waffe zu senken und Irene aus den Augen zu lassen, eine Wäscheleine hervor. Er warf Irene die Leine zu.

„Bitte setzen Sie sich und binden Sie Ihre Fesseln an die Stuhlbeine."

Irene gestand sich mit einem bitteren Geschmack auf der Zunge ihre Niederlage ein. Sie hatte ihn schon wieder falsch eingeschätzt. Einmal zu viel. Also leistete sie seinen Anordnungen Folge. Die Beretta war zwar nur eine Minipistole, aber auf diese Distanz konnten auch kleinkalibrige Geschosse tödlich wirken. Und Irene wollte seine Entschlusskraft, ob er nun Mumm genug hatte abzudrücken oder nicht, wahrlich nicht auf die Probe stellen. Nicht nach diesem letzten Debakel.

Hoffmann öffnete die Tür und trat ins Freie. Er hatte aus der Ferne beobachtet, wie die uniformierten Kollegen Frau Fichte in der Station abgeliefert hatten. Sollte er hier im Altenheim auf Fichte warten? Etwas Besseres fiel ihm derzeit nicht ein. Hoffmann war sich ziemlich sicher, dass er kommen würde. Die beiden Kollegen hatten sich von der Oberschwester verabschiedet und waren gegangen, inzwischen hatte Hoffmann die Topografie der Station studiert. Nun wollte er ein paar Runden im Areal machen. Ein Hungergefühl machte sich breit, seit dem kargen Frühstück, bestehend aus einer Tasse schwarzen Kaffee und zwei Zigaretten, hatte er nichts zu sich genommen. Hoffmann beschleunigte seine Schritte, er war nun auf der Suche nach einem Supermarkt, wo er sich eine Wurstsemmel kaufen konnte.

Was war da nur los? Hoffmann konnte sich nicht erinnern, jemals in einen Fall verwickelt gewesen zu sein, der so offensichtlich unlogisch, verwirrend und nebulos war. Was hatte dieser koksende Schispringer da bloß losgetreten? Hoffmann griff zu seinem Handy und wählte die Nummer seines Kollegen Assmann.

Der VW Passat rollte langsam durch die Gassen. Lidia beobachtete verstohlen im Rückspiegel den Mann hinter ihr. Sie hatte sich mittlerweile sein Gesicht fest eingeprägt. Er saß schnaufend am Rücksitz, rauchte ohne Pause und hielt die unter seiner Lederjacke versteckte Pistole stets auf die Lehne des Fahrersitzes gerichtet. Er schien jemanden zu suchen. Das Auto fuhr am großen Karl-Marx-Hof vorbei, jener altehrwürdigen Anlage des sozialen Wohnbaus der 1920er Jahre. Sie kamen zur Bushaltestelle vor der U-Bahn-Station. Lidia fuhr im Schritttempo, denn ein dichter Schwall von Leuten verließ das Bahnhofsgelände und strömte auch auf die Straße. Sie nahm aus dem Augenwinkel eine Bewegung hinter sich wahr. Lidia schaute wieder in den Rückspiegel. Der korpulente Mann drückte sein Handy an sein Ohr.

„Wo ist das Schwein?“, knurrte er in das Telefon. „Was heißt da überfällig?“, brüllte er los. „Scheiße noch mal! Steh da nicht so bescheuert in der Gegend rum! Besorg den Kerl, damit ich ihn in Einzelteile zerlegen kann. Ja, ich bin auch hier. Noch dazu nicht allein. Nein, ich hab da eine Rotzgöre aufgelesen, die ein paar sehr verdächtige Dinge gemacht hat. Quatsch mich nicht an, ich habe meine Gründe. Wenn das Schwein nicht sofort auftaucht, nehme ich die Sache in die Hand. Ruf an, wenn er da ist. Ich warte bei dem Supermarkt in Nussdorf. Ja, am Parkplatz. Kurt, leck mich!“

Der Mann schleuderte das Handy auf den Autositz. Der Tonfall, den Lidia hier mitgehört hatte, verhieß wahrlich nichts Gutes.

„Fahr geradeaus. Tempo jetzt!“

Lidia stieg auf das Gaspedal. Wenn sie bloß Irene anrufen könnte.

„So, Schätzchen, jetzt zu dir. Lass was hören. Und zwar ohne Gesülze.“

Lidia hob den Blick. Der breitschultrige Mann starrte mit böser Miene in den Rückspiegel, ihre Blicke trafen sich für einen Augenblick. Dann nahm er ihr Handy zur Hand und tippte sich durch die Menüs.

„Wer zum Beispiel ist Irene?“, fragte er und hob, ohne auf eine Antwort zu warten, ihr Handy an sein Ohr.

Lidia schnappte nach Luft.

Eberhard Fichte prüfte den Sitz der Wäscheleine. Sehr gut, nicht so fest, dass sie Verletzungen hinterlassen würde, aber straff genug, um Irenes Hände hinter der Stuhllehne zu fixieren. Nun trat er vor sie und wollte die Leine um ihre Hüfte binden. Er taumelte ein wenig zurück, ihr Blick war ebenso verstörend wie betörend.

„Ich gratuliere Ihnen, Eberhard.“

„Wozu gratulieren Sie mir?“

Sie taxierte ihn von unten bis oben.

„Es gibt nicht viele Männer, die von sich behaupten dürfen, mich überwältigt zu haben. Und die, denen dieses Kunststück bisher gelungen ist, mussten brutale Gewalt anwenden. Sie haben das nicht nötig. Ich kann das respektieren, auch wenn ich dieses Spiel verliere.“

Fichte kniete sich zu Boden und legte nun die Leine um sie herum. Dabei kam er ihr nahe, sehr nahe. Er inhalierte ihren Duft. Obwohl er sie nicht berührte, war ihm, als ob er ihre runden, vollen Brüste auf seiner nackten Haut spürte.

„Ich habe keine guten Erfahrungen mit Männern gemacht. Kaum jemals habe ich einen Mann getroffen, mit dem ich ernsthaft länger als fünf Minuten hätte diskutieren wollen.“

Er hielt inne und starrte seitlich auf ihren Hals. Was für schöne Haut sie hatte, wie nahe sie ihm war. Nur mit Mühe zog er die Leine stramm und trat einen Schritt zurück.

„Das hat schon angefangen, als ich noch ein Kind war. Meinen Vater zum Beispiel habe ich nie gesehen. Es hätten viele sein können. Sie müssen wissen, meine Mutter war alles andere als eine tugendhafte Frau. Sie war in der Kleinstadt, in der wir gelebt hatten, das Flittchen vom Dienst. Tja, der Alkohol kann schöne Frauen ruinieren. Sie war Trinkerin. Wein, Cognac und vor allem

Martini. Die honorigen Würdenträger der Kleinstadt haben ein Spielpüppchen gebraucht. Diese braven Männer haben für die eine oder andere Nacht ihr Ehebett mit dem Bett meiner Mutter getauscht. So etwas macht gute Laune und ist gesund für den Kreislauf. Die Ehefrauen hatten zu kuschen und das Püppchen wurde mit Schnaps, hübschen Kleidern und Pelzmänteln bei Laune gehalten."

Fichte stand drei Schritte von ihr entfernt, hielt die Pistole in der Hand und lauschte ergriffen ihren Worten. Irene hingegen starrte an die Decke, sie redete einfach ohne nachzudenken, ohne sich zu kontrollieren, sie ließ sich einfach treiben. Was hatte sie schon zu verlieren?

„Meine Mutter war in ihren jungen Jahren eine sehr schöne Frau. Blond, schlank, willig, wie eine Puppe eben zu sein hat. Was war das für eine prima Entwicklung, dass ihre Tochter ihre Attraktivität geerbt hatte, ein famoser Zufall, manchmal ist das Schicksal wirklich gerecht. So stand also fest, dass die Kleinstadt die sich schnell verbrauchende Puppe durch eine jüngere würde ersetzen können. Natürlich mussten dem Gör noch ein paar Flausen ausgetrieben werden. Und für das Austreiben von Flausen setzt man vorzugsweise katholische Priester ein. Das ist doch deren gesellschaftlicher Zweck, dafür werden sie doch in den Eliteuniversitäten in Fragen der Moral und Exegese ausgebildet. So war das dann auch. Als meine Mutter von der Sauferei nicht mehr runterkam, nahm sich der Pfarrer ihrer armen Seele an und brachte sie durch Fasten, Enthaltsamkeit und Beten dazu, dem Pfad der Sünde zu entsagen. Er hat es geschafft, sie trocken zu legen. So lange, bis sie gottesfürchtig und keusch für die Sexdienste der Lokalpolitiker und Wirtschaftsbosse nicht mehr zur Verfügung stand, sondern nur mehr für die des Hirten der Schafsherde. Tja, auch Pfarrer haben einen Schwanz unter der Soutane und der Pfarrer fand es eine erhebende Idee, diesen den nunmehr gottgefälligen Lippen meiner Mutter zu überantworten. Was für Probleme gesorgt hat, denn meine Mutter fand den Herrn Pfarrer sehr bald irgendwie zu - wie soll ich sagen - zu verklemmt. Es machte ihr mit echten Männern und Schnaps einfach mehr Spaß, beziehungsweise hat der Schnaps für die entsprechende Betäubung gesorgt. Was nun für den Pfarrer gar kein so großes Problem war, denn der Teufel hat Weibsgestalt, das ist allgemein bekannt, viel reiner, spiritueller, gottgefälliger sind da doch Kinder in ihrer Unschuld und Schönheit. Ja, der umsichtige Hirte bewahrt seine jungen Schäfchen vor der Sünde, also hat der Herr Pfarrer mich auf den rechten Pfad geführt und hat mich gelehrt …"

Irene hielt plötzlich inne und starrte Fichte an. Er erschrak. Wie hart ihre Miene war, wie bitter der Zug um ihre Lippen. Sie starrten einander einige Augenblicke wortlos an.

„Nehmen Sie das Geld, Eberhard", flüsterte Irene. „Nehmen Sie es und hauen Sie ab. Vergessen Sie Ihre Mutter, sie hat ihr Leben gehabt und das Ihre versaut. Sie müssen Österreich sofort verlassen. Die Männer, denen das Geld gehört, kennen kein Pardon. Das sind die wahren Täter, Sie sind nur ein Opfer. Aber Sie haben diese einmalige Gelegenheit, dieser Scheißwelt und diesen Bestien in Menschengestalt den Stinkefinger zu zeigen. Los, hauen Sie endlich ab!"

„Ja, dann habe ich da noch ein bisschen gegraben."

„Schieß los", sagte Hoffmann.

Sein Kollege Assmann räusperte sich am Telefon.

„Diese Lidia Simić ist scheinbar nicht nur in Österreich wegen Diebstahl aufgefallen. Ich habe aus Belgien einen Bericht erhalten, dass sie in Antwerpen eine Nacht in Polizeigewahrsam war. War nicht ganz leicht, auf die Schnelle eine Übersetzung ins Deutsche zu organisieren. Sie hat sich in Antwerpen offenbar ein paar Monate aufgehalten. In einem Kaufhaus hat sie eine Uhr mitgehen lassen und ist nur wegen eines blöden Zufalls aufgeflogen. Seitdem verliert sich ihre Spur. Allerdings haben die Belgier den Verdacht, dass die Simić größer ins Geschäft eingestiegen ist. Sie vermuten, dass eine ganze Serie von

Trickdiebstählen in Belgien, Holland und Norddeutschland auf das Konto von Simić und einer zweiten Frau geht. Und jetzt kommt's."

„Hoffmann warf die zum Stummel gerauchte Zigarette auf das Trottoir und zertrat sie. Er lauschte gespannt.

„Die zweite Frau, so vermuten die Belgier, könnte die von Interpol gesuchte österreichische Staatsbürgerin Irene Glaser sein."

„Nie gehört. Wer ist das?"

„Bin gerade dabei, dieser Dame nachzurecherchieren. So wie es auf den ersten Blick aussieht, ist sie eine Frau mit Vergangenheit im Rotlichtmilieu. Gib mir noch eine halbe Stunde Zeit, dann kann ich dir ein paar genauere Infos dazu geben."

Hoffmann nickte. Gut so, Assmann tat das, was er am besten konnte, er bewegte sich flink auf der Datenautobahn der internationalen Sicherheitsnetze. Hoffmann hatte zwar keine Ahnung, was diese Informationen wert waren, aber in diesem irren Fall konnte plötzlich alles von Interesse sein, konnte jede Kleinigkeit über den Erfolg oder Misserfolg der Untersuchung entscheiden.

„Okay, Gerhard, bleib da bitte dran. Ruf mich aber nicht an, ich melde mich bei dir."

„Passt, also Tschüs", verabschiedete sich Assmann und trennte die Leitung.

Hoffmann steckte das Telefon in die Tasche seines Jacketts. Was hatte er? Ein toter Doppelweltmeister. Ein arbeitsloser Buchhalter. Ein auf der Stiege gestürzter alter Mann. Ein kaltblütig exekutierter Wiener Pratergauner. Eine mit der Straßenbahn spazieren fahrende Bewohnerin des Lainzer Altenheims. Eine ausgebrannte Wohnung in der Felberstraße. Ein anonymer Anruf. Eine bosnischstämmige Diebin mit Karriereambitionen in Belgien. Ein ehemaliger Sportmanager im Drogengroßhandel. Wie sollte er da den Überblick bewahren? Wo sollte er ansetzen, um das Dickicht zu lichten? Hoffmann fluchte in sich hinein, er kratzte sein unrasiertes Kinn. Schnell steckte er sich wieder eine Zigarette an, vergaß auf seinen leeren Magen und hielt nach einem Taxi Ausschau. Hier in Lainz auf Fichte zu warten, würden seine Nerven nicht aushalten, er musste etwas tun, er musste sich in Bewegung setzen. Auf jeden Fall brauchte die alte Frau Fichte in den nächsten achtundvierzig Stunden unauffällig Polizeischutz, entschloss er. Hastig griff er nach seinem Handy und wählte die Nummer des Kommissariats. Hoffmann zündete die Zigarette an, hörte das Piepen in der Leitung und winkte einem vorbeifahrenden Taxi.

„So ein Scheiß", brummte er mürrisch vor sich hin. „Was, nein, nicht du, Hoffmann spricht. Ja. Pass auf, Kollege, ich brauche im Altenheim Lainz einen Wachposten in Zivil. Verflixt, dann gib Gas. Also noch mal zum Mitdenken …"

Fichte blickte verlegen zu Boden. Diese Geschichte verunsicherte ihn noch weiter. Warum hatte sie ihm das erzählt? Irene las in seiner Miene, sie erriet seine Gedanken.

„Eberhard", sagte sie mit leiser, samtiger Stimme. „Sie stehen ja noch immer da. Gehen Sie endlich. Machen Sie sich um mich keine Sorgen, ich komme da schon raus."

Er trippelte verlegen herum.

„Ich habe noch nie eine Frau wie Sie kennengelernt. Ich bin so verwirrt. Ich möchte Ihnen so gerne vertrauen."

Irene schwieg, sie grübelte. Warum ging er nicht? War es Blödheit oder etwas anderes? Aber was außer Blödheit konnte es sein?

Ein elektrisches Klingeln ertönte. Fichte hob sein Handy ans Ohr.

„Hallo."

„Wo sind Sie, verdammt noch mal!", brüllte Wernheim ins Telefon.

„Unterwegs."

„Ihre Zeit ist vor fünf Minuten abgelaufen, ich ..."

„Die Straßenbahn steckt im Stau“, log er. „Ich brauch noch mindestens fünfzehn Minuten.“

Damit trennte er die Leitung. Er aktivierte die Stummschaltung des Handys. Im Augenblick, als er sein Handy einsteckte, klingelte ein anderes. Er blickte auf Irenes Handtasche. Fichte nahm das Handy heraus und schaute Irene an.

„Wer ist dran?“, fragte Irene. „Sagen Sie es mir bitte.“

Fichte las den Namen auf der Anzeige.

„Lidia. Hier steht Lidia. Wer ist das?“

„Meine Partnerin. Lassen Sie mich mit ihr telefonieren. Bitte. Ich werde ihr nur sagen, dass wir uns ab jetzt raushalten. Ich schwöre es Ihnen.“

Fichte zögerte, nahm aber schließlich den Anruf entgegen und hob das Handy an sein Ohr.

Der VW Passat fuhr in nördlicher Richtung dem Stadtrand entgegen. Lidia hatte größte Schwierigkeiten, auf den Verkehr zu achten. Irgendwie schaffte sie es immerhin, keinen Unfall zu verursachen. Ihre Hände zitterten.

„Ist dort Irene?“, fragte Claudio Monetti in die stille Leitung hinein. Er wartete einige Augenblicke, aber niemand sagte etwas. „Hallo! Ist da wer?“, rief er wütend.

„Wer spricht da?“, kam eine Gegenfrage.

Monetti runzelte die Stirn. Ein Mann war am Apparat. Wer war der Mann? Eine aberwitzige Ahnung durchschoss ihn.

„Fichte? Sind Sie es, Fichte?“

„Wer ist dran?“, wiederholte Fichte seine Frage. Der Mann mit der tiefen, harten Stimme sprach mit deutschem Akzent, so viel hatte Fichte nach den paar Worten schon gehört. Eine böse Ahnung beschlich ihn.

„So, mein Freundchen“, rief Monetti in das Telefon. „Ich will sofort mein Geld und ich lasse mich nicht verarschen. Sofort! Verstehst du? Sofort! Ich habe eine Geisel. Und deine Mutter kriege ich auch. Ich kriege euch alle.“

Fichte starrte Irene an.
„Eine Geisel? Wen?"
„He, Schätzchen, wie heißt du?", fragte Monetti brüllend.
„Lidia."
„Die Göre heißt Lidia. Und wenn ich nicht innerhalb von ein paar Minuten mein Geld habe, ist sie mausetot. Und als nächste ist deine Mutter fällig, du Arschloch."
Fichte überlegte fieberhaft.
„Wo soll ich die Tasche abliefern?"
„Du fährst auf den Kahlenberg. Dort gibt es einen großen Parkplatz. Du hast zehn Minuten Zeit."
„Ich brauche mehr Zeit, ich habe kein Auto."
„Dann besorg dir eines! Zehn Minuten. Sonst fließt Blut!"
Monetti trennte die Leitung. Er fluchte vor sich hin. Hätte er bloß von Anfang an die Sache in die Hand genommen. Ein Telefonat und die Sache lief, während der Idiot Wernheim tausendmal herumtelefonierte und nichts erreichte.
„Du fährst da vorne links. Dann rauf auf den Kahlenberg."
Monetti wählte mit seinem Handy Wernheims Nummer.

„Hallo, Gerald", sagte Hoffmann durch das Telefon zu Gerald Windisch. „Ich bin gerade auf dem Weg ins Kommissariat. Mit dem Taxi. Nein, ich hab mir ein Dienstauto reservieren lassen. Ich muss mobil sein, mit der Straßenbahn komme ich zu langsam voran. Ja, der Gerhard ist fleißig am Graben, aber ich muss gestehen, ich suche noch nach einer Strategie, bin ziemlich planlos. Du auch? Du hast also noch nichts herausgefunden. Dann sind wir schon zwei planlose Kiberer. Schöne Scheiße, so sehe ich das auch. Gut, wir bleiben in Kontakt."
Als der ausländische Taxifahrer aus dem Telefonat heraushörte, dass sein Fahrgast ein Polizist war, wurde er nervös. Er reduzierte das Tempo.

„Na los, steigen Sie auf das Gas. Ich habe es eilig. Los, los. Tempo. Wenn uns einer wegen überhöhter Geschwindigkeit aufhält, reiße ich ihm die Ohren ab."

Hoffmann zeigte seinen Polizeiausweis. Der Fahrer schaltete zurück und stieg auf das Pedal, der Motor des Mercedes drehte hoch.

„Haben Sie Lidia?", fragte Irene atemlos.

Fichte nickte bejahend.

„Um Himmels Willen!" rief Irene aus. „Die sind zu allem fähig! Eberhard, binden Sie mich los. Jetzt geht es nicht mehr um Geld, sondern um Leben und Tod!"

„Wer ist Lidia?"

„Wie ich schon sagte, meine Partnerin. Binden Sie mich los, Eberhard. Schnell. Jede Sekunde zählt. Diese Männer sind Mörder, ich habe es mit eigenen Augen gesehen. Sie werden Lidia töten!"

„Mörder?"

„Ja, Mörder. Haben Sie in der Morgenausgabe nicht gelesen, dass die Wiener Polizei in Süßenbrunn die Leiche eines gewissen Rudi Obermeier gefunden hat? Diesen Mann haben sie getötet! Und jetzt lösen Sie diese Scheißwäscheleine!"

Irenes Tonfall wurde schrill, sie zerrte an den Fesseln.

„Rudi Obermeier", echote Fichte wie in Trance. „Sie haben Rudi also getötet."

Er sah nun klar. Er wurde sterben, daran gab es nichts zu rütteln. Er rechnete mit seinem Leben hier und jetzt ab. Es war alles vorbei, aber so konnte es auf der Welt nicht weitergehen. Er musste und er würde gegen das Unrecht antreten. Entweder würde er triumphieren oder untergehen, entweder würde Don Quijote den teuflischen Windmühlenriesen besiegen oder von dessen Titanenarmen zermalmt in den Staub geworfen werden. Fichtes Blick verlor sich für eine Sekunde im Nichts. Dann fasste er Irene ins Auge.

„Es wird alles gut werden, Irene. Machen Sie sich keine Sorgen. Ich befreie Ihre Partnerin."

Irenes Kinnlade klappte nach unten. Sie war sprachlos.

Fichte nahm sein Handy und suchte nach einer der gespeicherten Nummer. Er wog die Waffe in seiner Hand. So leicht und doch so tödlich.

Hoffmann riss sein klingelndes Telefon aus der Jacketttasche. Er schaute auf die Anzeige und erkannte die Nummer sofort.

„Halten Sie an!", rief er dem Taxifahrer zu. „Da, gleich rechts ran."

Das Taxi hielt im Halteverbot mit laufendem Motor. Hoffmann nahm den Anruf entgegen.

„Hallo, Herr Fichte", meldete sich Hoffmann.

„Guten Tag, Herr Inspektor. Ich muss mich kurz fassen, daher meine Frage: Können Sie mir für einen Moment zuhören?"

Hoffmann schwitzte mit einem Mal. Der Klang der Stimme ließ ihm das Blut in den Adern gerinnen.

„Ich bin ganz Ohr, schießen Sie los."

„Rudi Obermeier ist wegen eines Geldpakets getötet worden. Siebenhunderttausend Euro. Durch Zufall habe ich das Geld in die Hände gekriegt. Sie finden das Geld in einem Versteck im Schrebergartenhaus meiner Tante. In der kleinen Küche ist eine Kühlgrube am Boden. Darüber liegen Bretter und ein alter Linoleumbelag. Dort drinnen ist die Geldtasche. Außerdem ist in diesem Gartenhaus eine gefesselte Frau. Sie heißt Irene und ist Detektivin. Bitte befreien Sie sie. Sie ist an allem unschuldig. Ich sage Ihnen die Adresse. Haben Sie etwas zum Schreiben?"

„Nein, aber ich merke sie mir."

„Knödelhüttenstraße 12. Parzelle 16. Das Gartenhäuschen mit der roten Eingangstür. Haben Sie die Adresse?"

„Keine Sorge, die vergesse ich nicht."

„Bitte befreien Sie Irene."

„Und Sie? Was ist mit Ihnen?"

„Sie werden von mir hören."

Damit trennte Fichte die Leitung. Er kniete vor Irene auf dem Boden und legte seine Hände auf ihren Schoß.

„Eberhard, was haben Sie nur gemacht?", flüsterte Irene resigniert.

„Es wird alles gut werden. Ich werde ihre Partnerin befreien."

„Nein, Lidia und Sie werden sterben."

Fichte sprang hoch und trat zurück.

„Vertrauen Sie mir, Irene. Adieu. Und, Irene …"

Wie traurig und einsam ihr Blick war. Wie überirdisch schön sie war.

„Sie sind verrückt", sagte sie nach einer Weile.

„Ich weiß. Ich liebe Sie, Irene."

Fichte nahm Irenes Handy an sich. Sie hörte die knarrenden Dielen und das fliehende Knallen der Tür.

Kurt Wernheim fuhr am Limit, die Reifen des bärenstarken Audis quietschten in den engen Kurven der Höhenstraße. Zum Glück war um diese Zeit kein Verkehr auf der Straße. Er kannte sie gut, er war oft über diese Straße in sein Haus in Klosterneuburg gefahren. Die Mädchen liebten es, in einem flotten Cabrio über die Bergstraße zu flitzen. Auch alleine hatte er oft diesen Weg zwischen Wien und Klosterneuburg genommen, außer wenn er es eilig gehabt hatte, dann war er auf der Schnellstraße an der Donau entlang gefahren. Ein paar Kurven noch, Wernheim reduzierte scharf das Tempo, denn vor ihm tuckerte ein Autobus mit Herbsttouristen auf die dicht bewaldeten Berge im Norden von Wien. Natürlich, die Aussicht vom Kahlenberg oder Leopoldsberg auf Wien war berühmt. Wernheim fluchte vor sich hin. Monettis Anruf war kurz gewesen, er hatte Wernheim mit schroffen Worten hierher bestellt. Natürlich ärgerte ihn der Tonfall seines Partners, noch viel mehr wurmte ihn aber, dass es Monetti offenbar geschafft hatte, Fichte an die Strippe zu kriegen. Und was hatte er da von einer Göre gefaselt, die er als Geisel genommen hatte? Wernheim musste Klarheit finden.

Der Audi rollte langsam hinter dem Reisebus auf den großen Parkplatz. Wernheim sah den VW Passat sofort. Das Auto stand alleine auf dem unteren Ende der Parkfläche, der Reisebus fuhr in Richtung der Aussichtsterrasse. Wernheim fuhr eine große Kurve und lenkte das Auto neben das andere. Er drückte auf den Fensteröffner, die Scheibe am Beifahrersitz verschwand in der Autotür. Monetti öffnete ebenfalls das Fenster.

„Das Schwein wird bald hier sein", knurrte Monetti ansatzlos.

„Woher willst du das wissen?"

„Weil ich es ihm gesagt habe."

Die beiden Männer schauten einander für einen Augenblick angewidert an.

„Wer ist das?", fragte Wernheim und nickte in Richtung der Person, die steif hinter dem Lenkrad saß.

„Unser Faustpfand."

Wernheim atmete durch, nur mühsam schluckte er seine Wut hinunter. Was hatte Monetti schon wieder für eine Scheiße angefasst? Wieso saß die junge Frau im Auto?

„Baust du schon wieder Mist, Claudio, oder was soll das Theater? Wer ist die Fotze, verdammt noch mal?"

Monettis Blick war kalt.

„Stell dich da drüben hin, damit du Fichte den Weg abschneiden kannst. Halt dich bereit und mach keine Fehler."

Damit beendete Monetti die Konversation und schloss das Fenster. Wernheim ließ die Kupplung schleifen und trat auf das Gaspedal. Die zweihundertfünfzig Pferde unter der Motorhaube des Audis galoppierten los, aber nur kurz, denn mit quietschenden Reifen hielt der Wagen am Platz, den Monetti bestimmt hatte. Wernheim kochte.

„Aber bitte ohne Blaulicht!“, rief Hoffmann in sein Telefon. „Ich bin so schnell wie möglich vor Ort. Die Kollegen sollen das Gelände großräumig überwachen. Super, danke. Also bis später.“

Hoffmann schnaufte. Das wäre geschafft. Was täte er ohne Telefon? Ohne Auto lief die Verbrecherjagd zwar mühsam, aber ohne Telefon hätte er keine Chance. Er hatte Windisch angerufen und ihn von der neuen Wendung erzählt, woraufhin dieser sein sofortiges Kommen zugesichert hatte. Hoffmann bezahlte den Taxifahrer großzügig, ließ sich aber eine Quittung geben. Natürlich würde er diese Rechnung einreichen, sollte sich Major Koller doch über eine Taxirechnung wundern, vielleicht würde er sogar einen Wutanfall kriegen. Darauf hätte Hoffmann in seiner derzeitigen Stimmung sogar richtig Lust. Da würde er sich nicht lumpen lassen und mal tüchtig zurückfeuern. Windisch war im Auto gar nicht mal so weit entfernt unterwegs gewesen, Hoffmann rechnete damit, jeden Augenblick von Windisch auf der Straße aufgelesen zu werden. Er zog sein Zigarettenpäckchen heraus und langte nach einer Zigarette.

„Gibt's das?“, wunderte er sich, weil das Päckchen fast leer war. Er rauchte eindeutig zu viel. Beschissene Berufskrankheit, dieser ewige Stress. Ein paar Wochen Urlaub, das wäre doch mal etwas, geisterte es zum wiederholten Mal durch seinen Kopf. Das Auto von Gerald Windisch tauchte im alltäglichen Verkehrsgewühl auf. Wie häufig fuhr Windisch flott, er bremste und blieb in zweiter Spur stehen. Hoffmann warf die eben angerauchte Zigarette fort und sprang in den Wagen. Windisch wirkte gehetzt, dennoch rang er sich ein Lächeln ab.

„Glaub fast, du willst mich als Privatchauffeur engagieren.“

„Unbedingt! Ich garantiere dir auch eine saftige Lohnerhöhung pro Quartal.“

„Na dann, wohin soll es gehen, der Herr?“

„Hütteldorf. Knödelhüttenstraße 12, Parzelle 16. Zur Schrebergartenhütte mit der roten Tür.“

Ein kurzer Blick in den Rückspiegel und Windisch hatte das Fahrzeug schon in den Verkehr katapultiert.

„Hast du Verstärkung angefordert?", fragte Windisch.
„Ja, zwei Einheiten sind unterwegs. Ohne Blaulicht. Ich will ja nicht die Pferde scheu machen."
„Siebenhunderttausend hat Fichte gesagt?"
„Das war die Zahl."
„Fesch, bei dieser Summe wundert mich nichts mehr."
Windisch lange nach seinen Zigaretten und reichte die Packung an Hoffmann weiter.
„Heiz mir bitte eine an. Und nimm dir auch eine."
Hoffmann nahm zwei Zigaretten in den Mund und entflammte beide. Eine steckte er Windisch zwischen die Lippen.
„Hab ein Scheißgefühl", brummte Hoffmann.
Windisch schaute besorgt zu seinem Kollegen hinüber.
„Eine Ahnung?"
„Keine Ahnung, ich spür's im Urin."

Fichte eilte die Straße entlang. Wo blieb bloß das bestellte Taxi? Da bog ein Taxi um die Kurve. Fichte trat vom Bordstein auf die Straße und hob die Hand. Er öffnete die Tür und ließ sich auf den Beifahrersitz plumpsen. Es war wieder der dicke, gemütliche Fahrer von vorhin. Der Taxifahrer lächelte freundlich.
„Grüß Gott, der Herr. Diesmal doch nach Lainz?", witzelte der Mann.
Fichte war nicht nach Lachen zumute. Er legte hastig den Sicherheitsgurt an.
„Auf den Kahlenberg. Und bitte schnell", sagte er trocken.
Der Taxifahrer verzog das Gesicht und legte den ersten Gang ein. Er verzichtete auf alle weiteren Witze.

Schweißperlen bildeten sich auf ihrer Stirn. Natürlich hatte sie vorgesorgt, als sie selbst ihre Beine gefesselt hatte, aber Fichtes verfluchter Anruf machte ihr gehörig Stress. Irene rechnete mit einem Zeitfenster von höchstens zehn Minuten. In zehn Minuten musste sie von hier verschwunden sein, anderenfalls würde sie für ein paar Jahre eine Gefängniszelle von innen sehen. Sie strampelte endlich die Beinfessel ab. Die Fessel um die Handwurzel war fest, diese würde sie nicht einfach abschütteln können, aber die Fessel um die Hüfte, die sie mit dem Stuhl verband, würde sie loswerden können, wenn sie den Stuhl zertrümmerte. Der Holzstuhl war alt und schon ziemlich wackelig, dennoch würde sie viel Schwung brauchen, um das Holz zu zerstören. Irene wusste genau, was sie tat, sie hatte diesen Zug schon überlegt, als Fichte sie gefesselt hatte. Sie stieg mühsam auf den Tisch. Irene berechnete noch einmal das Bewegungsmuster. Wie musste sie fallen? Wo würde sie aufschlagen? Würde sie ihren Kopf verletzen? Die Gefahr, sich beide Unterarme zu brechen, war hoch, aber lieber gebrochene Knochen als Gefängnis. Sie dachte an Lidia und fasste Mut. Irene hielt den Atem an.

Rücklings ließ sie sich vom Tisch nach hinten fallen. Sie schloss ihre Augen nicht, sie lauerte gespannt auf den Schmerz. Ein Schlag, ein Krach, ihr herabstürzendes Gewicht brach die hinteren Holzbeine des Stuhls. Irene verbiss sich einen Schrei. Für einige Augenblicke blieb sie bewegungslos liegen. Sie lauerte auf eine Schmerzwoge. Da kam sie auch schon, wie erwartet hatten ihre Unterarme etwas abgekriegt. Wie stark war der Schmerz? Blutete sie? Langsam raffte sie sich auf. Sie versuchte ihre Finger zu bewegen. Irene atmete erleichtert auf, die Finger ließen sich bewegen. Vielleicht war die Verletzung nicht so schlimm. Sie erhob sich und schüttelte nun die zerbrochenen Trümmer des Stuhls ab.

Jetzt noch die Armfessel. Dazu brauchte sie ein Messer. Sie wusste, wo ein Messer zu finden war, sie hatte ja zuvor die Hütte genau durchsucht. Irene öffnete die Schublade, entnahm ein Brotmesser und langsam, mit minimaler Bewegungsfreiheit, sägte sie mit dem Messer an der Wäscheleine. Tränen liefen über ihre Wangen, sie stöhnte, ganz so ohne war die Verletzung der Unterarme also doch nicht. Sie musste durchhalten, sie durfte jetzt nicht schlapp machen. Die Polizei war schon unterwegs. Der

Gedanke an die Polizei trieb sie an. Krampfhaft setzte sie das Messer ein, aber kam sie überhaupt voran? Sie musste den Druck der Klinge auf die Leine erhöhen. Aber wie? Irene klemmte das Messer in ihre Finger und drückte die Rückseite der Klinge gegen den Küchenschrank. Dann lehnte sie sich rücklings vorsichtig gegen den Schrank. Aus der Hüfte begann sie sich in langsamen, wiegenden Bewegungen gegen das eingeklemmte Messer zu bewegen. Irene lachte nervös auf. Wie bei einem Edelfick, sogar Fichte würde einen Ständer kriegen, wenn er sie so sah. Aber die Methode brachte Fortschritte, sie spürte förmlich, wie sich die Klinge in die Leine fraß. Irene ignorierte, dass die Klinge dabei auch ihre Haut verletzte.

Frei. Sie stöhnte und inspizierte ihre Unterarme und Handfesseln. Erst jetzt bemerkte sie, wie schmerzhaft die Verletzungen wirklich waren. Beide Unterarme zeigten großflächige Hämatome und an der Handwurzel hatte sie mehrere zum Glück nicht sehr tiefe Schnitte. Mit einem Papiertaschentuch wischte sie das Blut ab. Irene steckte das Messer ein. Sie war schweißüberströmt. Irene blickte sich um. Wie lange hatte sie noch Zeit? Fünf Minuten? Weniger?

Also der Linoleumbelag in der Küche. Irene fluchte in sich hinein. Wie eine dumme Kuh war sie bei ihrer Inspektion darüber hinweg gelatscht. Sie kniete sich zu Boden und hob den Belag an. Darunter befanden sich die Bodendielen. Wo war eine Lücke in den Dielen? Da. Irene hob ein vergilbtes Brett hoch. Volltreffer! Tatsächlich konnte sie die Tasche erkennen, die Fichte zuvor mit sich herum geschleppt hatte. Irene schob die anderen Bretter beiseite und hob die Tasche aus der Grube. Sie öffnete die Tasche, sah den Berg von Geldscheinen, stopfte ihre Handtasche hinein und verschloss die Reisetasche wieder.

Und jetzt nichts wie fort! Irene versuchte sich vorzustellen, wie Lidia von hier verschwinden würde. Unsichtbar und unhörbar. Genauso musste sie es nun auch tun.

Lidia! Was war nur geschehen, dass die beiden Arschlöcher Lidia hatten schnappen können? Würde sie Lidia wieder sehen? Nur fort von hier.

Das Taxi rollte über den Parkplatz, Fichte ließ seinen Blick schweifen. In der Nähe der Aussichtsterrasse standen zwei Reisebusse und einige Autos, auf der anderen Seite der großen Fläche fielen ihm nur zwei dunkle Autos auf. Sie waren also schon da. Auf in den Kampf. Fichte bezahlte den Taxifahrer, stieg aus und wartete, bis das Auto fort war. Seine rechte Hand steckte in der Sakkotasche und hielt die Beretta krampfhaft umschlungen. Er hatte noch nie eine Waffe abgefeuert, denn Fichte hatte seinerzeit nicht mal Militärdienst machen müssen. Dank eines Attestes eines mit seiner Mutter bekannten Arztes war er als untauglich für das Bundesheer befunden worden. Seine Mutter hatte über das Bundesheer eine klare Meinung. Gut, dass es so etwas gab und gut, dass den Proletenbuben Mores gelehrt wurden, aber ihr Eberhard war zu vornehm und zu zart besaitet für diesen Verein. Außerdem konnten die jungen Buben ja auf ekelhafte Ideen kommen, wenn nicht die sorgende Hand einer liebenden Mutter sie behütete. Er wusste also nur aus der Theorie, wie eine Schusswaffe zu bedienen war. Entsichern, zielen und abdrücken.

Fichte setzte sich langsam in Bewegung. Aus einem Auto, es war ein VW Passat, stieg ein korpulenter Mann aus, der eine Lederjacke in der Hand hielt. Fichte kniff die Augen zusammen und ging vorsichtig auf den Mann zu. Was für eine Furcht einflößende Erscheinung, ein dunkler Dämon oder ein Folterknecht der Hölle, was auch immer der Mann vorhatte, es musste etwas mit Gewalt zu tun haben. Das war also sein Gegner, diesen Mann musste er also bezwingen, um Irenes junge Partnerin zu befreien. Fichtes Hände schwitzten. Wie sollte er das bloß schaffen? Unmöglich, er konnte schon jetzt sein Wasser kaum halten, dabei hatte der Mann noch nicht ein Wort gesagt. In einiger Entfernung blieb Fichte stehen. Die beiden ungleichen Männer musterten einander.

„Wo ist mein Geld?“, knurrte Monetti.

Fichtes Zunge drohte zu versagen, seine Stimme war zittrig.

„Ich … komme, um ein Geschäft zu machen.“

Aus den Augenwinkeln sah Fichte, dass beim zweiten, etwas abseits stehenden Auto die Fenster geöffnet wurden. Sie waren also zu zweit da.

„Ich mache keine Geschäfte. Entweder du gibst mir sofort mein Geld oder ich schieße dich über den Haufen.“

Monetti streifte für einen Augenblick die Lederjacke von seiner rechten Hand und präsentierte die Pistole.

„Wenn Sie mich erschießen, werden Sie nie erfahren, wo Ihr Geld ist.“

In Monettis Gesicht zeigten sich rote Flecken, aber er behielt seine Wut erstaunlich gut unter Kontrolle. Jetzt, als ihm Fichte gegenüberstand, würde er keine Fehler machen. Er musste hier und jetzt nämlich den Fehler, Rudi zu früh erschossen zu haben, ausbügeln. Also steckte er sich eine Zigarette an, inhalierte tief und präsentierte ein versöhnliches Lächeln.

Fichte schrak von der grotesken Fratze, die sich in das Gesicht des dunkelhaarigen Mannes legte, fast ein wenig zurück. Was für eine böse Aura, was für unsäglich negative Energien den Mann umgaben.

„Freundchen, ich kann dir versichern, dass du mir sehr bald mit großer Freude sagen wirst, wo mein Geld ist. Glaub mir, du wirst richtig Spaß daran haben, mir alles zu sagen.“

Damit legte der Mann die Waffe samt Lederjacke auf das Autodach. Er lächelte wieder und deutete mit beiden Händen in den strahlend blauen Herbsthimmel.

„Aber wir werden uns doch nicht streiten. Schau nur, was für prima Wetter.“

Unwillkürlich folgte Fichte dem Blick des Mannes empor zu ein paar weißen Schäfchenwolken. Plötzlich sah er Sterne vor den Augen, Fichte schnappte nach Luft, er taumelte. Der Schlag in den Magen war unfassbar schnell und mit gewaltiger Kraft gekommen, Fichte hatte nicht einmal den Funken einer Chance auszuweichen. Monetti packte Fichte, schnell ließ er seinen Blick kreisen, ob ihn irgendjemand beobachtet hatte, dann schleifte er Fichte zum Kofferraum, öffnete die Klappe und drückte ihn mit seinem ganzen Gewicht hinein. Es wurde dunkel, Fichte keuchte stoßartig. Nur wenig später wurde der Kofferraum erneut geöffnet und Monetti schob eine zweite Person in den Kofferraum. Es wurde richtig eng, dennoch knallte die Klappe zu. Nur Augenblicke später setzte sich das Auto in Bewegung. Fichte und die zweite Person konnten sich kaum bewegen, sehr bald würde die Luft knapp werden.

„Sind Sie Lidia?“, fragte er flüsternd.

Er wartete auf eine Antwort, aber es kam keine. Eigentlich konnte Fichte zufrieden sein, denn der dunkelhaarige Mann wusste nicht, dass er eine Waffe hatte. Das Blatt würde sich also sehr schnell wenden können.

„Machen Sie sich keine Sorgen. Ich werde Sie befreien. Warten Sie auf mein Signal.“

Noch immer sagte die junge Frau nichts.

„Irene ist in Sicherheit. Die Polizei hat sich ihrer angenommen.“

„Was?“, rief Lidia entsetzt aus.

Windisch trat auf die Bremse und stoppte den Motor. Hoffmann befreite sich vom Sicherheitsgurt und stieg aus. Auf der anderen Straßenseite stand ein Streifenwagen, die beiden darin sitzenden uniformierten Polizisten starrten durch die Windschutzscheibe zu den beiden auf sie zu eilenden Männern hinüber. Der Fahrer ließ die Windschutzscheibe herunter.

„Aussteigen, meine Herren. Wir müssen uns ein bisschen die Beine vertreten“, sagte Windisch.

Die beiden stiegen aus dem Streifenwagen. In ihren Gesichtern war zu erkennen, dass die Spannung der beiden Kriminalpolizisten sehr schnell auf sie übergriff.

„Wo ist der zweite Wagen?“, fragte Hoffmann.

„Die machen eine Runde. So wie gesagt“, antwortete der ältere der beiden Männer.

„Gut“, nickte Hoffmann. „Funkkontakt aufrechterhalten. Wir suchen nach einem Schrebergartenhaus mit roter Eingangstür. Darin soll sich eine gefesselte Frau befinden. Vielleicht ist alles ganz einfach, vielleicht auch nicht. Haltet die Augen offen.“

Der jüngere Polizist umklammerte das Funkgerät und nickte zustimmend.

„Ist Widerstand zu erwarten?“, fragte der ältere.

„Wahrscheinlich nicht“, antwortete Windisch, „aber haltet die Schusswaffen bereit. Wir gehen in Zweiergruppen vor. Sie kommen mit mir. Sie gehen mit dem Kollegen Hoffmann. Geben Sie der Zentrale unsere Position durch.“

Der jüngere Polizist sprach in das Funkgerät, während Windisch und der ältere die Eingangstür zu der Gartenanlage aufmachten. Hoffmann ließ den Blick kreisen. Es war hier wunderbar ruhig, spätsommerlich mild und grün. Eine Amsel saß auf einem Gebüsch und schien das merkwürdige Verhalten dieser seltsamen Zweibeiner halb argwöhnisch, halb amüsiert zu beobachten.

„Und jetzt wir“, sagte Hoffmann und ging voran. Der junge Polizist deckte Hoffmanns Rücken eng. Gut so, dachte Hoffmann, er rechnete zwar nicht mit Problemen, aber vielleicht saß ja doch irgendwo dieser Kunstschütze, der Rudi Obermeier erschossen hatte, da war es unbedingt erforderlich, dass ein aufmerksamer Mann seinen Rücken deckte. Windisch war links abgebogen und ging die geschotterten Wege durch die Anlage, also nahm Hoffmann die rechte Seite. Einige beunruhigte Augen älterer Gartenbesitzer verfolgten die Bewegungen der vier ausschwärmenden Polizisten. Hoffmann ließ seinen Blick kreisen. Sorgsam gestutzte Obstbäume, Rosenhecken, Blumenbeete und liebevoll in Schuss gehaltene kleine Holzhäuschen. Wenn er mal in die Rente gehen würde, wäre so ein kleiner Garten doch prima. Himbeerpflücken statt der Jagd nach Drogenhändlern, das wäre mal eine willkommene Abwechslung.

Eine rote Tür. Hoffmann blieb stehen. Er kniff seine Augen zusammen und schaute genau. Nichts regte sich, alles schien still.

„Holen Sie die anderen, ich warte hier", wies er den Polizisten an. Dieser lief los.

Unwillkürlich zog Hoffmann seine Waffe und entsicherte sie. War das eine Falle? Was spielte Fichte für eine Rolle? Eine gefesselte Detektivin? Was würde sonst noch kommen? Aus dem Augenwinkel sah Hoffmann die drei Kollegen heraneilen. Windisch trat auf ihn zu und zog auch seine Pistole.

„Ihr deckt uns den Rücken", befahl Windisch und nickte Hoffmann zu.

Mit angeschlagenen Waffen gingen die beiden Kriminalpolizisten vor. Hoffmann warf die Tür auf und Windisch sprang in die Hütte.

„Polizei! Ist da wer?"

Keine Antwort, völlige Stille. Hoffmann ging hinter Windisch in die Hütte. Sie entdeckten den zertrümmerten Stuhl und die zerschnittene Wäscheleine. Hoffmann steckte die Waffe ein und hob den Linoleumbelag in der kleinen Küche hoch. Er suchte nach den losen Brettern und schob sie zur Seite.

„Niente, Nüsse, nichts. Der Vogel ist ausgeflogen."

„Weit kann er nicht sein", rief Windisch und hetzte hinaus.

Hoffmann schaute sich in der Hütte um. Langsam griff er zu seinem Telefon und wählte die Nummer Assmanns. Der musste in der Zwischenzeit den Datenbanken ein paar nützliche Informationen entlockt haben. Wer also war nun diese Irene Glaser?

Die Türen der Straßenbahngarnitur schlossen. Langsam nahm der Zug Fahrt auf. Es waren nur wenige Leute in der Straßenbahn, der Zug würde sich erst in den nächsten Stationen füllen. Irene setzte sich auf einen der vielen freien Plätze und atmete durch. Nervös spähte sie sich um. War sie aufgefallen? Wurde sie beobachtet? Nein. Nach und nach beruhigte sich ihre

Atemfrequenz. Sie wischte sich einen Schweißfilm von der Stirn. Irene blickte aus dem Fenster, die Häuser des Vorortes Hütteldorf zogen an ihr vorbei. Sie war bewusst nicht zur U-Bahn gelaufen, denn in U-Bahnstationen hingen überall Kameras, bei den Haltestellen der Straßenbahn nur in den seltensten Fällen. Zum Glück hatte sie zuvor den langsam durch die Straße fahrenden Streifenwagen rechtzeitig entdecken und sich schnell hinter einem Gebüsch verstecken können. Es war verflucht knapp gewesen, aber jetzt hatte sie das Paket. Bloß zu welchem Preis? Sie hatte keine Ahnung, wie sie Lidia finden sollte. Die zwei Kerle konnten mit ihr schon über alle Berge sein oder sie schon getötet haben. Bei diesem Gedanken bebten Irenes Lippen, sie rang mit den Tränen. Was für ein Scheißjob! Wenn Lidia etwas zustieße, würde sie es sich ein Leben lang nicht verzeihen können.

Irene schnappte nach Luft. Sie musste sich irgendwie ablenken, sie durfte jetzt nicht die Kontrolle verlieren. Aber wie? Ein Plan! Sie musste einen Plan entwickeln, das hatte bisher immer gewirkt. Also, was waren die nächsten Schritte? Das Hotel musste geräumt werden, sie musste schleunigst fort aus Wien, am besten mit dem Mietauto. Und dann? Was sollte sie bloß ohne Lidia tun?

Irenes Finger umklammerten verkrampft die Griffe der Reisetasche. Ein Fahrschein! Sie musste einen Fahrschein kaufen, denn Probleme mit einem Kontrollor konnte sie gerade jetzt absolut nicht brauchen. Irene öffnete vorsichtig die Reisetasche und kramte in dem Riesenhaufen von Geldscheinen nach ihrer Handtasche. Sie entnahm ihrem Portmonee ein paar Münzen, erhob sich und trat an den Fahrscheinautomat. Die Münzen fielen in den Apparat.

Das Auto stand für einige Zeit still. Fichte und Lidia atmeten schwer. Im engen Kofferraum war die Luft mittlerweile überaus stickig geworden. Sie hörten ein entferntes Rumpeln und dann Schritte.

„Geben Sie acht, jetzt kommen sie“, flüsterte Fichte.

Lidia verbiss sich eine spitze Bemerkung. Wofür hielt der Idiot sie eigentlich? Natürlich hörte sie die Geräusche sehr gut. Die Kofferraumklappe schwang auf.

„Aussteigen. Aber langsam", sagte Monetti.

Lidia hob den Kopf und versuchte sich zu orientieren. Sie befanden sich in einer geräumigen Garage. Neben dem VW stand der Audi. Monetti hatte den Kofferraum geöffnet und packte Lidia hart an der Schulter. Ein paar Schritte entfernt am Garagentor stand Wernheim mit gezückter Waffe. Monetti stülpte Lidia einen Jutesack über den Kopf. Fichte wollte sich ebenfalls aus der unbequemen Lage erheben.

„Du bleibst liegen", sagte Monetti, der nach seiner Waffe griff und sie auf Fichte richtete. Fichte verharrte im Kofferraum, konnte aber beobachten, dass Wernheim von einem Schlüsselbrett einen Schlüssel nahm, auf Lidia zu trat, sie voran schubste. Ein einfacher Schlüssel mit grünem Anhänger, das hatte Fichte genau gesehen. Nach einiger Zeit kam Wernheim zurück und nickte Monetti zu.

„Jetzt du. Hoch mit dir", brummte Monetti.

Umständlich schob Fichte seine langen Beine aus dem Kofferraum. Er richtete sich auf und blickte die beiden Männer an. Vorsichtig näherte sich seine rechte Hand der Jacketttasche, in der sich die kleine Beretta befand. Jetzt galt es zu handeln, wahrscheinlich würde er sogar einen Warnschuss abfeuern müssen. Das war es! Ein Warnschuss, dann die Waffe auf den korpulenten Mann richten, denn der andere hatte seine Waffe nicht in der Hand. So konnte es klappen, so musste es klappen! Auf Fichtes Wangen bildeten sich rote Flecken.

Wernheim bemerkte Fichtes Bewegung, zog schnell seinen chromblitzenden Revolver und hielt die Waffe an Fichtes Kinn. Wernheim griff in Fichtes Jacketttasche.

„Oho, du hast deine Artillerie dabei!", rief Wernheim aus und trat schnell einen Schritt zurück. Er präsentierte Monetti die kleine Pistole.

„Scheiße!", rief Monetti aus und schlug zu.

Fichtes Kopf wurde vom Schlag herumgerissen, sein Ohr dröhnte plötzlich. Monetti stieß Fichte gegen das Auto und durchsuchte ihn von oben bis unten.

Wernheim schaute auf die Pistole. Er fluchte in sich hinein. Die Waffe sah zwar wie ein Spielzeug aus, aber aus nächster Nähe eine Kugel davon einzufangen, war definitiv kein Honiglecken. Nicht auszudenken, wenn Fichte nicht so eine Flasche gewesen wäre. Wie leicht hätte er das Überraschungsmoment nutzen können! Monetti war einfach überfordert. Packte dieser fette Idiot Fichte ein, ohne seine Taschen zu checken. Auch Fichte wurde ein Sack über den Kopf gestülpt. Unsanft stieß Monetti Fichte voran. Fichte rang mit dem Erbrechen. Alles verloren, jetzt war er geliefert.

Langsam schlurfte Hoffmann über den geschotterten Weg in der Gartenanlage. Er lauschte einerseits gespannt den Ausführungen Assmanns, andererseits ließ er den Blick spähend schweifen. Windisch und die zwei uniformierten Polizisten liefen in der Gegend herum und versuchten die angebliche Detektivin Irene und die abhanden gekommenen siebenhunderttausend Euro zu finden. Hoffmann nickte.

„Alles klar, Gerhard. Das ist eine ganze Menge. Ja, leider haben wir sie auch nicht erwischt. Da kommt gerade der Gerald und er schaut so aus, als ob er nicht fündig geworden wäre. Danke, und ich melde mich dann bei dir. Tschüs."

Hoffmann trennte die Leitung und steckte das Handy ein.

„Vergiss es, Gerald!", rief Hoffmann dem eilig näher kommenden Windisch zu. „Hör mal, was mir der Gerhard gerade am Telefon mitgeteilt hat."

Windisch trat an Hoffmann heran und versuchte Atem zu schöpfen. Die beiden anderen Polizisten liefen noch umher. Windisch blickte Hoffmann an und stützte seine Hände in die Hüften.

„So gerannt?"

„Hab keine Kondition mehr“, keuchte Windisch. „Muss mich öfter auf den Hometrainer setzen. Und zu rauchen aufhören. So eine Scheiße.“

„Du wirst alt, Kollege. Und ich bin schon alt. Rennen ist nichts für uns.“

Windisch raffte sich hoch.

„Also, was hat der Assmann recherchiert?“

Hoffmann lachte gequält auf.

„Fast hätten wir den Fang des Jahres gemacht.“

„Was ist mit der Glaser?“

Hoffmann kramte seine Zigaretten hervor und steckte sich eine an.

„Zuerst die zwei deutschen Speditionsfachleute und dann noch eine charmante Dame vom Formate der Glaser. Unser braver Buchhalter ist in schlechte Gesellschaft geraten. Definitiv. Ein Wunder, dass er noch lebt. Wenn er noch lebt.“

Windisch streckte fordernd seine Hand aus.

„Geh, Wolfgang, gib mir auch einen Tschik.“

Fichte wurde unsanft in einen dunklen Raum gestoßen. Kaltes Metall schlang sich um sein rechtes Handgelenk. Er begriff sofort, er wurde mit Handschellen gefesselt. Ein metallisches Geräusch erklang, dann wurde eine Tür zugeworfen und versperrt.

Stille.

Fichtes Knie drohten zu versagen. Sein linker Arm war frei, mit dem rechten war er irgendwo angekettet worden. Nach einer Weile wagte er mit der linken Hand den nur lose über seinen Kopf gestülpten Sack zu entfernen. Man hatte ihn offenbar an ein eisernes Rohr angekettet. Fichte inspizierte in der Dunkelheit des Raumes den Rohrstrang. Nein, keine Chance die Handschellen irgendwie zu lösen. Er war angebunden wie ein Kettenhund. Fichte tastete sich an der Betonwand entlang so weit es seine Fessel zuließ und erreichte einen Lichtschalter. Er knipste das Licht an. Fichte befand sich im Heizraum eines kleinen

Einfamilienhauses, das schloss Fichte aus der Größe des Ölkessels und der Rohrleitungen. Die Türschnalle erreichte er nicht, aber er hatte ja zuvor gehört, dass die Tür von außen versperrt worden war. Und der dunkelhaarige Mann hatte sein und Irenes Handy an sich genommen.

Fichte strich sich nervös durch das Haar. Was sollte er jetzt tun? Irene hatte Recht gehabt, er würde ihre junge Mitarbeiterin nicht retten können und sich selbst einer Lebensgefahr aussetzen. Was hatte ihn da bloß geritten, was für ein völliger Irrsinn war in ihn gefahren? Nun, zuvor war ihm der Gedanke, für Irene in den Tod zu gehen, heldenhaft, abenteuerlich, vielleicht sogar romantisch erschienen, nun wusste er, dass er schlicht und einfach ein Riesentrottel gewesen war. Er hätte auf sie hören, das Geld nehmen und endlich fortlaufen sollen. Fichte klammerte sich an ein Wasserrohr. Er zitterte vor Angst.

Wernheim musterte die Anzeige seines Telefons. Ein Kunde. Er stieß einen gepressten Fluch hervor und wies den Anruf ab. Er hatte jetzt wahrlich andere Sorgen, als Bestellungen vollgedröhnter Schwachköpfe anzunehmen. Wernheim steckte seinen Revolver ein. Er lief im Wohnzimmer seiner Villa in Klosterneuburg auf und ab. Monetti tauchte im Türrahmen auf.

„Hast du Fichte im Heizraum eingesperrt?“, fragte Wernheim.

Monetti antwortete nicht, sondern ging schnurstracks zum Sofa und warf seine Lederjacke hin, danach legte er das Schulterhalfter mitsamt Waffe ab und krempelte die Ärmel seines Hemdes hoch. Er verschwand kurz im Gästezimmer und kehrte mit zwei schwarzen Lederhandschuhen zurück. Wernheims Augen weiteten sich.

„Du wirst das Schwein aber nicht killen! Nicht, solange bis wir …“

„Halt die Fresse“, schnauzte Monetti. „Ich bin ein Profi.“

Wernheim verzog verächtlich sein Gesicht. Du bist ein Kretin, dachte Wernheim. Monetti streifte die Handschuhe über.

„Innerhalb von drei Minuten haben wir die Info."

Damit wandte sich Monetti zum Gehen. Wernheim wollte die Show eigentlich nicht verpassen, aber zuvor musste er sich noch etwas in Stimmung versetzen. Wernheim verschwand im Schlafzimmer, holte seinen absolut unverschnittenen Stoff aus dem Versteck und legte eine Straße auf. Das Kokain brachte ihn auf höchste Drehzahl, Wernheim war wieder Herr der Lage. Mit schnellen Handgriffen packte er den Stoff fort und eilte in den Keller. Ein boshaftes Lächeln legte sich auf seine Lippen. Und jetzt die Horrorschau. Ein geiler Trip!

Monettis Rücken füllte die offenstehende Tür zum Heizraum. Wernheim stellte sich hinter seinen Partner und beobachtete. Monetti stand nur da und starrte Fichte an, er sagte nichts, tat nichts, er sog nur langsam an seiner Zigarette. Fichte allerdings hing zu einer Spottfigur der Angst verkrümmt an der Fessel. Wernheim musste anerkennen, dass dieses Spiel eindeutig Monettis Fach war. Was für eine Grausamkeit, einfach nur da stehen zu bleiben, nichts zu tun und zu warten, bis Fichte vor Angst überschnappte. Monetti hatte eindeutig das Zeug zum Folterknecht.

Claudio Monetti atmete den Rauch langsam aus.

„Wo ist das Geld?", fragte er beinahe flüsternd.

Fichte schnappte stoßartig nach Luft, er wollte irgendetwas sagen, aber seine Stimme versagte.

„Wo ist das verdammte Scheißgeld?", brüllte Monetti plötzlich los, sprang vor, packte Fichtes linke Hand und drückte seine Zigarette auf den Handrücken. Fichte schrie gellend auf. Monetti sprang zurück, er schnaufte wie ein wilder Stier, zwei, drei, vier schallende Ohrfeigen klatschten auf Fichtes Kopf. Dann trat der bullige Mann wieder zwei Schritte zurück und wartete seelenruhig. Fichte klammerte sich an das Wasserrohr, so als könnte es ihn vor der Folter retten. Aber Fichte wusste genau, es gab keine Rettung vor dieser Mörderbande.

„Wo ist das Geld?“, fragte Monetti wieder ruhig und bedächtig, so als ob die beiden entspannt in einem Gastgarten säßen und in freundlicher Atmosphäre Kaffee tränken.

„Ich … ich werde Ihnen alles sagen. Bitte, nicht schlagen“, stöhnte Fichte.

Monetti zuckte mit seinen Schultern.

„Na gut, dann keine Schläge mehr. Lass uns reden wie Erwachsene. Warte, Freundchen, ich erlöse dich von den Handschellen.“

Tatsächlich zog Monetti einen kleinen Schlüssel aus der Hosentasche und öffnete die Handschellen. Fichte massierte sein schmerzendes rechtes Handgelenk. Er hob den Blick und schaute Monetti in die Augen. Sollte er vielleicht doch noch mit diesen Männern ins Gespräch kommen?

„Also, wo ist das Geld?“, fragte Monetti mit fast diplomatischer Eloquenz.

„Ich habe es nicht mehr. Die Polizei hat es. Die Polizei hat das gesamte Paket an sich genommen.“

Monetti hob amüsiert die Augenbrauen. So etwas wie ein Lächeln huschte über sein Gesicht.

„Ach, die Polizei hat es?“

Monetti brach in schallendes Gelächter aus. Er drehte sich zu Wernheim um und gestikulierte lachend.

„Hast du das gehört, Kurt? Was für ein Pech aber auch. Die Polizei hat es.“

Kurt Wernheim fing auch an köstlich zu lachen. Das Lachen steckte auch Fichte an.

„Haben die Bullen also die schönen Scheine“, prustete Monetti.

„Ja, so ist es“, stimmte Fichte erheitert zu.

Monettis Lachen erstarb so überraschend, wie es gekommen war. Fichte sah noch die kleinen, halb verkniffenen Augen, die zu blutleeren Strichen verengten Lippen, dann sah er nichts mehr, dann löste sich alles in Schmerz auf.

Monettis schwere Faustschläge warfen Fichte gegen die Wand. Nur weil die Wucht der Hiebe ihn an der Wand hielt, fiel Fichte nicht um. Fichte konnte gar nicht mehr mitzählen, wie oft er am Kopf, im Gesicht, im Magen getroffen wurde. Es war das bestialische Wüten eines geisteskranken Sadisten. Fichte wusste nicht, wie lange es währte, fünf Sekunden, fünf Minuten, fünf Stunden, er sah bald nur mehr das Blut, das ihm in Bächen aus dem Mund und der Nase strömte. Lagen da nicht auch zwei blutverschmierte Schneidezähne auf dem Boden? Hatten Sie nicht einmal ihm gehört? Wie aus einer anderen Welt drang das Läuten eines Telefons an sein Ohr.

Wernheim verzog angewidert sein Gesicht. Was für ein Monstertörn. In Actionfilmen sahen Schlägereien immer irgendwie cool aus, aber das, was Monetti hier abzog, war eine beschissene Hinrichtung. Wernheims Handy schlug an. Er fluchte vor sich hin, dachte, dass wieder dieser nervige Kunde nach Stoff gierte, zog das Handy aus der Jacketttasche und blickte auf das Display.

„Warte!", rief Wernheim. „Stopp! Vitali ist dran."

Der Name Vitali riss Monetti aus seinem Blutrausch, schwer atmend drehte er sich um und starrte Wernheim an. Wernheim rannte los, denn im betonierten Keller war der Empfang sehr schlecht. Im Wohnzimmer würde er mit Vitali sprechen, dort war der Empfang gut. Monetti wollte wissen, was Wernheim dem russischen Mafiaboss erzählte, also hastete er hinterher.

Fichte sank zu Boden. Alles an ihm schmerzte, aber es war so seltsam, so unerklärlich, dass seine Gedanken ganz klar waren. Wie war das möglich? Er wäre beinahe zu Tode geprügelt worden, seine Schneidezähne waren ihm ausgeschlagen worden, wahrscheinlich war sein Nasenbein gebrochen und doch dachte er mit einer Präzision, die er bislang nicht für möglich gehalten hätte. Und Fichte erkannte sich nicht wieder, er handelte. Er wollte es nicht, er tat es einfach.

Hastig wischte er mit seinem Jackett die blutenden Wunden im Gesicht ab. Dann stand er wankend auf und eilte, so schnell es ging, los. Diese zwei Mörder hatten wohl geglaubt, er wäre so verletzt, dass er sich nicht mehr rühren konnte. Weit gefehlt, meine Herren, geisterte es durch seinen Kopf, noch stehe ich, noch gehe ich und sie haben den Heizraum nicht versperrt.

Auf wackeligen Beinen schlich er durch den Keller, bemüht, keine Spuren durch herabtropfendes Blut zu hinterlassen. Er riss an einer Türklinke. Die Tür war nicht versperrt, dahinter war ein kleiner Vorratsraum mit Weinlager. Die nächste Tür hingegen war versperrt, doch der Schlüssel steckte. Was für Dummköpfe, dachte er. Er drehte den Schlüssel mit dem grünen Anhänger, trat in den Raum und knipste das Licht an. Eine saubere und ordentlich aufgeräumte Werkstatt. Auf dem Boden lag Irenes junge Assistentin, sie war an den Armen und Beinen mit Klebeband gefesselt, ein Streifen verklebte ihren Mund. Diese üblen Verbrecher, eine junge Frau so miserabel zu behandeln. Diese Kerle sollten sich schämen, dachte Fichte empört. Fichtes Blick lief im Kreis. Da lag ein Messer. Fichte griff danach und zerschnitt die Fesseln. Lidia strampelte sich frei, riss den Klebestreifen vom Mund und sprang auf. Fichte erhob sich. Wie glücklich er jetzt war. Er war also doch ein heldenhafter Ritter.

„Ach du Scheiße, was haben die mit Ihnen gemacht?“, rief Lidia entsetzt aus.

Fichte konnte nicht sprechen, dazu hatte er zu viel Blut im Mund. Er legte seinen Zeigefinger auf seine aufgeplatzten Lippen und deutete nach oben.

„Sie sind noch im Haus?“, fragte Lidia ängstlich.

Fichte nickte. Er deutete zum Kellerfenster.

„Da raus? Ja, das müsste klappen“, sagte Lidia und kletterte auf die Werkbank. Sie öffnete das Fenster und schaute nach oben.

„Okay, da können wir raus. Kommen Sie schon.“

„Sie … zu … erst“, stammelte er.

„Schaffen Sie es da hoch?“

Fichte nickte bejahend. Lidia schlang sich durch das Fenster, hob vorsichtig den über dem Fensterschacht liegenden Gitterrost auf und schlüpfte ins Freie. Sie legte den Rost zur Seite, so dass Fichte einigermaßen Platz hatte, um durchzuschlüpfen. Lidia schaute nach unten. Wo blieb er bloß? Sie fluchte still vor sich hin. Da sah sie, dass das Licht in der Werkstatt ausging. Sie steckte den Kopf in den Schacht nach unten. Fichte war in der Dunkelheit der Werkstatt nicht zu entdecken. Hatten die Killer ihn erwischt? Lidia geriet in Panik. Nur fort von hier! Fort!

Auf leisen Sohlen, wie eine hungrige Katze auf Beutegang, huschte sie am Haus entlang, durch den Garten und über den Zaun. Auf der Straße lief Lidia wie sie noch nie in ihrem Leben gelaufen war. Sie lief und lief und lief.

Fichte rüttelte kurz an der Tür. Sie war fest verschlossen und der Schlüssel mit dem grünen Anhänger steckte. Hatte er irgendwo Spuren hinterlassen? Fichte erschrak. Da, neben der Türschnalle war ein Blutfleck. Umständlich suchte er einen Zipfel seines Hemdes, der nicht blutverschmiert war. Seine Mutter hätte gewisse Freude mit ihm gehabt, weil er so gewissenhaft die von ihm so sorglos beschmutzte Tür reinigte. Fichte war sich vollkommen klar, dass er jetzt verrückt geworden war, dass er jetzt sein Todesurteil unterzeichnet hatte. Er hatte nicht einmal ansatzweise daran gedacht, durch das enge Kellerfenster zu schlüpfen, er hatte sich nur vergewissert, dass Irenes junge Assistentin draußen war. Dann hatte er das Licht ausgeschaltet und die Tür versperrt. Schon in der Volksschule war sein liebster Gedanke gewesen, für die von ihm angebetete Schulkameradin Renate Hausner zu sterben. Sie war so ein hübsches Mädchen gewesen, mit ihren schönen, langen, flachsblonden Zöpfen. Und sie hatte ihn nicht ein einziges Mal angesehen. Nur in seinem Heldentod hätte sie seine grenzenlose Liebe verstehen können. Wie schade, dass er damals nicht gestorben war. Jetzt aber stand die Sache gut, jetzt würde er sein Leben geben und Irene würde endlich begreifen, wie sehr er sie liebte. Fichte kauerte sich wieder im Heizraum zu Boden. Da hörte er schwere Schritte. Die Henkersknechte kamen zurück. Fichte war bereit.

„Also, du Schwein“, knurrte Monetti, „jetzt mal raus mit der Wahrheit.“

Und Fichte erzählte alles. Er würde in wenigen Augenblicken tot sein, also sagte er alles über die Detektivin Irene und ihre junge Partnerin, über das Versteck im Gartenhäuschen und die Polizei. Alles sagte er, außer, dass er der jungen Frau gerade eben die Flucht ermöglicht hatte. Er musste ihr einfach einen Vorsprung verschaffen. Er würde mit einer Lüge auf den Lippen sterben, aber Fichte nahm dieses Schicksal gerne in Kauf. Ja, er war richtig glücklich.

Wolfgang Hoffmann und Gerald Windisch saßen schweigend im Auto, sie waren unterwegs ins Kommissariat, denn im Schrebergarten in Hütteldorf gab es für sie nichts mehr zu holen. Vielleicht hatten ja Windischs Leute im Kommissariat inzwischen einige Informationen über die dunklen Geschäfte von Kurt Wernheim herausgefunden. Das Auto war nur mit moderater Geschwindigkeit unterwegs.

„Ich hab Hunger", sagte schließlich Hoffmann. „Fahren wir irgendwo vorbei, wo wir uns eine Kleinigkeit mitnehmen können."

„Gute Idee. Was hältst du von Döner?"

„Sehr gut, mir hängen nämlich Hotdogs und Wurstsemmeln schon längst beim Hals raus."

„Dann auf zu Mustafa."

Wernheim stand am Fenster und blickte auf den wunderbaren Garten seiner Villa. Die Gärtnereifirma, die hier alles in Schuss hielt, verrichtete tadellose Arbeit. Nun, das durfte man für das Geld auch verlangen. Wernheim dachte nach. Er hatte keinen Zweifel, Fichte hatte nicht gelogen. Eine Flasche wie Fichte konnte nach so einer Tracht Prügel einfach nicht mehr lügen. Das war physiologisch gar nicht möglich. Hatte dieser Idiot tatsächlich das Geld der Polizei übergeben! Eine Scheißsituation, siebenhunderttausend Euro, wovon vierhunderttausend einem russischen Mafiaboss gehörten, waren beileibe keine Kleinigkeit.

Vitalis Sekretär, denn natürlich hatte nicht der große Boss selbst angerufen, Vitalis Sekretär also war nach Aufwand einiger Überredungskunst bereit gewesen, die Zahlungsfrist um eine Woche zu verlängern. Auch Monetti, der das Telefonat wie ein Geier belauscht hatte, war mit dem Aufschub, den Wernheim herausgeschunden hatte, einverstanden gewesen. Sie hatten Vitalis Forderungen bislang prompt beglichen, da konnten sich die Russen dieses eine Mal generös zeigen.

Wie sollten sie in einer Woche vierhunderttausend Euro aus dem Hut zaubern? Wernheim hatte bei weitem nicht so viel flüssig. Denn Wernheim hatte das viele verdiente Geld in Autos, Mädchen und die Villa investiert. Die Autos würde er verkaufen können. Aber das wäre noch zu wenig. Wenn er die Villa verkaufen könnte, wäre alles okay. Wernheim stutzte. Warum sollte er eigentlich die vierhunderttausend alleine aufbringen? Das er jetzt erst daran dachte! Wozu hatte er denn einen Partner? Was hatte eigentlich Monetti mit seinem Geld gemacht? Die paar Besuche im Bordell fielen ja finanziell kaum ins Gewicht. Und teure Autos oder Immobilien hatte er in den letzten beiden Jahren nicht angeschafft. Wo also hatte Monetti sein Geld vergraben?

Monetti kam eben in das geräumige Wohnzimmer der Villa. Er hatte geduscht und neue Kleider angezogen. Klar, er war vom Blut Fichtes besudelt gewesen. Auch die Arbeitskleidung von Henkerknechten musste von Zeit zu Zeit gewaschen werden.

„Ich schau mir dieses Gartenhäuschen an“, sagte Monetti lapidar.

Wernheim drehte sich um und musterte Monetti skeptisch.

„Wozu soll das gut sein? Glaubst du, Fichte hat uns einen Bären aufgebunden?“

„Ich will auf Nummer Sicher gehen. Ich nehme wieder den Passat.“

Wernheim schüttelte resignierend den Kopf. Leere Kilometer, aber besser das fette Schwein war nicht im Haus. Überhaupt, es passte Wernheim überhaupt nicht, dass Monetti Fichte und das Mädchen hierher gebracht hatte. Das war immerhin sein Privathaus. Auch Monetti selbst wollte Wernheim nicht länger hier ertragen. Sollte sich der Kerl ein Hotelzimmer nehmen.

„Pass du auf Fichte und die Kleine auf", sagte Monetti, während er das Schulterhalfter anlegte und die Lederjacke überstreifte.

Wernheim reagierte nicht auf die Aufforderung, er drehte sich um und schaute wieder zum Fenster hinaus. Er hörte noch, wie Monetti abmarschierte. Wernheim dachte über die Geschichte nach, die Fichte erzählt hatte. Diese Sache mit der Detektivin und ihrer jungen Assistentin klang für Wernheim, je genauer er darüber nachdachte, immer unglaubwürdiger. Wer waren die beiden Frauen wirklich? Wernheim beschloss, der jungen Dame, die er gefesselt in der Werkstatt im Keller eingesperrt hatte, seine Aufwartung zu machen. Sie hatte ja auch überaus appetitlich ausgesehen. Ein schmutziges Grinsen legte sich in Wernheims Gesicht. Vielleicht konnte das Mädchen nicht nur ein paar Informationen liefern, sondern auch für etwas Zerstreuung sorgen. Wie lange hatte er schon keine Muschi mehr gekostet? Zwei oder drei Tage? In jedem Fall viel zu lange schon. Und eine Fesselungsnummer wäre doch mal eine interessante Abwechslung.

Wernheim wollte gleich der Sache auf den Grund gehen und wandte sich vom Fenster ab. Da entdeckte er Monettis blutverschmiertes Hemd auf dem Sofa.

„Das gibt's ja wohl nicht! Dieses Dreckschwein!", rief er wütend aus.

Hatte der fette Idiot da einfach seinen Krempel herumliegen lassen! Wurde Zeit, dass er von hier verschwand, dachte Wernheim. Er packte angewidert das stinkende Hemd mit zwei Fingern und marschierte ins Gästezimmer. Er wollte die Tür aufreißen und das Hemd auf den Boden schleudern, aber das Zimmer war abgeschlossen. Wernheim stutzte. Warum hatte Monetti abgeschlossen? Das hatte er bisher noch nie getan. Und wo war der Schlüssel? Wernheim wurde misstrauisch. Er ließ das

Hemd achtlos fallen und eilte los. Wernheim besaß für jedes Schloss im Haus einen Ersatzschlüssel, also holte er den für das Gästezimmer. Er öffnete die Tür und blickte in das Zimmer. Monettis Gepäck fiel ihm sofort auf. Die Koffer und Taschen waren sorgsam neben dem Bett aufgestellt. Das war verdächtig, denn ansonsten stand und lag Monettis Zeug immer unordentlich herum. Wernheim hatte den Eindruck, dass das Gepäck für einen schnellen Abgang bereitgestellt worden war. Er trat an die Koffer und Taschen heran und inspizierte sie genauer. Da, diese dunkelrote Reisetasche hatte Wernheim noch nie gesehen. Er hob sie an. Sie war relativ schwer. Neugierig geworden öffnete er den Reißverschluss. Er entdeckte noch eine Tasche. Wernheim hob die Tasche aus der Tasche und öffnete auch diese. Er fand ein in weißem Kunststoff eingepacktes und mit Klebeband verschnürtes Paket.

„Ach du Scheiße", entfuhr es ihm.

Wernheim rannte los und holte ein Messer, damit schnitt er den Kunststoff vorsichtig auf.

„Dieses Arschloch!", brüllte Wernheim los und schleuderte das Messer zu Boden. „Dieser verfickte Scheißkerl! Ich drehe ihm den Hals ..."

Ein Gedanke durchzuckte Wernheim, ein Gedanke, der ihn schlagartig verstummen ließ, der seine Wut auf einen Schlag in Nichts auflöste. Er begann mit schnellen Handgriffen die Geldbündel überschlägig zu zählen. Nach einer Minute schätzte er den Betrag auf knapp fünfhunderttausend Euro. Wernheim packte die Scheine in die dunkelrote Reisetasche zurück. Nicht übel, eine nette Summe. Hatte dieser Idiot Monetti all sein sauer verdientes Geld in einen Sparstrumpf gesteckt und es immer bei sich herum getragen. Wie amüsant. Der Lachkrampf kam erst leise, dann brach Wernheim kurz in schallendes Gelächter aus. Nicht schlecht, wie Monetti sich das ausgedacht hatte. Immer schön mobil bleiben und bei Bedarf konnte er einen schnellen Abgang mit einer Handkasse von einer halben Million machen, während die russischen Fallschirmspringer ihn, Wernheim, in

Einzelteile zerlegen hätten können. Ein brauchbarer Plan, erstaunlich, dass dieser Hohlkopf Monetti ihn erdacht hatte. Bloß, Monetti hatte die Rechnung ohne den Wirt gemacht, und der Wirt war nun mal Wernheim. Wernheim wischte sich eine Lachträne aus den Augen.

„Tja, lieber Claudio, für die Übernachtung, das Mietauto und vor allem für den Frühstückskaffee muss ich jetzt das runde Sümmchen von fünfhunderttausend Euro in Rechnung stellen."

Ein weiterer, kurzer Lachkrampf schüttelte Wernheim. Er griff nach seinem Handy. Bis Monetti zurückkam, musste er noch ein paar Anrufe erledigen.

Sie schloss die Zimmertür und klemmte einen Stuhl unter die Türklinke. Dann schloss Irene die Vorhänge. Schließlich stellte sie die Tasche auf den Tisch im Hotelzimmer und öffnete diese. Angewidert besah Irene die Geldscheine. Scheißgeld, dachte sie, unnötiger Plunder, Schwachsinn, sich für diese beschissenen Papierfetzen so zu zerreißen. Das Geld war ein Gift, das den Verstand des Menschen verseuchte, ihn degenerierte und schließlich aus einem Menschen einen Sklaven machte. Ja, sie waren Sklaven des Geldes, verrichteten Dinge, die nichts mit Würde oder Freiheit zu tun hatten, mit Hoffnung oder Sehnsucht. Geldtiere waren die Menschen, die stumpfsinnig Tag für Tag in Büros vor tristen Computern hockten, sinnentleert hinter Maschinen standen oder ohne Skrupel große Mengen von Drogen von dort nach da verschoben. Oder Partnerinnen in einen Kampf schickten, von dem es kein Wiederkehren geben konnte. Jeder Atemzug fühlte sich bitter an. Irene hasste sich, wie sie sich seit Jahren nicht mehr gehasst hatte. Da hatte sie nun den Coup ihres Lebens gemacht, aber was war der Preis dafür? Einsamkeit. Bohrende Einsamkeit. Sie musste sich setzen. Irene stützte ihren Kopf in die Hände. Jetzt, wo sie unbeobachtet war, liefen Tränen über ihre Wangen.

Ein Telefon läutete. Irene schreckte hoch, für ein paar Augenblicke taumelte sie besinnungslos durch das Hotelzimmer. Welches Telefon läutete da? Fichte hatte ihr Telefon doch mitgenommen. Drehte sie jetzt völlig durch? Dann fiel ihr Blick auf das Zimmertelefon. Vorsichtig näherte sie sich dem Apparat, der nicht aufhören wollte zu klingeln. Behutsam, als ob sie den Deckel eines Schlangenkorbes heben würde, nahm sie den Hörer hoch.

„Ja, bitte?"

„Guten Tag, gnädige Frau", meldete sich die angenehme Telefonstimme des Hotelportiers. „Tut mir schrecklich leid, dass ich Sie störe. Aber da Sie im Zimmer sind, dachte ich, es würde Ihnen nicht zu viele Umstände machen ans Telefon zu gehen."

Was redete der Mann da? Sie verstand gar nichts.

„Was ist los?"

„Ich habe hier einen Anruf. Eine junge Dame verlangt dringend Sie zu sprechen. Darf ich den Anruf durchstellen?"

Irene kniff die Augen zusammen.

„Ja, stellen Sie bitte durch."

Irene hörte ein Klicken in der Leitung. Dann war Stille.

„Hallo?", fragte sie in die Stille.

„Irene?", kreischte eine blecherne und ihr doch so vertraute Stimme.

„Lidia, bist du das?"

„Ja! Irene, bitte komm und hol mich ab! Schnell!"

Irene hörte Lidias Angst mehr als deutlich.

„Bist du alleine? Wo bist du? Was ist passiert?"

„Ich bin davongekommen. Ich erzähl dir alles später. Bitte, hol mich so schnell du kannst ab. Ich bin in Klosterneuburg. In einer Telefonzelle. Ich halte mich versteckt. Ich weiß nicht, ob sie mich verfolgen."

Irene kämpfte hart mit sich, jetzt nur ja keine übereilte Euphorie, ruhig bleiben, sachlich bleiben, nüchtern denken. Lidia lebte und sie war offenbar der Bande entkommen. Oder es war eine Falle? Aber so klang Lidia nicht. Nein, sie war wirklich entkommen.

Verdammt, fluchte Irene, sie hatte keine Waffe mehr. Egal, es musste auch ohne gehen.

„Es gibt in Klosterneuburg eine Schnellbahnstation. Dort treffen wir uns in einer halben Stunde."

„Okay, Irene. Danke, dass du da bist, danke, dass du mich abholst. Ich habe solche Angst gehabt."

Irene wollte nicht zu viel am Telefon besprechen, wer wusste schon, ob der Portier zuhörte oder nicht, aber diese eine Frage musste sie noch stellen.

„Bist du alleine losgekommen?"

„Nein, Fichte hat mir geholfen. Er ist noch …"

„Später", unterbrach Irene, „sag es mir später."

Damit hängte Irene ein. Für einen Augenblick stand sie starr vor dem Telefon. Dieser vollkommen durchgeknallte Spinner. Irene war fassungslos. Aber nicht lange, mit flotten Handgriffen packte sie das Gepäck und verließ das Hotelzimmer.

Eberhard Fichte lag zusammengekrümmt am Boden. Sein Kiefer schmerzte am meisten, vielleicht war der Kieferknochen angeknackst. Die Schläge waren verheerend gewesen. Seit einigen Minuten tastete er behutsam mit den Fingerspitzen nach seinen Zähnen. Die Schneidezähne waren verloren, aber auch links oben wackelte ein Backenzahn. Ob er ihn verlieren würde? Dabei hatte er einst ein so gut gepflegtes, weitgehend kariesfreies Gebiss. Er war zwar regelmäßig alle sechs Monate zum Zahnarzt gegangen, aber bis auf Zahnsteinentfernung hatte dieser kaum etwas zu tun gehabt. Sein Zahnarzt hatte einmal gewitzelt, wenn alle Leute solch vorzügliche Zahnhygiene machen würden wie Fichte, wären er und sein Berufsstand armutsgefährdet. Nun, sollte Fichte lebend aus diesem Keller herauskommen, dann hätte sein Zahnarzt endlich mal etwas zu tun. Bloß Fichte rechnete gar nicht damit, jemals lebend diesen Keller zu verlassen. Die zwei Verbrecher hatten ihn zweimal besucht, das erste Mal hatten sie ihn zusammengeschlagen und das zweite Mal einfach nur befragt und er hatte ihnen alles wahrheitsgemäß, so gut es mit seinen Verletzungen ging, erzählt. Fichte war sich sicher, dass sie ihn beim dritten Besuch töten würden. Wahrscheinlich überprüften sie gerade seine Angaben und wenn sie sehen würden, dass das Geld verschwunden war, würden sie ihn erschießen oder erdrosseln oder sonst irgendwie vom Leben zum Tode befördern. Fichte runzelte ein wenig die Stirn. Er war so ruhig, geradezu entspannt und ausgeglichen beim Gedanken, das Opfer einer Mörderbande zu werden. Wie hatte Irene gesagt: „Sie sind ein Opfer". Wie Recht sie hatte, wie gut sie ihn in den paar Augenblicken des gemeinsamen Erlebens kennengelernt hatte. Eine erstaunliche Frau.

Fichte bemühte sich, nicht zu kichern, denn sofort schmerzte sein Kiefer wieder. Er hatte die Mörderbande ausgetrickst, er hatte das zweite Opfer vor der Nase dieser Verbrecher befreit und offenbar hatten diese Dummköpfe es noch nicht bemerkt. Die junge Mitarbeiterin von Irene würde bestimmt zur Polizei laufen und die Adresse dieses Hauses angeben. Dann würde die Polizei kommen und diese Mörderbande ausräuchern.

Fichte sah also zwei Möglichkeiten für sich selbst. Entweder würden die Verbrecher ihn ermorden, bevor die Polizei kommen würde, oder die Polizei würde ihn befreien. Fichte war eine Weile enttäuscht gewesen, dass sie ihn nicht getötet hatten. Natürlich lebte er gern, natürlich war sein Selbsterhaltungstrieb irgendwie intakt, aber was hatte er vom Leben bisher gehabt und was würde ihm das Leben noch bringen? Das Geld war fort, sein Traum von Irland würde eine Schimäre bleiben, seine Mutter war im Altenheim in Sicherheit und würde noch das eine oder andere Jahr in sich ausbreitender Vergesslichkeit leben, Irene würde ihn niemals heiraten, denn er hatte einer so atemberaubenden Frau in Wahrheit nichts zu bieten. Das Leben war für Fichte nie ein sehr angenehmer Ort gewesen, er hatte weitergemacht, weil das nun mal so der Lauf der Dinge war und weil seine Mutter es so gefordert hatte, aber richtig Freude oder Sinn hatte er im Leben nie entdecken können. Auch waren ihm die allermeisten

Menschen so fremd, ja sogar zuwider. Dumme, kalte, geist- und seelenlose Tiere waren die Menschen, egozentrisch und verletzend. Fichte seufzte unmerklich. Nein, der Tod, so klar drohend er vor ihm stand, flößte ihm keine Furcht ein, im Gegenteil, der Tod hatte zweifelsfrei auch sympathische Seiten.

Fichtes Wunden bluteten nicht mehr. Er wartete.

39.

Hoffmann ging durch die Gänge des Kommissariats. Windisch und er hatten im Auto sitzend ihre Fresspakete geplündert. Sie hatten dabei kaum ein Wort gewechselt. Vom Falafelsandwich und Döner gestärkt, waren sie dann ins Kommissariat gefahren. Hoffmann betrat das Büro.

„Hallo", grüßte er seinen Kollegen Assmann, der gerade einen Apfel und einen Müsliriegel verzehrte. Assmann nickte mit vollem Mund.

„Du hältst dich wenigstens an die Prinzipien der gesunden Ernährung. Würde mir auch nicht schlecht tun", sagte Hoffmann und setzte sich an den Schreibtisch.

„Und was ist jetzt in Hütteldorf gewesen?", fragte Assmann, als er den Happen geschluckt hatte.

„Eine Pleite. Kein Geld, keine Irene Glaser, nur ein paar planlos in der Gegend herumstehende Kiberer."

„Schöne Scheiße."

Hoffmann nickte träge. Er erhob sich wieder und trat an die Kaffeemaschine.

„Ich brauch jetzt mal einen Kaffee. Vielleicht fällt mir ja dann ein, wie wir weitermachen können. Hast du noch irgendetwas recherchiert?"

„Hab dir alles am Telefon erzählt."

Hoffmann schaufelte das duftende Kaffeepulver in den Papierfilter. Der Geruch verbesserte seine Stimmung immerhin ein wenig. Da hörte er eilige Schritte im Flur, und gleich war die kleine Stimmungsaufhellung in ihr Gegenteil verkehrt. Die Tür flog auf.

„Guten Tag, die Herren“, trompetete Major Koller in seiner üblichen Tonlage.

Assmann und Hoffmann erwiderten die Begrüßung. Koller warf die Tür hinter sich zu und stellte sich mit in die Hüften gestemmten Fäusten in die Mitte des Zimmers.

„Wie kommen Sie im Fall Toni Berger voran? Gibt es schon klare Ergebnisse?“

Hoffmann hörte, wie glucksend heißes Wasser durch die Kaffeemaschine lief, der Kaffeeduft verbreitete sich im ganzen Raum. Hoffmann schaute seinen Vorgesetzten an. Hing Koller also immer noch am Fall Berger. Natürlich, so eine Schlagzeile in der Zeitung war für die Karriereplanung immer gut. Ein totgeschossener Praterjunge oder abgängiger Buchhalter ohne Job brachte diesbezüglich einfach nicht so viel.

„Der Fall Toni Berger ist im Grunde abgeschlossen“, meinte Hoffmann. „Wir sind da an weiteren Dingen dran, die uns leider …“

„Nein, nein“, winkte Koller energisch ab. „Der Fall Toni Berger ist dann abgeschlossen, wenn ich das sage. Meine Anweisungen waren doch klar und unmissverständlich, ich will die Hintergründe und die Hintermänner im Fall Berger. Und ich will Verhaftungen. Ihre Privatermittlungen, sehr geehrter Herr Hoffmann, stellen Sie jetzt gefälligst mal hintenan, hier muss professionelle Arbeit geleistet werden.“

Hoffmann setzte sich.

„Wir tun unser Möglichstes, aber ich habe ein ganz mieses Gefühl, was die nächste Zeit betrifft.“

„Ihre miesen Gefühle hängen, das weiß ich aus mehrjähriger Erfahrung, Herr Hoffmann, in den seltensten Fällen mit dem Fortschritt ihrer Ermittlungen zusammen.“

Koller drehte sich demonstrativ zu Assmann um.

„Und Sie, wie kommen Sie voran?“

Assmann tippte auf einen Stapel von Papieren.

„Ja, eigentlich ganz gut. Ich habe da eine Menge über eine Frau namens Irene Glaser herausgefunden."

„Ist sie in den Fall Toni Berger verwickelt?"

Assmann wurde ein wenig verlegen.

„Äh … nicht direkt. Glaube fast gar nicht, aber sie wird von Interpol gesucht."

„In einer Drogensache?"

„Die Glaser? Nein, die hat ziemlich sicher nichts mit Drogen am Hut."

„Das heißt, Sie vertrödeln Ihre Arbeitszeit mit Dingen, die weder etwas mit dem Fall Berger noch etwas mit Drogen zu tun haben?", fragte Koller mit sichtbaren Spuren von Ärger im Gesicht. „Hat der Kollege Hoffmann Sie zu solchen Privatermittlungen angestiftet? Oder greift die Hoffmannsche Verschleppungstaktik jetzt auch schon auf Sie über, Herr Assmann?"

Die Frage lag unbeantwortet im Büro. Was sollten die zwei Polizisten schon auf so eine, wie Hoffmann fand, überaus dumme Frage antworten?

„Herr Major, Polizeiarbeit verläuft oft nicht nach Schema F. Wir haben da eine Leiche mit Genickschuss und siebenhunderttausend Euro Drogengeld, das in Wien herumirrt und üble Spuren hinterlässt. Und nicht jedes Verbrechen eignet sich für eine Pressekonferenz."

Major Kollers Blutdruck schoss sichtlich in die Höhe, rote Flecken bildeten sich auf seinen Wangen. So eine außerordentliche Unverfrorenheit, eine geradezu offene Rebellion gegen seine Autorität als Gruppenleiter! Hoffmann kratzte sich am Kinn. Diesen Tag würde er sich rot in seinem Notizkalender vermerken, denn nicht er selbst hatte dieses Statement von sich gegeben, obwohl so etwas Ähnliches schon auf seiner Zunge bereit gelegen hatte, sondern sein bislang immer folgsamer, strebsamer und angepasster Kollege Assmann hatte zum ersten Mal in seiner noch jungen Laufbahn als Kriminalpolizist offene Kritik an sinnlosen Forderungen seines Vorgesetzten geäußert.

Hoffmann musterte Assmann. Ein wenig mulmig war Assmann nun schon zumute. Jetzt, als die Kritik draußen war, begriff er erst, was er gesagt hatte. Hoffmann schmunzelte in sich hinein.

„Na dann!“, rief Koller störrisch und doch bis auf die Knochen blamiert. „Weitermachen. Und ich will Ergebnisse!“

Die Tür knallte diesmal lauter als sonst. Assmann blickte kurz zu Hoffmann hinüber.

„Und? Was gibt’s da zum Gaffen?“, fragte Assmann mürrisch.

„Ach, nichts.“

Assmann wandte sich dem Bildschirm seines Computers zu und ließ seine Finger flink über die Tastatur laufen.

Hoffmann erhob sich und füllte seine Tasse mit Kaffee. Er hatte es immer gewusst, Assmann hatte viel zu lange diesen Ballast aus der Polizeischule mit sich herum geschleppt, aber er hatte immer schon das Zeug zu einem guten Kriminalisten gehabt. Schön langsam kam es heraus.

Kurt Wernheim hatte alles vorbereitet. Die Koffer waren gepackt und im Kofferraum des Audis verstaut. Er hatte das Geld auf alle seine Gepäckstücke verteilt, wenn also bei einem eiligen Abgang ein Koffer verloren ging, war nicht gleich alles verloren. Mit verloren gegangenen Geldpaketen hatte Wernheim in den letzten Tagen sehr unliebsame Erfahrungen machen müssen. Wernheim schaute auf die Uhr. Er lag gut im Rennen. Auf dem Couchtisch im Wohnzimmer lag sein neuer Pass. Er blätterte ihn auf. Es hatte eine schöne Stange Geld gekostet, diesen Pass anfertigen zu lassen, jetzt aber würde er ihn brauchen. Eine neue Identität. Karlheinz Behnke aus Darmstadt, ab heute hatte er einen neuen Namen und eine neue Heimatadresse. Er steckte den Pass in seine Jacketttasche. Was jetzt? Eigentlich war er startklar. Er musste nur noch auf Monetti warten, aber er rechnete jeden Augenblick mit seiner Rückkehr. Auf dem Couchtisch lagen drei Handys. Eines gehörte Fichte, eines diesem Mädchen und das dritte einer Privatdetektivin namens Irene, wie Fichte berichtet hatte. Wernheim schaute wieder auf die Uhr. Da sein fetter Partner noch nicht da war, würde er vielleicht doch noch etwas Zeit haben, um sich mit dem kleinen Miststück im Keller ein bisschen die Zeit zu vertreiben. Ein schmutziges Grinsen legte sich in sein Gesicht. Warum eigentlich nicht?

Wernheim prüfte den Sitz seines Revolvers im Schulterhalfter. Dann ging er die Stiege in den Keller hinunter. Er sperrte die Tür zum Heizraum auf, knipste das Licht an und lugte hinein. Fichte kauerte in sich zusammengesunken am Boden und rührte sich nicht. Wernheim nickte zufrieden. Das Schwein konnte ruhig hier unten elend verhungern, je qualvoller desto besser. Wernheim knipste wieder das Licht aus und versperrte die Tür. Dann ging er weiter zur Werkstatttür und drehte den Schlüssel im Schloss. Wernheim spürte ein fiebriges Kribbeln. Er hatte schon so ziemlich jede Art von Fick hinter sich, aber die Girls hatten es immer freiwillig oder gegen Bezahlung gemacht, die Vergewaltigung einer Gefesselten war ein neuer Kick. Man soll seine Horizonte immer erweitern und lebenslanges Lernen praktizieren, so etwas ist gut für die persönliche Entwicklung und Karriereplanung, dachte Wernheim.

„Verflucht!", rief er aus und sprang zum Kellerfenster. Mit einem Mal rumorte sein Puls. Das kleine Flittchen war entwischt! Wie war das nur möglich gewesen? Er hatte sie so straff gefesselt, sie hatte sich höchstens wie ein Regenwurm über den Boden wälzen können, niemals aber an das Stanleymesser kommen können, mit dem sie die Fesseln durchschnitten hatte. Rasende Wut packte Wernheim. Fichte! Es konnte nur das Schwein Fichte gewesen sein. Der Vollidiot Monetti hatte wahrscheinlich während des Telefonats mit Vitalis Sekretär den Heizraum nicht versperrt.

„So eine Scheiße!", machte sich Wernheim brüllend Luft, denn das Mädchen musste schon eine ganze Weile fort sein. Warum hatte die Polizei das Haus noch nicht umstellt? Offenbar war das Miststück nicht zur Polizei gelaufen. Aber es konnte ja noch kommen, das hieß, er hatte keine Zeit, seinen Plan durchzuführen, er musste sofort von hier abhauen.

Das Garagentor rumpelte. Wernheim horchte auf. Ein Siegerlächeln legte sich in sein Gesicht. Wunderbar, Monetti kam genau rechtzeitig zurück. Wernheim eilte in die Garage, der VW Passat rollte eben herein. Wernheim schaute durch das sich automatisch schließende Garagentor ins Freie. Keine Anzeichen der Polizei. Gut so. Also los.

„Hast du etwas entdeckt?“, fragte Wernheim mit gut gespielter Aufregung, als sich Monetti mühsam aus dem Auto hob.

„Nichts“, knurrte Monetti. „Hab die Polizei abziehen gesehen. Da ist nichts mehr, die Bullen haben alles abgestaubt. So wie Fichte gesagt hat. Dafür ist er jetzt dran.“

Wernheim ballte seine rechte Hand zu einer Faust.

„Jetzt muss das Schwein endgültig bluten. Mach ihn kalt, Claudio.“

„Worauf du dich verlassen kannst.“

Monetti marschierte entschlossen los, aber als er an der Werkstatt vorbei kam und den steckenden Schlüssel mit dem grünen Anhänger sah, blieb er stehen. Er sperrte die Tür auf und trat polternd ein.

Wernheim stand hinter Monetti. Er war nicht im Geringsten aufgeregt, er war so ruhig und ausgeglichen, so entschlossen und gefasst wie schon lange nicht. War er überhaupt jemals schon in so einer Stimmung gewesen? Jede Bewegung war klar, jeder Gedanke präzise, ein absolut geiler Törn. Wernheim wog den chromblitzenden Smith & Wesson Revolver in der Hand. Was für eine schöne Waffe, elegant, ehrwürdig, endgültig. Er würde diese Waffe leider in die Donau werfen müssen, aber das machte nichts, denn Wernheim wusste, dass diese erstklassige Waffe genau für diese Sekunde gebaut worden war, dass er selbst sie für genau diese Situation gekauft, besessen und immer wieder geputzt hatte. So viel Macht in einer Hand.

„Wo ist das Flittchen …“, rief Monetti wütend aus und drehte sich um.

Es dauerte nur einen Augenblick. In solchen Dingen dachte Monetti sehr schnell. Er blickte in Wernheims Augen, sah die auf ihn gerichtete Pistole und wusste schlagartig, dass die letzten Sekunden seines Lebens angebrochen waren.

Der Knall hallte hart in der engen Werkstatt, er schmerzte in Wernheims Ohr. Und dennoch löste der Knall eine außerordentliche Befriedigung in ihm aus. Der schwere Mann taumelte nach hinten. Monetti ignorierte die kleine Wunde in seinem Bauch, er griff schnell nach seiner Waffe, wollte sich wehren, wollte diesem Scheißkerl Wernheim die Arroganz und Verachtung, den Verrat heimzahlen. Da krachten noch zwei weitere Schüsse. Monetti stürzte zu Boden. Er schnaufte. Blut lief aus den drei Wunden auf seinem Oberkörper.

Wernheim stand nach wie vor in der Tür. Hatte sich alles also doch noch zum Guten gewendet. Er blickte auf Monetti hinab. Diese Verletzungen konnte er nicht überleben. Drei Schüsse mit einer 38er aus nächster Nähe in den Leib konnte niemand überleben. Wernheim bemerkte erst jetzt, dass er einen Ständer hatte. Er lächelte still in sich hinein. Ein prima Gefühl, aber jetzt noch die Krönung.

Wernheim nahm den Revolver in beide Hände und zielte sorgfältig. Noch zwei Schüsse peitschten durch den Keller, die fünfschüssige Trommel war jetzt leer, die Waffe hatte ihren Zweck erfüllt. Wernheim steckte den Revolver in das Halfter. Er fühlte die Endgültigkeit seiner Handlung. Dieser Mensch da war durch drei Schüsse in den Leib und zwei Schüsse in den Kopf getötet worden. Es gab kein Zurück mehr, Claudio Monetti war tot. Diese Villa war ein für alle Mal verloren. Die Polizei würde ihn bis ans Ende seiner Tage als Mörder suchen. Er musste fort und würde nie wieder hierher zurückkehren können. Er hatte fünfhunderttausend Euro Startkapital für ein neues Leben. Das waren allesamt unabänderliche Umstände.

Und er musste jetzt los. Kurt Wernheim versperrte die Werkstatt seiner Exvilla, stieg in den Audi, wartete, bis das Garagentor offen war und fuhr dann in gemessener Geschwindigkeit los. Das Leben konnte so einfach sein.

Endlich hatte Irene alles beisammen. Es hatte alles unendlich lange gedauert. Ewigkeiten schienen zu verstreichen, bis diese unfähige Person am Schalter begriffen hatte, was Irene in zwei kurzen und klaren Sätzen verlangt hatte. Der Mietvertrag für das Auto musste verlängert werden und sie würde den Wagen am Flughafen in Graz zurückgeben. So schwer war das doch nicht gewesen, aber der Dummkopf mit eitler Fönfrisur hatte es einfach nicht verstanden. Andererseits hatte die Langsamkeit des jungen Mannes auch etwas Gutes. Sie hatte sich die nächsten Schritte noch mal durch den Kopf gehen lassen können. Als sie die Papiere erhalten und ihren gefälschten Führerschein eingesteckt hatte, verließ sie fast laufend das Büro der Autovermietung, eilte über den Parkplatz und setzte sich an das Steuer des kleinen Citroens.

„Was hat da so lange gedauert?", fragte Lidia unruhig.

„Der Mann am Schalter hat sich nicht gerade als Schnelldenker erwiesen. Ziemlich stressig, in so einer Situation auf Kretins angewiesen zu sein."

Irene steckte den Autoschlüssel an, doch bevor sie startete, hielt sie kurz inne, versuchte ihre Gedanken zu sammeln. Sie musste zwei Stunden konzentriert sein, denn etwa so lange dauerte die Autofahrt von Wien zum Flughafen Graz. Dann würden sie ein Taxi in die Stadt nehmen, ein paar Runden drehen, um zu sehen, ob sie verfolgt wurden und schließlich mit dem Nachtzug nach Rom fahren.

„Soll ich fahren?", fragte Lidia.

Irene vertrieb die Nervosität und Spannung aus ihrem Gesicht, sie schaute zu Lidia lächelnd hinüber.

„Nein, ma belle, heute bin ich mal mit Autofahren dran. Du kriegst in Rom deine Chance. Bitte leg den Sicherheitsgurt an."

Irene spürte, wie Lidia sich entspannte, sie hatte also den richtigen Ton getroffen, sie hatte die Fäden wieder in der Hand, sie hatten einen zwar völlig irren, aber letztlich sehr lukrativen Fischzug in Wien gemacht und tourten weiter.

„Macht es dir etwas aus, wenn ich rauche?“, fragte Lidia.

„Nur zu, aber mach bitte das Fenster auf.“

Irene startete den Motor und lenkte den Wagen in den allgegenwärtigen Verkehr der Großstadt.

„Es war diesmal sehr riskant“, sagte Irene nach einer Weile. „Ich habe Fehler gemacht, entschuldige bitte.“

Lidia warf die fertig gerauchte Zigarette zum Fenster hinaus.

„Du brauchst dich nicht zu entschuldigen“, sagte Lidia. „Ich habe auch Fehler gemacht.“

„Gut, wir haben beide Fehler gemacht und um ein Haar wäre alles böse ausgegangen, wir haben also mehr als genug Anlass, aus unseren Fehlern zu lernen, unsere Methode zu überdenken und die richtigen Schlüsse daraus zu ziehen.“

„Da!“, rief Lidia. „Da ist eine Telefonzelle.“

Irene entdeckte nun auch die öffentliche Telefonzelle. Sie suchte nach einer Parklücke.

„Du rufst doch an?“, fragte Lidia.

Irenes Lächeln verschwand schlagartig.

„Natürlich rufe ich an. Der Mann hat dir das Leben gerettet. Vielleicht ist er schon tot, vielleicht retten wir ihm auch das Leben. Wir sind in jedem Fall verflucht spät dran. Es wäre ein Riesenfehler, es nicht zu machen.“

Irene zog den Schlüssel aus dem Zündschloss und kramte ein paar Münzen hervor. Sie nickte Lidia kurz zu und lief dann zur Telefonzelle. Irene trug Handschuhe. Ganz automatisch blickte sie sich um. Niemand schien sie hier mitten auf einer stark befahrenen Durchzugstraße zu beobachten. Sie tippte die Notrufnummer der Polizei in die Tastatur.

Hoffmann durchforstete den Papierstapel, den Assmann ausgedruckt hatte, während er langsam den Kaffee schlürfte. Die Schulter schmerzte wieder, er begann sie zu massieren. Er musste mal eine Physiotherapie machen und sein Rückgrat wieder einrenken. Und ein wenig Sport wäre wahrlich nicht verkehrt. Hoffmann nahm sich vor, dem Vorbild Assmanns, was gesunde Lebensweise betraf, zumindest ein wenig nachzueifern. Flotte Spaziergänge im Augarten, früher oder später sogar etwas joggen und Rad fahren, weniger Hotdogs, mehr Müsli. Ein träumerisches Schmunzeln huschte über Hoffmanns Miene. Vielleicht würde er sogar mit Sigrid im Augarten joggen. Sie könnte drei Runden laufen, während er eine absolvierte, am Ende würden sie sich schwitzend und ausgepumpt treffen und gemeinsam in die Dusche steigen. Eine heiße Woge durchströmte Hoffmann bei diesem Gedanken. Er räusperte sich leise, blickte kurz zu Assmann hinüber, der aber von Hoffmanns erotischen Fantasien nichts mitbekommen hatte und nach wie vor entschlossen auf den Computerbildschirm starrte. Mit einem schnellen Schluck leerte Hoffmann den letzten Rest der Kaffeetasse.

Das Telefon klingelte.

„Hoffmann. Ja, das stimmt. Was haben Sie?“

Assmann riss seine Aufmerksamkeit sofort vom Bildschirm los und starrte zu Hoffmann hinüber. Er kannte diesen Tonfall seines älteren Kollegen mittlerweile sehr gut. Wenn Hoffmann am Telefon diesen Tonfall anschlug, gab es zumeist Arbeit von der schwierigen Sorte. Assmann verfolgte, wie Hoffmann aufstand, die Blicke der beiden kreuzten sich.

„Nein, halten Sie die Kollegen auf. Auf keinen Fall! Da muss die Cobra ran. Und gleich mit dem großen Programm. Nein, geben Sie das sofort per Funk durch, ich ruf den Doktor Pokorny an. Ja, danke, dass Sie gleich angerufen haben, das ist ein ganz heißes Ding.“

Hoffmann warf den Hörer auf die Gabel. Seine Miene verriet Hochspannung.

„Gerhard, sag dem Gerald Windisch Bescheid. Du fährst. Hab bei der Notrufzentrale den Namen Eberhard Fichte hinterlassen und den Kollegen gesagt, dass ich sofort verständigt werden muss, wenn der Name bei ihnen eintrudelt. Und siehe da, wieder ein anonymer Anruf einer Frau. Bin mir ziemlich sicher, dass das die Glaser war. Sie hat eine Adresse in Klosterneuburg genannt. Der Fichte ist dort angeblich schwerverletzt als Geisel eingesperrt. Ich gebe dem Doktor Pokorny und dem Koller Bescheid. Und ich fordere die Cobra an. Da müssen die Jungs in den Panzerwesten vor."

Assmann nickte und griff schnell zum Telefon. Hoffmann wählte die Nummer des Leiters des Kommissariats.

Nur zwei Minuten später liefen drei Kriminalpolizisten auf ein Auto zu. Windisch hatte gerade noch sein Jackett geschnappt und war sofort losgestartet. Assmann zog den Autoschlüssel, während Windisch in sein Jackett schlüpfte. Hoffmann prüfte vor dem Einsteigen seine Waffe. Da eilten noch zwei Männer aus dem Gebäude auf den Parkplatz zu. Major Koller hielt seinen Autoschlüssel schon in der Hand, Doktor Pokorny folgte ihm. Die fünf Polizisten bildeten einen Kreis. Zwei uniformierte Polizisten, die eben gemächlich aus ihrem Streifenwagen stiegen, entdeckten die Runde und blieben alarmiert stehen. Das sah nach verdammt dicker Luft aus.

„Meine Herren, ich werde den Einsatz leiten", sagte Pokorny und präsentierte ein Funkgerät. „Die Cobra ist unterwegs, das heißt, wir haben es jetzt eilig. Sind Sie bereit?"

Die Männer nickten.

„Ihr da!", rief Major Koller zu den beiden uniformierten Polizisten hinüber. „Wir brauchen eine Eskorte mit Blaulicht. Ziel ist die Schnellbahnstation in Klosterneuburg. Dort übernimmt die Cobra die Führung. Ihr macht für uns den Weg bis dorthin frei."

Hoffmann entdeckte erst jetzt, dass einer der beiden Uniformierten eine Frau war. Er blickte Sigrid Körner in die Augen, sie schien gleichzeitig erschrocken und entschlossen zu sein. Hoffmann nickte ihr mit zusammengepressten Lippen zu. Sigrid und ihr Kollege sprangen in den Streifenwagen.

„Herr Assmann, Sie fahren in der Mitte, wir folgen Ihnen“, ergänzte noch Pokorny.

Der Konvoi setzte sich in Bewegung, das Blaulicht und die Sirene des Polizeiautos zogen schnell durch die Häuserschluchten der Millionenstadt.

Irene lenkte den Kleinwagen auf der Autobahn südwärts. Sie passierten eben die großen Einkaufszentren und Industriegebäude am Rande Wiens, vor ihnen lag das flache Tiefland des Wiener Beckens. Irene hielt sich penibel an die Geschwindigkeitsbeschränkung, weswegen viele größere und stärkere Autos zum Teil mit wesentlich höherer Geschwindigkeit an dem kleinen Citroen vorbeizogen. Lidia verhielt sich schweigend, in sich gekehrt, sogar ein bisschen abwesend. Irene musste ihrer Laune auf die Sprünge helfen.

„Eines ist schade“, sagte sie leichthin.

„Hm?“, brummte Lidia fragend.

Irene zuckte mit den Schultern.

„Jetzt habe ich deinen freundlichen Bruder Ivica nicht kennengelernt.“

Lidia lachte.

„Sei froh“, meinte Lidia. „Ich glaube, ihr hättet euch nicht so super vertragen. Wobei er mehr Probleme mit dir gehabt hätte als du mit ihm.“

„Meinst du? Vielleicht wären wir aber ein klasse Team geworden.“

Wieder lachte Lidia.

„Worin denn? Für ein Fußballteam seid ihr zuwenig.“

Jetzt lachte Irene.

„Na gut. Zumindest deine Mutter hätte ich aber gern kennengelernt.“

„Vielleicht später.“

Eine Weile schwiegen die beiden Frauen, tatsächlich hatte sich die Stimmung im Auto durch das belanglose Geplauder merklich gebessert.

„Wir haben jetzt einen Batzen Geld. Was machen wir damit?“, fragte Lidia.

„Stimmt, unsere Reisekassa ist um einiges runder geworden. Aber, Lidia, wir sind noch nicht ganz fertig mit der Sache?“

„Was? Warum nicht?“, fragte Lidia wirklich erstaunt und hörbar ungehalten. „Was kommt jetzt noch?“

Irene hielt mit beiden Händen das Volant und kniff die Augen zusammen.

„Eine Kleinigkeit, aber unausweichlich.“

Die zwei voll adjustierten Männer der Einsatzabteilung machten den Weg frei. Hoffmann musterte die Männer im Vorbeigehen. Durchtrainierte Mittzwanziger mit kantigen Zügen, sie trugen die schwere Panzerung am Körper, die massiven Stahlhelme und die Sturmgewehre als wiegten sie nichts. Es war verdammt wichtig, dass solche Männer richtig geführt wurden, dass sie für Recht und Gesetz eingesetzt wurden, dass sie psychologisch betreut wurden, denn wenn solche Männer zuschlugen, dann brannte es lichterloh. In anderen Staaten oder anderen Zeiten waren solche Männer Werkzeuge der Unterdrückung und staatlichen Gewalt. Hoffmann zuckte unmerklich mit den Schultern, in anderen Staaten waren Männer wie er auch Werkzeuge der Unterjochung. Es war nicht leicht Polizist zu sein, wenn man über ein gewisses Reflexionspotential verfügte. Und als Hoffmann aus der Ferne zugesehen hatte, mit welcher Präzision, Schnelligkeit und Entschlossenheit die Männer der Cobra die Villa erstürmt hatten, war er ins Grübeln gekommen. Hoffmann hatte dem Himmel gedankt, als der Kommandant der Einsatztruppe das Signal zur Entwarnung gegeben hatte. Allerdings hatte sich sein Magen zu einem Stein verklumpt, als der Cobramann im gleichen Atemzug den bereitstehenden Notarzt gerufen hatte. Windisch, Assmann und Hoffmann waren dem sofort loslaufenden Notarztteam hinterher gehastet.

„Da drinnen“, sagte der Kommandant der Einsatztruppe und deutete auf einen Raum im Keller. „Ist aber kein schöner Anblick.“

Hoffmann trat an die offenstehende Tür zur Werkstatt der Villa. Ein kurzer Blick genügte, um für eine Woche jedes Hungergefühl zu vertreiben. Hoffmann wandte sich rasch ab, während Windisch näher trat.

„Fünf Schüsse aus nächster Nähe“, sagte Windisch mit einer abgebrühten Nüchternheit, die Hoffmann Schauder über den Rücken jagte. „Das war kein Mord, das war eine Hinrichtung.“

Windisch verließ wieder die Werkstatt. Er schaute Hoffmann in die Augen.

„Du hast also wieder den richtigen Riecher gehabt. Hast im Urin alles schon vorausgeahnt“, scherzte Windisch bitter.

Hoffmann war nach dem Anblick der Leiche zu keiner Äußerung im Stande. Er wollte ins Freie, frische Luft schnappen, da sah er Sigrid wieder. Er hatte gar nicht bemerkt, dass sie ihnen bis hierher gefolgt war. Seit die Cobra die Führung übernommen hatte, hatte Hoffmann sie und ihren Kollegen aus den Augen verloren. Eine zähe junge Frau, sie suchte offenbar nach Problemen. Und hier fand sie welche.

„Gehen Sie da nicht rein, Sigrid. So was vergisst man so schwer. Der Mann ist tot, das sollte Ihnen reichen“, warnte Hoffmann die junge Polizistin.

„Wolfgang, komm her!“, rief Windisch und winkte Hoffmann zu sich.

Hoffmann ging ein paar Schritte weiter und schaute neben Windisch stehend in den Heizraum. Aus dem Augenwinkel sah Hoffmann, dass Sigrid seine Warnung ignoriert hatte und vor die Werkstatt getreten war. Hoffmann trat nahe an den Arzt und einen Krankenpfleger heran. Die beiden beugten sich über einen am Boden liegenden Mann. Hoffmann sah Fichtes Gesicht.

„Wie geht’s ihm?“, fragte er leise.

Es dauerte einige Augenblicke, bis der Arzt antwortete.

„Keine Lebensgefahr. Das Gebiss ist ziemlich beschädigt. Wahrscheinlich eine Gehirnerschütterung und sicher ein Nasenbeinbruch. Die Rippen sind scheinbar intakt. Der Mann ist extrem brutal zusammengeschlagen worden. Wirklich extrem. Hab ich noch nie gesehen."

Eberhard Fichte hob kurz den Kopf und sein Blick kreuzte sich mit dem Hoffmanns. Jetzt, da dieser freundliche und höfliche Polizist hier war, fühlte sich Fichte besser. Er wusste, dass alles eine gute Wendung genommen hatte. Warum sollte nicht auch manchmal das Gute gewinnen?

40.

„Es kommt nicht oft vor, dass jemand mit Bargeld bezahlt."

Wernheim lächelte die hübsche Frau am Schalter gewinnend an.

„Ach, wissen Sie, ich bin da ein wenig altmodisch. Ich finde Kreditkarten so unpersönlich. Bargeld hat, wie soll ich sagen, Bargeld hat etwas Romantisches."

Die junge Frau lächelte um eine Spur freundlicher als es in ihrer Jobbeschreibung verlangt wurde. Wernheim merkte es sofort. Er fühlte sich so stark, so fit, er war so gut drauf, und er hatte immer schon auf junge Frauen gewirkt.

„Lieben Sie nicht auch das Romantische?", hakte er mit weichem Timbre nach.

Die Frau kicherte richtig süß, wie Wernheim fand.

„Ja, schon."

Sie schob das Flugticket über den Schalter. Wernheim nahm es entgegen und las die Aufschrift. Wien Schwechat, Bangkok Suvarnabhumi, Nonstop. Den Platz in der Maschine noch zu kriegen, hatte einiges an Geld gekostet, aber es war eine mehr als sinnvolle Investition gewesen. Wernheim hatte sogar noch den Audi, seine drei Golduhren und den Rest seines Kokains schnell zu Geld machen können. Mit einer halben Million Euro im Gepäck ließ es sich in Thailand zweifellos ganz gut leben.

„Ich wünsche einen guten Flug, Herr Behnke. Und einen angenehmen Aufenthalt in Thailand."

„Danke, Schätzchen, den werde ich bestimmt haben", antwortete Wernheim augenzwinkernd.

Kurt Wernheim marschierte mit flotten Schritten los, das Boarding war schon in ein paar Minuten. Er schaute nicht mehr zurück.

41.

Lidia stand in einem Postamt am Stadtrand von Graz und schaute sich um. Irene sprach eben mit der Postangestellten am Schalter, legte einen Geldschein auf den Tresen und erhielt das Rückgeld. Irene bedankte sich freundlich. Lidia präsentierte zwar ein schmollendes Gesicht, in Wahrheit aber war sie mit Irenes Entscheidung einverstanden. Nein, sie fand die Entscheidung sogar toll. Das machte eben den Unterschied zwischen einem kleinen Junkie, der für einen Pappenstiel irgendeine Scheiße baute, und einem Profi mit Stil. Und Irene legte Wert auf Stil.

„Kommst du klar?"

Lidia erschrak ein wenig. Irene stand plötzlich neben ihr.

„Ja, ich find's eh okay."

„Wirklich?"

„Sicher."

Irenes Lächeln war wieder strahlend, vital, schön und sexy.

„Dann organisieren wir ein Taxi, das uns zum Bahnhof bringt. Ich will die Koffer nicht quer durch die Stadt schleppen."

„Du, Irene."

„Ja?"

Lidias Miene hatte wieder diesen überaus kecken Ausdruck, den Irene so anziehend an ihr fand.

„Der Kerl da. Der mit dem Anzug. Er hat seine ziemlich dicke Geldbörse in der linken Tasche seines Sakkos."

Irene zog die Brauen hoch und schaute unauffällig dem Mann mittleren Alters hinterher, der eben das Postamt verließ.

„Ein Kinderspiel“, murmelte Lidia.

Irene stupste mit der Fingerspitze auf Lidias Nase.

„Du bist unverbesserlich. Also die Hopplanummer. Ich gehe vor.“

Irene schnappte das Gepäck und trippelte ziemlich dämlich durch das Portal auf die Straße hinaus. Auf zu einem neuen Job.

42.

Ein neuer Tag war angebrochen und mit ihm war das erste Mal in diesem Jahr herbstliches Wetter gekommen. Von einem starken Wind vorangetrieben hatte sich eine breite Kaltfront vom Westen über die Metropole geschoben. Die Temperaturen waren über Nacht um fast zehn Grad gefallen, der Wind hatte den Staub, die Abgase und die Angst aus der Stadt gespült. Obwohl Hoffmann nur kurz geschlafen hatte, fühlte er sich fit. Zum Glück war es ein traumloser Schlaf gewesen. Hoffmann war noch bis knapp vor Mitternacht im Kommissariat gewesen. Windisch und er hatten nun so ziemlich alles über Claudio Monetti und Kurt Wernheim herausgefunden, was in den Datenbanken der Polizei zu finden war. Als Hoffmann zuhause erschöpft in sein Bett gefallen war, hatte er kurz befürchtet, dass ihn das zerstörte Gesicht von Claudio Monetti als Albtraum in den Schlaf verfolgen würde. Aber die Albträume waren ausgeblieben oder er hatte sich morgens nicht mehr daran erinnern können.

Hoffmanns Tempo heute war, den Umständen angepasst, wesentlich geringer als noch gestern. Er hatte mit einem hämischen Lächeln sein schadhaftes Auto auch heute stehen lassen und war mit der Straßenbahn gefahren. Nicht ins Kommissariat, sondern in das Krankenhaus.

Er klopfte an eine Tür und trat ein. Eberhard Fichte lag in einem Zweibettzimmer, aber das zweite Bett stand derzeit leer. Fichte saß aufrecht im Bett, er beendete gerade sein Frühstück. Tee und dünnflüssiger Brei.

„Guten Morgen, Herr Fichte.“

Fichte nickte zur Begrüßung.

„Darf ich mich ein bisschen zu Ihnen setzen?“, fragte Hoffmann, wartete, bis Fichte eine einladende Geste vollführte, und schnappte sich dann einen Stuhl. Hoffmann musterte den Mann ihm gegenüber ruhig. Sein Kopf war bandagiert, ein breites Pflaster klebte quer über der Nase. Das, was von Fichtes Gesicht zu sehen war, sah richtig übel aus, verschwollene Augen, eine kurze Naht auf der Unterlippe. Es würde viele Wochen dauern, bis er sich von den Schlägen erholt haben würde.

„Wie geht es Ihnen, Herr Fichte? Können Sie überhaupt sprechen?“

Fichte machte eine abwägende Handbewegung.

„Nur sehr schlecht“, würgte er hervor.

„Keine Sorge, Sie sind hier in guten Händen. Die Ärzte haben noch jeden wieder zusammengeflickt. Habe mir von der Krankenschwester sagen lassen, dass Sie keine Gehirnerschütterung haben und geistig vollkommen aufnahmefähig sind. Stimmt das?“

Fichte zwinkerte zustimmend.

„Das ist sehr gut. Also von den verlorenen Zähnen abgesehen, werden Sie keine Dauerschäden davontragen. Aber die Zähne kann man reparieren. Ich habe auch ein Implantat. Rechts oben ist mir mal ein Backenzahn ausgefallen. Ein fähiger Zahnarzt kriegt das wieder wunderbar hin. Sie müssen halt warten, bis der Knacks im Unterkiefer vollständig verheilt ist.“

Fichte machte eine zustimmende Handbewegung. Das alles hatte der Oberarzt heute frühmorgens schon zu ihm gesagt. Für eine Weile lag Schweigen im Raum. Fichte wartete, bis der Polizist irgendetwas sagte, der schien aber keine Eile zu haben.

„Haben Sie den Namen Dominique Dulac schon mal gehört?“

Fichte zog die Brauen hoch. Er verneinte mit den Händen.

„Das wundert mich nicht. Ich habe den Namen auch erst gestern zum ersten Mal gehört. Dominique Dulac war französischer Staatsbürger. Er ist seit rund zehn Jahren tot.“

Hoffmann schaute Fichte direkt in die Augen. Der Mann hielt dem Blick aber nur sehr kurz stand und schlug den Blick nieder.

„Die Franzosen haben den Tod dieses Mannes wohl schnell verschmerzt, denn Dominique Dulac war kein sehr gesetzestreuer Staatsbürger. Mehrere Vorstrafen wegen Gewalt- und Eigentumsdelikten. Auffällig bei den Gewaltdelikten war, dass sich die Gewalt immer gegen junge Frauen gerichtet hat. Drei Mal ist es zu einer Anzeige gekommen, zweimal zu einer Verurteilung. Ich weiß aus Erfahrung, dass es bei solchen Männern eine schwer abschätzbare Dunkelziffer von gewaltsamen Übergriffen gegen Frauen gibt. Dominique Dulac war ein ganz übler Zuhälter in Marseille. Kennen Sie Marseille, Herr Fichte?"

Fichte verneinte wieder gestisch. Was war das für eine merkwürdige Geschichte, die der Polizist ihm hier präsentierte?

„Auch schien Dominique Dulac einige Freunde gehabt zu haben, die sehr ähnliche Charakterzüge wie er aufgewiesen haben. Unerfreuliche Geschichte. Prügel und Drogen, um junge Frauen für die Prostitution abzurichten. Das übliche Schema. Und auch Vergewaltigung. Natürlich, eine Frau, die von den Zuhältern vergewaltigt worden ist, hat das Schlimmste hinter sich, da sind die zahlungsfreudigen Kunden nur das kleinere Übel. So funktioniert nun mal Prostitution. Terror, Verletzung und Entwürdigung."

Hoffmann schaute lange zum Fenster hinaus.

„Sie haben Irene Glaser doch kennengelernt? Wie ist sie so? Ich meine als Mensch. Freundlich? Linkisch? Anzüglich?"

Hoffmann legte die Hände in den Schoß und schien mit offensichtlich unerschütterlicher Geduld auf Fichtes Antwort warten zu wollen.

„Sie ist", flüsterte Fichte mühsam, „außerordentlich."

Hoffmann lächelte und nickte mit dem Kopf.

„Das glaube ich Ihnen auf das Wort. Ich hätte sie gerne getroffen. So eine Frau trifft man bestimmt nicht jeden Tag. Wenn ich das richtig verstanden habe, hat Irene Glaser sich als Detektivin ausgegeben. Stimmt das?"

Fichte stimmte zu.

„Herr Fichte, ich weiß mit Bestimmtheit, dass Frau Glaser sie angelogen hat. Sie ist keine Detektivin. Kein Detektivbüro der Welt würde eine gerichtlich verurteilte Mörderin anstellen."

Fichtes Augen weiteten sich.

„Sie haben richtig gehört. Irene Glaser wurde vor rund zehn Jahren von einem französischen Gericht des Mordes an Dominique Dulac für schuldig befunden. Das Urteil ist rechtskräftig. Niemand weiß bis heute, wie es Frau Glaser gelungen ist, bei einem Gefangenentransport spurlos zu verschwinden. Irgendjemand muss ihr geholfen haben."

Hoffmann ließ die Worte im Raum hängen.

„Ich glaube, Irene Glaser ist kein schlechter Mensch. Ich habe in den Jahren meiner Arbeit als Polizist ganz wenige wirklich schlechte Menschen getroffen. Ein paar schon, aber die waren erstaunlicherweise eher selten im strafrechtlichen Sinn Kriminelle. Langweile ich Sie mit meinen grüblerischen Ausführungen?"

Fichte winkte ab.

„Fakt ist", fuhr Hoffmann nun schnell und trocken fort, „dass Dominique Dulac und zwei seiner Spezis die Glaser brutal vergewaltigt haben. Fakt ist weiterhin, dass sie sich beim Rädelsführer der drei blutig gerächt hat. Fakt ist, dass Irene Glaser verdächtigt wird, seit einigen Jahren gewerbsmäßig Eigentumsdelikte zu begehen. Fakt ist, dass die Glaser seit zehn Jahren sehr erfolgreich mit der europäischen Polizei Katz und Maus spielt. Fakt ist weiterhin, dass Lidia Simić die Tochter eines legendären jugoslawischen Taschendiebes ist, als hochtalentiert gilt und mit der Glaser eine, so wie es aussieht, unberechenbare und ganz gewiss lohnende Diebestour durch Europa macht."

Hoffmanns Blicke stachen, Fichte wich ihnen aber nicht aus, er konnte es nicht.

„Herr Fichte, verstehen Sie nun, dass Sie zwischen die Fronten von hochkarätigen Gangstern gekommen sind und nur mit Riesenglück da lebend herausgekommen sind? Auf der einen Seite zwei rücksichtslose Drogenschieber, für die Mord und Totschlag eine ganz normale Geschäftspraxis sind, auf der anderen Seite zwei mit allen Wassern gewaschene Diebinnen, die Sie staubtrocken ausgenommen haben."

„Irene ist fort?", stammelte Fichte.

Hoffmann lachte auf.

„Ja, was glauben Sie denn? Natürlich ist sie fort. Lidia Simić ebenfalls. Und die siebenhunderttausend Euro sowieso. Auch Kurt Wernheim ist fort. Wir haben ihn eindeutig auf Überwachungsbändern am Flughafen Schwechat entdeckt. Er ist mit gefälschtem Pass geflohen. Wir wissen leider noch nicht wohin. Kurt Wernheim hat sich vor ein paar Stunden für die europäische Polizei schlicht und einfach in Luft aufgelöst. Nur einen haben wir, Claudio Monetti, der ziemlich sicher den Enkel ihres Nachbarn, den Rudi Obermeier, erschossen hat. Und Monetti liegt aufgebahrt in der Gerichtsmedizin."

Hoffmann erhob sich träge und griff in seine Tasche.

„Ist das Ihr Handy, Herr Fichte?"

Fichte hatte den Eindruck, als ob der Polizist diese Frage nur formal stellte und sehr genau wusste, dass das sein Handy war, welches in der Gangstervilla in Klosterneuburg von der Polizei gefunden worden war. Er bejahte mit einer Geste.

„Soll ich es hierher legen? Alle Fingerabdrücke sind von unseren Spezialisten aufgenommen worden. Es besteht für uns kein Grund mehr, Ihr Eigentum zurückzuhalten."

Hoffmann legte das Handy auf das Nachtkästchen neben dem Krankenbett.

„Selbstverständlich wird es ein Gerichtsverfahren geben. Herr Fichte, ich erwarte von Ihnen, dass Sie dort wahrheitsgemäß, offen und einsichtig alles sagen werden, was Sie wissen, was Sie in den letzten Tagen getan oder nicht getan haben, und dass Sie einsehen, ein Spielball von knallharten Gangstern gewesen zu sein."

Hoffmann wandte sich zum Gehen.

„Danke", murmelte Fichte.

Hoffmann hielt inne.

„Wofür?“

„Dass Sie meine Mutter in Sicherheit gebracht haben.“

Hoffmann rammte die Hände in die Taschen seines Sakkos.

„Gute Besserung, Herr Fichte.“

Das Rauchen in Wiener Krankenhäusern war verboten, dennoch schleppte Wolfgang Hoffmann eine Qualmwolke durch die Gänge. Elender Job. Er musste mal Urlaub machen.

43.

Solange er sich langsam bewegte, war alles gut. Das Stiegensteigen bereitete ihm keine Mühe, das Tragen von leichten Einkaufstaschen klappte auch ganz gut, nur sprechen konnte er nach wie vor noch kaum. Eberhard Fichte schloss die Tür hinter sich, versperrte das Schloss und ging langsam über das knarrende Parkett. Er stellte die Einkaufstasche und das Postpaket auf den Tisch.

Drei Tage war er im Krankenhaus gewesen, heute nach dem Frühstück hatte er ein Taxi genommen und war nach Hause gefahren. Zuhause angekommen war er eine Weile wie ein Schlafwandler durch die geräumige Wohnung seiner Mutter gegangen. Er hatte sich hier so überaus deplatziert gefühlt, in den letzten Tagen war ihm die Wohnung völlig fremd geworden. Und Fichte hatte den Entschluss gefasst, diese Wohnung aufzugeben. Die alten Möbel, die antiquiert wirkenden Gemälde in ihren protzigen Rahmen, die scheußlichen Kristallluster, sein kaltes und unnahbares Zimmer, hier konnte er nicht mehr weiterleben. Nicht einmal, wenn er die Wohnung völlig neu einrichten würde. Er hatte Ersparnisse, der Verkauf der Möbel beim Antiquitätenhändler würde einiges einbringen, nichts hielt ihn hier mehr. Eine billige Absteige in Dublin würde er sich allemal leisten können. Wien war eine Stadt der Zombies, der lebenden Toten, der Neurotiker, Phobiker und Paranoiker. Er musste fort von hier. Besser er arbeitete für einen Pappenstiel als Tellerwäscher in einem Dubliner Pub, als er würde hier zu Pergament vertrocknen.

Und das war Fichtes Plan. Sobald die Verletzungen völlig geheilt waren und das Gerichtsverfahren abgeschlossen war, würde er alles zu Geld machen, was er besaß, und mit einem Einwegticket nach Irland fahren. Kein Landhaus mit wohlsortierter Bibliothek und gepflegtem Garten, sondern eine billige Bude, aber immerhin Freiheit und Unabhängigkeit. Seine Mutter würde ihren Lebensabend ohne ihren Sohnsklaven verbringen müssen. Fichte machte sich keine Illusionen, denn bei aller Freiheit würde er eines in Kauf nehmen müssen, nämlich die Einsamkeit. Er war ein zur Einsamkeit verurteilter Mensch, nichts und niemand konnten daran rütteln. So schön, so prickelnd, so elektrisierend der Gedanke war, Irene könnte ihn erwählen, so sehr war es auch eine Illusion. Von Illusionen hatte Fichte genug, von Illusionen hatte er in leidvoller Erfahrung Abschied nehmen müssen.

Fichte ging in die Küche und füllte Wasser in den Teekessel ein. Tee, Brei und Suppe, das würde noch einige Zeit auf seinem Speiseplan stehen. Er entzündete die Gasflamme und starrte eine ganze Weile in die kleinen blauen Flammen. Langsam entnahm Fichte der Bestecklade die große Salatgabel aus Metall. Wenn er seinen Mund hätte richtig bewegen können, hätte Fichte jetzt schallend gelacht. Noch ein letztes Telefonspiel, eines noch wollte er wagen, das destruktive Spiel gepeinigter Kinder. Die endgültige Spielzeugzerstörung. Fichte entnahm seiner Jacketttasche das Handy und legte es behutsam auf die Gabel, dann balancierte er die Gabel in die Gasflamme. Wie amüsant, ein Riesenspaß! Die Kunststoffteile des Handys fingen schnell Feuer und verqualmten stinkend die Küche. Er hatte noch nie ein Handy brennen sehen.

Fichte hob das qualmende Telefon aus der Flamme und hielt es unter den Wasserstrahl. Zischend erstarb der Brand. Fichte musterte interessiert das verkohlte und verformte Telefon. Nun, damit würde er keine Anrufe mehr durchführen. Telefonieren war ohnedies eine Geißel der Zivilisation, für ihn war dieses Kapitel abgeschlossen. Er warf sehr sachlich das zerstörte Telefon in den Mülleimer, öffnete die Fenster, damit der Gestank sich verflüchtigen konnte und setzte den Teekessel auf die Flamme.

Ach ja, das Paket, schoss es durch seinen Kopf.

Er hatte das Paket auf dem Weg zum Einkauf vom Postamt abgeholt. Als er heute früh nach Hause gekommen war, hatte er in seinem Briefkasten unter anderem einen Verständigungszettel der Post entdeckt. Fichte ging in das Wohnzimmer, nahm eine Schere zur Hand und begann, methodisch das Klebeband zu zerschneiden. Auf dem Absender stand Josef Meyer, Neutorgasse, 8010 Graz. Wer war Josef Meyer? Und was hatte der Mann in das Paket gepackt? Fichte öffnete den Verpackungskarton. Er fand einen mit Klebeband dicht verschnürten Kunststoffsack. Vorsichtig zerschnitt Fichte das Klebeband und den Kunststoff.

Er musste sich setzen. Fichte rang nach Luft, sein Kiefer schmerzte höllisch, sein Kopf brummte. Er hob einige der Geldbündel aus dem zerschnittenen Kunststoffsack und legte sie auf den Tisch. Was hatte das zu bedeuten? Ein kleiner, unscheinbarer Zettel lag zwischen den Scheinen. Fichte schnappte den Zettel und las mit leiser Stimme die mit Bleistift geschriebene Zeile.

„Ein Drittel, Ihr Anteil, Irene."

ENDE

Günter Neuwirth
Paulis Pub

Hoffmanns Fälle 1
308 Seiten, Paperback
EurA/D 15,00/sFr 25,00
ISBN 978-3-902651-00-6
Erschienen im Frühjahr 2008

Wolfgang Hoffmann ist vielleicht der langsamste Drogenfahnder Wiens, doch er kennt die Giftler-Szene genau. Als er bemerkt, dass der kleine Dealer Hannes den dubiosen Tod seiner Freundin auf eigene Faust aufklären will, heftet sich Hoffmann auf Hannes' Fersen.

Die arbeitslose Society-Reporterin Carina versteckt Hannes vor seinen Verfolgern. Eine Jagd durch Wiens Unterwelt beginnt.

Paulis Pub ist ein packender sozialkritischer Großstadtkrimi.

edition buche

Günter Neuwirth
Hoffmanns Erwachen

Hoffmanns Fälle 3
ca. 400 Seiten, Paperback
EurA/D 15,00/sFr 25,00
ISBN 978-3-902651-08-2
Erscheint im Frühjahr 2010

In Wien ist eine unbestimmte Menge dreckiger Tabletten im Umlauf. Wolfgang Hoffmann macht sich auf die Suche nach den Hintermännern.

Der dekadente Dandy Helmut Seifried will mit dem Geld aus Drogengeschäften sein Leben in eine einzige rauschende Orgie verwandeln. Seifried und seine Partner halten sich für clever und wagen immer mehr. Die Bande will die drei Jugendlichen Alex, Marian und Gernot als Straßendealer anwerben. Doch mit den drei ungewöhnlichen Jungs haben sie kein Glück.

Als im Wienerwald die Leiche einer jungen Afrikanerin gefunden wird, erhöht Hoffmann den Einsatz in diesem schmutzigen Spiel.

edition buche